鲁迅全集

第十卷

古 籍 序 跋 集
译 文 序 跋 集

人民文学出版社

图书在版编目（CIP）数据

鲁迅全集. 10／鲁迅著. —北京：人民文学出版社，2005. 11（2022. 11重印）
ISBN 978 - 7 - 02 - 005033 - 8

Ⅰ. ①鲁… Ⅱ. ①鲁… Ⅲ. ①鲁迅著作—全集②鲁迅杂文 Ⅳ. ①I210. 1

中国版本图书馆 CIP 数据核字（2005）第 069996 号

责任编辑　刘　伟
装帧设计　李吉庆
责任校对　王鸿宝
责任印制　王重艺

在东京弘文学院毕业时摄（1904）

与爱罗先珂等合影（1923）

《唐宋传奇集·稗边小缀》手稿

『域外小说集』为书，词致朴讷，不足方近世名人译本。特收录至审慎，迻译亦期弗失文情。异域文术新宗，自此始入华土。使有士卓特，不为常俗所囿，必将犁然有当于心，按邦国时期，籀读其心声，以相度神思之所在。则此虽大涛之微沤与，而性解思惟，实寄于此。中国译界，亦由是无迟莫之感矣。

己酉正月十五日。

（一九〇九年作，本书卷首所载。）

《域外小说集·序言》手稿

目　　录

古籍序跋集

译文序跋集

论　文

杂　文

古籍序跋集

本书收入 1912 年至 1935 年间鲁迅为自己辑录或校勘的十九种古籍而写的三十五篇序跋。按各篇写作时间先后排列,对正文中的资料性差错,参照相关文献作了必要的订正。

《古小说钩沉》序[1]

　　小说者,班固以为"出于稗官","闾里小知者之所及,亦使缀而不忘,如或一言可采,此亦刍荛狂夫之议"[2]。是则稗官职志,将同古"采诗之官,王者所以观风俗知得失"[3]矣。顾其条最诸子,判列十家,复以为"可观者九"[4],而小说不与;所录十五家[5],今又散失。惟《大戴礼》引有青史氏之记[6],《庄子》举宋钘之言[7],孤文断句,更不能推见其旨。去古既远,流裔弥繁,然论者尚墨守故言,此其持萌芽以度柯叶乎!余少喜披览古说,或见谲敂,则取证类书,偶会逸文,辄亦写出。虽丛残多失次第,而涯略故在。大共贲语支言,史官末学,神鬼精物,数术波流;真人福地,神仙之中驷,幽验冥征,释氏之下乘。人间小书,致远恐泥[8],而洪笔晚起,此其权舆。况乃录自里巷,为国人所白心;出于造作,则思士之结想。心行曼衍,自生此品,其在文林,有如舜华,足以丽尔文明,点缀幽独,盖不第为广视听之具而止。然论者尚墨守故言。惜此旧籍,弥益零落,又虑后此闲暇者尟,爰更比缉,并校定昔人集本,合得如干种,名曰《古小说钩沉》。归魂故书,即以自求说释,而为谈大道者言,乃曰:稗官职志,将同古"采诗之官,王者所以观风俗知得失"矣。

3

＊　　　　＊　　　　＊

〔1〕 本篇据手稿编入，原无标点。最初以周作人的署名发表于1912 年 2 月绍兴刊行的《越社丛刊》第一集；1938 年出版的《鲁迅全集》第八卷《古小说钩沉》中未收。

《古小说钩沉》，鲁迅约于 1909 年 6 月至 1911 年底辑录的古小说佚文集，共收周《青史子》至隋侯白《旌异记》等三十六种。1938 年 6 月首次印入鲁迅先生纪念委员会编辑的《鲁迅全集》第八卷。

〔2〕 班固（32—92） 字孟坚，扶风安陵（今陕西咸阳）人，东汉史学家。官至兰台令史。著有《汉书》一二〇卷。小说"出于稗官"等语，见《汉书·艺文志·诸子略》。稗官，《汉书·艺文志》："小说家者流，盖出于稗官。街谈巷语，道听涂说者之所造也。"唐代颜师古注："稗官，小官。"三国魏如淳注："王者欲知闾巷风俗，故立稗官使称说之。"

〔3〕 "采诗之官，王者所以观风俗知得失" 语出《汉书·艺文志·六艺略》："《书》曰'诗言志，歌咏言。'……故古有采诗之官，王者所以观风俗，知得失，自考正也。"

〔4〕 "可观者九" 《汉书·艺文志·诸子略》列有儒、道、阴阳、法、名、墨、纵横、杂、农、小说十家，并称："诸子十家，其可观者九家而已。"

〔5〕 《汉书·艺文志·诸子略》所录十五家小说，即《伊尹说》、《鬻子说》、《周考》、《青史子》、《师旷》、《务成子》、《宋子》、《天乙》、《黄帝说》、《封禅方说》、《待诏臣饶心术》、《待诏臣安成未央术》、《臣寿周纪》、《虞初周说》和《百家》。

〔6〕 《大戴礼》 亦称《大戴礼记》，相传为西汉戴德编纂，原书八十五篇，今存三十九篇。青史氏，指《青史子》的作者。《汉书·艺文志·诸子略》："《青史子》五十七篇。"班固自注："古史官记事也。"《隋书·经籍志》称"梁有《青史子》一卷……亡。"则此书逸于隋唐间。鲁迅《古小说钩沉》录其佚文三则，两则辑自《大戴礼·保傅》（其一重见于《贾谊新

书·胎教杂事》),一则辑自《风俗通义》。

〔7〕 《庄子》 道家的代表著作之一,《汉书·艺文志》著录五十二篇,今存三十三篇。作者庄周(约前 369—前 286),战国时宋国蒙(今河南商丘)人。《庄子·天下》引有宋钘"君子不为苛察,不以身假物"等语。宋钘,《孟子》作宋轻,《韩非子》作宋荣子,鲁迅认为他就是《宋子》的作者。参看《中国小说史略·汉书艺文志所载小说》。

〔8〕 致远恐泥 《论语·子张》:"子夏曰:虽小道,必有可观者焉,致远恐泥,是以君子弗为也。"《汉书·艺文志·诸子略》曾引此语以论小说。

谢承《后汉书》序[1]

《隋书》《经籍志》[2]：《后汉书》一百三十卷，无帝纪，吴武陵太守谢承撰。《唐书》《艺文志》同，又《录》一卷[3]。《旧唐志》三十卷[4]。承字伟平，山阴人，博学洽闻，尝所知见，终身不忘；拜五官郎中，稍迁长沙东部都尉，武陵太守。见《吴志》《妃嫔传》并注[5]。《后汉书》宋时已不传，故王应麟《困学纪闻》自《文选》注转引之[6]。吴淑进注《事类赋》在淳化时，亦言谢书遗逸[7]。清初阳曲傅山乃云其家旧藏明刻本，以校《曹全碑》，无不合[8]，然他人无得见者。惟钱塘姚之骃辑本四卷，在《后汉书补逸》中[9]，虽不著出处，难称审密，而确为谢书。其后仁和孙志祖[10]，黟汪文台[11]又各有订补本，遗文稍备，顾颇杂入范晔书[12]，不复分别。今一一校正，厘为六卷，先四卷略依范书纪传次第，后二卷则凡名氏偶见范书或所不载者，并写入之。案《隋志》录《后汉书》八家[13]，谢书最先，草创之功，足以称纪。而今日逸文，乃仅藉范晔书，《三国志》注及唐宋类书以存。注家务取不同之说，以备异闻。而类书所引，又多损益字句，或转写讹异，至不可通，故后贤病其荒率，时有驳难。亦就闻见所及，最其要约，次之本文之后，以便省览云。

＊　　　＊　　　＊

〔1〕　本篇据手稿编入,原无标点。当写于1913年3月。

谢承《后汉书》,鲁迅辑录的散佚古籍之一,1913年3月辑成,共六卷,未印行。

〔2〕　《隋书》《经籍志》　《隋书》,纪传体隋代史,唐代魏徵等著,八十五卷。其中《经籍志》为长孙无忌等著,载列汉至隋的存佚书目。它所采用的经、史、子、集四部图书分类法,直至清代相沿未变。

〔3〕　《唐书》《艺文志》　《唐书》,这里指《新唐书》,纪传体唐代史,宋代宋祁、欧阳修等著,二二五卷。其中《艺文志》载列唐时存书,所录谢承《后汉书》为“一三三卷,又《录》一卷”。

〔4〕　《旧唐志》　即《旧唐书·经籍志》。《旧唐书》原名《唐书》,纪传体唐代史,五代后晋刘昫等著,二百卷。后人为与《新唐书》区别,故加“旧”字。按该书《经籍志》载:“《后汉书》一百三十三卷,谢承撰。”本文作“三十卷”,字有脱误。

〔5〕　《三国志·吴书·妃嫔传》:“吴主权谢夫人,会稽山阴人也。……早卒。后十余年,弟承拜五官郎中,稍迁长沙东部都尉,武陵太守,撰《后汉书》百余卷。”注:“《会稽典录》:承字伟平,博学洽闻,尝所知见,终身不忘。”《三国志》,纪传体魏、蜀、吴三国史,晋代陈寿著,六十五卷。注文为南朝宋裴松之作。

〔6〕　王应麟(1223—1296)　字伯厚,庆元(今浙江宁波)人,宋末学者。官至礼部尚书兼给事中。《困学纪闻》,读书笔记,二十卷。卷十三“考史”部“谢承”条有“谢承父婴为尚书侍郎”等语,下注:“谢承《后汉书》,见《文选》注。”《文选》,即《昭明文选》,诗文总集,南朝梁昭明太子萧统编,共三十卷。唐代李善为之作注,分为六十卷。《困学纪闻》引语见《文选》卷二十四陆士衡《答贾长渊》诗李善注。

〔7〕　吴淑(947—1002)　字正仪,宋代润州丹阳(今属江苏)人,

官至职方员外郎。宋淳化(990—994)年间,进所著类书《事类赋》百篇,又应诏自加注释,分为三十卷。他在《进〈事类赋〉状》中称:谢承《后汉书》等"皆今所遗逸,而著述之家,相承为用。不忍弃去,亦复存之。"

〔8〕 傅山(1607—1684) 字青主,阳曲(今属山西)人,明清之际学者。据《困学纪闻》卷十三"考史"部"谢承"条阎若璩夹注:傅山自云其家有"永乐间扬州刊本"谢承《后汉书》;"郃阳曹全碑出,曾以谢书考证,多所裨,大胜范书。以寇乱亡失。"《曹全碑》,全称《汉郃阳令曹全碑》,东汉碑刻,记当时郃阳(今属陕西)县令曹全事迹。明代万历年间在陕西出土。

〔9〕 姚之骃 字鲁思,清代钱塘(今浙江杭州)人。康熙六十年进士,官至监察御史。辑有《〈后汉书〉补逸》二十一卷,内收已经逸失的《后汉书》八家:东汉刘珍《东观汉记》八卷,三国吴谢承《后汉书》四卷,晋薛莹《后汉书》、晋张璠《后汉记》、晋华峤《后汉书》、晋谢沈《后汉书》、晋袁山松《后汉书》各一卷,晋司马彪《续汉书》四卷。

〔10〕 孙志祖(1736—1800) 字诒穀,一字颐谷,清代仁和(今浙江杭州)人。官至御史。辑有《重订谢承〈后汉书〉补逸》五卷。著有《读书脞录》等。

〔11〕 汪文台(1796—1844) 字南士,清代黟(今属安徽)人。辑有《七家〈后汉书〉》二十一卷,包括谢承书八卷,薛莹书一卷,司马彪书五卷,华峤书二卷,谢沈书一卷,袁山松书二卷,张璠书一卷,并附失名氏书一卷。

〔12〕 范晔书 指范晔所著《后汉书》。范晔(398—445),字蔚宗,顺阳(今河南淅川)人,南朝宋史学家。曾官尚书吏部郎、宣城太守。撰《后汉书》,成帝纪、列传九十卷,即被杀。梁代刘昭以司马彪《续汉书》八志分为三十卷补入。

〔13〕 《隋志》录《后汉书》八家 《隋志》即《隋书·经籍志》。该志

载录的八家《后汉书》为:刘珍《东观汉记》一四三卷;谢承《后汉书》一三〇卷;薛莹《后汉记》六十五卷;司马彪《续汉书》八十三卷;华峤《后汉书》十七卷;谢沈《后汉书》八十五卷;晋张莹《后汉南记》四十五卷;袁山松《后汉书》九十五卷;范晔《后汉书》九十七卷(又刘昭注本一二五卷)。现除范晔书及附于其后的司马彪书"八志"以外,皆已散逸。

﹝附﹞姚辑本《谢氏后汉书补逸》抄录说明[1]

《谢氏后汉书补逸》五卷　　何梦华[2]藏书　　钱唐丁氏善本书室[3]藏书　　今在江南图书馆[4]

钱唐姚之骃辑，后学孙志祖增订。前有嘉庆七年萧山汪辉祖[5]序云，"案吴淑进注《事类赋》状在淳化时，已称谢书遗逸。王应麟《困学记闻》云：谢承，父婴，为尚书侍郎。原注：谢承《后汉书》，见《文选》注。是谢书在宋时已无传本。康熙间，姚氏之骃撰《后汉书考逸》，中有谢书四卷；孙颐谷先生重加纂集，凡姚采者一一著其出处，误者正，略者补，复以范书参订同异，其未采者别为续辑一卷。证引精博，可谓伟平功臣矣。"又归安严元照[6]序云，"谢书于忠义隐逸，蒐罗最备，不以名位为限，其所以发潜德幽光者，蔚宗不及也。"又有之骃原序。是书为梦华钞本，有"钱唐何元锡字敬祉号梦华又号蜨隐"，又"布衣暖菜根香读书滋味长"[7]两印。

壬子[8]四月，假江南图书馆藏本写出，初五日起，初九日讫，凡五日。

＊　　　　＊　　　　＊

〔1〕　本篇据手稿编入，原无标题、标点。前两段写在《谢氏后汉书补逸》抄稿之前，最后一段写在抄稿之后。

〔2〕　何梦华(1766—1829)　名元锡，字梦华，又字敬祉，号蝶隐，

清代钱塘(今浙江杭州)人。曾任主簿。精簿录之学,家多善本。有《秋神阁诗钞》。

〔3〕　丁氏善本书室　指钱塘丁氏小八千卷楼,参看本卷第135页注〔39〕。

〔4〕　江南图书馆　清光绪三十三年(1907)两江总督端方奏请创办,时在南京龙蟠里。所藏善本图书颇多,包括从杭州购得的丁氏八千卷楼全部藏书。

〔5〕　汪辉祖(1731—1807)　字焕曾,清代浙江萧山人。乾隆时进士,曾任湖南宁远知县、道州知州。著有《学治臆说》、《病榻梦痕录》等。

〔6〕　严元照(1773—1817))　字九能,清代浙江归安(今湖州)人。诸生。藏书达数万卷。著有《尔雅匡名》、《悔庵文钞》等。

〔7〕　"布衣暖菜根香"句,原为宋末元初郑思肖(字所南)《隐居谣》的诗句。其中"菜根"原作"菜羹","读书"原作"诗书"(据《四库全书·宋诗纪事》)。

〔8〕　壬子　即公元1912年。

[附]关于汪辑本《谢承后汉书》[1]

谢承《后汉书》八卷,谢沈《后汉书》一卷,黟人汪文台南士辑,并在《七家〈后汉书〉》中。有太平崔国榜[2]序,其略云:"康熙中,钱唐姚鲁斯辑《东观汉记》以下诸家书为补逸,颇沿明儒陋习,不详所自,遗陋滋多。孙颐谷侍御曾据其本为谢承书补正,未有成书。近甘泉黄右原比部亦有辑本,视姚氏差详,终不赅备。黟汪先生南士,绩学敦行,著书等身,以稽古余力,重为蒐补。先生之友汤君伯玕,称先生旧藏姚本,随见条记,丹黄殆徧。复虑未尽,以属弟子汪学惇,学惇续有增益。学惇殁后,藏书尽售于人,汤君复见此本,已多脱落。亟手录一过,以还先生之子锡藩。锡藩奉椐书,客江右,同岁生会稽赵扬朱从锡藩段钞,余因得见是书。扬朱言:先生所据《北堂书钞》,乃朱氏潜采堂本,题曰《大唐类要》者也,归钱唐汪氏振绮堂。辛酉乱后,汪氏藏书尽散。浙中尚有写本,为孙氏冶城山馆物,后归陈兰邻大令家,近亦鬻诸他氏,远在闽中,无从段阅,异日得之,当可续补数十条"云。岁壬子夏八月段教育部所藏《七家后汉书》写出,初二日始,十五日毕。

* * *

〔1〕 本篇据手稿编入,写于1912年9月(旧历八月)。原无标题、标点。

〔2〕 崔国榜 清代太平(今属安徽)人,曾任建昌知府。

［附］汪辑本《谢承后汉书》校记[1]

　　元年[2]十二月十一日,以胡克家本《文选》[3]校一过。十二日,以《开元占经》及《六帖》[4]校一过。十三日,以明刻小字本《艺文类聚》[5]校一过。十四日,以《初学记》[6]校一过。十五日,以《御览》[7]校一过。十六至十九日,以范晔书校一过。二十至二十三日,以《三国志》校一过。二十四至二十七日,以《北堂书钞》[8]校一过。二十八至三十一日,以孙校本校一过。元年一月四日至七日,以《事类赋》注校一过。

＊　　　＊　　　＊

　　〔1〕　本篇据手稿编入,写于1913年1月。原无标题、标点。

　　〔2〕　元年　指中华民国元年,即1912年。文末的"元年"当为"二年"。

　　〔3〕　胡克家本《文选》　胡克家(1757—1816),字占蒙,清代婺源(今属江西)人。他于嘉庆十四年(1809)翻刻宋代尤袤本李善注《文选》六十卷,并撰《考异》十卷。

　　〔4〕　《开元占经》　即《大唐开元占经》,天文术数书,唐代瞿悉达著,共一二〇卷。《六帖》,类书,唐代白居易撰,又称《白氏六帖》,三十卷;宋代孔传续撰《后六帖》,三十卷。后人将二书合为一部,称《白孔六帖》,共一百卷。

　　〔5〕　《艺文类聚》　类书,唐代欧阳询等编,共一百卷,分四十八部。明代嘉靖六年(1827)胡缵宗刊刻小字本,鲁迅校勘所用的是嘉靖七年陆采加跋的胡刻重印本。

〔6〕 《初学记》 类书,唐代徐坚等编,共三十卷,分二十三部。

〔7〕 《御览》 即《太平御览》,类书,宋代李昉等编,共一千卷,分五十五门。书成于宋太宗太平兴国八年(984)十二月。

〔8〕 《北堂书钞》 类书,唐代虞世南等编,共一六〇卷,分八五二类。

谢沈《后汉书》序[1]

　　《隋志》:《后汉书》八十五卷,本一百二十二卷,晋祠部郎谢沈撰。《唐志》:一百二卷,又《汉书外传》十卷[2]。《晋书》《谢沈传》[3]:沈字行思,会稽山阴人。郡命为主簿,功曹,察孝廉[4],太尉郗鉴[5]辟,并不就。会稽内史何充[6]引为参军,以母老去职。平西将军庾亮[7]命为功曹,征北将军蔡谟[8]牒为参军,皆不就。康帝[9]即位,以太学博士征,以母忧去职。服阕,除尚书度支郎。何充庾冰[10]并称沈有史才,迁著作郎,撰《晋书》三十余卷。会卒,年五十二。沈先著《后汉书》百卷及《毛诗》[11],《汉书外传》,所著述及诗赋文论皆行于世,其才学在虞预[12]之右。案《隋志》无《外传》者,或疑本在《后汉书》百二十二卷中,《唐志》乃复析出之,然据本传当为别书,今无遗文,不复可考。惟《后汉书》尚存十余条,辄缀辑为一卷。

*　　　　*　　　　*

〔1〕　本篇据手稿编入,原无标点。当写于1913年3月。

　　谢沈(292—344)《后汉书》,清代姚之骃《〈后汉书〉补逸》和汪文台《七家〈后汉书〉》中各有辑本一卷。鲁迅辑本未印行。

〔2〕　《唐志》　这里兼指《旧唐书·经籍志》和《新唐书·艺文志》。《汉书外传》,《旧唐书·经籍志》著录:"《后汉书》……一百二卷,谢沈撰。

《后汉书外传》,十卷,谢沈撰。"《新唐书·艺文志》著录:"谢沈《后汉书》,一百二卷,又《外传》十卷。"

〔3〕 《晋书》 纪传体晋代史,唐代房玄龄等著,一三〇卷。《谢沈传》见该书卷八十二。

〔4〕 孝廉 "孝悌廉洁科"的简称,汉代选拔官吏的科目之一,每年由郡举"孝廉",合格者即授予官职。

〔5〕 郗鉴(269—339) 字道徽,高平金乡(今属山东)人,晋成帝咸康四年(338)任太尉。

〔6〕 何充(292—346) 字次道,庐江灊(今安徽霍山)人。晋成帝时任会稽内史,官至尚书令。

〔7〕 庾亮(289—340) 字元规,颍川鄢陵(今属河南)人。晋明帝穆皇后之兄,成帝时封平西将军。

〔8〕 蔡谟(281—356) 字道明,陈留考城(今河南兰考)人,晋成帝咸康五年(339)封征北将军。

〔9〕 康帝 东晋康帝司马岳(322—344),公元342年至344年在位。

〔10〕 庾冰(296—344) 字季坚,颍川鄢陵(今属河南)人。庾亮之弟。晋成帝时官至中书监。

〔11〕 《毛诗》 西汉毛亨和毛苌所传《诗经》。《隋书·经籍志》载:梁代有谢沈所注《毛诗》二十卷,《毛诗释义》、《毛诗义疏》各十卷。三书皆亡。

〔12〕 虞预 参看本书《虞预〈晋书〉序》及其注〔1〕。

虞预《晋书》序[1]

《隋志》:《晋书》二十六卷,本四十四卷,讫明帝[2],今残缺,晋散骑常侍虞预撰。《唐志》:五十八卷。《晋书》《虞预传》:著《晋书》四十余卷。与《隋志》合,《唐志》溢出十余卷,疑有误。本传又云:预字叔宁,征士喜[3]之弟也。本名茂,犯明穆皇后讳[4],改。初为县功曹,见斥。太守庾琛[5]命为主簿。纪瞻[6]代琛,复为主簿,转功曹史。察孝廉,不行。安东从事中郎诸葛恢[7],参军庾亮[8]等荐预,召为丞相行参军兼记室。遭母忧,服竟,除佐著作郎。大兴中,转琅邪国[9]常侍,迁秘书丞,著作郎。咸和中,从平王含[10],赐爵西乡侯。假归,太守王舒[11]请为谘议参军。苏峻[12]平,进封平康县侯,迁散骑侍郎,著作如故。除散骑常侍,仍领著作。以年老归,卒于家。

*   *   *

〔1〕 本篇据手稿编入,原无标点。当写于1913年3月。

虞预,晋代余姚(今属浙江)人。所著《晋书》四十四卷,已佚;又著有《会稽典录》二十篇,《诸虞传》十二篇,并佚。鲁迅所辑虞氏《晋书》一卷,未印行。

〔2〕 明帝 东晋明帝司马绍(299—325),元帝之子,公元322年至325年在位。

〔3〕 征士喜 指虞喜(281—356),字仲宁,晋代学者。朝廷三次征拜博士等官,俱不就。著有《安天论》、《志林新书》等。

〔4〕 明穆皇后 指晋明帝后庾文君。按文中说虞预本名犯明穆皇后讳,《晋书·虞预传》作"犯明穆皇后母讳"。

〔5〕 庾琛 字子美,颍川鄢陵(今属河南)人,明穆皇后父。西晋末年任会稽太守,官至丞相军谘祭酒。

〔6〕 纪瞻(253—324) 字思远,丹阳秣陵(今江苏南京)人。西晋末年任会稽内史,官至骠骑将军。

〔7〕 诸葛恢(265—326) 字道明,琅玡阳都(今山东沂南)人。曾任安东将军司马睿(即后来的晋元帝)属下的从事中郎,后官至尚书右仆射。

〔8〕 庾亮于西晋愍帝建兴(313—316)年间任丞相司马睿的参军。

〔9〕 琅邪国 琅邪亦作琅琊。西晋时,琅邪王封地在今山东临沂地区;东晋时,侨置于今江苏句容地区。太兴二年(319)虞预任琅邪国常侍,当时琅邪王为元帝子司马裒。

〔10〕 王含(?—324) 字处弘,临沂(今属山东)人,东晋大将军王敦之兄。官至骠骑大将军,随王敦叛乱,失败被沉水死。按明帝太宁二年(324)平王含,在成帝咸和(326—334)前。

〔11〕 王舒(?—333) 字处明,临沂人。东晋太宁末、咸和初任抚军将军、会稽内史。因平苏峻有功,进封彭泽县侯。

〔12〕 苏峻(?—328) 字子高,掖(今山东掖县)人。东晋元帝时官至冠军将军。咸和二年(327)起兵叛乱,次年兵败被杀。

《云谷杂记》跋^{〔1〕}

　　右单父张淏^{〔2〕}清源撰《云谷杂记》一卷,从《说郛》^{〔3〕}写出。证以《大典》本^{〔4〕},重见者廿五条,然小有殊异,余皆《大典》本所无。《说郛》残本五册,为明人旧抄,假自京师图书馆,与见行本^{〔5〕}绝异,疑是南村^{〔6〕}原书也。《云谷杂记》在第三十卷。以二夕写毕,唯讹夺甚多,不敢轻改,当于暇日细心校之。癸丑六月一日夜半记。

＊　　　＊　　　＊

　　〔1〕　本篇据手稿编入,原无标题、标点。写于1913年6月1日。《云谷杂记》,南宋张淏著,成书时间为宋宁宗嘉定五年(1212),是一部以考史论文为主的笔记,原书已佚。鲁迅于1913年5月31日和6月1日从明钞《说郛》残本辑其遗文四十九条,写成初稿本一卷。

　　〔2〕　张淏　字清源,生平参看本书《〈云谷杂记〉序》。按明钞《说郛》残本注以张淏为单父(今山东单县)人。

　　〔3〕　《说郛》　汉魏至宋元的笔记选集,元末明初陶宗仪编,一百卷。原书已残缺,清初陶珽增订为一二○卷,错误甚多。近人张宗祥集六种明钞残本为一百卷,商务印书馆印行。这里指的是明钞残本的一种,五册,为卷三、卷四及卷二十三至三十二,共十二卷。

　　〔4〕　《大典》本　指清代乾隆时从《永乐大典》中辑刊的《云谷杂记》四卷本(武英殿聚珍版)。《永乐大典》,类书,明成祖时解缙等辑,始

于永乐元年（1403），成于永乐六年（1408），共二二八七七卷。明代嘉靖、隆庆间又誊写为正、副两本。原本、副本毁于明亡之际；正本清代乾隆时已残阙，1900年八国联军入侵北京时，又遭焚毁、劫掠。1960年中华书局收集残本七三〇卷影印出版。

〔5〕 见行本　指陶珽刻本。

〔6〕 南村　陶宗仪（1316—?），字九成，号南村，黄岩（今属浙江）人，元末明初学者。元末不仕，入明后曾任教官。他除辑集《说郛》外，还著有《南村辍耕录》《南村诗集》等。

《嵇康集》跋[1]

　　右《嵇康集》十卷,从明吴宽丛书堂钞本[2]写出。原钞颇多讹敚,经二三旧校[3],已可籀读。校者一用墨笔,补阙及改字最多。然删易任心,每每涂去佳字。旧跋谓出吴匏庵手,殆不然矣。二以朱校,一校新,颇谨慎不苟。第所是正,反据俗本。今于原字校佳及义得两通者,仍依原钞,用存其旧。其漫灭不可辨认者,则从校人,可惋惜也。细审此本,似与黄省曾[4]所刻同出一祖。惟黄刻帅意妄改,此本遂得稍稍胜之。然经朱墨校后,则又渐近黄刻。所幸校不甚密,故留遗佳字,尚复不少。中散遗文,世间已无更善于此者矣。癸丑十月二十日镫下记[5]。

　　＊　　　　＊　　　　＊

　　〔1〕　本篇据手稿编入,原无标题、标点。写于 1913 年 10 月 20 日。收入 1938 年版《鲁迅全集》第九卷《嵇康集》时题为《跋》。

　　《嵇康集》,嵇康的诗文集,其版本源流参看本卷《〈嵇康集〉著录考》。鲁迅的校正本《嵇康集》系以明代吴宽丛书堂钞本为底本,在 1913 年至 1931 年间几经校订而成。嵇康(223—262),字叔夜,谯郡铚(今安徽宿县)人,三国魏末作家,曾任中散大夫。他与魏宗室通婚,又"非汤武而薄周孔",并因吕安案受牵连,而被谋夺魏朝政权的司马氏集团所杀。

〔2〕 吴宽丛书堂钞本 吴宽(1435—1504),字原博,号匏庵,长洲(今属江苏苏州)人,明代藏书家。丛书堂为其书室名。该钞本十卷,后附清人顾广圻、张燕昌题跋各一则,黄丕烈(署荛翁、复翁)题跋三则。鲁迅于1913年10月1日从京师图书馆借出抄录。

〔3〕 指丛书堂钞本上的朱墨两种校文(其中朱校二次)。黄丕烈跋称系"匏菴手自雠校"。顾广圻跋亦称:"卷中讹误之字,皆先生亲手改定。"

〔4〕 黄省曾(1490—1540) 字勉之,吴县(今属江苏苏州)人,明代藏书家。著有《五岳山人集》。所刻《嵇中散集》,十卷,前有黄氏自序,末署"嘉靖乙酉",即明代嘉靖四年(1525)。

〔5〕 文末原钤"周尌"白文印一枚。

《云谷杂记》序[1]

  《云谷杂记》，宋张淏撰。《宋史》《艺文志》，《文献通考》，《直斋书录解题》[2]皆不载。明《文渊阁书目》[3]有之，云一册，然亦不传。清乾隆中，从《永乐大典》辑成四卷，见行于世。此本一卷，总四十九条，传自明钞《说郛》第三十卷，与陶珽[4]所刻绝异。刻本析为三种，曰《云谷杂记》，曰《艮岳记》，曰《东斋纪事》[5]，阙失七条，文句又多臆改，不足据。《大典》本百二十余条，此卷重出大半，然具有题目，详略亦颇不同，各有意谊，殊不类转写讹异。盖当时不止一刻，曾有所订定，故《说郛》及《大典》所据非一本也。淏字清源，其先开封人，自其祖寓婺之武义[6]，遂为金华人。举绍兴二十七年进士，补将仕郎，主管吏部架阁文字，举备顾问。绍定元年，以奉议郎致仕。又尝侨居会稽，撰《会稽续志》[7]八卷，越中故实，往往赖以考见。今此卷虽残阙，而厓略故在，传之世间，当亦越人之责邪！原钞讹夺甚多，校补百余字，始可通读，间有异同，辄疏其要于末[8]。其与《大典》本重出者，亦不删汰，以略见原书次第云。甲寅三月十一日会稽周作人记。

*   *   *

  〔1〕 本篇据手稿编入，原无标点。写于1914年3月11日，借署

周作人名。

按鲁迅辑成《云谷杂记》初稿本后，又继续校补整理，于 1914 年 3 月 16 日至 22 日写成定本。未印行。

〔2〕　《宋史》《艺文志》《宋史》，纪传体宋代史，元代脱脱(清代改称托克托)等著，四九六卷。其中《艺文志》载录宋朝所存图书篇目。《文献通考》，记载上古至宋宁宗时典章制度的史书，宋末元初马端临著，三四八卷。《直斋书录解题》，书目提要，宋代陈振孙著，原书已佚。今本从《永乐大典》录出，二十二卷。

〔3〕　《文渊阁书目》　明朝宫廷藏书目录，明正统年间(1436—1449)杨士奇编著，四卷。

〔4〕　陶珽　字紫阆，号不退，姚安(今属云南)人，明末进士。曾增辑陶宗仪《说郛》，又补入明人作品五百二十七种为《续说郛》。

〔5〕　关于《艮岳记》、《东斋纪事》，陶珽刻本《说郛》将《云谷杂记》中"寿山艮岳"条抽出，充作《艮岳记》一书；又将另二十五条抽出，题为宋代许观的《东斋纪事》。

〔6〕　婺之武义　婺即婺州，治所在今浙江金华。武义为婺州属县。

〔7〕　《会稽续志》　张淏撰，又称《宝庆会稽续志》，系续宋代施宿《嘉泰会稽志》而作。共八卷(第八卷为孙因所作《越问》)。

〔8〕　指鲁迅写定本《云谷杂记》后所附的"札记"二十条。

《志 林》序[1]

　　《晋书》《儒林》《虞喜传》：喜为《志林》三十篇。《隋志》作三十卷，《唐志》二十卷，并题《志林新书》。今《史记索隐》，《正义》，《三国志》注所引有二十余事[2]，於韦昭《史记音义》，《吴书》，虞溥《江表传》[3]多所辨正。其见于《文选》李善注，《书钞》，《御览》者，皆阙略不可次第。《说郛》亦引十三事，二事已见《御览》，余甚类小说，盖出陶珽妄作，并不录。

*　　　　*　　　　*

〔1〕　本篇据手稿编入，原无标点。鲁迅1914年8月18日日记："写《志林》四叶。"

　　《志林》，晋代虞喜著。鲁迅辑本一卷，据《史记索隐》、《史记正义》、《三国志·吴书》注、《太平御览》等十种古籍校录而成，共四十则。未印行。

〔2〕　《史记索隐》　唐代司马贞撰。《正义》，即《史记正义》，唐代张守节撰。按鲁迅《志林》辑本中，有辑自《史记索隐》的十三则；辑自《史记正义》的三则；辑自《三国志》《吴书》注的九则。

〔3〕　韦昭《史记音义》　韦昭当为徐广。《史记索隐》、《史记正义》常引虞喜《志林》，对徐广的《史记音义》加以辨正。韦昭，字弘嗣，三国吴云阳(今江苏丹阳)人，官至太子中庶子。著有《汉书音义》。《吴书》，三国吴史，韦昭撰，《新唐书·艺文志》著录五十五卷，已佚。虞溥

(约249—约310),字允源,晋代昌邑(今山东巨野)人,官至鄱阳内史。所著《江表传》,《新唐书·艺文志》著录五卷,已佚。裴松之《三国志·吴书》注常引虞喜《志林》,对韦昭《吴书》和虞溥《江表传》加以辨正。

《广 林》序[1]

《隋志》：梁有《广林》二十四卷，《后林》十卷，虞喜撰，亡。《唐志》《后林》复出，无《广林》[2]。杜佑《通典》引一节[3]，书实尚存，又多引虞喜说，大抵褖论礼服或驳难郑玄，谯周，贺循[4]，与所谓《广林》相类。又有称《释滞》，《释疑》，《通疑》[5]者，殆即《广林》篇目。《通疑》以难刘智《释疑》[6]。余不可考。今并写出，次《广林》之后。

    *   *   *

〔1〕 本篇据手稿编入，写作时间未详。原无标点。按鲁迅校录《志林》、《广林》、《范子计然》、《任子》、《魏子》五书稿本合订为一册，书写体例、字迹、用纸相同，当为同一时期所录。

《广林》，鲁迅辑本一卷，据《通典》、《后汉书》、《路史余论》校录而成，共十一则。未印行。

〔2〕 《旧唐书·经籍志》著录："《后林新书》十卷，虞喜撰。"《新唐书·艺文志》同。

〔3〕 杜佑(735—812) 字君卿，京兆万年(今陕西长安)人，唐代史学家。官至检校司徒同平章事。《通典》，记述上古至唐代宗时典章制度的史书，二百卷。该书卷八十八引有虞喜驳难谯周《五经然否》文一则，明注出于《广林》；其他卷中又引有虞喜驳难郑玄、谯周、贺循文九则，俱未注明出于何书。以上十则，鲁迅辑本《广林》皆录入。

〔**4**〕 郑玄(127—200) 字康成,北海高密(今属山东)人,东汉经学家。长期聚徒讲学,建安中官大司农。曾注《毛诗》、《三礼》等。谯周(201—270),字允南,三国蜀巴西西充(今四川阆中)人,官至光禄大夫。著有《古史考》等。贺循,参看本书《贺循〈会稽记〉序》。

〔**5**〕 《释滞》 鲁迅辑得二则,录自《通典》卷九十三。《释疑》,鲁迅辑得一则,录自《通典》卷一○三。《通疑》,鲁迅辑得五则,录自《通典》卷九十五、九十八。

〔**6**〕 刘智(?—289) 字子房,晋代平原高唐(今属山东)人。曾官侍中、尚书。著有《丧服释疑》二十卷,已佚。今有辑本一卷,在《汉魏遗书钞》中。

《范子计然》序[1]

《唐书》《艺文志》[2]:《范子计然》十五卷,范蠡问,计然答。列农家。马总《意林》[3]:《范子》十二卷。注云"并是阴阳历数也。"《汉书》《艺文志》有《范蠡》二篇,在兵权家,非一书。《隋志》亦不载计然,然贾思勰《齐民要术》[4]已引其说,则出于后魏以前,虽非蠡作,要为秦汉时故书,《隋志》盖偶失之。计然者,徐广《史记音义》云范蠡师也,名研[5]。颜师古《汉书》注云:一号计研,其书有《万物录》,著五方所出,皆直述之。事见《皇览》及《中经簿》。又《吴越春秋》及《越绝》并作计倪。此则倪,研及然,声皆相近,实一人耳。[6]案本书言计然以越王鸟喙,不可同利,未尝仕越[7]。而《越绝》记计倪官卑年少,其居在后,《吴越春秋》又在八大夫之列,出处画然不同。意计然,计倪自为两人,未可以音近合之。又郑樵《通志》《氏族略》引《范蠡传》:蠡师事计然。姓宰氏,字文子。[8]章宗源[9]以辛为宰氏之误。《汉志》农家有《宰氏》十七篇,或即此,然不能详。审谛逸文,有论"天道"及"九宫""九田",亦时著蠡问者,与马总所载《范子》合。又有言庶物所出及价直者;与师古所谓《万物录》合。盖《唐志》著录合此二分,故有十五篇,而马总,颜籀各举一分,所述遂见殊异,实为一书。今别其论阴阳,记方物者为上下卷,计倪《内经》[10]亦先阴阳,后货

29

物,殆计然之书例本如此,而二人相榍,亦自汉已然,故《越绝》即计以计然为计倪之说矣[11]。

       *   *   *

〔1〕 本篇据手稿编入,写作时间未详。原无标点。

《范子计然》,鲁迅辑本两卷,据《史记》、《后汉书》、《艺文类聚》、《大观本草》等二十种古籍校录而成,共一二一则。未印行。

〔2〕 《唐书》当指《新唐书》。《唐书·经籍志》不载《范子计然》。

〔3〕 马总(? —823) 字会元(一作元会),唐代扶风(今陕西岐山)人,官至户部尚书。《意林》,周秦以来诸家著作杂录,今本五卷,共收七十一家。

〔4〕 贾思勰 后魏齐郡益都(今属山东)人,官高阳太守。《齐民要术》,古农书,十卷。卷三、卷四引有《范子计然》论"五谷"和介绍"蜀椒"的文字。

〔5〕 徐广(352—425) 字野民,东晋东莞姑幕(今江苏常州)人,官至中散大夫。《史记音义》,《隋书·经籍志》著录十二卷,新、旧《唐志》著录十三卷,已佚。《史记·货殖列传》南朝宋裴骃《集解》:"徐广曰,计然者,范蠡之师也,名研,故谚曰'研、桑心筭'。"

〔6〕 颜师古(581—645) 名籀,唐代万年(今陕西西安)人。官中书侍郎、弘文馆学士,以注《汉书》著名。他在《汉书·货殖传》的注文中说:"计然一号计研,故《宾戏》曰'研、桑心计于无垠',即谓此耳。计然者,濮上人也,博学无所不通,尤善计算,尝游南越,范蠡卑身事之。其书则有《万物录》,著五方所出,皆直述之。事见《皇览》及晋《中经簿》。又《吴越春秋》及《越绝书》并作计倪。此则倪、研及然声皆相近,实一人耳。"《皇览》,类书,《隋书·经籍志》著录一二○卷,亡。《中经

簿》,目录书,晋代荀勖撰,《隋志》著录十四卷,今存清代王仁俊辑本一卷。《吴越春秋》,史书,汉代赵晔著,现存十卷。该书卷六《勾践伐吴外传》载,"冬十月,越王乃请八大夫"问战,而实际列举的越国大夫仅计倪等七人。《越绝书》,史书,汉代袁康撰,十五卷。该书卷九《越绝外传·计倪第十一》:"昔者越王勾践近侵于强吴,……乃胁诸臣与之盟:'吾欲伐吴,奈何有功?'群臣默然无对。王曰:'夫主忧臣辱,主辱臣死,何大夫易见而难使也?'计倪官卑年少,其居在后,举首而起,曰:'殆哉,非大夫易见难使,是大王不能使臣也。'"

〔7〕 计然以越王鸟喙 鲁迅辑本《范子计然》卷上:"范蠡请见越王,计然曰:'越王为人鸟喙,不可与同利也。'范蠡乘偏舟于江湖。"引自《意林》、《后汉书·隗嚣传》注等。

〔8〕 郑樵(1103—1162) 字渔仲,莆田(今属福建)人,宋代史学家。南宋初曾任迪功郎、枢密院编修官等职。《通志》,史书,二百卷,包括自上古至隋的本纪、世家、年谱、列传和记载上古至唐宋文献资料的二十略。《氏族略》为二十略之一,记述氏族演变情况,其中说:"宰氏 《范蠡传》云,范蠡师计然,姓宰氏,字文子,葵丘濮上人。"又"辛氏 ……计然,本辛氏,改为计氏。"

〔9〕 章宗源(约1751—1800) 字逢之,清代山阴(今浙江绍兴)人,乾隆年间举人。著有《隋书经籍志考证》等。

〔10〕 计倪《内经》 记载越王勾践为策划伐吴而召见计倪的问答之词,见《越绝书》卷四。

〔11〕 此"计"字疑为衍文。

《任子》序[1]

马总《意林》:《任子》十二卷[2],注云,名奕。《御览》引《会稽典录》:"任奕,字安和,句章人。"又《吴志》注引《典录》:朱育对王朗云,近者"文章之士,立言綮盛则御史中丞句章任奕,鄱阳太守章安虞翔,各驰文檄,晔若春荣。"[3]罗濬《四明志》[4]亦有奕传,云今有《任子》十卷。奕书宋时已失,《志》云今有者,盖第据《意林》言之,隋唐志又未著录,故名氏转晦。胡元瑞疑即任嘏《道论》,徐象梅复以为临海任旭。[5]今审诸书所引,有任嘏《道德论》,有《任子》,其为两书两人甚明。惟《初学记》引任嘏论云:"夫贤人者,积礼义于朝,播仁风于野,使天下欣欣然歌舞其德。"与《御览》四百三[6]引《任子》相类,为偶合或误题,已不可考。今撰写直题《任子》者为一卷,以存其书。

* * *

〔1〕 本篇据手稿编入,写作时间未详。原无标点。

《任子》,东汉句章(今浙江慈溪)任奕著。鲁迅辑本封面题作《任奕子》,正文题作《任子》,一卷。据《意林》、《太平御览》、《北堂书钞》、《初学记》校录而成,共二十六则。未印行。

〔2〕 当为十卷。

〔**3**〕　朱育　参看本书《朱育〈会稽土地记〉序》。引语见《三国志·吴书·虞翻传》注。

〔**4**〕　罗濬　宋代人，官从政郎、新赣州录事参军。《四明志》，地方志，罗濬、方万里等编修，成于宝庆三年(1227)，共二十一卷。任奕传见该书卷八："任奕，句章人，为御史中丞。朱育称其为文章之士，立言粲盛。今有《任子》十卷，见《意林》。"

〔**5**〕　胡元瑞(1551—1602)　名应麟，字元瑞，兰溪(今属浙江)人，明代学者。万历举人，筑室藏书，从事著述。著有《少室山房类稿》、《少室山房笔丛》等。《少室山房笔丛·经籍会通》："惟《任奕子》未得考。而道家有魏河东太守任嘏撰《道论》十二卷，或字之讹也。"按任嘏，字昭先(一作昭光)，三国魏黄门侍郎。非任奕。徐象梅，字仲和，明代杭州人，诸生，工诗文书画。著有《两浙名贤录》、《琅嬛史唾》等。《两浙名贤录》："任次龙，名奕。郡将蒋秀请为功曹，谢去。后历官御史中丞。"按任次龙，名旭，晋代临海章安(今浙江临海)人，官至郎中。徐象梅误合任旭、任奕为一人。

〔**6**〕　《御览》四百三　按鲁迅辑本《任子》正文作"《御览》四百二"，是。

《魏 子》序[1]

《隋志》:《魏子》三卷,后汉会稽人魏朗撰。《唐志》同。马总《意林》作十卷,当由后人析分,或"十"字误。朗字少英,上虞人,桓帝时为尚书,被党议免归,复被急征,行至牛渚自杀。见《后汉书》《党锢传》。

*　　　*　　　*

〔1〕　本篇据手稿编入,写作时间未详。原无标点。

《魏子》,鲁迅辑本封面题作《魏朗子》,正文题作《魏子》,一卷。据《意林》、《太平御览》、《艺文类聚》、《事类赋》注、《文选》李善注、《路史·余论》校录而成,共十八则。未印行。

《会稽郡故书襍集》序^{〔1〕}

《会稽郡故书襍集》者,冣史传地记之逸文,编而成集,以存旧书大略也。会稽古称沃衍,珍宝所聚,海岳精液,善生俊异,^{〔2〕}而远于京夏,厥美弗彰。吴谢承始传先贤,朱育又作《土地记》。载笔之士,相继有述。于是人物山川,咸有记录。其见于《隋书》《经籍志》者,杂传篇有四部三十八卷,地理篇二部二卷^{〔3〕}。五代云扰,典籍湮灭。旧闻故事,殆尠孑遗^{〔4〕}。后之作者,遂不能更理其绪。作人幼时,尝见武威张澍所辑书^{〔5〕},于凉土文献,撰集甚众。笃恭乡里,尚此之谓。而会稽故籍,零落至今,未闻后贤为之纲纪。乃翔就所见书传,剟取遗篇,裒为一襍。中经游涉^{〔6〕},又闻明哲之论,以为夸饰乡土,非大雅所尚,谢承虞预且以是为讥于世^{〔7〕}。俯仰之间,遂辍其业。十年已后,归于会稽^{〔8〕},禹勾践之遗迹^{〔9〕}故在。士女敖嬉,瞬眱而过,殆将无所眷念,曾何夸饰之云,而土风不加美。是故敍述名德,著其贤能,记注陵泉,传其典实,使后人穆然有思古之情,古作者之用心至矣!其所造述虽多散亡,而逸文尚可考见一二,存而录之,或差胜于泯绝云尔。因复撰次写定,计有八种。诸书众说,时足参证本文,亦各冣录,以资省览。书中贤俊之名,言行之迹,风土之美,多有方志所遗,舍此更不可见。用遗邦人,庶几供其景行^{〔10〕},不忘于故。第以寡闻,不能博引。如有未备,览者详焉。太岁在阏逢摄提格九月既望[11],会稽周作人记。

*　　　*　　　*

〔1〕　本篇最初发表于1914年12月《绍兴教育杂志》第二期,后印入1915年2月在绍兴木刻刊行的《会稽郡故书襍集》,均借署周作人名。1938年随该集编入《鲁迅全集》第八卷。以下八篇,是作者为集内所辑八种逸书分别撰写的序文。

《会稽郡故书襍集》,鲁迅早期辑录的古代逸书集,共收谢承《会稽先贤传》、虞预《会稽典录》、钟离岫《会稽后贤传记》、贺氏《会稽先贤像赞》、朱育《会稽土地记》、贺循《会稽记》、孔灵符《会稽记》和夏侯曾先《会稽地志》八种。前四种记载古代会稽的人物事迹,后四种记载古代会稽的山川地理、名胜传说。所录佚文大都辑自唐宋类书及其他古籍,并经相互校勘补充。会稽郡,始置于秦代,治所在吴(今江苏苏州);东汉分置吴郡,移治于山阴(今浙江绍兴),辖今浙江绍兴、上虞、余姚、诸暨、鄞等县。

〔2〕　海岳精液,善生俊异　《会稽典录·朱育》:"(虞)翻对曰:'夫会稽上应牵牛之宿,下当少阳之位。……山有金木鸟兽之殷,水有鱼盐珠蚌之饶。海岳精液,善生俊异。'"

〔3〕　《隋书》《经籍志》所载会稽典籍,其史部"杂传"篇著录谢承《会稽先贤传》七卷、钟离岫《会稽后贤传记》二卷、虞预《会稽典录》二十四卷、无名氏《会稽先贤像赞》五卷;"地理"篇著录朱育《会稽土地记》一卷、贺循《会稽记》一卷。

〔4〕　孑遗　《诗经·大雅·云汉》:"周余黎民,靡有孑遗。"

〔5〕　张澍(1776—1847)　字时霖,清代武威(今属甘肃)人。嘉

庆年间进士，曾官知县。所辑《二酉堂丛书》，集录唐代以前与凉州地区（今甘肃、宁夏等地）有关的文献共二十一种，三十卷。

〔6〕 中经游涉 指作者于1898年离乡往南京求学，又于1902年留学日本。

〔7〕 谢承虞预且以是为讥于世 如唐代刘知几《史通·杂述》以为虞预《会稽典录》等"郡书"："矜其乡贤，美其邦族，施于本国，颇得流行，置于他方，罕闻爱异。"清代沈钦韩《后汉书疏证》（卷三）认为谢承《后汉书》中关于王充的记载失实，说："盖谢承书本多虚诬，而充其乡里先辈，务欲矜夸，不知其乖谬也。"

〔8〕 十年已后，归于会稽 鲁迅于1909年从日本归国在杭州任教，1910年回到绍兴，离乡已过十年。

〔9〕 禹勾践之遗迹 禹，我国古代部落联盟的领袖，夏朝的建立者，以平治洪水著称。据说他死在会稽，今绍兴城东有禹陵。勾践（？—前465），春秋末年越国国君。曾为吴国所败，后起卧尝胆，刻苦图强，终于灭吴。会稽为越国都城，会稽山上有越王城故迹。

〔10〕 景行 《诗经·小雅·车舝》："高山仰止，景行行止。"

〔11〕 太岁在阏逢摄提格九月既望 即夏历甲寅年九月十六日（1914年11月3日）。太岁即木星，古时据其运转方位以纪年。太岁在甲为"阏逢"，在寅为"摄提格"。夏历每月十五为望日。既望，即十六日。

谢承《会稽先贤传》序[1]

　　《隋书》《经籍志》:《会稽先贤传》七卷,谢承撰。《新唐书》《艺文志》同。《旧唐书》《经籍志》作五卷。侯康《补三国艺文志》[2]云:"《御览》屡引之。"所记"诸人事,多史传之佚文。严遵二条,足补《后汉书》本传之阙。陈业二条,足以证《吴志》《虞翻传》注。吉光片羽,皆可宝也。"今撰集为一卷。承字伟平,山阴人。吴主孙权[3]时,拜五官郎中,稍迁长沙东部都尉,武陵太守。撰《后汉书》百余卷。见《吴志》《谢夫人传》。

* 　　　* 　　　*

　　〔1〕　谢承《会稽先贤传》　鲁迅辑本一卷,收录记载严遵、董昆、陈业、阚泽等八人事迹的佚文九则。

　　〔2〕　侯康(1798—1837)　字君谟,清代番禺(今属广东)人,道光举人。著有《后汉书补注续》、《三国志补注》等。所著《补三国艺文志》,载录、考证三国时代的典籍,共四卷。引文见卷三。

　　〔3〕　孙权(182—252)　字仲谋,富春(今浙江富阳)人,三国时吴国国君。公元229年至252年在位。

虞预《会稽典录》序[1]

　　《隋书》《经籍志》:《会稽典录》二十四卷,虞预撰。《旧唐书》《经籍志》,《新唐书》《艺文志》同。预字叔宁,余姚人。本名茂,犯明帝穆皇后讳[2],改。初为县功曹,见斥。太守庾琛命为主簿。纪瞻代琛,复为主簿,转功曹史。察孝廉,不行。安东从事中郎诸葛恢,参军庾亮等荐预,召为丞相行参军兼记室。遭母忧,服竟,除佐著作郎。大兴中,转琅邪国常侍,迁秘书丞,著作郎。咸和中,从平王含,赐爵西乡侯。假归,太守王舒请为咨议参军。苏峻平,进封平康县侯,迁散骑侍郎,著作如故。除散骑常侍,仍领著作。以年老归,卒于家。撰《晋书》四十余卷,《会稽典录》二十篇。见《晋书》本传。《典录》,《宋史》《艺文志》已不载,而宋人撰述,时见称引[3],又非出于转录。疑民间尚有其书,后遂湮昧。今搜缉逸文,尚得七十二人。略依时代次第,析为二卷。有虑非本书者,别为存疑一篇,附于末[4]。

＊　　　＊　　　＊

　　〔1〕　虞预《会稽典录》　鲁迅辑本分上、下二卷,收录记载范蠡、严光、谢承、朱育等七十二人事迹和会稽地理的佚文共一一二则。

　　〔2〕　虞预本名犯讳之说,参看本卷第18页注〔4〕。

〔**3**〕　关于《会稽典录》为宋人撰述所称引,如《太平御览》引有《会稽典录》七十余则,《事类赋》注、《嘉泰会稽志》、《宝庆四明志》等,亦有征引。

〔**4**〕　指附于鲁迅辑本之后的《〈会稽典录〉存疑》,内收记载陈嚣、沈丰、贺钝、沈震事迹的佚文四则,鲁迅疑非出于《会稽典录》,故不列为正文。

钟离岫《会稽后贤传记》序[1]

《隋书》《经籍志》:《会稽后贤传记》二卷,钟离岫撰。《旧唐书》《经籍志》,《新唐书》《艺文志》并云《会稽后贤传》三卷。无"记"字。钟离岫未详其人。章宗源《〈隋志〉史部考证》[2]据《通志》《氏族略》以为楚人。案《元和姓纂》[3]云:"汉有钟离昧,楚人。钟离岫撰《会稽后贤传》。"楚人者谓昧[4],今以属岫,甚非。汉代以来,钟离为会稽望族[5],特达者众,疑岫亦郡人,故为邦贤作传矣。今缉合逸文,写作一卷,凡五人,仍依《隋志》题曰《传记》。

*　　　*　　　*

〔1〕 钟离岫《会稽后贤传记》 鲁迅辑本一卷,收录记载孔愉、孔群、孔坦等五人事迹的佚文五则。

〔2〕 《〈隋志〉史部考证》 章宗源所著《〈隋书·经籍志〉考证》,仅成史部十三卷。

〔3〕 《元和姓纂》 唐代林宝著,十卷。成于宪宗元和年间(806—820),故名。此书记述唐代各姓氏的来源和旁支世系。原书已佚,今本辑自《永乐大典》。

〔4〕 楚人者谓昧 钟离昧(？—前201),秦末东海朐(在今江苏连云港西南)人,项羽部将,后归汉将韩信,汉高祖六年被迫自杀。见《史记·项羽本纪》。

〔5〕 钟离为会稽望族　东汉有山阴钟离意,史称良吏,官至尚书仆射;三国吴有钟离牧,曾任南海太守,为钟离意七世孙。牧又有子盛、徇,分别为吴尚书郎和水军都督。

贺氏《会稽先贤像赞》序[1]

　　《隋书》《经籍志》:《会稽先贤像赞》五卷。《旧唐书》《经籍志》作四卷,贺氏撰。《新唐书》《艺文志》云:《会稽先贤像传赞》四卷。[2]其书当有传有赞,故《旧唐志》史录,集录各著其目[3]。又有《会稽太守像赞》二卷,亦贺氏撰。今悉不传。唯《北堂书钞》引《先贤像赞》二条,此后不复见有称引,知其零失久矣。辄复写所存《传》文为一卷。《赞》并亡。贺氏之名亦无考。

　　※　　　　※　　　　※

　　〔1〕　贺氏《会稽先贤像赞》　鲁迅辑本一卷,收录记载董昆、綦母俊事迹的佚文各一则。贺氏生平无考。

　　〔2〕　《会稽先贤像传赞》　按《新唐书·艺文志》作"贺氏《会稽先贤传像赞》四卷"。

　　〔3〕　《旧唐志》史录,集录各著其目　《旧唐书·经籍志》史部目录"杂传类"著录:"《会稽先贤像赞》四卷,贺氏撰";集部目录"总集类"著录:"《会稽先贤赞》四卷,贺氏撰。"又上述二部目录并载:"《会稽太守像赞》二卷,贺氏撰。"

朱育《会稽土地记》序[1]

　　《隋书》《经籍志》史部地理篇:《会稽土地记》一卷,朱育撰。《旧唐书》《经籍志》,《新唐书》《艺文志》并作四卷,又削"土地"二字,入杂传记类。《世说新语》注[2]引《土地志》二条,不题撰人,盖即育记。所言皆涉地理,意《唐志》以为传记者,失之。其书,唐宋以来,绝不见他书征引,知阙失已久。所存逸文,亦寥落不复成篇。以其为会稽地记最古之书,聊复写出,以存其目。育字嗣卿,山阴人,吴东观令,遥拜清河太守,加位侍中。见《会稽典录》。

　　　　　*　　　　*　　　　*

　　〔1〕　朱育《会稽土地记》　鲁迅辑本一卷,收录记载山阴、长山的佚文各一则。

　　〔2〕　《世说新语》注　《世说新语》,笔记小说,南朝宋刘义庆著,分三十六门,原本八卷,今本三卷。记载汉末至东晋名人逸事、言谈。南朝梁刘峻作注,引书四百余种,补充史料,印证正文。所引《土地志》二条见《言语》篇注。

贺循《会稽记》序[1]

　　《隋书》《经籍志》:《会稽记》一卷,贺循撰。《旧唐书》《经籍志》,《新唐书》《艺文志》皆不载。循字彦先,山阴人,举秀才,除阳羡,武康令。以陆机荐,召为太子舍人[2]。元帝[3]为晋王,以为中书令,不受。转太常,领太子太傅,改授左光禄大夫,开府仪同三司。卒赠司空,谥曰穆。见《晋书》本传。

＊　　　　＊　　　　＊

　　〔1〕　贺循《会稽记》　鲁迅辑本一卷,收录记载会稽地理传说的佚文四则。

　　〔2〕　陆机(261—303)　字士衡,吴郡华亭(今上海松江)人,西晋文学家。曾官平原内史。著有《陆士衡集》。《晋书·贺循传》:陆机上疏,荐"循可尚书郎","久之,召补太子舍人"。

　　〔3〕　元帝　即司马睿(276—322),司马懿曾孙,袭封琅玡王。愍帝建兴四年(316)西晋亡,他在建康(今江苏南京)称晋王,次年即帝位,史称东晋。

孔灵符《会稽记》序〔1〕

孔灵符《会稽记》，《隋书》《经籍志》及新旧《唐志》皆不著录。《宋书》《孔季恭传》〔2〕云：季恭，山阴人。子灵符〔3〕，元嘉末为南谯王义宣〔4〕司空长史，南郡太守，尚书吏部郎。大明初，自侍中为辅国将军，郢州刺史。入为丹阳尹，出守会稽。又为寻阳王子房〔5〕右军长史。景和中，以近近臣，被杀。太宗〔6〕即位，追赠金紫光禄大夫。诸书引《会稽记》，或云孔灵符，或云孔晔。晔当是灵符之名。如射的谚〔7〕一条，《御览》引作灵符，《寰宇记》〔8〕引作晔，而文辞无甚异，知为一人。《艺文类聚》引或作孔皋，则皋字传写之误。今亦不复分别，第录孔氏《记》为一篇。其不题撰人者，别次于后。

* * *

〔1〕 孔灵符《会稽记》 鲁迅辑本一卷，收录记载会稽地理传说的佚文五十六则，其中包括未著撰人及存疑者十七则。

〔2〕 《宋书》《孔季恭传》 《宋书》，纪传体南朝宋史，南朝梁沈约著，一百卷。《孔季恭传》见该书卷五十四，后附孔灵符传。

〔3〕 子灵符 《宋书·孔季恭传》作"弟灵符"。

〔4〕 南谯王义宣 刘义宣（413—452），南朝宋武帝刘裕之子。文帝元嘉九年（432）封南谯王。

〔5〕 寻阳王子房 即南朝宋孝武帝刘骏第六子刘子房(456—466),大明四年(460)封寻阳王,泰始二年(466)贬为松滋县侯,被杀。

〔6〕 太宗 即南朝宋明帝刘彧(439—472),公元465年至472年在位。

〔7〕 射的谚 孔灵符《会稽记》中关于射的山的一条记载。射的山,位于今浙江萧山,因有射的石而得名。传说当地人据此石颜色的明暗以占米价,谚云:"射的白,斛一百;射的玄,斛一千。"按《太平御览》卷四十七"秦望山"条引射的谚,出自《水经注》;同卷"鹤山"条提及射的山,则标明引自"孔灵符《会稽记》",但无射的谚。

〔8〕 《寰宇记》 即《太平寰宇记》,地理总志,北宋乐史著,二百卷。关于射的谚的记载见该书卷九十六。

夏侯曾先《会稽地志》序^[1]

夏侯曾先《会稽地志》,《隋书》《经籍志》及新旧《唐志》皆不载。曾先事迹,亦无可考见。唐时撰述已引其书^[2],而语涉梁武^[3],当是陈隋间人。

*　　　*　　　*

〔1〕　夏侯曾先《会稽地志》　鲁迅辑本一卷,收录记载会稽山川、地理、人物传说的佚文三十三则。

〔2〕　关于夏侯曾先《会稽地志》为唐时撰述所称引,如鲁迅所辑"石帆"、"欧冶子"二条,即见引于唐代徐坚等所撰《初学记》。

〔3〕　梁武　即梁武帝萧衍(464—549),南朝梁的建立者,公元502 年至 549 年在位。《嘉泰会稽志》卷六引《会稽地志》"乌带山"条有"梁武帝遣乌笪采石英于此山而卒"等语。

《百喻经》校后记[1]

乙卯七月二十日,以日本翻刻高丽宝永己丑年[2]本校一过。异字悉出于上,多有谬误,不可尽据也。

*　　　*　　　*

〔1〕　本篇据手稿编入,写于 1915 年 7 月 20 日。原在鲁迅自藏《百喻经》校本后,无标题、标点。

《百喻经》,全名《百句譬喻经》,佛教寓言集,古印度僧伽斯那著,南朝齐时印度来华僧人求那毘地译。鲁迅 1914 年捐资由金陵刻经处刻印,二卷。

〔2〕　高丽宝永己丑年　公元 1709 年,即朝鲜肃宗三十五年。按肃宗无年号,此处"宝永"系借用相应的日本年号。

《寰宇贞石图》整理后记[1]

右总计二百卅一种,宜都杨守敬[2]之所印也。乙卯[3]春得于京师,大小四十余纸,又目录三纸,极草率。后见它本,又颇有出入,其目录亦时时改刻,莫可究竟。明代书估刻丛,每好变幻其目,以眩买者,此盖似之。入冬无事,即尽就所有,略加次第,帖为五册。审碑额阴侧,往往不具,又时襍翻刻本,殊不足凭信。以世有此书,亦聊复存之云尔。

*　　　*　　　*

〔1〕　本篇据手稿编入,原在鲁迅整理本《寰宇贞石图》目录之后,无标题、标点。当写于 1916 年 1 月。

《寰宇贞石图》,清末杨守敬所辑石刻拓片集,原书六卷。共收二百三十余种,以中国先秦至唐宋的碑刻墓志为主,兼收日本、朝鲜碑刻数种。该书有清代光绪八年(1882)、宣统二年(1910)两种石印本,后者有所增改。鲁迅整理本五册,未印行。

〔2〕　杨守敬(1839—1915)　字惺吾,湖北宜都人,清末学者。曾在驻日使馆任职。著有《水经注疏》、《日本访书志》、《历代舆地图》等。

〔3〕　乙卯　指1915年。鲁迅1915年8月3日日记:"下午,敦古谊帖店送来石印《寰宇贞石图》散叶一分五十七枚。"又1916年1月2日日记:"夜整理《寰宇贞石图》一过。"

50

《嵇康集》逸文考〔1〕

嵇康《游仙诗》云:翩翩凤辖,逢此网罗。(《太平广记》四百引《续齐谐记》〔2〕。)

嵇康有《白首赋》。(《文选》二十三谢惠连《秋怀诗》李善注〔3〕。)

嵇康《怀香赋序》曰:余以太簇之月,登于历山之阳,仰眺崇冈,俯察幽坂。乃睹怀香,生蒙楚之间。曾见斯草,植于广厦之庭,或被帝王之囿。怪其遐弃,遂迁而树于中唐。华丽则殊采阿那,芳实则可以藏书。又感其弃本高崖,委身阶庭,似傅说显殷,四叟归汉,故因事义赋之。(《艺文类聚》八十一。案《太平御览》九百八十三引嵇含《槐香赋》,文与此同,《类聚》以为康作,非也。严可均辑《全三国文》据《类聚》录之,张溥本亦存其目,并误〔4〕。)

嵇康《酒赋》云:重酎至清,渊凝冰洁,滋液兼备,芬芳□□〔5〕。(《北堂书钞》一百四十八。案同卷又引嵇含《酒赋》云:"浮螘萍连,醥华鳞设。"疑此四句亦嵇含之文。)

嵇康《蚕赋》曰:食桑而吐丝,前乱而后治。〔6〕(《太平御览》八百十四。)

嵇康《琴赞》云:懿吾雅器,载璞灵山。体具德真,清和自然。澡以春雪,澹若洞泉。温乎其仁,玉润外鲜。昔在黄农,神物以臻。穆穆重华,託心五弦。("託心"《书钞》作"記以",据《初学记》十六引改。)闲邪纳正,矗矗其仙。宣和养气(《初学记》十六两引,一作"素"),介乃遐年。(《北堂书钞》一百九。)[7]

嵇康《太师箴》[8]曰:若会酒坐,见人争语,其形势似欲转盛,便当舍去,此斗之兆也。(《太平御览》四百九十六。严可均曰:"此疑是序,未敢定之。"今案:此《家诫》也,见本集第十卷,《御览》误题尔。)

嵇康《灯铭》:肃肃宵征,造我友庐,光灯吐耀,华缦长舒。(见《全三国文》,不著所出。今案:《杂诗》[9]也,见本集第一卷,亦见《文选》。)

《嵇康集目录》(《世说》注,《御览》引作《嵇康集序》)曰:孙登者,字公和,不知何许人。无家属,于汲县北山土窟中得之。夏则编草为裳,冬则被发自覆。好读《易》,鼓一弦琴,见者皆亲乐之。每所止家,辄给其衣食服饮,食得,无辞让。(《魏志》《王粲传》注,《世说新语》《棲逸》篇注;《御览》二十七,又九百九十九。)

《嵇康文集录》注曰:河内山嵚,守颍川,山公族父。(《文选》嵇叔夜《与山巨源绝交书》[10]李善注。)

《嵇康文集录》注曰:阿都,吕仲悌,东平人也。(同上。)

*　　　*　　　*

〔1〕　本篇据手稿编入,当写定于1924年6月之前,原题《〈嵇康集〉逸文》,无标点。后附入鲁迅校本《嵇康集》末。收入1938年版《鲁

迅全集》第九卷时,据《〈嵇康集〉序》中所称改为今题。

〔2〕 《太平广记》 类书,宋代李昉等编,五百卷。主要收录六朝至宋初的小说、笔记,引书四百七十余种,分九十二类。《续齐谐记》,志怪小说集,南朝梁吴均著,一卷。续南朝宋东阳无疑《齐谐记》(已佚)而作,故名。

〔3〕 谢惠连(397—433) 南朝宋文学家,陈郡阳夏(今河南太康)人。曾任彭城王刘义康法曹参军,有《谢法曹集》。李善(约630—689),唐代扬州江都(今属江苏)人。高宗时官崇文馆学士。曾注《昭明文选》。

〔4〕 按宋本《艺文类聚》所收《怀香赋序》署嵇含作,别本误署嵇康。鲁迅所引文字与宋本稍有出入。嵇含(263—306),字君道,嵇康侄孙。晋初任襄城太守。严可均(1762—1843),字景文,号铁桥,乌程(今浙江吴兴)人,清代学者。嘉庆时举人,曾任建德教谕。所编《全上古三代秦汉三国六朝文》为文总集,七六四卷。按该书据《艺文类聚》收《怀香赋序》于嵇康文中,又据《太平御览》收《槐香赋》并序于嵇含文中,二序实为一篇。张溥(1602—1641),字天如,太仓(今属江苏)人,明代文学家。崇祯四年进士,复社的创立者之一。编有《汉魏六朝百三名家集》,内收《嵇中散集》,集中全录《怀香赋序》,非仅存其目。

〔5〕 芬芳□□ 清代孔广陶校本《北堂书钞》引此句缺二字,明代陈禹谟本《北堂书钞》作"芬菲澂澈"。

〔6〕 《蚕赋》 这里题作嵇康《蚕赋》的两句引文出自荀卿《赋篇》,《太平御览》题撰人为"荀卿",篇名作《蚕赋》;严可均《全上古三代秦汉三国六朝文》转引《御览》时误题撰人为嵇康。

〔7〕 "穆穆重华"等六句,据孔广陶本《北堂书钞》。陈禹谟本作"穆穆重华,五弦始兴。闲邪纳正,感扬悟灵。宣和养气,介乃遐龄。"按《初学记》卷十六引"闲闲纳正,宣和养素"二句,题嵇康《琴赞》;引"穆穆

重华,託心五弦,宣和养气,介乃遐年"四句,误题嵇康《琴赋》。

〔8〕 《太师箴》 嵇康所作的一篇讽诫皇帝的文章,见鲁迅校本《嵇康集》卷十。

〔9〕 《杂诗》 嵇康所作的一首四言诗,见鲁迅校本卷一,即《四言诗十一首》之十一;黄省曾刻本则单列,另题《杂诗一首》。此诗又见《文选》卷二十九。

〔10〕 嵇叔夜《与山巨源绝交书》 见鲁迅校本《嵇康集》卷二。山巨源即山涛(205—283),字巨源,河内怀(今河南武陟)人,嵇康友人。魏末任选曹郎,曾推荐嵇康接替自己的职务,嵇康鄙弃他依附司马氏集团,写信与之绝交。

《嵇康集》著录考[1]

《隋书》《经籍志》:魏中散大夫《嵇康集》十三卷。(梁十五卷,录一卷。)

《唐书》《经籍志》:《嵇康集》十五卷。

《新唐书》《艺文志》:《嵇康集》十五卷。

《宋史》《艺文志》:《嵇康集》十卷。

《崇文总目》[2]:《嵇康集》十卷。

郑樵《通志》《艺文略》:魏中散大夫《嵇康集》十五卷。

晁公武《郡斋读书志》[3]:《嵇康集》十卷。右魏嵇康叔夜也,谯国人。康美词气,有丰仪,不事藻饰。学不师受,博览该通。长好老庄,属文玄远。以魏宗室婚,拜中散大夫。景元初,钟会谮于晋文帝,遇害。

尤袤《遂初堂书目》[4]:《嵇康集》。

陈振孙[5]《直斋书录解题》:《嵇中散集》十卷。魏中散大夫谯嵇康叔夜撰。本姓奚,自会稽徙谯之铚县嵇山,家其侧,遂氏焉,取稽字之上,志其本也。所著文论六七万言,今存于世者仅如此。《唐志》犹有十五卷。

马端临[6]《文献通考》《经籍考》:《嵇康集》十卷。(案下全引晁氏《读书志》,陈氏《解题》,并已见。)

杨士奇[7]《文渊阁书目》:《嵇康文集》。(一部,一册。

55

阙。)

叶盛《箓竹堂书目》[8]:《嵇康文集》一册。

焦竑《国史》《经籍志》[9]:《嵇康集》十五卷。

钱谦益《绛云楼书目》:《嵇中散集》二册。(陈景云注云:"十卷,黄刻,佳。")[10]

钱曾《述古堂藏书目》[11]:《嵇中散集》十卷。

《四库全书总目》:《嵇中散集》十卷(两江总督采进本)。旧本题晋嵇康撰。案康为司马昭所害,时当涂之祚未终,则康当为魏人,不当为晋人,《晋书》立传,实房乔等之舛误。本集因而题之,非也。《隋书》《经籍志》载康文集十五卷。新旧《唐书》并同。郑樵《通志略》所载卷数尚合。至陈振孙《书录解题》,则已作十卷,且称康"所作文论六七万言,其存于世者仅如此。"则宋时已无全本矣。疑郑樵所载,亦因仍旧史之文,未必真见十五卷之本也。王楙《野客丛书》(见卷八)云:"《嵇康传》曰,康喜谈名理,能属文,撰《高士传赞》,作《太师箴》,《声无哀乐论》。余(明刻本《野客丛书》作'仆')得毗陵贺方回家所藏缮写《嵇康集》十卷,有诗六十八首,今《文选》所载(有'康诗'二字)才三数首。《选》惟载康《与山巨源绝交书》一首,不知又有《与吕长悌绝交》一书。《选》惟载《养生论》一篇,不知又有《与向子期论养生难答》一篇,四千余言,辩论甚悉。集又有《宅无吉凶摄生论难》上中下三篇,《难张辽('辽'下尚有一字,已泐)自然好学论》一首,《管蔡论》,《释私论》,《明胆论》等文。(其词旨玄远,率根于理,读之可想见当时之风致。——'文'下有此十九字。)《崇文总目》谓《嵇康集》十卷,正此本尔。

唐《艺文志》谓《嵇康集》十五卷,不知五卷谓何?"观楙所言,则樵之妄载确矣。此本凡诗四十七篇,赋一篇,书二篇,杂著二篇,论九篇,箴一篇,家诫一篇,而杂著中《嵇荀录》一篇,有录无书,实共诗文六十二篇。又非宋本之旧,盖明嘉靖乙酉吴县黄省曾所重辑也。杨慎《丹铅总录》尝辨阮籍卒于康后,而世传籍碑为康作。此本不载此碑,则其考核犹为精审矣。[12]

《四库简明目录》[13]:《嵇中散集》十卷,魏嵇康撰。《晋书》为康立传,旧本因题曰晋者,缪也。其集散佚,至宋仅存十卷。此本为明黄省曾所编,虽卷数与宋本同,然王楙《野客丛书》称康诗六十八首,此本仅诗四十二首,合杂文仅六十二首,则又多所散佚矣。

朱学勤《结一庐书目》:《嵇中散集》十卷。(计一本。魏嵇康撰。明嘉靖四年黄氏仿宋刊本。)[14]

洪颐煊《读书丛录》[15]:《嵇中散集》十卷。每卷目录在前。前有嘉靖乙酉黄省曾序。《三国志》《邴原传》裴松之注:"张貔父遹,字叔辽,《自然好学论》在《嵇康集》。"今本亦有此篇。又诗六十六首,与王楙《野客丛书》本同,是从宋本翻雕。每叶廿二行,行廿字。

钱泰吉《曝书杂记》[16]:平湖家梦庐翁天树[17],笃嗜古籍,尝于张氏爱日精庐[18]藏书眉间记其所见,犹随斋批注《书录解题》[19]也。余曾手钞。翁下世已有年,平生所见,当不止此,录之以见梗概。《嵇中散集》,余昔有明初钞本,即《解题》所载本,多诗文数首,此或即明黄省曾所集之本欤?

莫友芝《郘亭知见传本书目》[20]:《嵇中散集》十卷,魏嵇康撰。　明嘉靖乙酉黄省曾仿宋本,每叶二十二行,行二十字,板心有"南星精舍"四字。　程荣校刻本。　汪士贤本。《百三名家集》本一卷。　《乾坤正气集》本。　静持室有顾沅以吴匏庵钞本校于汪本上。

江标《丰顺丁氏持静斋书目》[21]:《嵇中散集》十卷,明汪士贤刊本。康熙间,前辈以吴匏庵手抄本详校,后经藏汪伯子,张燕昌,鲍渌饮,黄荛圃,顾湘舟诸家。

缪荃孙《清学部图书馆善本书目》[22]:《嵇康集》十卷,魏嵇康撰。明吴匏庵丛书堂钞本。格心有"丛书堂"三字,有"陈贞莲书画记"朱方格界格方印。

陆心源《皕宋楼藏书志》[23]:《嵇康集》十卷(旧钞本[24]),晋嵇康撰。(案此下原本全录顾氏记及荛翁三跋,并已见[25]。)余向年知王雨楼表兄家藏《嵇中散集》,乃丛书堂校宋抄本,为藏书家所珍秘。从士礼居转归雨楼。今乙未冬,向雨楼索观,并出副录本见示。互校,稍有讹脱,悉为更正。朱改原字上者,抄人所误。标于上方者,己意所随正也。还书之日,附志于此。道光十五年十一月初九日,妙道人书[26]。案魏中散大夫《嵇康集》,《隋志》十三卷,注云:梁有十五卷,《录》一卷。新旧《唐志》并作十五卷,疑非其实。《宋志》及晁陈两家并十卷,则所佚又多矣。今世所通行者,惟明刻二本,一为黄省曾校刊本,一为张溥《百三家集》本。张本增多《怀香赋》一首,及原宪等赞六首,而不附赠答论难诸原作。其余大略相同。然脱误并甚,几不可读。昔年曾互勘一过,而稍以《文选》《类聚》诸书参校之,终未尽善。此本从明吴匏庵丛书堂抄宋本过录。其传钞之误,吴君志忠已据钞宋原本校正。今朱笔改者,是也。余以明刊本校之,知明本脱落甚多。《答难养生论》"不殊于榆柳也"下,脱"然松柏之生,各以良殖遂性,若养松于灰壤"三句。《声无哀乐论》"人情以躁静"下,脱"专散为应。譬犹游观于都肆,则目滥而情放。留察于曲度,则思静"二十五字。《明胆论》"夫惟至"下,脱"明能无所惑至胆"七字。《答释难宅无吉凶摄生论》"为卜无所益也"下,脱"若得无恙,为相败于卜,何云成相邪"二句。"未若所不知"下,脱"者众,此较通世之常滞。然智所不知"十四字,及"不可以妄求也"脱"以"字,误"求"为"论",遂至不成文义。其余单辞只句,足以校补误字缺文者,不可条举。书贵旧抄,良有以也。

祁承㸁《澹生堂书目》[27]:《嵇中散集》三册。(十卷,嵇康。)《嵇中散集略》一册。(一卷。)[28]

孙星衍《平津馆鉴藏记》[29]:《嵇中散集》十卷。每卷目录在前。前有嘉靖乙酉黄省曾序,称"校次瑶编,汇为十卷",疑此本为黄氏所定。然考王楙《野客丛书》,已称得毗陵贺方回家所藏缮写十卷本,又诗六十六首。与王楙所见本同。此本即从宋本翻雕。黄氏序文,特夸言之耳。每叶廿二行,行廿字,板心下方有"南星精舍"四字。收藏有"世业堂印"白文方印,"绣翰斋"朱文长方印。

赵琦美《脉望馆书目》:《嵇中散集》二本。[30]

高儒《百川书志》[31]:《嵇中散集》十卷。魏中散大夫谯人嵇康叔夜撰。诗四十七,赋十三,文十五,附四。

＊　　　＊　　　＊

〔1〕 本篇据手稿编入,当写定于1924年6月之前,后附入鲁迅校本《嵇康集》之末。

〔2〕 《崇文总目》 宋仁宗时宫廷藏书目录,王尧臣等奉敕编。原书六十六卷,已佚。清代修《四库全书》时,从《永乐大典》辑得十二卷。

〔3〕 晁公武 字子止,巨野(今属山东)人,南宋目录学家。绍兴进士,官至四川制置使,吏部侍郎。家富藏书。所著《郡斋读书志》,有两种版本:其一称袁州刊本,四卷,又《后志》二卷,淳祐十年(1250)刻于蜀中;其二称衢州刊本,二十卷,淳祐九年(1249)刻于浙西。它是我国第一部附有提要的私家藏书目录。引文见衢州本卷十七,"有丰仪"后脱"土木形骸"四字,"丰"作"风";"师受",袁本作"师授"。

〔4〕 尤袤(1127—1194) 字延之,无锡(今属江苏)人,宋代诗人、目录学家。官至礼部尚书。《遂初堂书目》为其家藏书目,一卷。所载书目皆不录撰人及卷数。

〔5〕 陈振孙(?—约1261) 字伯玉,号直斋,安吉(今属浙江)人,南宋目录学家。淳祐时官至侍郎。下引文字中的"稽山",聚珍版丛书本《直斋书录解题》(卷十六)作"嵇山"。随斋夹注曰:"盖以嵇与稽字体相近,为不忘会稽之意。《文献通考》作'取嵇',恐误。"

〔6〕 马端临(约1254—1323) 字贵与,乐平(今属江西)人,宋末元初史学家。曾任台州儒学教授。按本条括号内注文为鲁迅所加。

〔7〕 杨士奇(1365—1444) 名寓,泰和(今属江西)人,明初文学家。官至大学士。

〔8〕 叶盛(1420—1474) 字与中,昆山(今属江苏)人,明代藏书家。官至吏部侍郎。《箓竹堂书目》为其家藏书目,六卷。

〔9〕 焦竑(1540—1620) 字弱侯,号澹园,江宁(今属江苏南京)

人,明代学者。官翰林院修撰。万历间奉诏修国史,仅成《经籍志》六卷。

〔10〕 **钱谦益**(1582—1664) 字受之,号牧斋,常熟(今属江苏)人,明末文学家。明万历进士,崇祯初任礼部右侍郎,南明弘光时又任礼部尚书。清军占领南京时,他率先迎降。乾隆时将他列入《贰臣传》。著有《初学集》、《有学集》、《开国群雄事略》等。《绛云楼书目》为其家藏书目,四卷。陈景云(1670—1747),字少章,清代吴江(今属江苏)人。诸生。博通群籍。著有《绛云楼书目注》、《读书记闻》等。按本条括号内注文为鲁迅所加。

〔11〕 **钱曾**(1629—1701) 字遵王,号也是翁,常熟(今属江苏)人,清代藏书家。钱谦益的族孙。《述古堂藏书目》为其家藏书目,四卷。

〔12〕 **《四库全书总目》** 即《四库全书总目提要》。清代乾隆时编《四库全书》所收入库书三五〇三种、存目书六七九三种的目录提要,二百卷。乾隆第六子永瑢领衔主编,提要为纪昀等撰写。按本条括号内的注文,除"两江总督采进本"一句为原注外,余皆系鲁迅所加;正文据影印本《四库总目》作过校补。又本节所引两处文字,经与聚珍版丛书本《直斋书录解题》及明嘉靖重刻本《野客丛书》校核,尚有异文数处,未改。

〔13〕 **《四库简明目录》** 《四库全书总目》入库书目提要的摘要本,二十卷。亦由永瑢领衔主编,纪昀等撰写。

〔14〕 **朱学勤**(1823—1875) 字伯修,仁和(今属浙江杭州)人,清代藏书家。咸丰进士,官终大理寺卿。《结一庐书目》为其家藏书目,四卷。本条括号内注文是朱氏原注。

〔15〕 **洪颐煊**(1765—1833) 字旌贤,号筠轩,清代浙江临海人。曾任新兴知县。所著《读书丛录》,二十四卷。

〔16〕 钱泰吉（1791—1863） 字辅宜，号警石，浙江嘉兴人，清代藏书家。曾任海宁州学训导。所著《曝书杂记》，三卷。

〔17〕 梦庐翁 即钱天树，字仲嘉，号梦庐，浙江平湖人。清代藏书家。

〔18〕 张氏爱日精庐 张氏，指张金吾（1787—1829），字慎旃，江苏常熟人，清代藏书家。道光诸生。著有《爱日精庐藏书志》。爱日精庐为其藏书楼名。

〔19〕 随斋批注《书录解题》 《直斋书录解题》正文中有多处夹注，补阙拾遗，颇多裨益。夹注者为元初程棨，字仪甫，号随斋，浙江安吉人。

〔20〕 莫友芝（1811—1871） 字子偲，号邵亭，贵州独山人，清末学者。道光举人，曾入曾国藩幕。所著《邵亭知见传本书目》，十六卷。按此条引文中的"静持室"疑当为"持静室"，清末丁日昌藏书室名。

〔21〕 江标（1860—1899） 字建霞，清末元和（今属江苏苏州）人。官翰林院编修。曾重刻《丰顺丁氏持静斋书目》一卷。丁氏，即丁日昌（1823—1882），字雨生，广东丰顺人。清末洋务派人物。历官两淮盐运使、江苏巡抚、福建巡抚等职。在任江苏巡抚期间，曾下令"查禁淫词小说"《红楼梦》、《拍案惊奇》、《水浒传》等一五六种。其持静斋藏书十万余卷。

〔22〕 缪荃孙（1844—1919） 字筱珊，号艺风，江苏江阴人，清末学者。光绪进士，长期任南菁、钟山等书院讲席。《清学部图书馆善本书目》，五卷。学部，清末设立的中央主管全国教育的机构。

〔23〕 陆心源（1834—1894） 字刚父，号存斋，归安（今浙江吴兴）人，清末藏书家。咸丰举人，曾官福建盐运使。所著《皕宋楼藏书志》，一二〇卷，《续志》四卷。

〔24〕 旧钞本 三字为《皕宋楼藏书志》原注。

〔25〕 顾氏记 指丛书堂钞本《嵇康集》后的顾广圻跋。顾广圻
(1770—1839),字千里,号涧薲,元和(今属江苏苏州)人,清代校勘学
家。诸生。著有《思适斋集》。荛翁三跋,指丛书堂钞本《嵇康集》后的
三则黄丕烈跋语。黄丕烈(1763—1825),字绍武,号荛圃,又号复翁,吴
县(今属江苏苏州)人,清代藏书家。乾隆举人,曾官主事。著有《士礼
居藏书题跋》。顾氏记及荛翁三跋皆已附入鲁迅校本《嵇康集》。此条
案语系鲁迅所加。

〔26〕 妙道人 即吴志忠,字有堂,别号妙道人,清代吴县(今属江
苏苏州)人。以上系《皕宋楼藏书志》所录《嵇康集》钞本的吴志忠跋语。

〔27〕 祁承㸁(1565—1628) 字尔光,山阴(今属浙江绍兴)人,明
代藏书家。万历进士,曾任江西右参政。《澹生堂书目》为其家藏书目,
十四卷。

〔28〕 "祁承㸁《澹生堂书目》"条上方,手稿原有眉注:"万历癸丑
自序"。下条"孙星衍《平津馆鉴藏记》"上方则有眉注:"戊辰序"。

〔29〕 孙星衍(1753—1818) 字渊如,阳湖(今江苏武进)人,清代
学者。乾隆进士,曾官山东督粮道。所著《平津馆鉴藏记》,全名《平津
馆鉴藏书籍记》,三卷,附《补遗》、《续编》各一卷。正文卷一录宋版书,
卷二录明版书,卷三录旧影写本。

〔30〕 赵琦美(1563—1624) 字元度,号清常道人,常熟(今属江
苏)人,明代藏书家。曾官南京刑部郎中。《脉望馆书目》为其家藏书
目,四册。赵死后,其书悉归钱谦益绛云楼。按手稿此条原有眉注:"赵
书后归绛云楼"。

〔31〕 高儒 字子醇,涿州(今河北涿县)人,明代藏书家。《百川
书志》为其家藏书目,二十卷。按下文中的"赋十三"原为"赋三",即《琴
赋》(全文),《酒赋》(残存四句),《白首赋》(仅存其目)。

《嵇康集》序〔1〕

魏中散大夫《嵇康集》,在梁有十五卷,《录》一卷。至隋佚二卷。唐世复出,而失其《录》。宋以来,乃仅存十卷。郑樵《通志》所载卷数,与唐不异者,盖转录旧记,非由目见。王楙已尝辨之矣〔2〕。至于椠刻,宋元者未尝闻,明则有嘉靖乙酉黄省曾本,汪士贤《二十一名家集》〔3〕本,皆十卷。在张溥《汉魏六朝百三名家集》中者,合为一卷,张燮所刻者又改为六卷,〔4〕盖皆从黄本出,而略正其误,并增逸文。张燮本更变乱次第,弥失其旧。惟程荣刻十卷本〔5〕,较多异文,所据似别一本,然大略仍与他本不甚远。清诸家藏书簿所记,又有明吴宽丛书堂钞本,谓源出宋椠,又经匏庵手校,故虽迻录,校文者亦为珍秘。予幸其书今在京师图书馆,乃亟写得之,更取黄本雠对,知二本根源实同,而互有讹夺。惟此所阙失,得由彼书补正,兼具二长,乃成较胜。旧校亦不知是否真出匏庵手?要之盖不止一人。先为墨校,增删最多,且常灭尽原文,至不可辨。所据又仅刻本,并取彼之讹夺,以改旧钞。后又有朱校二次,亦据刻本,凡先所幸免之字,辄复涂改,使悉从同。盖经朱墨三校,而旧钞之长,且泯绝矣。今此校定,则排摈旧校,力存原文。其为浓墨所灭,不得已而从改本者,则曰"字从旧校",以著可疑。义得两通,而旧校辄改从刻本者,则曰"各本作某",

64

以存其异。既以黄省曾,汪士贤,程荣,张溥,张燮五家刻本比勘讫,复取《三国志》注,《晋书》,《世说新语》注,《野客丛书》,胡克家翻宋尤袤本《文选》[6]李善注,及所著《考异》,宋本《文选》六臣注[7],相传唐钞《文选集注》残本[8],《乐府诗集》,《古诗纪》[9],及陈禹谟刻本《北堂书钞》,胡缵宗本《艺文类聚》,锡山安国刻本《初学记》,鲍崇城刻本《太平御览》[10]等所引,著其同异。姚莹所编《乾坤正气集》[11]中,亦有中散文九卷,无所正定,亦不复道。而严可均《全三国文》,孙星衍《续古文苑》[12]所收,则间有勘正之字,因并录存,以备省览。若其集作如此,而刻本已改者,如"偢"为"愁","寤"为"悟";或刻本较此为长,如"遊"为"游","泰"为"太","慾"为"欲","樽"为"尊","殉"为"徇","饬"为"饰","闲"为"闲","蹔"为"暂","脩"为"修","壹"为"一","途"为"塗","返"为"反","捨"为"舍","弦"为"绚";或此较刻本为长,如"饑"为"饥","陵"为"凌","熟"为"孰","玩"为"翫","灾"为"灾";或虽异文而俱得通,如"迺"与"乃","殢"与"吝","强"与"彊","于"与"於","无""毋"与"無"。其数甚众,皆不复著,以省烦累。又审旧钞,原亦不足十卷。其第一卷有阙叶。第二卷佚前,有人以《琴赋》足之。第三卷佚后,有人以《养生论》足之。第九卷当为《难宅无吉凶摄生论》下,而全佚,则分第六卷中之《自然好学论》等二篇为第七卷,改第七第八卷为八九两卷,以为完书。黄,汪,程三家本皆如此,今亦不改。盖较王楙所见之缮写十卷本,卷数无异,而实佚其一卷及两半卷矣。原又有目录在前,然是校后续加,与黄本者相似。今据本文,别造一卷代之,并作《逸文考》、《著录考》各一卷,附于末。恨学识荒陋,疏失盖多,亦第欲存留旧文,得稍流布焉尔。

中华民国十有三年六月十一日会稽。

*   *   *

〔1〕 本篇据手稿编入。写于 1924 年 6 月 11 日,原无标题、标点。最初收入 1938 年版《鲁迅全集》第九卷《嵇康集》。

〔2〕 王楙(1151—1213) 字勉夫,宋代长洲(今属江苏苏州)人。未仕,杜门著述。著有《野客丛书》三十卷。关于王楙辨《通志》所载《嵇康集》卷数语,参看本书《〈嵇康集〉著录考》中《四库全书总目》条引文。

〔3〕 汪士贤 明代歙县(今属安徽)人。《二十一名家集》即《汉魏诸名家集》,一二三卷,刊行于明代万历年间,内有《嵇中散集》十卷。

〔4〕 《汉魏六朝百三名家集》 共一一八卷,内有《嵇中散集》一卷。张燮,字绍和,明代龙溪(今福建漳州)人。万历举人。刻有《七十二名家集》,内收《嵇中散集》六卷。

〔5〕 程荣 字伯仁,明代歙县人。刻有《嵇中散集》十卷。

〔6〕 尤袤本《文选》 刊于南宋淳熙八年(1181),是现存《文选》最早的完整刻本。

〔7〕 宋本《文选》六臣注 《文选》除李善注本外,还有唐代开元时吕延济、刘良、张铣、吕向、李周翰合注本,世称"五臣注"。宋人将两本合刻,称《文选六臣注》。

〔8〕 相传唐钞《文选集注》残本 未题集注者名,与六臣注本略有异同。该书将《文选》析为一二〇卷,已残缺。原藏日本金泽文库,罗振玉借得十六卷,于 1918 年影印,收入《嘉草轩丛书》。

〔9〕 《乐府诗集》 诗歌总集,宋代郭茂倩编,一百卷。辑录汉魏

至五代乐府歌辞,兼及先秦至魏末歌谣。《古诗纪》,原名《诗纪》,诗歌总集,明代冯惟讷编,一五六卷。辑录汉代至隋代诗,兼及古逸诗等。

〔10〕 陈禹谟(1548—1618) 字锡玄,明代常熟(今属江苏)人。万历举人,曾任南京国子监学正。所刻《北堂书钞》,一六〇卷,对原本有所窜改。胡缵宗(1480—1560),字可泉,明代秦安(今属甘肃)人。正德进士,官至右副都御使。所刻《艺文类聚》,一百卷,于嘉靖六年(1527)印行。安国(1481—1534),字民泰,明代锡山(今江苏无锡)人。所刻《初学记》,三十卷,于嘉靖十年(1531)印行。鲍崇城,清代歙县(今属安徽)人。所刻《太平御览》,一千卷,于嘉庆十七年(1812)印行。

〔11〕 姚莹(1785—1853) 字石甫,清代安徽桐城人。嘉庆进士,曾任台湾道、湖南按察使。与顾沅等合编《乾坤正气集》二十卷,选录战国屈原以下一〇一人的作品。

〔12〕 《续古文苑》 文总集,二十卷。辑录周代至元代遗文,因旧有《古文苑》一书,故名。

《俟堂专文杂集》题记[1]

曩尝欲著《越中专录》[2]，颇锐意蒐集乡邦专甓及拓本，而资力薄劣，俱不易致。以十余年之勤，所得仅古专二十余及杦本少许而已。迁徙以后，忽遭寇劫[3]，孑身逭遁，止携大同十一年者一枚[4]出，余悉委盗窟中。日月除矣，意兴亦尽，纂述之事，渺焉何期？聊集爰余，以为永念哉！甲子八月廿三日，宴之敖者[5]手记。

*　　　*　　　*

〔1〕　本篇据手稿编入。写于 1924 年 9 月 21 日，原无标题、标点。《俟堂专文杂集》，鲁迅所藏古砖拓本的辑集，收汉魏六朝一七〇件，隋二件，唐一件。鲁迅生前编定，但未印行。俟堂，鲁迅早年的别号。

〔2〕　《越中专录》　鲁迅拟编的绍兴地区古砖拓本集。按《俟堂专文杂集》所收不以越中为限。

〔3〕　迁徙以后，忽遭寇劫　当指周作人侵占鲁迅书物一事。鲁迅 1923 年 8 月 2 日日记：由八道湾“迁居砖塔胡同六十一号”。1924 年 6 月 11 日日记："下午往八道湾宅取书及什器，比进西厢，启孟及其妻突出骂詈殴打……然终取书、器而出。"启孟，即周作人。

〔4〕　大同十一年者一枚　指南朝梁武帝大同十一年(545)的古砖或其拓本。(鲁迅 1918 年 7 月 14 日日记："拓大同专二分。")

〔5〕 宴之教者 鲁迅笔名。据许广平《欣慰的纪念》:"先生说:'宴从宀(家),从日,从女;敖从出,从放(《说文》作敖……);我是被家里的日本女人逐出的。'"按周作人之妻羽太信子为日本人。

《小说旧闻钞》序言[1]

昔尝治理小说,于其史实,有所钩稽。时蒋氏瑞藻《小说考证》[2]已版行,取以检寻,颇获裨助;独惜其并收传奇,未曾理析,校以原本,字句又时有异同。于是凡值涉猎故记,偶得旧闻,足为参证者,辄复别行迻写。历时既久,所积渐多;而二年已前又复废置,纸札丛杂,委之蟫尘。其所以不即焚弃者,盖缘事虽猥琐,究尝用心,取舍两穷,有如鸡肋焉尔。今年之春,有所怅触[3],更发旧稿,杂陈案头。一二小友以为此虽不足以饷名家,或尚非无裨于初学,助之编定,斐然成章,遂亦印行,即为此本。自愧读书不多,疏陋殊甚,空灾楮墨,贻痛评坛。然皆撷自本书,未尝转贩;而通卷俱论小说,如《小浮梅闲话》,《小说丛考》,《石头记索隐》,《红楼梦辨》[4]等,则以本为专著,无烦披拣,冀省篇幅,亦不复采也。凡所录载,本拟力汰複重,以便观览,然有破格,可得而言:在《水浒传》,《聊斋志异》,《阅微草堂笔记》下有複重者,著俗说流传之迹也[5];在《西游记》下有複重者,揭此书不著录于地志之渐也[6];在《源流篇》中有複重者,明札记肊说稗贩之多也[7]。无稽甚者,亦在所删,而独留《消夏闲记》《扬州梦》各一则,则以见悠谬之谈,故书中盖常有,且复至于此耳[8]。翻检之书,别为目录附于末;然亦有未尝通观全部者,如王圻《续文献通考》[9],实仅

70

阅其《经籍考》而已。

　　一千九百二十六年八月一日,校讫记。鲁迅。

＊　　　＊　　　＊

　　〔1〕　本篇最初印入 1926 年 8 月北新书局出版的《小说旧闻钞》。
《小说旧闻钞》,鲁迅辑录的小说史料集,初版三十九篇。前三十五
篇是关于三十八种旧小说的史料,后四篇是关于小说源流、评刻、禁黜
等方面的史料。其中附有鲁迅按语。该书于 1935 年 7 月经作者增补,
由上海联华书局再版。后收入 1938 年版《鲁迅全集》第十卷。

　　〔2〕　蒋瑞藻(1891—1929)　字孟洁,号麋提居士,别号花朝生,
浙江诸暨人。所著《小说考证》集录我国元代以来小说、戏曲作者事迹,
作品源流及前人评论等资料,1915 年由商务印书馆出版。以后又有《拾
遗》、《续编》。

　　〔3〕　今年之春,有所枨触　当指陈源于 1926 年 1 月 30 日《晨报
副刊》发表《致志摩》信,暗示鲁迅的《中国小说史略》抄袭日本盐谷温的
《支那文学概论讲话》一事。鲁迅在同年 2 月 1 日所写的《不是信》(见
《华盖集续编》)及其他文章中曾予以驳斥。

　　〔4〕　《小浮梅闲话》　关于小说、戏曲的笔记,清代俞樾著。附于
所著《春在堂随笔》之后。《小说丛考》,考证小说、戏曲、弹词的著作,钱
静方著。1916 年商务印书馆出版。《石头记索隐》,研究《红楼梦》的专
书,蔡元培著。1917 年商务印书馆出版。《红楼梦辨》,研究《红楼梦》的
专书,俞平伯著。1923 年上海亚东图书馆出版。

　　〔5〕　《水浒传》　长篇小说,明代施耐庵著。《小说旧闻钞·水浒
传》所辑明代王圻《续文献通考》、田汝成《西湖游览志余》的材料中,重
见罗贯中因著《水浒》而"子孙三代皆哑"的传说,鲁迅在案语中指出:王
圻之说出于田汝成。《聊斋志异》,文言短篇小说集,清代蒲松龄著。

《小说旧闻钞·聊斋志异》所辑清代陆以湉《冷庐杂识》、倪鸿《桐阴清话》、邹弢《三借庐笔谈》和近人易宗夔《新世说》的材料中，重见王渔洋欲以重金购《聊斋志异》稿的传说；又《三借庐笔谈》、《新世说》的材料中，重见蒲松龄强执路人使说异闻的传说。《阅微草堂笔记》，笔记小说集，清代纪昀著。《小说旧闻钞·阅微草堂笔记》所辑清代李元度《国朝先正事略》、易宗夔《新世说》的材料中，重见将《阅微草堂笔记》五种误为七种的记载，鲁迅在案语中说：易宗夔乃"承李元度《先正事略》之误"。

〔6〕 《西游记》 长篇小说，明代吴承恩著。《小说旧闻钞·西游记》并录明代《天启淮安府志》、清代《同治山阳县志》关于吴承恩生平、著作的材料，后者未载《西游记》。鲁迅在案语中说："《西游记》不著于录自此始。"

〔7〕 《源流篇》 本篇所辑明代郎瑛《七修类稿》、清代梁绍壬《两般秋雨盦随笔》、梁章钜《归田琐记》等材料中，重见关于小说起源于宋仁宗"日欲进一奇怪之事以娱之"的说法。鲁迅在案语中指出，小说"非因进讲宫中而起也，郎瑛说非，二梁更承其误"。

〔8〕 《消夏闲记》 即《消夏闲记摘抄》，笔记集，清代顾公燮著，三卷。《小说旧闻钞·金瓶梅》录其关于王世贞为报父仇而撰《金瓶梅》的传说一则。《扬州梦》，笔记集，清代焦东周生著，四卷。《小说旧闻钞·西游记》录其关于齐天大圣本系渔人之子，宋高宗时为大将军的传说一则。

〔9〕 王圻 字元翰，明代上海人，嘉靖进士。曾任御史、陕西布政参议，后归隐，专心著述。《续文献通考》，二五四卷，分三十门。续马端临《文献通考》而作，记载南宋嘉定年间至明代万历初年的典章制度沿革。《经籍考》为其中一门，共五十八卷。

《嵇康集》考[1]

自汉至隋时人别集,《隋书》《经籍志》著录四百三十五部四千三百七十七卷,合以梁所曾有,得八百八十四部八千一百二十一卷。[2]然在今,则虽宋人重辑之本,已不多觏。若其编次有法,赠答具存,可略见原来矩度者,惟魏嵇,阮,晋二陆,陶潜,宋鲍照,齐谢朓,梁江淹[3]而已。尝写得明吴匏庵丛书堂本《嵇康集》,颇胜众本,深惧湮昧,因稍加校雠,并考其历来卷数名称之异同及逸文然否,以备省览云。

一 考卷数及名称

《隋书》《经籍志》:魏中散大夫《嵇康集》十三卷。(原注:梁十五卷,《录》一卷。)

《唐书》《经籍志》:《嵇康集》十五卷。

《新唐书》《艺文志》:《嵇康集》十五卷。

  案:康集最初盖十五卷,《录》一卷。隋缺二卷,及《录》。至唐复完,而失其《录》。其名皆曰《嵇康集》。

郑樵《通志》《艺文略》:魏中散大夫《嵇康集》十五卷。

《崇文总目》:《嵇康集》十卷。

晁公武《郡斋读书志》:《嵇康集》十卷。右魏嵇康叔夜也,
谯国人。康美词气,有丰仪,不事藻饰。学不师受,博览该通。
长好老庄,属文玄远。以魏宗室婚,拜中散大夫。景元初,钟
会潛于晋文帝,遇害。

尤袤《遂初堂书目》:《嵇康集》。

陈振孙《直斋书录解题》:《嵇中散集》十卷。魏中散大夫
谯嵇康叔夜撰。本姓奚,自会稽徙谯之銍县嵇山,家其侧,遂
氏焉,取"稽"字之上,志其本也。所著文论六七万言,今存于
世者仅如此。《唐志》犹有十五卷。

《宋史》《艺文志》:《嵇康集》十卷。

马端临《文献通考》《经籍考》:《嵇康集》十卷。……

　　案:至宋,仅存十卷,其名仍曰《嵇康集》。《通
志》作十五卷者,录《唐志》旧文。《书录解题》称《嵇
中散集》者,陈氏书久佚,清人从《永乐大典》辑出,因
用后来所称之名,原书盖不如此。

　　宋时《嵇康集》大概,见王楙《野客丛书》(卷八),
其文云:"《嵇康传》曰,康喜谈名理,能属文,撰《高士
传赞》,作《太师箴》,《声无哀乐论》。余得毗陵贺方
回家所藏缮写《嵇康集》十卷,有诗六十八首,今《文
选》所载才三数首。《选》惟载康《与山巨源绝交书》
一首,不知又有《与吕长悌绝交》一书。《选》惟载《养
生论》一篇,不知又有《与向子期论养生难答》一篇,
四千余言,辩论甚悉。集又有《宅无吉凶摄生论难》
上中下三篇,《难张辽□自然好学论》一首,《管蔡

论》,《释私论》,《明胆论》等文。其词旨玄远,率根于
理,读之可想见当时之风致。《崇文总目》谓《嵇康
集》十卷,正此本尔。唐《艺文志》谓《嵇康集》十五
卷,不知五卷谓何?"

杨士奇《文渊阁书目》:《嵇康文集》。(原注:一部,一册。
阙。)

叶盛《菉竹堂书目》:《嵇康文集》一册。

焦竑《国史》《经籍志》:《嵇康集》十五卷。

高儒《百川书志》:《嵇中散集》十卷。魏中散大夫谯人嵇
康叔夜撰。诗四十七,赋十(按此字衍)三,文十五,附四。

祁承㸁《澹生堂书目》:《嵇中散集》三册。(原注:十卷,嵇
康。)《嵇中散集略》一册。(原注:一卷。)

> 案:明有二本。一曰《嵇康文集》,卷数未详。一
> 曰《嵇中散集》,仍十卷。十五卷本宋时已不全,焦竑
> 所录,盖仍袭《唐志》旧文,不足信。

钱谦益《绛云楼书目》:《嵇中散集》二册。(陈景云注:十
卷。黄刻,佳。)

钱曾《述古堂藏书目》:《嵇中散集》十卷。

《四库全书总目》:《嵇中散集》十卷。……

> 案:至清,皆称《嵇中散集》,仍十卷。其称《嵇康
> 文集》者,无闻。

孙星衍《平津馆鉴藏记》:《嵇中散集》十卷。每卷目录在
前。前有嘉靖乙酉黄省曾序,称"校次瑶编,汇为十卷",疑此
本为黄氏所定。然……与王楙所见本同。此本即从宋本翻

雕。黄氏序文,特夸言之耳。……

洪颐煊《读书丛录》:《嵇中散集》十卷。每卷目录在前。前有嘉靖乙酉黄省曾序。《三国志》《邴原传》裴松之注:"张貔父邈,字叔辽,《自然好学论》在《嵇康集》。"今本亦有此篇。又诗六十六首,与王楙《野客丛书》本同。是从宋本翻雕。……

朱学勤《结一庐书目》:《嵇中散集》十卷。(原注:计一本。魏嵇康撰。明嘉靖四年,黄氏仿宋刊本。)

案:明刻《嵇中散集》,有黄省曾本,汪士贤本,程荣本,又有张燮《七十二家集》本,张溥《一百三家集》本。黄刻最先,清藏书家皆以为出于宋本,最善。

陆心源《皕宋楼藏书志》:《嵇康集》十卷。(原注:旧抄本。)晋嵇康撰。……今世所通行者,惟明刻二本,一为黄省曾校刊本,一为张溥《百三家集》本。……然脱误并甚,几不可读。……此本从明吴匏庵丛书堂抄宋本过录。……余以明刊本校之,知明本脱落甚多。……书贵旧抄,良有以也。

江标《丰顺丁氏持静斋书目》:《嵇中散集》十卷。明汪士贤刊本。康熙间,前辈以吴匏庵手抄本详校。

缪荃孙《清学部图书馆善本书目》:《嵇康集》十卷,魏嵇康撰。明吴匏庵丛书堂抄本。格心有"丛书堂"三字。……

案:黄省曾本而外,佳本今仅存丛书堂写本。不特佳字甚多,可补刻本脱误,曰《嵇康集》,亦合唐宋旧称,盖最不失原来体式者。其本今藏京师图书馆,抄手甚拙,江标云匏庵手抄,不确。

二　考目录及阙失

　　抄本与刻本文字之异,别为校记[4]。今但取抄本篇目,以黄省曾本比较之,著其违异,并以概众家刻本,因众本大抵从黄刻本出也。有原本残缺之迹,为刻本所弥缝,今得推见者,并著之。

第一卷。五言古意一首。四言十八首赠兄秀才入军。

　　案:刻本以《五言古意》为赠秀才诗[5],是也。《艺文类聚》卷九十引首六句,亦作"嵇叔夜赠秀才诗"。

秀才答四首[6]。幽愤诗一首[7]。述志诗二首。游仙诗一首。[8]六言诗十首[9]。重作六言诗十首代秋胡歌诗七首[10]。

　　案:刻本作《重作四言诗》七首,注云:"一作《秋胡行》。"此所改甚谬。盖六言诗亡三首,《代秋胡行》则仅存篇题,不得云"一作"。

思亲诗一首[11]。诗三首,郭遐周赠[12]。诗五首,郭遐叔赠。五言诗三首,答二郭[13]。五言诗一首,与阮德如[14]。□□□[15]。

　　案:一篇失题。刻本作《酒会诗》七首之一。

四言诗。

　　案:十一首。刻本以前六首为《酒会诗》,无后五首。[16]

五言诗[17]。

案：三首。刻本无。

又案：抄本多《四言诗》五首，《五言诗》三首。《重作六言诗》两本皆缺三首。《代秋胡歌诗》七首并亡。《秀才答诗》"南厉伊渚，北登邙丘，青林华茂"后有缺文，下之"青鸟群嬉，感寤长怀，能不永思"云云，乃别一篇，刻本辄衔接之，遂莫辨。

第二卷。琴赋[18]。与山巨源绝交书。与吕长悌绝交书[19]。

案：此卷似原缺上半，因从《文选》录《琴赋》以足之。刻本并据《选》以改《与山巨源绝交书》，抄本未改，故字句与今本《文选》多异，与罗氏景印之残本《文选集注》多合。

第三卷。卜疑[20]。嵇荀录（亡）。养生论[21]。

案：此卷似原缺后半。《嵇荀录》仅存篇题，后人因从《文选》抄《养生论》以足之。

第四卷。黄门郎向子期难养生论[22]。

案：康答文在内。刻本析为两篇，别题曰《答难养生论》。然宋本盖不分，故王楙云"又有《与向子期论养生难答》一篇，四千余言。"唐本亦不分，故《文选》江文通《杂体诗》李善注引"养生有五难"等十一句[23]，是嵇康语，而云《向秀难嵇康养生论》也。

又案：《隋书》《经籍志》道家：梁有《养生论》三卷，嵇康撰。是《养生论》不止两篇，今仅存此数尔。

第五卷。声无哀乐论[24]。

第六卷。释私论。管蔡论。明胆论。[25]

第七卷。自然好学论,张叔辽作。难自然好学论。[26]

案:刻本作张辽叔《自然好学论》。

又案:第六第七似本一卷,后人所分,故篇叶特少。

第八卷。宅无吉凶摄生论。(原注:难上。)难摄生中。[27]

案:刻本第一篇无注,第二篇作《难宅无吉凶摄生论》。

第九卷。释难宅无吉凶摄生论。(原注:难中。)答释难曰。

案:刻本第一篇无注,第二篇作《答释难宅无吉凶摄生论》。

又案:王楙云"集又有《宅无吉凶摄生论难》上中下三篇",似今本缺其一,然或指难上,难摄生中,难下[28]及答释难为上中下,未可知也。《隋书》《经籍志》道家有《摄生论》二卷,晋河内太守阮侃撰,疑即此与康论难之文。

第十卷。太师箴。家诫[29]。

案:以卷止两篇,不足二千言,疑有散佚。

又案:今本《嵇康集》虽亦十卷,与宋时者合,然第二卷缺前,第三卷缺后,第十卷亦不完,第六第七本一卷,实只残缺者三卷,具足者六卷而已。

三 考逸文然否

嵇康《游仙诗》云：翩翩凤辖，逢此网罗。（《太平广记》四百引《续齐谐记》引。）

嵇康有《白首赋》。（《文选》谢惠连《秋怀诗》李善注。）

嵇康《怀香赋序》曰：余以太簇之月，登于历山之阳，仰眺崇冈，俯察幽坂。乃觌怀香，生蒙楚之间。曾见斯草，植于广厦之庭，或被帝王之囿，怪其遐弃，遂迁而树之中唐。华丽则殊采阿那，芳实则可以藏书。又感其弃本高崖，委身阶廷，似傅说显殷，四叟归汉，故因事义赋之。（《艺文类聚》八十一。）

> 案：《太平御览》九百八十三引嵇含《槐香赋》，文与此同，《类聚》以为康作，非也。张溥本存其目，严可均辑《全三国文》，据《类聚》录之，并误。

嵇康《酒赋》云：重酎至清，渊凝冰洁，滋液兼备，芬芳□□。（《北堂书钞》一百四十八。）

> 案：同卷又引嵇含《酒赋》云："浮螘萍连，醪华鳞设。"则上四句殆亦嵇含之文。

嵇康《蚕赋》曰：食桑而吐丝，先乱而后治。（《太平御览》八百十四。）

嵇康《琴赞》云：懿吾雅器，载璞灵山。体具德真，清和自然。澡以春雪，澹若洞泉。温乎其仁，玉润外鲜。昔在黄农，神物以臻。穆穆重华，记以五弦。闲邪纳正，疊疊其仙。宣和养气，介乃遐年。（《北堂书钞》一百九。）

案:亦见《初学记》十六。"記以"作"託心","养气"作"养素"。

嵇康《太师箴》曰:若会酒坐,见人争语,其形势似欲转盛,便当舍去,此斗之兆也。(《太平御览》四百九十六。)

案:此《家诫》中语,见本集卷十,《御览》误题篇名。严可均辑《全三国文》,注云:"此疑是序,未敢定之。"甚谬。

嵇康《灯铭》:肃肃宵征,造我友庐,光灯吐耀,华缦长舒。

案:见严可均《全三国文》,不著所出。实《杂诗》也,见本集卷一,亦见《文选》。

《嵇康集目录》曰:孙登者,字公和。不知何许人。无家属,于汲县北山土窟中得之。夏则编草为裳,冬则披发自覆。好读《易》,鼓一弦琴,见者皆亲乐之。每所止家,辄给其衣服饮食,得无辞让。(《三国魏志》《王粲传》注。)[30]

案:《世说新语》《栖逸》篇注,《太平御览》二十七,又九百九十九亦引,作《嵇康集序》。

《嵇康文集录》注曰:河内山嵚,守颖川,山公族父。(《文选》嵇叔夜《与山巨源绝交书》李善注。)

《嵇康文集录》注曰:阿都,吕仲悌,东平人也。(同上。)

案:康文长于言理,藻艳盖非所措意,唐宋类书,因亦尠予征引。今并目录仅得十一条,去其误者,才存七条。《水经》《汝水篇》注引嵇康赞襄城小童[31],《世说》《品藻篇》注引《井丹赞》,《司马相如赞》[32]。《初学记》十七引《原宪赞》[33]。《太平御览》五十六引《许由赞》〔34〕。皆出康所著《圣贤高士传赞》〔35〕，本别自为书，不当在集中。张燮本有之，非也，今不录。

一九二六，一一，一四。

*　　　*　　　*

〔1〕　本篇据手稿编入，原无标点。

〔2〕　《隋书》《经籍志》著录别集数为："四百三十七部，四千三百八十一卷。（通计亡书，合八百八十六部，八千一百二十六卷。）"

〔3〕　嵇，阮　指嵇康、阮籍。阮籍（210—263），字嗣宗，陈留尉氏（今属河南）人，三国魏末诗人。《隋书·经籍志》著录《阮籍集》十卷。二陆，指陆机、陆云兄弟。陆云（262—303），字士龙，西晋文学家。《隋志》著录《陆机集》十四卷、《陆云集》十二卷。陶潜（约372—427），又名渊明，字元亮，浔阳柴桑（今江西九江）人，东晋诗人。《隋志》著录《陶潜集》九卷。鲍照（约414—466），字明远，东海（今江苏涟水）人，南朝宋文学家。《隋志》著录《鲍照集》十卷。谢朓（464—499），字玄晖，陈郡阳夏（今河南太康）人，南朝齐诗人。《隋志》著录《谢朓集》十二卷，又《谢朓逸集》一卷。江淹（444—505），字文通，考城（今河南兰考）人，南朝梁文学家。《隋志》著录《江淹集》九卷，又《江淹后集》十卷。

〔4〕　别为校记　指鲁迅校本《嵇康集》中所加的校勘记。

〔5〕　刻本以《五言古意》为赠秀才诗　丛书堂本的《五言古意一首》和《四言十八首赠兄秀才入军诗》，黄省曾刻本合为一题，作《兄秀才公穆入军赠诗十九首》。秀才，指嵇康之兄嵇喜。《文选》卷二十四李善注引刘义庆《集林》："嵇喜字公穆，举秀才。"

〔6〕　秀才答四首　《嵇康集》中附录的嵇喜答嵇康诗。

〔7〕 幽愤诗一首 四言古诗。嵇康因吕安案牵连下狱,在狱中作此诗以抒悲愤。

〔8〕 述志诗二首,游仙诗一首 都是抒写隐逸思想、不满现实的五言古诗。

〔9〕 六言诗十首 称颂清静无为的政治和古代隐者的组诗。

〔10〕 重作六言诗十首代秋胡歌诗七首 此题下现录四言乐府体诗七首。代秋胡歌诗,即《拟秋胡歌》。汉乐府有《秋胡行》,咏秋胡故事(见《西京杂记》及《列女传》)。后来,凡依此曲写诗,虽与秋胡故事无关,亦称《秋胡行》或《秋胡歌》。鲁迅在案语中认为现存七首系《重作六言诗十首》的残篇,而《代秋胡行》已佚。但他在校本《嵇康集》该诗题下的校勘记中又说:"案《六言诗十首》盖已逸,仅存其题;今所有者《代秋胡行》也。"按似以后说为是。曹操有《秋胡行》,每首起二句皆为重言;《嵇康集》其他各本及宋人所编《乐府诗集》中,嵇康这七首诗的起二句亦各为重言。

〔11〕 思亲诗一首 思念亡母亡兄的楚辞体古诗。按嵇喜亡于嵇康之后。或嵇康别有一兄早逝。

〔12〕 诗三首,郭遐周赠 这三首和下五首,都是附录的二郭赠嵇康的诗。前三首为五言古诗;后五首中四言四首,五言一首。二郭生平未详。

〔13〕 五言诗三首,答二郭 嵇康答郭遐周、郭遐叔诗。

〔14〕 五言诗一首,与阮德如 阮德如,名侃,尉氏(今属河南)人。官至河内太守。按此诗之后附有阮德如答诗二首,亦为五言。

〔15〕 这里标作"□□□"的五言诗一首,鲁迅校本《嵇康集》题作《酒会诗》。黄刻本则将其与以下四言诗中的前六首合为一组,题为《酒会诗七首》。

〔16〕 关于《四言诗》十一首,黄刻本将第十一首单列,题为《杂诗

一首》，其余四首则未录。因此案语中的"无后五首"当是无第七至第十首；下文"又案"中的"抄本多《四言诗》五首"，当为多四首。

〔17〕　五言诗　三首感慨人生，追求解脱的诗。

〔18〕　琴赋　描绘古琴形制、性能，阐述音乐理论的文章。文前有序。

〔19〕　与吕长悌绝交书　吕长悌，名巽，东平（今属山东）人。其弟安，字仲悌，小名阿都，嵇康好友。吕巽逼奸吕安妻，又诬安不孝，陷之入狱，嵇康因而写信与吕巽绝交。

〔20〕　卜疑　此文假托宏达先生向太史贞父问卜，抒写作者不与世俗同流合污的思想。

〔21〕　养生论　此文论养生的道理和方法，表现了道家与神仙家的思想。

〔22〕　黄门郎向子期难养生论　向秀、嵇康二人辩论养生问题的文章。向秀（约227—272），字子期，河内怀（今河南武陟）人，官黄门侍郎。嵇康之友，"竹林七贤"之一。

〔23〕　"养生有五难"等十一句　《文选》卷三十一江淹（文通）《杂体诗三十首·许征君》李善注："《向秀难嵇康养生论》曰，养生有五难：名利不减，此一难；喜怒不除，此二难；声色不去，此三难；滋味不绝，此四难；神虚消散，此五难。"按各本《嵇康集》中，这十一句皆在题作嵇康的《答难养生论》篇末；而李善引作向秀的话，可知唐代旧本向秀难文与嵇康答文连写不分。

〔24〕　声无哀乐论　有关乐理的论文，认为乐声本身只有"善恶"之分而无"哀乐"之别，"哀乐"是听者的感情作用。

〔25〕　释私论　此文认为只有去私寡欲，才能"越名教而任自然"。管蔡论，周武王灭殷后，派他的兄弟管叔、蔡叔去监视殷纣王之子武庚。武王死后，成王继位，周公旦主政，管、蔡助武庚叛周，世论以为"凶逆"。

嵇康此文认为管、蔡之助武庚,是因怀疑周公将有异谋。明胆论,此文认为明辨事理和有胆量是两回事,很难"相生"。

〔26〕 自然好学论 《嵇康集》附录的文章,认为人之好学,出于自然的本性。作者张邈,字叔辽(刻本作辽叔),晋代巨鹿(今属河北)人。曾官辽东、阳城太守。难自然好学论,嵇康反驳张邈的文章,认为人之好学出于追求"荣利",而非本性使然。

〔27〕 宅无吉凶摄生论 此篇及第九卷中的《释难宅无吉凶摄生论》皆为《嵇康集》附录的文章,阮德如(一说张邈)作,认为住宅无所谓凶吉,长寿在于善养生。难摄生中,此篇及第九卷中的《答释难曰》皆为嵇康驳文,认为宅有吉凶,得宜则吉,不宜则凶。

〔28〕 难下 鲁迅在《〈嵇康集〉序》中说:"第九卷当为《难宅无吉凶摄生论下》,而全佚。"故"难下"疑为"难中"之误。

〔29〕 家诫 嵇康教戒其子的文章。

〔30〕 经核《三国志·魏书·王粲传》南朝宋裴松之注,"孙登者"原作"登","披发"原作"被发","鼓一弦琴"原作"鼓琴","衣服饮食"原作"衣服食饮"。按孙登,字公和,魏末晋初汲郡共(在今河南辉县)人。隐居郡北山。嵇康曾从游三年。后不知所终。

〔31〕 《水经》 记述我国古代水道的地理著作,相传汉代桑钦撰;北魏郦道元为之作注,增补大量资料,成《水经注》四十卷。襄城小童,传说是黄帝时的一个有智慧的儿童,曾向黄帝陈说治天下之道。

〔32〕 井丹 字太春,扶风郿(今陕西眉县)人,东汉隐者。司马相如(前179—前117),字长卿,蜀郡成都(今属四川)人,西汉文学家。

〔33〕 原宪 字子思,春秋时鲁国人,孔丘门徒。《初学记》卷十七引有关于他的赞语,原称"西晋嵇康《原宪赞》"。

〔34〕 许由 传说是尧、舜时的隐者。《太平御览》卷五十六引有关于他的赞语,原称"嵇康《圣贤高士传赞》"。

〔**35**〕 《圣贤高士传赞》 原书已佚，有清代马国翰、严可均辑本。《三国志·魏书·王粲传》裴松之注引嵇喜《嵇康传》:"(康)撰录上古以来圣贤隐逸遁心遗名者，集为传赞……凡百一十有九人。"《隋书》《经籍志》著录:"《圣贤高士传赞》，三卷，嵇康撰，周续之注。"新、旧《唐志》误以《赞》属周续之。按此书系《嵇康集》外的独立著作，而张燮误将其《原宪赞》、《黄帝游襄城赞》(即《襄城小童》)收入所刊《嵇中散集》中。

《唐宋传奇集》序例[1]

　　东越胡应麟在明代，博涉四部，尝云："凡变异之谈，盛于六朝，然多是传录舛讹，未必尽幻设语。至唐人，乃作意好奇，假小说以寄笔端。如《毛颖》《南柯》之类尚可，若《东阳夜怪》称成自虚，《玄怪录》元无有，皆但可付之一笑，其文气亦卑下亡足论。宋人所记，乃多有近实者，而文彩无足观。"[2]其言盖几是也。厥于诗赋，旁求新塗，藻思横流，小说斯灿。而后贤秉正，视同土沙，仅赖《太平广记》等之所包容，得存什一。顾复缘贾人贸利，撮拾彫镌，如《说海》，如《古今逸史》，如《五朝小说》[3]，如《龙威秘书》[4]，如《唐人说荟》，如《艺苑捃华》[5]，为欲总目烂然，见者眩惑，往往妄制篇目，改题撰人，晋唐稗传，黬剧几尽。夫蚁子惜鼻，固犹香象，嫫母护面，讵逊毛嫱[6]，则彼虽小说，夙称卑卑不足厕九流之列者乎，而换头削足，仍亦骇心之厄也。昔尝病之，发意匡正。先辑自汉至隋小说，为《钩沈》五部讫[7]；渐复录唐宋传奇之作，将欲汇为一编，较之通行本子，稍足凭信。而屡更颠沛，不遑理董，委诸行箧，分饱蟫蠹而已。今夏失业，幽居南中[8]，偶见郑振铎君所编《中国短篇小说集》，埽荡烟埃，斥伪返本，积年堙郁，一旦霍然。惜《夜怪录》尚题王洙，《灵应传》未删于逖[9]，盖于故旧，犹存眷恋。继复读大兴徐松《登科记考》[10]，积微成昭，钩稽渊密,而于李徵及第,乃引李景亮《人虎传》作证[11]。此明人妄署,非景亮文。弥叹虽短书俚说,一遭篡乱,固贻害于谈文,亦飞灾于考史也。顿忆旧稿,发箧谛观,黯澹有加,渝敝则未。乃略依时代次第,循览一周。谅哉,王度《古镜》,犹有六朝志怪余风,而大增华艳。千里《杨倡》,柳珵《上清》,遂极庳弱,与诗运同。宋好劝惩,撖实而泥,飞动之致,眇不可期,传奇命脉,至斯以绝。惟自大历以至大中中,作者云蒸,郁术文苑,沈既济许尧佐擢秀于前,蒋防元稹振采于后,而李公佐白行简陈鸿沈亚之辈,则其卓异也。特《夜怪》一录,显托空无,逮今允成陈言,在唐实犹新意,胡君顾贬之至此,窃未能同耳。自审所录,虽无秘文,而曩曾用心,仍自珍惜。复念近数年中,能恳恳顾及唐宋传奇者,当不多有。持此涓滴,注彼说渊,献我同流,比之芹子[12],或亦将稍减其考索之劳,而得乐绎之乐耶。于是杜门摊书,重加勘定,匝月始就,凡八卷,可校印。结愿知幸,方欣已欷。顾旧乡而不行,弄飞光于有尽,嗟夫,此亦岂所以善吾生,然而不得已也。犹有杂例,并缀左方:

一,本集所取资者,为明刊本《文苑英华》;清黄晟[13]刊本《太平广记》,校以明许自昌[14]刻本;涵芬楼影印宋本《资治通鉴考异》;董康刻士礼居本《青琐高议》,校以明张梦锡刊本及旧钞本;明翻宋本《百川学海》;明钞本原本《说郛》;明顾元庆刊本《文房小说》;清胡珽排印本《琳琅秘室丛书》等。

一,本集所取,专在单篇。若一书中之一篇,则虽事极煊赫,或本书已亡,亦不收采。如袁郊《甘泽谣》之《红线》[15],李复言《续玄怪录》之《杜子春》[16],裴铏《传奇》之《昆仑奴》《聂隐娘》[17]等是也。皇甫枚《飞烟传》，虽亦是《三水小牍》逸文，然《太平广记》引则不云出于何书，似曾单行，故仍入录。

一，本集所取，唐文从宽，宋制则颇加决择。凡明清人所辑丛刊，有妄作者，辄加审正，黜其伪欺，非敢刊落，以求信也。日本有《游仙窟》，为唐张文成作[18]，本当置《白猿传》之次，以章矛尘君[19]方图版行，故不编入。

一，本集所取文章，有複见于不同之书，或不同之本，得以互校者，则互校之。字句有异，惟从其是。亦不历举某字某本作某，以省纷烦。倘读者更欲详知，则卷末具记某篇出于何书何卷，自可覆检原书，得其究竟。

一，向来涉猎杂书，遇有关于唐宋传奇，足资参证者，时亦写取，以备遗忘。比因奔驰，颇复散失。客中又不易得书，殊无可作。今但会集丛残，稍益以近来所见，并为一卷，缀之末简，聊存旧闻。

一，唐人传奇，大为金元以来曲家所取资，耳目所及，亦举一二。第于词曲之事，素未用心，转贩故书，谅多譌略，精研博考，以俟专家。

一，本集篇卷无多，而成就颇亦匪易。先经许广平君[20]为之选录，最多者《太平广记》中文。惟所据仅黄晟本，甚虑讹误。去年由魏建功君[21]校以北京大学图书馆所藏明长洲许自昌刊本，乃始释然。逮今缀缉杂札，拟置卷末，而旧稿潦草，复多沮疑，蒋径三君[22]为致书籍十余种，俾得检寻，遂以就绪。至陶元庆君[23]所作书衣，则已贻我于年余之前者矣。广赖众力，才成此编，谨藉空言，普铭高谊云尔。

中华民国十有六年九月十日,鲁迅校毕题记。时大夜弥天,璧月澄照,饕蚊遥叹,余在广州。

* * *

〔1〕 本篇最初发表于1927年10月16日上海《北新周刊》第五十一、五十二期合刊,后印入1927年12月北新书局出版的《唐宋传奇集》上册。

〔2〕 胡应麟评论唐宋传奇文的话,见《少室山房笔丛》卷三十六(《二酉缀遗(中)》)。

〔3〕 《五朝小说》 小说总集,明代桃源居士编。收小说四八〇种,分"魏晋小说"、"唐人小说"、"宋元小说"、"明人小说"四部分。

〔4〕 《龙威秘书》 丛书,清代马俊良辑。共十集,一七七种。每集标有类名,如"汉魏丛书采珍"、"古今诗话集隽"、"晋唐小说畅观"等,内容庞杂,分类混乱。

〔5〕 《艺苑捃华》 丛书,清代顾氏刊印。收"秘书"四十八种,实为书贾从《龙威秘书》等丛书中随意抽取、杂凑而成,内有小说三十余种。

〔6〕 香象 佛家语。后秦鸠摩罗什译《维摩诘经》中有"香象菩萨",注云:"青香象也,身出香风。"嫫母,传说为黄帝之妃,《路史后纪·黄帝》:"次妃嫫母,貌恶德充。"毛嫱,传说中的美女,《庄子·齐物论》:"毛嫱丽姬,人之所美也。"

〔7〕 《钩沈》五部 作者所辑录的《古小说钩沉》,包括五类材料:一、见于《汉书·艺文志·小说家》著录者;二、见于《隋书·经籍志·小说家》著录者;三、见于《新唐书·艺文志·小说家》著录者;四、见于上述三志"小说家"之外著录者;五、不见于史志著录者。

〔8〕 今夏失业,幽居南中 作者于1927年4月21日辞去中山大

学文文学系主任兼教务主任职务,居住广州东堤白云楼。

〔9〕 《夜怪录》尚题王洙,《灵应传》未删于逖 郑振铎《中国短篇小说集》沿《唐人说荟》之误,题《东阳夜怪录》作者为王洙、《灵应传》作者为于逖。

〔10〕 徐松(1781—1848) 字星伯,清代大兴(今属北京)人,嘉庆进士。曾官湖南学政、内阁中书。著有《唐两京城坊考》、《登科记考》等书。《登科记考》,汇集散见于史志、会要、类书、总集等的有关材料,编次唐至五代各科进士的姓名、简历及有关科举的文献,共三十卷。

〔11〕 李徵及第 徐松《登科记考》卷九引李景亮《人虎传》:"陇西李徵,皇族子,家于虢略,弱冠从州府贡焉。天宝十五载春,于尚书右丞杨元榜下登进士第,后数年补调江南尉,后化为虎。"按李徵化虎事,见《太平广记》卷四二七引唐代张读《宣室志》,题为《李徵》。明代陆楫等编《古今说海》,改题为《人虎传》,撰人署李景亮。徐松沿误。李景亮,传奇《李章武传》的作者,参看《稗边小缀》第二分。

〔12〕 芹子 自谦所献菲薄的意思。《列子·杨朱》:"昔人有美戎菽甘枲茎芹萍子者,对乡豪称之。乡豪取而尝之,蜇于口,惨于腹。众哂而怨之,其人大惭。"

〔13〕 黄晟(1663—1710) 字香泾,清代江苏苏州人,乾隆间举人。乾隆十八年(1752)刊行《太平广记》。

〔14〕 许自昌 字玄祐,明代苏州吴县(今属江苏苏州)人,戏曲作家。曾任文华殿中书,后乞归。著有《水浒记》、《橘浦记》等传奇剧本。嘉靖间校刻《太平广记》大字本。

〔15〕 袁郊 字之仪(一作之乾),唐代蔡州朗山(今河南汝南)人。懿宗时曾官虢州刺史。《甘泽谣》,传奇集,成于咸通间。原书已佚,今本一卷,系明人从《太平广记》辑出。《红线》,写潞州节度使薛嵩的女奴红线夜盗魏博节度使田承嗣枕边金盒,以示警告,使田打消了吞并潞州

的野心。

〔16〕 《杜子春》 传奇篇名,写杜子春学仙,喜怒哀惧恶欲皆忘而亲子之爱未尽,终于不成。见《太平广记》卷十六引李復言《续玄怪录》。

〔17〕 裴铏 唐末人,僖宗乾符间官至成都节度副使。《传奇》,三卷,已佚,《太平广记》引有多篇。《昆仑奴》、《聂隐娘》为其中的两篇,前者写昆仑奴磨勒助主人崔生与某勋臣侍女红绡结合的故事;后者写聂隐娘从一女尼学得异术,帮助陈许节度使刘昌裔破除妖术的故事。

〔18〕 《游仙窟》 传奇篇名,唐代张鷟著。自叙出使途中投宿于一大宅,受二女子款待,饮酒作诗,相与调笑的故事。主要以骈体写成。此书于唐代传入日本,国内失传已久,至清末复从日本输入。张文成(约660—约730),名鷟,唐代深州陆泽(今河北深州)人。高宗调露初(679)进士,官至司门员外郎。还著有《朝野金载》、《龙筋凤髓判》等。

〔19〕 章矛尘(1901—1981) 名廷谦,笔名川岛,浙江上虞人。北京大学哲学系毕业,当时在厦门大学任教。他所标点的《游仙窟》于1929年2月由北新书局出版。

〔20〕 许广平(1898—1968) 广东番禺人。北京女子师范大学国文系毕业,鲁迅的夫人。

〔21〕 魏建功(1901—1980) 字天行,江苏海安人,语言文字学家。北京大学国文系毕业,曾任北京大学教授、北大《国学季刊》编辑委员会主任。

〔22〕 蒋径三(1899—1936) 浙江临海人。浙江优级师范学校毕业,当时任中山大学图书馆馆员兼语言历史研究所助理员。

〔23〕 陶元庆(1893—1929) 字璇卿,浙江绍兴人,美术家。曾为鲁迅的著译《彷徨》、《坟》、《苦闷的象征》等绘制封面。

《唐宋传奇集》稗边小缀[1]

《古镜记》见《太平广记》卷二百三十,改题《王度》,[2]注云:出《异闻集》。[3]《太平御览》(九百十二)引其程雄家婢一事[4],作隋王度《古镜记》,盖缘所记皆隋时事而误。《文苑英华》(七百三十七)顾况《戴氏广异记》序[5]云"国朝燕公《梁四公记》,唐临《冥报记》,王度《古镜记》,孔慎言《神怪志》,赵自勤《定命录》,至如李庾成张孝举之徒,互相传说。"则度实已入唐,故当为唐人。惟《唐书》及《新唐书》皆无度名。其事迹之可藉本文考见者,如下:

> 大业七年五月,自御史罢归河东;六月,归长安。　八年四月,在台;冬,兼著作郎,奉诏撰国史。
>
> 九年秋,出兼芮城令;冬,以御史带芮城令,持节河北道,开仓赈给陕东。　十年,弟勣自六合丞弃官归,复出游。　十三年六月,勣归长安。

由隋入唐者有王绩[6],绛州龙门人,《新唐书》(一九六)《隐逸传》云:"大业中,举孝悌廉洁……不乐在朝,求为六合丞。以嗜酒不任事,时天下亦乱,因劾,遂解去。叹曰:'罗网在天下,吾且安之!'乃还乡里。……初,兄凝为隋著作郎,撰《隋书》,未成,死。绩续余功,亦不能成。"则《新唐书》之绩及凝,即此文之勣及度,或度一名凝,或《新唐书》字误,未能详也。〔7〕《唐书》（一九二）亦有绩传，云："贞观十八年卒。"时度已先殁，然不知在何年。宋晁公武《郡斋读书志》（十四）类书类有《古镜记》一卷，云："右未详撰人，纂古镜故事。"或即此。《御览》所引一节，文字小有不同。如"为下邽陈思恭义女"下有"思恭妻郑氏"五字，"遂将鹦鹉"之"将"作"劫"，皆较《广记》为胜。

《补江总白猿传》〔8〕据明长洲《顾氏文房小说》〔9〕覆刊宋本录，校以《太平广记》四百四十四所引改正数字。《广记》题曰《欧阳纥》〔10〕，注云：出《续江氏传》，是亦据宋初单行本也。此传在唐宋时盖颇流行，故史志屡见著录：

> 《新唐书》《艺文志》子部小说家类：《补江总白猿传》一卷。

> 《郡斋读书志》史部传记类：《补江总白猿传》一卷。　右不详何人撰。述梁大同末欧阳纥妻为猿所窃，后生子询。《崇文目》以为唐人恶询者为之。

> 《直斋书录解题》子部小说家类：《补江总白猿传》一卷。　无名氏。欧阳纥者，询之父也。询貌猕猿，盖常与长孙无忌互相嘲谑矣。此传遂因其嘲广之，以实其事。托言江总，必无名子所为也。

> 《宋史》《艺文志》子部小说类：《集补江总白猿传》一卷。

长孙无忌嘲欧阳询〔11〕事，见刘餗《隋唐嘉话》（中）〔12〕。其诗云："耸髆成山字，埋肩不出头。谁家麟阁上，画此一猕猴！"盖询耸肩缩项，状类猕猴。而老猓窃人妇生子，本旧来传说。汉焦延寿《易林》(坤之剥)[13]已云:"南山大玃,盗我媚妾。"晋张华作《博物志》,说之甚详(见卷三《异兽》)[14]。唐人或妒询名重,遂牵合以成此传。其曰"补江总"者,谓总为欧阳纥之友,又尝留养询,具知其本末,而未为作传,因补之也。

《离魂记》[15]见《广记》三百五十八,原题《王宙》,注云出《离魂记》,即据以改题。"二男并孝廉擢第,至丞尉"句下,原有"事出陈玄祐《离魂记》云"九字,当是羡文,今删。玄祐,大历时人,馀未知其审。

《枕中记》[16]今所传有两本,一在《广记》八十二,题作《吕翁》,注云出《异闻集》;一见于《文苑英华》八百三十三,篇名撰人名毕具。而《唐人说荟》竟改称李泌[17]作,莫喻其故也。沈既济,苏州吴人(《元和姓纂》云吴兴武康人),[18]经学该博,以杨炎[19]荐,召拜左拾遗史馆修撰。贞元时,炎得罪,既济亦贬处州司户参军。后入朝,位礼部员外郎,卒。撰《建中实录》[20]十卷,人称其能。《新唐书》(百三十二)有传。既济为史家,笔殊简质,又多规诲,故当时虽薄传奇文者,仍极推许。如李肇,即拟以庄生寓言,与韩愈之《毛颖传》并举(《国史补》下)[21]。《文苑英华》不收传奇文,而独录此篇及陈鸿《长恨传》[22],殆亦以意主箴规,足为世戒矣。

在梦寐中忽历一世,亦本旧传。晋干宝《搜神记》[23]中即有相类之事。云"焦湖庙有一玉枕,枕有小坼。时单父县人杨林为贾客,至庙祈求。庙巫谓曰:君欲好婚否?林曰:幸甚。巫即遣林近枕边,因入坼中。遂见朱楼琼室,有赵太尉在其中。即嫁女与林,生六子,皆为秘书郎。历数十年,并无思归之志。忽如梦觉,犹在枕旁,林怆然久之。"(见宋乐史[24]《太平寰宇记》百二十六引。现行本《搜神记》乃后人钞合,失收此条。)盖即《枕中记》所本。明汤显祖又本《枕中记》以作《邯郸记》传奇[25],其事遂大显于世。原文吕翁无名,《邯郸记》实以吕洞宾[26],殊误。洞宾以开成年下第入山,在开元后,不应先已得神仙术,且称翁也。然宋时固已溷为一谈,吴曾《能改斋漫录》[27],赵与峕《宾退录》[28]皆尝辨之。明胡应麟亦有考正,见《少室山房笔丛》中之《玉壶遐览》[29]。

《太平广记》所收唐人传奇文,多本《异闻集》。其书十卷,唐末屯田员外郎陈翰撰,见《新唐书》《艺文志》,今已不传。据《郡斋读书志》(十三)云,"以传记所载唐朝奇怪事,类为一书",及见收于《广记》者察之,则为撰集前人旧文而成。然照以他书所引,乃同是一文,而字句又颇有违异。或所据乃别本,或翰所改定,未能详也。此集之《枕中记》,即据《文苑英华》录,与《广记》之采自《异闻集》者多不同。尤甚者如首七句《广记》作"开元十九年,道者吕翁经邯郸道上,邸舍中设榻,施担囊而坐。"[30]"主人方蒸黍"作"主人蒸黄粱为馔"。后来凡言"黄粱梦"者,皆本《广记》也。此外尚多,今不悉举。

《任氏传》[31]见《广记》四百五十二,题曰《任氏》,不著所出,盖尝单行。"天宝九年"上原有"唐"字。案《广记》取前代书,凡年号上著国号者,大抵编录时所加,非本有,今删。他篇皆仿此。

右第一分

＊　　　＊　　　＊

〔1〕 本篇写于 1927 年 8 月 22 日至 24 日,最初印入 1928 年 2 月上海北新书局出版的《唐宋传奇集》下册。

《唐宋传奇集》,鲁迅编选,共八卷,收唐、宋两代传奇小说四十五篇,书末为《稗边小缀》一卷。1927 年 12 月、1928 年 2 月由北新书局分上、下二册出版。1934 年 5 月合为一册,由上海联华书局再版。后收入1938 年版《鲁迅全集》第十卷。

〔2〕 《古镜记》 传奇篇名,隋末唐初王度作。记古镜的灵异故事。王度,唐代绛州龙门(今山西河津)人,原籍太原(今属山西),文中子王通之兄。参看《中国小说史略》第八篇。

〔3〕 《异闻集》 传奇笔记集,十卷,唐代陈翰编。已佚。

〔4〕 程雄家婢一事 指《古镜记》所述程雄家婢女鹦鹉原系千岁老狐,为宝镜所照,现形而死等情节。

〔5〕 《文苑英华》 诗文总集,宋太宗时李昉等奉命编集,辑梁末至唐代诗文,共一千卷。顾况(727—815),字逋翁,苏州海盐(今属浙江)人,中唐诗人。至德进士,曾任著作郎等职。著有《华阳集》。《戴氏广异记》,笔记集,二十卷,唐代戴君孚著,已佚。按此下引文中的"国朝燕公《梁四公记》",《文苑英华》原作"国朝燕梁四公传"。

〔6〕 王绩(585—644) 字无功,号东皋子,绛州龙门人,初唐诗人。隋末官秘书省正字,唐初待诏门下省,后弃官回乡。著有《东皋子集》。"绩"同"勣"。

〔7〕 按王凝,字叔恬,文中子王通之弟,东皋子王绩之兄,曾任太原令。

〔8〕 《补江总白猿传》 传奇篇名,作者不详。写欧阳纥之妻被白猿掠去,后生子貌似猿猴的故事。江总(519—594),字总持,济阳考城(今河南兰考)人,南朝陈时官至尚书令。有《江令君集》。

〔9〕 《顾氏文房小说》 顾氏,即顾元庆(1487—1565),字大有,明代长洲(今属江苏苏州)人,室名"阳山顾氏文房",藏书万卷。所编《顾氏文房小说》为笔记小说丛书,共四十种,五十卷。多据宋版翻刻。

〔10〕 欧阳纥(538—570) 字奉圣,潭州临湘(今湖南长沙)人。南朝陈时官广州刺史,因谋反被杀。

〔11〕 长孙无忌(?—659) 字辅机,洛阳(今属河南)人,唐太宗长孙皇后之兄。官至尚书右仆射。欧阳询(557—641),字信本,欧阳纥之子,唐代书法家。曾官太子率更令。欧阳纥被诛后,他由纥旧友江总收养成人。

〔12〕 刘餗 字鼎卿,唐代彭城(今江苏徐州)人,玄宗时官集贤殿学士。著有《国朝传记》等书,皆佚。《隋唐嘉话》为后人所辑,共三卷,多记隋唐时人物故事。

〔13〕 焦延寿 字赣(一说名赣),梁(治今河南商丘)人,汉代易学家。昭帝时官小黄令。《易林》,一说崔篆著,利用《易经》进行占卦,每卦的系词都用四言韵语写成。坤之剥,《易林》卷一中的卦名,系词全文为:"南山大玃,盗我媚妾。怯不敢逐,退然独宿。"

〔14〕 张华(232—300) 字茂先,范阳方城(今河北固安)人,西晋文学家。官至司空。《博物志》,笔记集,旧题张华著。记述神怪奇物、异闻杂事。原书已佚,今本十卷,为后人所辑。该书《异兽》篇有蜀中高山产"猴玃",喜掠妇女,生子与常人无异的记载。

〔15〕 《离魂记》 传奇篇名,唐代陈玄祐作。写张倩娘热恋王宙,为父所阻,因而魂离躯体,与王结为夫妇的故事。

〔16〕 《枕中记》 传奇篇名,唐代沈既济作。写卢生于邯郸邸舍遇道士吕翁,吕授以瓷枕,鼾然入梦,及至醒来,邸舍主人蒸黍未熟,而他在梦中已历尽荣华、几经挫折的故事。

〔17〕 《唐人说荟》 小说笔记丛书,旧有明代桃源居士辑本,凡一

四四种;清代陈世熙(莲塘居士)又从《说郛》等书辑出二十种补入,合为一六四种,内多删节和谬误。坊刻本或改名《唐代丛书》。李泌(722—789),字长源,唐代京兆(今陕西西安)人。官至宰相,封邺侯。

〔18〕 沈既济(约750—约800) 苏州吴(今江苏苏州)人,唐代文学家。德宗时任左拾遗、史馆修撰。吴兴,唐郡名,治今浙江湖州。武康,旧县名,今属浙江德清。

〔19〕 杨炎(727—781) 字公南,凤翔天兴(今陕西凤翔)人,唐德宗时官至尚书左仆射。后获罪谪崖州。按下文称"贞元时,炎得罪",贞元当系建中之误。《旧唐书·杨炎传》:"建中二年十月,诏曰,尚书左仆射杨炎……不思竭诚,敢为奸蠹……俾从远谪,以肃具僚。"建中(780—783),贞元(785—804),皆为唐德宗年号。

〔20〕 《建中实录》 记载唐德宗建中年间大事的史书,十卷。止于建中二年(781)十二月沈既济罢史官时。

〔21〕 李肇 唐代人,宪宗元和年间官翰林学士、中书舍人。他在所著《国史补》中说:"沈既济撰《枕中记》,庄生寓言之类。韩愈撰《毛颖传》,其文尤高,不下史迁。二篇真良史才也。"韩愈(768—824),字退之,河南河阳(今河南孟县)人,唐代文学家,官至吏部侍郎。《毛颖传》是他所写的一篇寓言,毛颖是文中毛笔的托名。《国史补》,三卷,记唐玄宗开元至穆宗长庆年间事。

〔22〕 陈鸿《长恨传》 参看本篇第三分。

〔23〕 干宝 字令升,东晋新蔡(今属河南)人,官著作郎、散骑常侍。《搜神记》,志怪小说集。原书已佚,今本为后人所辑,共二十卷。

〔24〕 乐史(930—1007) 宋代抚州宜黄(今属江西)人。参看本篇第七分。

〔25〕 汤显祖(1550—1616) 字义仍,号海若,临川(今属江西)人,明代戏曲作家。官至吏部主事。著有传奇《紫钗记》、《牡丹亭》、《邯

郸记》、《南柯记》，合称《临川四梦》或《玉茗堂四梦》；又有《玉茗堂集》。
《邯郸记》传奇，据《枕中记》改编，演吕洞宾度卢生出家故事，一卷。其
中以《枕中记》的吕翁为吕洞宾。

〔26〕 吕洞宾(798—?) 名喦，相传唐代京兆(今陕西西安)人，懿
宗时两举进士不第，后修道于终南山。宋元以来小说戏曲多写他的神
异故事，俗传为"八仙"之一。

〔27〕 吴曾 字虎城，崇仁(今属江西)人，南宋高宗时曾官吏部郎
中，阿附秦桧，后出知严州。《能改斋漫录》，笔记集，原本二十卷，已佚。
今本为明代人所辑，共十八卷。卷十八有考辨《枕中记》中吕翁非吕洞
宾的一段文字："盖洞宾尝自序以为吕渭之孙，渭仕德宗朝，今云开元
中，则吕翁非洞宾，无可疑者。而或者又以为开元想是开成字，亦非也。
开成虽文宗时，然洞宾度此时未可称翁。……《雅言系述》有《吕洞宾
传》，云'关右人，咸通初举进士不第，值巢贼为梗，携家隐居终南，学老
子法'云。以此知洞宾乃唐末人。"开元(713—741)，唐玄宗年号；开成
(836—840)，唐文宗年号。

〔28〕 赵与峕(1172—1228) 字行之，宋朝宗室。《宾退录》，笔记
集，共十卷。书中复述吴曾的观点，并提出为何传说中神仙多为吕氏的
疑问。

〔29〕 《少室山房笔丛》 笔记集，正集三十二卷，续集十六卷，共
四十八卷。《玉壶遐览》是《笔丛》的一种，在该书卷四十二至四十五，多
记有关神仙、道术、方士等传说。其中引述吴曾、赵与峕对于吕洞宾的
考辨，补列传说中的吕姓神仙多人，并论证吕洞宾当为五代时人。

〔30〕 "施担囊而坐" 谈恺本《太平广记》作"施席担囊而坐"。谈
注：明钞本"担"作"解"。

〔31〕 《任氏传》 传奇篇名，沈既济作。写狐精任氏与青年郑六
爱恋，"遇暴不失节，徇人以至死"的故事。

　　李吉甫《编次郑钦说辨大同古铭论》[1]，清赵钺及劳格撰之《唐御史台精舍题名考》（三）云见于《文苑英华》[2]。先未写出，适又无《文苑英华》可借，因据《广记》三百九十一录其文，本题《郑钦说》，则复依赵钺劳格说改也。文亦原非传奇，而《广记》注云出《异闻记》[3]，盖其事奥异，唐宋人固已以小说视之，因编于集。李吉甫字弘宪，赵人，贞元初，为太常博士；累仕至翰林学士中书舍人。元和二年，以中书侍郎同中书门下平章事，出为淮南节度使，旋复入相。九年十月，暴疾卒，年五十七。赠司空，谥忠懿。两《唐书》（旧一四八新一四六）皆有传。郑钦说则《新唐书》（二百）附见《儒学》《赵冬曦传》中。云开元初繇新津丞请试五经擢第，授巩县尉，集贤院校理，右补阙，内供奉。雅为李林甫[4]所恶。韦坚[5]死，钦说时位殿中侍御史，尝为坚判官，贬夜郎尉，卒。

　　《柳氏传》[6]出《广记》四百八十五，题下注云许尧佐撰。《新唐书》（二百）《儒学》《许康佐传》云："贞元中，举进士宏辞，连中之。……其诸弟皆擢进士第，而尧佐最先进；又举宏辞，为太子校书郎。八年，康佐继之。尧佐位谏议大夫。"柳氏事亦见于孟棨《本事诗》（《情感》第一）[7]，自云开成中在梧州闻之大梁夙将赵唯，乃其目击。所记与尧佐传并同，盖事实也。而述翃[8]复得柳氏后事较详审，录之：

　　　　后罢府闲居，将十年。李相勉镇夷门，又署为幕
　　　吏。时韩已迟暮，同列皆新进后生，不能知韩。举目

> 为“恶诗”。韩邑邑不得意,多辞疾在家。唯末职韦巡官者,亦知名士,与韩独善。一日,夜将半,韦叩门急。韩出见之,贺曰:“员外除驾部郎中,知制诰。”韩大愕然曰:“必无此事,定误矣。”韦就座曰:“留邸状报制诰阙人。中书两进名,御笔不点出。又请之,且求圣旨所与。德宗批曰:‘与韩翃。’时有与翃同姓名者,为江淮刺史。又具二人同进。御笔复批曰:‘春城无处不飞花,寒食东风御柳斜。日暮汉宫传蜡烛,轻烟散入五侯家。’又批曰:‘与此韩翃。’”韦又贺曰:“此非员外诗耶?”韩曰:“是也。是知不误矣。”质明,而李与僚属皆至。时建中初也。

后来取其事以作剧曲者,明有吴长孺《练囊记》[9],清有张国寿《章台柳》[10]。

《柳毅传》[11]见《广记》四百十九卷,注云出《异闻集》。原题无传字,今增。据本文,知为陇西李朝威作,然作者之生平不可考。柳毅事则颇为后人采用,金人已摭以作杂剧(语见董解元《弦索西厢》[12]);元尚仲贤有《柳毅传书》,翻案而为《张生煮海》[13];李好古亦有《张生煮海》[14];明黄说仲有《龙箫记》[15]。用于诗篇,亦复时有。而胡应麟深恶之,曾云:“唐人小说如柳毅传书洞庭事,极鄙诞不根,文士亟当唾去,而诗人往往好用之。夫诗中用事,本不论虚实,然此事特诳而不情。造言者至此,亦横议可诛者也。何仲默每戒人用唐宋事,而有‘旧井潮深柳毅祠’之句,亦大卤莽。今特拈出,为学诗之鉴。”(《笔丛》三十六)申绎此意,则为凡汉晋人语,倘或近情,虽诳可用。古人欺以其方,即明知而乐受,亦未得为笃论也。

《李章武传》[16]出《广记》卷三百四十。原题无传字,篇末注云出李景亮为作传,今据以加。景亮,贞元十年详明政术可以理人科擢第,见《唐会要》[17],馀未详。

《霍小玉传》[18]出《广记》四百八十七,题下注云蒋防撰。防字子徵(《全唐文》[19]作微),义兴人,澄之后[20]。年十八,父诚令作《秋河赋》[21],援笔即成。于简遂妻以子。李绅[22]即席命赋《鞲上鹰》诗[23]。绅荐之。后历翰林学士中书舍人(明凌迪知《古今万姓统谱》[24]八十六)。长庆中,绅得罪,防亦自尚书司封员外郎知制诰贬汀州刺史(《旧唐书》《敬宗纪》),寻改连州。李益[25]者,字君虞,系出陇西,累官右散骑常侍。太和中,以礼部尚书致仕。时又有一李益,官太子庶子,世因称君虞为"文章李益"以别之,见《新唐书》(二百三)《李益传》。益当时大有诗名,而今遗集苓落,清张澍曾哀集为一卷,刻《二酉堂丛书》中[26],前有事辑,收罗李事甚备。《霍小玉传》虽小说,而所记盖殊有因,杜甫《少年行》有句云:"黄衫年少宜来数,不见堂前东逝波",即指此事[27]。时甫在蜀,殆亦从传闻得之。益之友韦夏卿[28],字云客,京兆万年人,亦两《唐书》(旧一六五新一六二)皆有传。李肇(《国史补》中)云:"散骑常侍李益少有疑病",而传谓小玉死后,李益乃大猜忌,则或出于附会,以成异闻者也。明汤海若尝取其事作《紫箫记》[29]。

右第二分

＊　　＊　　＊

〔1〕 李吉甫(758—814) 唐代赵(今河北赵县)人。《编次郑钦说辨大同古铭论》，写郑钦说为任昇之辨释其先祖所得大同古铭事。郑钦说，荥阳(今属河南)人，通历术，博物。大同古铭，传为任昇之五世祖任昉于梁武帝大同四年在钟山圮圹得到的篆书铭文。"说"一作"悦"。

〔2〕 赵铖(1778—1849) 字雯门，清代仁和(今属浙江杭州)人。嘉庆年间进士，官至泰州知州。著《唐郎官石柱题名考》、《唐御史台精舍题名考》，因年老未成，委托劳格续完。劳格(1820—1864)，字保艾，号季言，清代仁和人。诸生。《唐御史台精舍题名考》，三卷，根据唐玄宗开元年间建立的《大唐御史台精舍碑铭》上所刻御史的名字，搜集散见史志、类书的材料，依次考列他们的简历。该书卷三："郑钦说：李吉甫有《编次郑钦说辨大同古铭论》文，称钦说自右补阙历殿中侍御史，为时宰李林甫所恶，斥摈于外。(《文苑英华》)"按今本《文苑英华》未见收有《编次郑钦说辨大同古铭论》。

〔3〕 《异闻记》 疑即陈翰《异闻集》。

〔4〕 李林甫(？—752) 唐朝宗室。玄宗时任宰相，人称他"口有蜜，腹有剑"。

〔5〕 韦坚(？—746) 字子全，京兆万年(今陕西长安)人。唐玄宗时官陕郡太守、水陆转运使。天宝五年(746)，李林甫诬其谋立太子，流放岭南，被杀。

〔6〕 《柳氏传》 传奇篇名，又作《章台柳》。写诗人韩翃妻柳氏为蕃将沙吒利所劫，经虞候许俊夺回，与韩重获团圆的故事。

〔7〕 孟棨 一作孟启，字初中，唐末人，僖宗乾符进士，官尚书司勋郎中。《本事诗》，一卷，分《情感》等七类，记述有关唐人诗歌的本事。

〔8〕 翃 韩翃，字君平，南阳(今属河南)人，唐代诗人。天宝进士，官至中书舍人。有《韩君平集》。事迹附见《新唐书·卢纶传》。《柳

氏传》中的韩翊即指韩翃。

〔9〕 吴长孺 名大震,别署市隐生,明代休宁(今属安徽)人。《练囊记》,传奇剧本,吴长孺、张仲豫合著,演《柳氏传》故事。未见传本。

〔10〕 清有张国寿《章台柳》 "清"当为"明"。张国寿,当为张国筹,明代章邱(今属山东)人,穆宗时官行唐知县。所著《章台柳》杂剧,演《柳氏传》故事。未见传本。

〔11〕 《柳毅传》 传奇篇名,写书生柳毅为洞庭龙女传书,使她得以摆脱丈夫虐待,后来并与她结为夫妇的故事。

〔12〕 董解元 金代戏曲作家,名字、生平不详。(解元为当时对读书人的敬称。)《弦索西厢》,八卷,以诸宫调合成套数的形式说唱《莺莺传》故事,改悲剧结局为团圆。卷一《柘枝令》中有"也不是双渐豫章城,也不是柳毅传书"等语。

〔13〕 尚仲贤 真定(今河北正定)人,元代戏曲作家,曾任江浙行省官员。所著杂剧《柳毅传书》,全名《洞庭湖柳毅传书》,一卷;《张生煮海》,已佚,但情节当与下文述及的李好古本相同,所以称其为《柳毅传》的"翻案"。

〔14〕 李好古 保定(今属河北)人,元代戏曲作家。所著《张生煮海》,全名《沙门岛张生煮海》,杂剧剧本,一卷,写东海龙王之女与书生张羽相爱,张得仙女相助,煮沸海水,迫使龙王允婚的故事。其情节与《柳毅传》中龙王主动以女许配柳毅相反。

〔15〕 黄说仲有《龙箫记》 "箫"当为"绡"。黄说仲,名维辑(一作维楫),明代天台(今属浙江)人。所著传奇剧本《龙绡记》,亦演柳毅传书故事。未见传本。

〔16〕 《李章武传》 传奇篇名,写李章武与王氏妇相恋,妇死后魂魄仍来与李私会的故事。

〔17〕 《唐会要》 史书,一百卷,宋代王溥著。记述唐代制度沿革,保存正史不载的资料颇多。关于李景亮的史料见该书卷七十六。

〔18〕 《霍小玉传》 传奇篇名。写进士李益遗弃情人霍小玉,后受到霍的冤魂报复,终生疑妒其妻妾的故事。

〔19〕 《全唐文》 唐代散文总集,一千卷,清嘉庆时董诰等编。收录唐、五代作者三千余人的文章,附有作者小传。

〔20〕 蒋澄 字少明,汉代人,官至刺史。义兴,即今江苏宜兴。

〔21〕 父诚令作《秋河赋》 诚,蒋防父名。《文苑英华》、《全唐文》皆未收《秋河赋》,《古今万姓统谱》引有两句:"连云梯以迥立,跨星桥而径渡。"

〔22〕 李绅(772—846) 字公垂,无锡(今属江苏)人,唐代诗人。宪宗元和进士,穆宗长庆三年(823),由御史中丞贬为户部侍郎,次年又贬端州司马。武宗时官至宰相。著有《追昔游集》。

〔23〕 《鞴上鹰》诗 全诗未见,《古今万姓统谱》引有两句:"几欲高飞上天去,谁人为解绿丝绦。"

〔24〕 凌迪知 字稚哲,号绎泉,明代乌程(今浙江吴兴)人,嘉靖进士,官至兵部员外郎。《古今万姓统谱》,姓氏谱录,一四六卷,依姓氏分韵编次,记载各姓著名人物的籍贯、事迹。

〔25〕 李益(748—829) 陇西姑臧(今甘肃武威)人,中唐诗人,大历进士。有《李益集》。《新唐书》本传称其"少痴而忌克,防闲妻妾苛严,世谓妒为'李益疾'"。

〔26〕 《二酉堂丛书》所收李益集,题作《李尚书诗集》,一卷,附《李氏事迹》一卷。

〔27〕 杜甫(712—770) 字子美,祖籍襄阳(今属湖北),后迁居巩县(今属河南),唐代著名诗人。曾官左拾遗。宋代姚宽《西溪丛语》卷下:"蒋防作《霍小玉传》,书大历中李益事……老杜有《少年行》二首,一

云:'巢燕引雏浑去尽,江花结子已无多。黄衫少年宜来数,不见堂前东逝波。'考作诗时大历间,甫政在蜀,是时想有好事者传去,作此诗尔。"

〔28〕 韦夏卿(743—806) 唐德宗贞元年间官至吏部侍郎、太子少保。《霍小玉传》中述及他对于李益遗弃小玉的行为有所规劝。

〔29〕 汤海若 即汤显祖。《紫箫记》为其早期所著传奇剧本,写《霍小玉传》故事,成四十三出,未完。按汤后又写传奇《紫钗记》,全本二卷,亦演霍小玉故事,除结局改为团圆外,基本情节与原传相同。

李公佐所作小说,今有四篇在《太平广记》中,其影响于后来者甚钜,而作者之生平顾不易详。从文中所自述,得以考见者如次:

> 贞元十三年,泛潇湘苍梧。(《古岳渎经》) 十八年秋,自吴之洛,暂泊淮浦。(《南柯太守传》)
>
> 元和六年五月,以江淮从事受使至京,回次汉南。(《冯媪传》) 八年春,罢江西从事,扁舟东下,淹泊建业。(《谢小娥传》) 冬,在常州。(《经》)
> 九年春,访古东吴,泛洞庭,登包山。(《经》) 十三年夏月,始归长安,经泗滨。(《谢传》)

《全唐诗》末卷有李公佐仆诗〔1〕。其本事略谓公佐举进士后,为钟陵从事。有仆夫执役勤瘁,迨三十年。一旦,留诗一章,距跃凌空而去。诗有"颛蒙事可亲"之语,注云:"公佐字颛蒙",疑即此公佐也。然未知《全唐诗》采自何书,度必出唐人杂说,而寻检未获。《新唐书》(七十)《宗室世系表》有千牛备身公佐,为河东节度使说〔2〕子,灵盐朔方节度使公度弟,则别一人也。《唐书》《宣宗纪》载有李公佐，会昌初，为杨府录事，大中二年，坐累削两任官，却似巅蒙。然则此李公佐盖生于代宗时，至宣宗初犹在，年几八十矣。[3]惟所见仅孤证单文，亦未可遽定。

《古岳渎经》出《广记》四百六十七，题为《李汤》[4]，注云出《戎幕闲谈》，《戎幕闲谈》乃韦绚[5]作，而此篇是公佐之笔甚明。元陶宗仪《辍耕录》[6]（二十九）云："东坡《濠州涂山》诗'川锁支祁水尚浑'注，'程演曰：《异闻集》载《古岳渎经》：禹治水，至桐柏山，获淮涡水神，名曰巫支祁。'"其出处及篇名皆具，今即据以改题，且正《广记》所注之误。《经》盖公佐拟作，而当时已被其淆惑。李肇《国史补》（上）即云："楚州有渔人，忽于淮中钓得古铁锁，挽之不绝。以告官。刺史李汤大集人力，引之。锁穷，有青猕猴跃出水，复没而逝。后有验《山海经》云，水兽好为害，禹锁于军山之下，其名曰无支祁。"验今本《山海经》[7]无此语，亦不似逸文。肇殆为公佐此作所误，又误记书名耳。且亦非公佐据《山海经》逸文，以造《岳渎经》也。至明，遂有人径收之《古逸书》[8]中。胡应麟（《笔丛》三十二）亦有说，以为"盖即六朝人踵《山海经》体而赝作者。或唐文士滑稽玩世之文，命名《岳渎》可见。以其说颇诡异，故后世或喜道之。宋太史景濂亦稍隐括集中，总之以文为戏耳。罗泌《路史》辩有无支祁[9]；世又讹禹事为泗州大圣，皆可笑。"所引文亦与《广记》殊有异同：禹理水作禹治淮水；走雷作迅雷；石号作水号；五伯作土伯；搜命作授命；千作等山；白首作白面；奔轻二字无；闻字无；章律作童律，下重有童律二字；鸟木由作乌

木由,下亦重有三字;庚辰下亦重有庚辰字;桓下有胡字;聚作
丛;以数千载作以千数;大索作大械;末四字无。颇较顺利可
诵识。然未审元瑞所据者为善本,抑但以意更定也,故不据
改。

朱熹《楚辞辩证》(下)云:《天问》,鲧窃帝之息壤以堙洪
水,特战国时俚俗相传之语,如今世俗僧伽降无之祁,许逊斩
蛟蜃精之类。本无依据,而好事者遂假托撰造以实之。[10]是
宋时先讹禹为僧伽[11]。王象之《舆地纪胜》(四十四淮南东路
盱眙军)[12]云:"水母洞在龟山寺,俗传泗州僧伽降水母于
此。"则复讹巫支祁为水母。褚人获《坚瓠续集》[13](二)云:
"《水经》载禹治水至淮,淮神出见。形一猕猴,爪地成水。禹
命庚辰执之。遂锁于龟山之下,淮水乃平。至明,高皇帝过龟
山,令力士起而视之。因拽铁索盈两舟,而千人拔之起。仅一
老猿,毛长盖体,大吼一声,突入水底。高皇帝急令羊豕祭之,
亦无他患。"是又讹此文为《水经》,且坚嫁李汤事于明太祖[14]
矣。

《南柯太守传》[15]出《广记》四百七十五,题《淳于棼》,注
云出《异闻录》。《传》是贞元十八年作,李肇为之赞,即缀篇
末。而元和中肇作《国史补》,乃云"近代有造谤而著者,《鸡
眼》《苗登》二文;有传蚁穴而称者,李公佐《南柯太守》;有乐伎
而工篇什者,成都薛涛,有家僮而善章句者,郭氏奴(不记名)。
皆文之妖也。"(卷下)约越十年,遂诋之至此,亦可异矣。棼事
亦颇流传,宋时,扬州已有南柯太守墓,见《舆地纪胜》(三十七
淮南东路)引《广陵行录》[16]。明汤显祖据以作《南柯记》[17],

遂益广传至今。

《庐江冯媪传》出《广记》三百四十三，注云出《异闻传》。[18]事极简略，与公佐他文不类。然以其可考见作者踪迹，聊复存之。《广记》旧题无传字，今加。

《谢小娥传》[19]出《广记》四百九十一，题李公佐撰。不著所从出，或尝单行欤，然史志皆不载。唐李復言作《续玄怪录》，亦详载此事[20]，盖当时已为人所艳称。至宋，遂稍讹异，《舆地纪胜》(三十四江南西路)记临江军[21]人物，有谢小娥，云："父自广州部金银纲，携家入京，舟过霸滩[22]，遇盗，全家遇害。小娥溺水，不死，行乞于市。后佣于盐商李氏家，见其所用酒器，皆其父物，始悟向盗乃李也。心衔之，乃置刀藏之，一夕，李生置酒，举室酣醉。娥尽杀其家人，而闻于官。事闻诸朝，特命以官。娥不愿，曰：'已报父仇，他无所事，求小庵修道。'朝廷乃建尼寺，使居之，今金池坊尼寺是也。"事迹与此传似是而非，且列之李邈与傅霁[23]之间，殆已以小娥为北宋末人矣。明凌濛初[24]作通俗小说(《拍案惊奇》十九)，则据《广记》。

贞元十一年，太原白行简作《李娃传》[25]，亦应李公佐之命也。是公佐不特自制传奇，且亦促侪辈作之矣。《传》今在《广记》卷四百八十四，注云出《异闻集》。元石君宝作《李亚仙花酒曲江池》[26]，明薛近兖作《绣襦记》[27]，皆本此。胡应麟(《笔丛》四十一)论之曰："娃晚收李子[28]，仅足赎其弃背之罪，传者亟称其贤，大可哂也。"以《春秋》决传奇狱，失之。行简字知退(《新唐书》《宰相世系表》云，字退之)，居易[29]弟也。

贞元末,登进士第。元和十五年,授左拾遗,累迁司门员外郎主客郎中。宝历二年冬,病卒。两《唐书》皆附见《居易传》(旧一六六新一一九)。有集二十卷,今不存。传奇则尚有《三梦记》[30]一篇,见原本《说郛》卷四。其刘幽求一事[31]尤广传,胡应麟(《笔丛》三十六)又云:"《太平广记》梦类数事皆类此。此盖实录,馀悉祖此假托也。"案清蒲松龄《聊斋志异》中之《凤阳士人》[32],盖亦本此。

《说郛》于《三梦记》后,尚缀《纪梦》一篇,亦称行简作。而所记年月为会昌二年六月,时行简卒已十七年矣。疑伪造,或题名误也。附存以备检:

行简云:长安西市帛肆有贩粥求利而为之平者,姓张,不得名。家富于财,居光德里。其女,国色也。尝因昼寝,梦至一处,朱门大户,棨节森然。由门而入,望其中堂,若设燕张乐之为,左右廊皆施帏幄。有紫衣吏引张氏于西廊幙次,见少女如张等辈十许人,花容绰约,花钿照耀。既至,吏促张妆饰,诸女迭助之理泽傅粉。有顷,自外传呼"侍郎来!"自隙间窥之,见一紫绶大官。张氏之兄尝为其小吏,识之,乃言曰:"吏部沈公也。"俄又呼曰:"尚书来!"又有识者,并帅王公也。逡巡复连呼曰:"某来!""某来!"皆郎官以上,六七箇坐厅前。紫衣吏曰:"可出矣。"群女旋进,金石丝竹铿鏦,震响中署。酒酣,并州见张氏而视之,尤属意。谓之曰:"汝习何艺能?"对曰:"未尝学声音。"使与之琴,辞不能。曰:"第操之!"乃抚之而成曲。予之筝，亦然；琵琶，亦然。皆平生所不习也。王公曰："恐汝或遗。"乃令口受诗："鬟梳闹埽学宫妆，独立闲庭纳夜凉。手把玉簪敲砌竹，清歌一曲月如霜。"张曰："且归辞父母，异日复来。"忽惊啼，瘝，手扪衣带，谓母曰："尚书诗遗矣！"索笔录之。问其故，泣对以所梦，且曰："殆将死乎？"母怒曰："汝作魇耳。何以为辞？乃出不祥言如是。"因卧病累日。外亲有持酒肴者，又有将食味者。女曰："且须膏沐澡渝。"母听，良久，艳妆盛色而至。食毕，乃遍拜父母及坐客，曰："时不留，某今往矣。"自授衾而寝。父母环伺之，俄尔遂卒。会昌二年六月十五日也。

二十年前，读书人家之稍豁达者，偶亦教稚子诵白居易《长恨歌》。陈鸿所作传因连类而显，忆《唐诗三百首》中似即有之。[33]而鸿之事迹颇晦，惟《新唐书》《艺文志》小说类有陈鸿《开元升平源》[34]一卷，注云："字大亮，贞元主客郎中。"又《唐文粹》[35]（九十五）有陈鸿《大统纪序》云："少学乎史氏，志在编年。贞元丁（案当作乙）酉岁，登太常第，始闲居遂志，迺修《大统纪》三十卷。……七年，书始成，故绝笔于元和六年辛卯。"《文苑英华》（三九二）有元稹撰《授丘纾陈鸿员外郎制》[36]，云："朝议郎行太常博士上柱国陈鸿……坚于讨论，可以事举……可虞部员外郎。"可略知其仕历。《长恨传》则有三本。一见于《文苑英华》七百九十四；明人又附刊一篇于后，云出《丽情集》及《京本大曲》，文句甚异，疑经张君房[37]辈增改以便观览,不足据。一在《广记》四百八十六卷中,明人掇以实丛刊者皆此本,最为广传。而与《文苑》本亦颇有异同,尤甚者如"其年夏四月"至篇末一百七十二字,《广记》止作"至宪宗元和元年,盩厔尉白居易为歌以言其事。并前秀才陈鸿[38]作传,冠于歌之前,目为《长恨歌传》"而已。自称前秀才陈鸿,为《文苑》本所无,后人亦决难臆造,岂当时固有详略两本欤,所未详也。今以《文苑英华》较不易见,故据以入录。然无诗,则以载于《白氏长庆集》者足之。

《五色线》[39](下)引陈鸿《长恨传》云:"贵妃赐浴华清池,清澜三尺,中洗明玉,既出水,力微不胜罗绮。"今三本中均无第二三语[40]。惟《青琐高议》(七)中《赵飞燕别传》[41]有云:"兰汤滟滟,昭仪坐其中,若三尺寒泉浸明玉。"宋秦醇之所作也。盖引者偶误,非此传逸文。

本此传以作传奇者,有清洪昉思之《长生殿》[42],今尚广行。蜗寄居士有杂剧曰《长生殿补阙》[43],未见。

《东城老父传》[44]出《广记》四百八十五。《宋史》《艺文志》史部传记类著录陈鸿《东城父老传》一卷,则曾单行。传末贾昌述开元理乱,谓"当时取士,孝悌理人而已,不闻进士宏词拔萃之为其得人也。"亦大有叙"开元升平源"意。又记时人语云:"生儿不用识文字,斗鸡走马胜读书。贾家小儿年十三,富贵荣华代不如。"[45]同出于陈鸿所作传,而远不如《长恨传》中"生女勿悲酸,生男勿喜欢"之为世传诵,则以无白居易为作歌之为之也。

《资治通鉴考异》[46]卷十二所引有《升平源》,云世以为吴兢[47]所撰,记姚元崇[48]藉骑射邀恩,献纳十事,始奉诏作相事。司马光[49]驳之曰:"果如所言,则元崇进不以正。又当时天下之事,止此十条,须因事启沃,岂一旦可邀。似好事者为之,依托兢名,难以尽信。"案兢,汴州浚仪人,少励志,贯知经史。魏元忠[50]荐其才堪论撰,诏直史馆,修国史。私撰《唐书》《唐春秋》[51],叙事简核,人以董狐目之。有传在《唐书》(旧一百二新一三二)。《开元升平源》,《唐志》本云陈鸿作,《宋史》《艺文志》史部故事类始著吴兢《贞观政要》[52]十卷,又《开元升平源》一卷。疑此书本不著撰人名氏,陈鸿吴兢,并后来所题。二人于史皆有名,欲假以增重耳。今姑置之《东城老父传》之后,以从《通鉴考异》写出,故仍题兢名。

右第三分

*   *   *

〔1〕 《全唐诗》 唐代诗歌总集,九百卷,清康熙时彭定求等奉诏编辑,收唐、五代作者二千二百余人的诗歌。李公佐仆诗,见该书卷八六二。按此诗原出五代蜀杜光庭《神仙感遇传》卷三。

〔2〕 千牛备身公佐 《直斋书录解题》卷五"杂史"类著录"《建中河朔记》六卷",其作者"李公佐"当即此人。千牛备身,唐时宫廷警卫职衔。说,即李说(740—800),字岩甫,陇西狄道(今甘肃临洮)人,唐德宗时官至河东节度使,检校礼部尚书。《旧唐书》卷一四六有传。其次子公度,宣宗大中六年(852)任义武节度使;懿宗咸通(860—873)初年调任灵盐朔方节度使。

〔3〕 关于杨府录事李公佐,《旧唐书·宣宗纪》:大中二年(848)推勘武宗会昌二年(842)李绅所审江都县尉吴湘赃罪一案,关连人中有

"前杨府录事参军李公佐"。宣宗敕:"李公佐卑吏守官,制不由己……削两任官。"按此时距《古岳渎经》中李公佐自称泛于苍梧的贞元十三年(797)已五十二年。

〔4〕 《古岳渎经》 传奇篇名,唐代李公佐作。作者自述元和九年在洞庭包山石穴中得《岳渎经》第八卷,内载夏禹擒获水神无支祁,把它锁在淮阴龟山下的传说。李汤,生平事迹不详,《古岳渎经》称其于永泰(765)中任楚州刺史。

〔5〕 《戎幕闲谈》 笔记集,一卷,唐代韦绚著。记李德裕任西川节度使时所述古今异闻。韦绚,字文明,唐代京兆(今陕西西安)人,懿宗咸通年间官至义武军节度使。

〔6〕 陶宗仪 参看本卷第20页注〔6〕。《辍耕录》,笔记集,三十卷。杂记元代文献掌故,兼及史地文艺。此书所引"东坡《濠州涂山》诗"即宋代苏轼《濠州七绝·涂山》:"川锁支祁水尚浑,地埋汪罔骨应存。樵苏已入黄能庙,乌鹊犹朝禹会村。"濠州,州治在今安徽凤阳。

〔7〕 《山海经》 十八卷,作者不详,晋代郭璞注。主要记述各地山川、异物的传说,保存了许多古代神话。

〔8〕 《古逸书》 明代潘基庆编有《古逸书》三十卷,选录自秦至宋的文章,其中未收《古岳渎经》。

〔9〕 罗泌《路史》辩有无支祁 罗泌,宋代庐陵(今属江西)人。所著《路史》四十七卷,卷九有"无支祁"条,力辩僧伽降水母说之无稽,以《岳渎经》为可信。

〔10〕 朱熹(1130—1200) 字元晦,婺源(今属江西)人,宋代理学家。著有《四书集注》、《楚辞集注》等。《楚辞辩证》为《楚辞集注》附录,二卷。该书卷下《天问》篇云:"(洪兴祖)《(楚辞)补注》引《山海经》言:'鲧窃帝之息壤以堙洪水,帝令祝融殛之羽郊。'详其文意,所谓帝者,似指上帝。……今以文意考之,疑此二书(按指《山海经》及《淮南子》)本

皆缘《问》而作,而此《问》之言,特战国时俚俗相传之语,如今世俗僧伽降无之祁,许逊斩蛟蜃精之类,本无稽据,而好事者遂假讬撰造以实之。明理之士,皆可以一笑而挥之,政不必深与辩也。"

〔11〕 僧伽(628—710) 唐代西域(一说葱岭北)僧人,高宗龙朔至中宗景龙年间,居楚州(今江苏淮安)龙兴寺。生前即多神异传闻,后人遂以禹降无支祁故事附会于其名下,流传过程中又将无支祁讹传为水母。按上文所引胡应麟语中的"泗州大圣"当亦指僧伽,元代高文秀撰有杂剧《木义(叉)行者降妖怪 泗州大圣锁水母》,明代须子寿撰有杂剧《泗州大圣渰水母》,今皆不传。

〔12〕 王象之 字仪父,南宋金华(今属浙江)人。宁宗庆元进士,曾知江宁县。《舆地纪胜》,地理总志,二百卷。记载当时各行政区域沿革及风俗、人物、名胜等。淮南东路,宋行政区域名,治所在今扬州,辖今淮河流域东部地区。盱眙军,治所在今江苏盱眙。按《舆地纪胜》卷四十四所载盱眙军有关无支祁传说的古迹共四处:圣母洞(即水母洞)、圣母井、龟山、百牛潭。前二处实为一处,与僧伽降水母故事有关;后两处则与李汤获无支祁故事有关。

〔13〕 褚人获 字学稼,号石农,清代长洲(今属江苏苏州)人。著有《坚瓠集》、《隋唐演义》等。《坚瓠续集》,笔记集,四卷。

〔14〕 明太祖 即朱元璋(1328—1398),明王朝的建立者,公元1368年至1398年在位。即《坚瓠续集》文中的"高皇帝"。

〔15〕 《南柯太守传》 传奇篇名,唐代李公佐作。写淳于棼梦中被槐安国王招为驸马,出任南柯太守,享尽荣华,梦醒方知槐安国是古槐树上的蚂蚁穴。

〔16〕 《广陵行录》 按《舆地纪胜》引作《广陵志》。

〔17〕 《南柯记》 明代汤显祖据《南柯太守传》改编的传奇剧本,二卷。末尾添加了淳于棼梦觉后建道场普度大槐,自己也立地成佛的

情节。

〔18〕《庐江冯媪传》 传奇篇名,写庐江冯媪夜间投宿,遇桐城县丞董江亡妻的故事。《异闻传》、《太平广记》作《异闻录》。

〔19〕《谢小娥传》 传奇篇名,写谢小娥父亲、丈夫遇盗被杀,小娥为其报仇的故事。

〔20〕《续玄怪录》亦详载此事 《太平广记》卷一二八有辑自《续幽怪录》的《尼妙寂》一篇,故事与《谢小娥传》相同,但称女主人公为"叶氏"女,出家后道号"妙寂"。末云:"……公佐大异之,遂为作传。太和庚戌岁,陇西李复言游巴南,与进士沈田会于蓬州,田因话奇事,持以相示,一览而复之。录怪之日,遂纂于此焉。"李复言(755—833),名谅,唐代陇西(今甘肃东南)人,德宗贞元进士,曾任彭城令、苏州刺史、岭南节度使。所著《续玄怪录》,宋代改题《续幽怪录》,笔记小说集,原本已佚。今有后人辑本四卷,内无《尼妙寂》篇。另有李复言者,于文宗开成五年(840)因以《纂异》十卷纳省卷而被罢举,或以为《续玄怪录》之作者当系此人,《纂异》即《续玄怪录》。

〔21〕临江军 治所在今江西清江。

〔22〕霸滩 《舆地纪胜》作萧滩,在今江西清江萧水河边。

〔23〕李邈(1061—1129) 字彦思,北宋末清江(今属江西)人。知真定府,金兵进犯,守四旬,城破被害。傅雱(?—1158),北宋末浦江(今属浙江)人,南宋高宗初年曾出使金国。官至工部侍郎。

〔24〕凌濛初(1580—1644) 字玄房,号初成,别号即空观主人,乌程(今浙江吴兴)人,明代作家,崇祯时官徐州通判。撰话本小说集《拍案惊奇》初、二刻各四十卷,初刻卷十九有《李公佐巧解梦中言,谢小娥智擒船上盗》一篇。

〔25〕白行简(776—826) 下邽(今陕西渭南)人,唐代文学家。有《白行简集》,已佚。《李娃传》,传奇篇名,写荥阳公子与妓女李娃相

爱,金尽被鸨母骗逐,又为父所弃,后得李娃救助,及第拜官,李娃亦受封为汧国夫人。

〔26〕 石君宝(1192—1276) 名德玉,字君宝,平阳(治今山西临汾)人,元代戏曲作家。女真族。《李亚仙花酒曲江池》,杂剧剧本,一卷,演《李娃传》故事,以荥阳公子为郑元和,李娃为李亚仙。

〔27〕 薛近兖 明代戏曲传奇作家,万历年间人。《绣襦记》,传奇剧本,二卷,情节较《李亚仙花酒曲江池》有所发展。清代朱彝尊《静志居诗话》卷十四以为薛近兖作(又有正德间徐霖、嘉靖间郑若庸作二说)。

〔28〕 李子 当系"郑生"之误。

〔29〕 居易 白居易(772—846),字乐天,晚号香山居士,太原人,唐代诗人。官至刑部尚书。有《白氏长庆集》。

〔30〕 《三梦记》 传奇篇名,白行简作。写异地同梦或所梦与实事相符的三个故事。

〔31〕 刘幽求一事 刘幽求(655—715),唐代冀州武强(今属河北)人,官至尚书左丞相。"一事",《三梦记》中故事之一,写刘幽求所见的事与其妻梦中经历相同。

〔32〕 蒲松龄(1640—1715) 字留仙,一字剑臣,别号柳泉居士,山东淄川(今山东淄博)人,清代小说家。贡生,长为乡村塾师。著有《聊斋志异》。《凤阳士人》,见《聊斋志异》卷二,写凤阳一书生与其妻及妻弟三人异地同梦的故事。

〔33〕 《长恨歌》 长篇叙事诗,白居易作,写唐玄宗李隆基与贵妃杨玉环的爱情故事。陈鸿所作传,即《长恨传》,又作《长恨歌传》。《唐诗三百首》,唐诗选集,清代蘅塘退居士(孙洙)编。通行版本于《长恨歌》后附有《长恨歌传》。

〔34〕 《开元升平源》 即《升平源》,传奇篇名,写姚元崇于唐玄宗

行猎之时进谏十策的故事。

〔35〕 《唐文粹》 唐代诗文选集,一百卷,北宋姚铉编。

〔36〕 元稹撰《授丘纾陈鸿员外郎制》 元稹为皇帝所起草的诏令。元稹(779—831),字微之,洛阳(今属河南)人,唐代诗人。参看本篇第四分。丘纾,唐代元和间人,元和十五年(820)任左拾遗,见《大唐传载》。

〔37〕 《丽情集》 笔记集,宋代张君房著。晁公武《郡斋读书志》著录二十卷,云:“皇朝张君房、唐英合编。古今情感事。”原书已佚。《京本大曲》,大曲集,现无完整传本。大曲,宋代的一种歌舞戏。张君房,宋代安陆(今属湖北)人。真宗景德进士,官至度支员外郎、集贤校理。

〔38〕 秀才 唐初科举有秀才科,品第高于进士科,高宗永徽二年(651)停止举行。陈鸿于贞元二十一年(805)进士及第,这里用“秀才”指称进士。

〔39〕 《五色线》 笔记集,作者不详,当为宋人所辑。明代《津逮秘书》本二卷。内容杂引汉魏晋唐文集和小说中的琐闻奇事等。引文中的“既”,津逮本作“政”;“胜”,作“役”。

〔40〕 三本中均无第二三语 按明刻《文苑英华》本所附出于《丽情集》及《京本大曲》的《长恨传》中,有“诏浴华清池,清澜三尺,中洗明玉,莲开水上,鸾舞鉴中。既出水,娇多力微,不胜罗绮”等句,其第二三语为《广记》本及《文苑》本所无,而与《五色线》所引相同。

〔41〕 《青琐高议》 传奇、笔记集,前、后集各十卷,别集七卷,北宋刘斧编著。《赵飞燕别传》,参看本卷第155页注〔8〕。

〔42〕 洪昉思(1645—1704) 名昇,字昉思,号稗畦,钱塘(今属浙江杭州)人,清代戏曲作家。《长生殿》,传奇剧本,演《长恨传》故事,二卷。

〔43〕 蜗寄居士 即唐英(1682—1756),字隽公,号蜗寄居士,奉天(今辽宁沈阳)人,隶汉军正白旗,清代戏曲作家。曾任内务府员外郎,乾隆时监管窑务。《长生殿补阙》,一卷,见所著《古柏堂传奇杂剧》。

〔44〕 《东城老父传》 传奇篇名,《宋史·艺文志》作《东城父老传》,题陈鸿作。写东城老父贾昌,少时以善斗鸡为玄宗宠幸,安史乱后出家为僧的故事。

〔45〕 "生儿不用识文字"四句,又见《全唐诗》卷八七八,题为《神鸡童谣》。按其下还有四句:"能令金距期胜负,白罗绣衫随软舆。父死长安千里外,差夫持道輓丧车。"

〔46〕 《资治通鉴考异》 三十卷,北宋司马光著。书中考列与《资治通鉴》所载史实有关的不同资料,说明其取舍的原因。

〔47〕 吴兢(670—749) 字西济,唐代汴州浚仪(今河南开封)人,曾任起居郎,玄宗时官至卫尉少卿、太子左庶子。著有《贞观政要》等。

〔48〕 姚元崇(650—721) 字元之,唐代陕州硖石(今河南陕县)人,历任武则天、睿宗、玄宗等朝宰相。

〔49〕 司马光(1019—1086) 字君实,陕州夏县(今属山西)人,北宋史学家。官至尚书左仆射兼门下侍郎。著有《资治通鉴》、《司马文正公集》等。

〔50〕 魏元忠(?—707) 本名真宰,唐代宋城(今河南商丘)人。官至中书令、尚书右仆射,封齐国公。

〔51〕 私撰《唐书》《唐春秋》 《新唐书·吴兢传》:"兢不得志,私撰《唐书》、《唐春秋》,未就。"后奉诏赴馆撰录。"兢叙事简核,号良史。……世谓今董狐云。"董狐,春秋时晋国人,晋灵公的史官。《左传》宣公二年载:卫灵公被晋卿赵盾的族弟赵穿所杀,他在史策上直书"赵盾弑其君",被孔子称为"古之良史"。

〔52〕 《贞观政要》 史书,十卷。分类辑录唐太宗与大臣的问答,

大臣的诤谏、奏疏及贞观年间的政治设施。

　　元稹字微之,河南河内人,以校书郎累仕至中书舍人,承旨学士。由工部侍郎入相,旋出为同州刺史,改越州,兼浙东观察使。太和初,入为尚书左丞,检校户部尚书,兼鄂州刺史武昌军节度使。五年七月,卒于镇,年五十三。两《唐书》(旧一六六新一七四)皆有传。于文章亦负重名,自少与白居易唱和。当时言诗者称"元白",号为"元和体"[1]。有《元氏长庆集》一百卷,《小集》十卷,今惟《长庆集》六十卷存。《莺莺传》[2]见《广记》四百八十八。其事之振撼文林,为力甚大。当时已有杨巨源李绅辈作诗以张之[3];至宋,则赵令畤拈以制《商调蝶恋花》(在《侯鲭录》中)[4];金有董解元作《弦索西厢》;元有王实甫《西厢记》[5],关汉卿《续西厢记》[6];明有李日华《南西厢记》[7],陆采亦有《南西厢记》[8],周公鲁有《翻西厢记》[9];至清,查继佐尚有《续西厢》杂剧云[10]。

　　因《莺莺传》而作之杂剧及传奇,曩惟王关本易得。今则刘氏暖红室[11]已刊《弦索西厢》,又聚赵令畤《商调蝶恋花》等较著之作十种为《西厢记十则》。市肆中往往而有,不难致矣。

　　《莺莺传》中已有红娘及欢郎等名,而张生独无名字。王楙《野客丛书》(二十九)云:"唐有张君瑞,遇崔氏女于蒲。崔小名莺莺。元稹与李绅语其事,作《莺莺歌》。"客中无赵令畤《侯鲭录》,无从知《商调蝶恋花》中张生是否已具名字[12]。否则宋时当尚有小说或曲子,字张为君瑞者。漫识于此,俟有书时考之。

《周秦行纪》[13]余所见凡三本。一在《广记》卷四百八十九；一在《顾氏文房小说》中，末一行云"宋本校行"；一附于《李卫公外集》[14]内，是明刊本。后二本较佳，即据以互校转写，并从《广记》补正数字。三本皆题牛僧孺[15]撰。僧孺，字思黯，本陇西狄道人，居宛叶间。元和初，以贤良方正对策第一，条指失政，鲠讦不避权贵，因不得意。后渐仕至御史中丞，以户部侍郎同中书门下平章事。又累贬为循州长史。宣宗立，乃召还，为太子少师。大中二年，年六十九卒，赠太尉，谥文简。两《唐书》(旧一七二新一七四)皆有传。僧孺性坚僻，与李德裕[16]交恶，各立门户，终生不解。又好作志怪，有《玄怪录》十卷，今已佚，惟辑本一卷存。而《周秦行纪》则非真出僧孺手。晁公武(《郡斋读书志》十三)云："贾黄中以为韦瓘所撰。瓘，李德裕门人，以此诬僧孺"者也。[17]案是时有两韦瓘，皆尝为中书舍人。一年十九入关，应进士举，二十一进士状头，榜下除左拾遗，大中初任廉察桂林，寻除主客分司。见莫休符《桂林风土记》[18]。一字茂宏，京兆万年人，韦夏卿弟正卿[19]之子也。"及进士第，仕累中书舍人。与李德裕善。……李宗闵恶之，德裕罢，贬为明州长史。"见《新唐书》(一六二)《夏卿传》，则为作《周秦行纪》者。[20]胡应麟(《笔丛》三十二)云："中有'沈婆儿作天子'等语，所为根蒂者不浅。独怪思黯罹此巨谤，不亟自明，何也？牛李二党曲直，大都鲁卫间。牛撰《玄怪》等录，亡只词构李，李之徒顾作此以危之。于戏，二子者，用心觊矣！牛迄功名终，而子孙累叶贵盛。李挟高世之才，振代之绩，卒沦海岛，非忌刻忮害之报耶？辄因是书,播告夫世之工谮愬者。"乞灵于果报,殊未足以餍心。然观李德裕所作《周秦行纪论》,至欲持此一文,致僧孺于族灭,则其阴谲险狠,可畏实甚。弃之者众,固其宜矣。论犹在集(外集四)中,迻录于后:

言发于中,情见乎辞。则言辞者,志气之来也。故察其言而知其内,翫其辞而见其意矣。余尝闻太牢氏(凉国李公尝呼牛僧孺为太牢。凉公名不便,故不书。)好奇怪其身,险易其行。以其姓应国家受命之谶,曰:"首尾三麟六十年,两角犊子恣狂颠,龙蛇相斗血成川。"及见著《玄怪录》,多造隐语,人不可解。其或能晓一二者,必附会焉。纵司马取魏之渐,用田常有齐之由。故自卑秩,至于宰相,而朋党若山,不可动摇。欲有意摆撼者,皆遭诬坐,莫不侧目结舌,事具史官刘轲《日历》。余得太牢《周秦行纪》,反覆觇其太牢以身与帝王后妃冥遇,欲证其身非人臣相也,将有意于"狂颠"。及至戏德宗为"沈婆儿",以代宗皇后为"沈婆",令人骨战。可谓无礼于其君甚矣!怀异志于图谶明矣!余少服臧文仲之言曰:"见无礼于其君者,如鹰鹯之逐鸟雀也。"故贮太牢已久。前知政事,欲正刑书,力未胜而罢。余读国史,见开元中,御史汝南子谅弹奏牛仙客,以其姓符图谶。虽似是,而未合"三麟六十"之数。自裴晋国与余凉国(名不便)彭原(程)赵郡(绅)诸从兄,嫉太牢如仇,颇类余志。非怀私忿,盖恶其应谶也。太牢作

镇襄州日,判復州刺史乐坤《贺武宗监国状》曰:"闲
事不足为贺。"则恃姓敢如此耶!会余复知政事,将
欲发觉,未有由。值平昭义,得与刘从谏交结书,因
窜逐之。嗟乎,为人臣阴怀逆节,不独人得诛之,鬼
得诛矣。凡与太牢胶固,未尝不是薄流无赖辈,以相
表里。意太牢有望,而就佐命焉,斯亦信符命之致。
或以中外罪余于太牢爱憎,故明此论,庶乎知余志。
所恨未暇族之,而余又罢。岂非王者不死乎?遗祸
胎于国,亦余大罪也。倘同余志,继而为政,宜为君
除患。历既有数,意非偶然,若不在当代,必在于子
孙。须以太牢少长,咸置于法,则刑罚中而社稷安,
无患于二百四十年后。嘻!余致君之道,分隔于明
时。嫉恶之心,敢辜于早岁?因援毫而摅宿愤。亦
书《行纪》之迹于后。

论中所举刘轲[21],亦李德裕党。《日历》具称《牛羊日
历》,牛羊,谓牛僧孺杨虞卿[22]也,甚毁此二人。书久佚,今有
辑本,缪荃荪刻之《藕香零拾》[23]中。又有皇甫松[24],著《续
牛羊日历》,亦久佚。《资治通鉴考异》(卷二十)引一则,于《周
秦行纪》外,且痛诋其家世,今节录之:

太牢早孤。母周氏,冶荡无检。乡里云:"兄弟
羞赧,乃令改醮。"既与前夫义绝矣,及贵,请以出母
追赠。《礼》云:"庶氏之母死,何为哭于孔氏之庙
乎?"又曰:"不为伋也妻者,是不为白也母。"而李清
心妻配牛幼简,是夏侯铭所谓"魂而有知,前夫不纳

于幽壤,殁而可作,后夫必诉于玄穹。"使其母为失行无适从之鬼,上罔圣朝,下欺先父,得曰忠孝智识者乎?作《周秦行纪》,呼德宗为"沈婆儿",谓睿真皇太后为"沈婆"。此乃无君甚矣!

盖李之攻牛,要领在姓应图谶[25],心非人臣,而《周秦行纪》之称德宗为"沈婆儿",尤所以证成其罪。故李德裕既附之论后,皇甫松《续历》亦严斥之。今李氏《穷愁志》虽尚存(《李文饶外集》卷一至四,即此),读者盖寡;牛氏《玄怪录》亦早佚,仅得后人为之辑存。独此篇乃屡刻于丛书中,使世间由是更知僧孺名氏。时世既迁,怨亲俱泯,后之结果,盖往往非当时所及料也。

李贺《歌诗编》[26](一)有《送沈亚之歌》[27],序言元和七年送其下第归吴江,故诗谓"吴兴才人怨春风,桃花满陌千里红,紫丝竹断骢马小,家住钱塘东复东。"中复云"春卿拾才白日下,掷置黄金解龙马,携笈归江重入门,劳劳谁是怜君者"也。然《唐书》已不详亚之行事,仅于《文苑传序》[28]一举其名。幸《沈下贤集》迄今尚存,并考宋计有功《唐诗纪事》[29],元辛文房《唐才子传》[30],犹能知其概略。亚之字下贤,吴兴人。元和十年,进士及第,历殿中侍御史内供奉。太和初,为德州行营使者柏耆[31]判官。耆贬,亚之亦谪南康尉;终郢州掾。其集本九卷,今有十二卷,盖后人所加。中有传奇三篇。亦并见《太平广记》,皆注云出《异闻集》,字句往往与集不同。今者据本集录之。

《湘中怨辞》[32]出《沈下贤集》卷二。《广记》在二百九十八,题曰《太学郑生》,无序及篇末"元和十三年"以下三十六字。文句亦大有异,殆陈翰编《异闻集》时之所删改欤。然大抵本集为胜。其"遂我"作"逐我",则似《广记》佳。惟亚之好作涩体,今亦无以决之。故异同虽多,悉不复道。

《异梦录》[33]见集卷四。唐谷神子已取以入《博异志》[34]。《广记》则在二百八十二,题曰《邢凤》,较集本少二十余字,王炎作王生。炎为王播弟[35],亦能诗,不测《异闻集》何为没其名也。《沈下贤集》今有长沙叶氏观古堂[36]刻本,及上海涵芬楼[37]影印本。二十年前则甚希觏。余所见者为影钞小草斋[38]本,既录其传奇三篇,又以丁氏八千卷楼[39]钞本校改数字。同是十二卷本《沈集》,而字句复颇有异同,莫知孰是。如王炎诗"择水葬金钗",惟小草斋本如此,他本皆作"择土"。顾亦难遽定"择水"为误。此类甚多,今亦不备举。印本已渐广行,易于入手,求详者自可就原书比勘耳。

梦中见舞弓弯,亦见于唐时他种小说。段成式《酉阳杂俎》[40](十四)云:"元和初,有一士人,失姓字,因醉卧厅中。及醒,见古屏上妇人等悉于床前踏歌。歌曰:'长安女儿踏春阳,无处春阳不断肠。舞袖弓腰浑忘却,蛾眉空带九秋霜。'其中双鬟者问曰:'如何是弓腰?'歌者笑曰:'汝不见我作弓腰乎?'乃反首,髻及地,腰势如规焉。士人惊惧,因叱之。忽然上屏,亦无其他。"其歌与《异梦录》者略同,盖即由此曼衍。宋乐史撰《杨太真外传》[41],卷上注中记杨国忠[42]卧觇屏上诸女下床自称名,且歌舞。其中有"楚宫弓腰",则又由《酉阳杂俎》所记而传讹。凡小说流传,大率渐广渐变,而推究本始,其实一也。

《秦梦记》[43]见集卷二,及《广记》二百八十二,题曰《沈亚之》,异同不多。"击體舞"当作"击髆舞","追酒"当作"置酒",各本俱误。"如今日"之"今"字,疑衍,[44]小草斋本有,他本俱无。

《无双传》[45]出《广记》四百八十六,注云薛调撰。[46]调,河中宝鼎人,美姿貌,人号为"生菩萨"。咸通十一年,以户部员外郎加驾部郎中,充翰林承旨学士,次年,加知制诰。郭妃悦其貌,谓懿宗曰:"驸马盍若薛调乎。"顷之,暴卒,年四十三,时咸通十三年二月二十六日也。世以为中鸩云(见《新唐书》《宰相世系表》,《翰苑群书》及《唐语林》四[47])。胡应麟(《笔丛》四十一)云:"王仙客……事大奇而不情,盖润饰之过。或乌有。无是类,不可知。"案范摅《云溪友议》[48](上)载"有崔郊秀才者,寓居于汉上,蕴精文艺,而物产罄悬。亡何,与姑婢通,每有阮咸之从。其婢端丽,饶彼音律之能,汉南之最也。姑鬻婢于连帅。帅爱之,以类无双,给钱四十万,宠盻弥深。郊思慕不已,即强亲府署,愿一见焉。其婢因寒食来从事冢,值郊立于柳阴,马上连泣,誓若山河。崔生赠以诗曰:'公子王孙逐后尘,绿珠垂泪滴罗巾。侯门一入深如海,从此萧郎是路人。'"诗闻于帅,遂以归崔。无双下原有注云:"即薛太保之爱妾,至今图画观之。"然则无双不但实有,且当时已极艳传。疑其事之前半,或与崔郊姑婢相类;调特改薛太尉[49]家为禁中,以隐约其辞。后半则颇有增饰,稍乖事理矣。明陆采尝拈以作《明珠记》[50]。

柳珵《上清传》[51]见《资治通鉴考异》卷十九。司马光驳之云："信如此说，则参为人所劫，德宗岂得反云'蓄养侠刺'。况陆贽贤相，安肯为此。就使欲陷参，其术固多，岂肯为此儿戏。全不近人情。"亦见于《太平广记》卷二百七十五，题曰《上清》，注云出《异闻集》。"相国窦公"作"丞相窦参"，后凡"窦公"皆只作一"窦"字；"隶名掖庭"下有"且久"二字；"怒陆贽"上有"至是大悟因"五字；"这"作"老"；"恣行媒孽"下有"乘间攻之"四字；"特敕"下有"削"字。余尚有小小异同，今不备举。此篇本与《刘幽求传》同附《常侍言旨》之后[52]。《言旨》亦珵作，《郡斋读书志》（十三）云，记其世父柳芳所谈。芳，蒲州河东人；子登，冕；登子璟，见《新唐书》（一三二）[53]。珵盖璟之从兄弟行矣。

《杨娼传》[54]出《广记》四百九十一，原题房千里撰。千里字鹄举，河南人，见《新唐书》《宰相世系表》。《艺文志》有房千里《南方异物志》一卷，《投荒杂录》一卷[55]，注云："太和初进士第，高州刺史。"是其所终官也。此篇记叙简率，殊不似作意为传奇。《云溪友议》（上）又有《南海非》一篇，谓房千里博士初上第，游岭徼。有进士韦滂自南海致赵氏为千里妾。千里倦游归京，暂为南北之别。过襄州遇许浑[56]，托以赵氏。浑至，拟给以薪粟，则赵已从韦秀才矣。因以诗报房，云："春风白马紫丝缰，正值蚕眠未采桑。五夜有心随暮雨，百年无节待秋霜。重寻绣带朱藤合，却认罗裙碧草长。为报西游减离恨，阮郎才去嫁刘郎。"房闻，哀恸几绝云云。此传或即作于得报之后，聊以寄慨者钦。然韦縠《才调集》[57]（十）又以浑诗为无名氏作,题云:"客有新丰馆题怨别之词,因诘传吏,尽得其实,偶作四韵嘲之。"

《飞烟传》出《说郛》卷三十三所录之《三水小牍》[58],皇甫枚撰。亦见于《广记》四百九十一,飞烟作非烟。《三水小牍》本三卷,见《宋史》《艺文志》及《直斋书录解题》。今止存二卷,刻于卢氏《抱经堂丛书》及缪氏《云自在龛丛书》中[59]。就书中可考见者,枚字遵美,安定人。三水,安定属邑也[60]。咸通末,为汝州鲁山令;光启中,僖宗在梁州,赴调行在。明姚咨[61]跋云:"天祐庚午岁,旅食汾晋,为此书。"今书中不言及此,殆出于枚之自序,而今失之。缪氏刻本有逸文一卷,收《非烟传》,然仅据《广记》所引,与《说郛》本小有异同,且无篇末一百十余字。《广记》不云出于何书,盖尝单行也,故仍录之。

《虬髯客传》[62]据明《顾氏文房小说》录,校以《广记》百九十三所引《虬髯传》,互有详略,异同,今补正二十余字。杜光庭字宾至,处州缙云人[63]。先学道于天台山,仕唐为内供奉。避乱入蜀,事王建[64],为金紫光禄大夫,谏议大夫,赐号广成先生。后主[65]立,以为传真天师,崇真馆大学士。后解官,隐青城山,号东瀛子。年八十五卒。著书甚多,有《谏书》一百卷,《历代忠谏书》五卷,《道德经广圣义疏》三十卷,《录异记》十卷,《广成集》一百卷,《壶中集》三卷。此外言道教仪则,应验,及仙人,灵境者尚二十余种,八十余卷。今惟《录异记》流传。光庭尝作《王氏神仙传》一卷,以悦蜀主。而此篇则以窥觇神器为大戒[66],殆尚是仕唐时所为。《宋史》《艺文志》小说类著录作"《虬髯客传》一卷"。宋程大昌《考古编》[67](九)亦有题《虬须传》者一则,云:"李靖在隋,常言高祖终不为人臣。故高祖入京师,收靖,欲杀之。太宗救解,得不死。高祖收靖,史不言所以,盖讳之也。《虬须传》言靖得虬须客资助,遂以家力佐太宗起事。此文士滑稽,而人不察耳。又杜诗言'虬须似太宗'。小说亦辨人言太宗虬须,须可挂角弓。是虬须乃太宗矣。而谓虬须授靖以资,使佐太宗,可见其为戏语也。"髯皆作须。今为虬髯者,盖后来所改。惟高祖之所以收靖,则当时史实未尝讳言。《通鉴考异》(八)云:"柳芳《唐历》及《唐书》《靖传》云:'高祖击突厥于塞外。靖察高祖,知有四方之志。因自锁上变,将诣江都,至长安,道塞不通而止。'案太宗谋起兵,高祖尚未知;知之,犹不从。当击突厥之时,未有异志,靖何从察知之?又上变当乘驿取疾,何为自锁也?今依《靖行状》云:'昔在隋朝,曾经忤旨。及兹城陷,高祖追责旧言,公忼慨直论,特蒙宥释。'"柳芳唐人,记上变之嫌[68],即知城陷见收之故矣。然史实常晦,小说辄传,《虬髯客传》亦同此例,仍为人所乐道,至绘为图,称曰"三侠"。取以作曲者,则明张凤翼张太和皆有《红拂记》[69],凌初成有《虬髯翁》[70]。

　　右第四分

＊　　　＊　　　＊

〔1〕 "元和体" 《旧唐书·元稹传》:元稹"与太原白居易友善。工为诗,善状咏风态物色,当时言诗者称元白焉。自衣冠士子,至闾阎下俚,悉传讽之,号为'元和体'。"元和(806—820),唐宪宗年号。

〔2〕 《莺莺传》 传奇篇名,元稹作。写张生与崔莺莺的恋爱故

事。

〔3〕 杨巨源(755—?) 字景山,唐代蒲州(今山西永济)人,元稹诗友。贞元进士,官至国子司业。《莺莺传》中引有他写的《崔娘诗》一首。李绅,《全唐诗》卷四八三收有他所写《莺莺歌》篇首八句,又题《东飞伯劳西飞燕歌,为莺莺作》。其他逸句,见引于董解元《弦索西厢》。

〔4〕 赵令畤 字德麟,号聊复翁,宋朝宗室。从高宗南渡,袭封安定郡王。《侯鲭录》,笔记集,八卷。杂记故实艺文。卷五对《莺莺传》考辨颇详,并录有自撰《商调蝶恋花鼓子词》,以说唱形式咏《莺莺传》故事。

〔5〕 王实甫 字德信,一说名德信,大都(今北京)人,元代戏曲作家。生活于成宗元贞、大德(1295—1307)年间。所著《西厢记》,又称《北西厢》,杂剧剧本,五本二十一折。情节较董解元《弦索西厢》有更大发展。剧中张生名张君瑞。

〔6〕 关汉卿(约1220—约1300) 号已斋叟,大都(今北京)人,元代戏曲作家。据传曾为太医院尹,晚年居杭州。作有杂剧《窦娥冤》、《赵盼儿》等。《续西厢记》,明清时,有人以为王实甫《西厢记》第五本"张君瑞庆团圆"为关汉卿所续。

〔7〕 李日华 字实甫,吴县(今属江苏苏州)人,明代戏曲作家。生活于正德、嘉靖年间。《南西厢记》,实为明代海盐人崔时佩所撰,李日华增补,二卷。此剧将王实甫《北西厢》翻为南曲,内容基本相同。

〔8〕 陆采(1497—1537) 原名灼,字子玄,号天池叟,长洲(今属江苏苏州)人,明代戏曲作家。诸生。他以为李日华所作"气脉未贯",于是另撰《南西厢记》二卷。

〔9〕 周公鲁 字公望,昆山(今属江苏)人,明代戏曲作家。《翻西厢记》,一名《锦西厢》,传奇剧本,二卷。此剧截去《北西厢》"草桥惊梦"以后数折,翻出红娘代莺莺与郑恒完姻,崔、张之间又经一番周折,

方得团圆等情节。

〔10〕 查继佐(1601—1676) 字伊璜,明末清初海宁(今属浙江)人。崇祯举人,南明时曾官兵部职方主事,后归里讲学。所著《续西厢》,一卷,《曲海总目提要》注为"传奇"。除增添张君瑞以崔莺莺所赠诗应制的情节外,其他内容基本与关汉卿续本相同。

〔11〕 刘氏暖红室 刘氏,指刘世珩,清末民初安徽贵池人。暖红室为其室名。刘氏选刊的《暖红室汇刻传奇》,包括元、明、清杂剧、传奇和戏曲论著,共六十余种,1917年合刊时为五十九种。

〔12〕 按《商调蝶恋花》中的张生未具张君瑞名字。

〔13〕 《周秦行纪》 传奇篇名,写牛僧孺于唐德宗贞元中落第回乡,夜晚迷路,宿一大宅中,与汉文帝母薄太后、汉元帝妃王嫱及杨贵妃等聚会赋诗的故事。文中对于德宗及其母沈太后有不敬之语。署牛僧孺撰,实为牛之政敌李德裕门人所托名,意在诬陷牛僧孺。

〔14〕 《李卫公外集》 又称《穷愁志》,四卷。按李德裕《会昌一品集》,一名《李卫公文集》,除外集外,还有正集二十卷,别集十卷。

〔15〕 牛僧孺(779—847) 唐代陇西狄道(今甘肃临洮)人,一说安定鹑觚(今甘肃灵台)人,居宛叶间(今河南南阳、叶县一带)。他在中唐时牛、李党争中与李宗闵同为牛党首领。

〔16〕 李德裕(787—850) 字文饶,唐代赵郡(治今河北赵县)人。武宗时任宰相,后封卫国公。他是牛、李党争中李党的首领。

〔17〕 晁公武所述贾黄中语,见宋代张洎《贾氏谈录》:"牛奇章初与李卫公相善。尝因饮会,僧孺戏曰:'绮纨子何预斯坐。'卫公衔之。后卫公再居相位,僧孺卒遭谴逐。世传《周秦行纪》,非僧孺所作,是德裕门人韦瓘所撰。"按牛僧孺曾封奇章郡公。

〔18〕 莫休符 唐末人,昭宗时官融州刺史兼御史大夫。《桂林风土记》,原书三卷,现存一卷。除叙述风土人情物产外,还收有一些他书

所未见的唐诗。

〔19〕 韦正卿 唐代京兆万年(今陕西西安)人。代宗大历年间,与其兄韦夏卿同举"贤良方正"。

〔20〕 关于韦正卿之子韦瓘,《新唐书·韦夏卿传》又云:"德裕任宰相,罕接士,唯瓘往请无间也。""会昌末,累迁楚州刺史,终桂管观察使。"

〔21〕 刘轲 字希仁,唐代沛(今江苏沛县)人。天宝末年流落韶右(今广东曲江一带)。早年为僧,元和十三年(818)登进士第,曾任史官,官终洺州刺史。《牛羊日历》,《新唐书·艺文志》入小说家,一卷。注云:"牛僧孺、杨虞卿事。檀峦子皇甫松序。"胡应麟《少室山房笔丛·四部正讹》:"《牛羊日历》,诸家悉以为刘轲撰。……案轲本浮屠,中岁慕孟轲为人,遂长发,以文鸣一时。即纪载时事,命名讵应乃尔?必赞皇之党,且恶轲者为之也。案《通鉴注》引作皇甫松,松有恨僧孺见传,或当近之。"按"赞皇"指李德裕,他于文宗时受封赞皇县伯。

〔22〕 杨虞卿 字师皋,唐代虢州弘农(今河南灵宝)人。宪宗元和进士,曾官至监察御史。牛党重要人物之一。

〔23〕 《藕香零拾》 丛书,清代缪荃孙辑,共收三十九种,一〇二卷。刊于清代光绪末年。按该书所收系《续牛羊日历》。《牛羊日历》见收于宋代晁载之《续谈助》卷三。

〔24〕 皇甫松 字子奇,睦州新安(今浙江淳安)人,唐代词人。五代王定保《唐摭言》卷十:"或曰松,奇章表甥,然公不荐,因襄阳大水,遂为《大水变》,极言诽谤。"

〔25〕 姓应图谶 除《周秦行纪论》所引谶语外,宋代孙光宪《北梦琐言》卷十六"木星入斗"条又说:唐乾符中,木星入南斗,术士边冈以为"帝王之兆"。"识者唐世常有绯衣谶,或曰将来幸运,或姓裴,或姓牛,以为裴字为绯衣,牛字著人即朱也。所以裴晋公(度)及牛相国僧孺,每

罹此谤。李卫公斥《周秦行纪》乃斯事也"。

〔26〕 李贺(791—816) 字长吉,河南福昌(今河南宜阳)人,中唐诗人。曾官奉礼郎。《歌诗编》,即《李贺歌诗编》,四卷,外集一卷。

〔27〕 沈亚之(781—832) 吴兴(今属浙江)人,中唐作家。所著《沈下贤集》,共十二卷,其中诗赋一卷,文十一卷。下文说集中"有传奇三篇",指《湘中怨辞》、《异梦录》和《秦梦记》。

〔28〕 应为《新唐书》《文艺传》,其序称:"今但取以文自名者,为《文艺》篇。若韦应物,沈亚之,阎防,祖咏,蒋能,郑谷等,其类尚多,皆班班有文在人间。史家逸其行事,故弗得述云。"

〔29〕 计有功 字敏夫,宋代临邛(今四川邛崃)人。徽宗宣和进士,南宋时曾知简州、嘉州。所著《唐诗纪事》,八十一卷。载录唐代一一五〇名诗人的作品本事及有关诗篇。

〔30〕 辛文房 字良史,元代西域(今新疆一带)人。所著《唐才子传》,十卷,收唐代诗人三九八人的评传。

〔31〕 柏耆 唐代魏州(治今河北大名)人。文宗太和初官至谏议大夫。太和三年(829),横海节度使李祐讨伐叛将李同捷,他奉诏宣慰德州行营。后被参劾,贬循州司户,其判官沈亚之同时被贬为虔州南康尉。

〔32〕 《湘中怨辞》 传奇篇名,写太学进士郑生与蛟宫龙女氾人恋爱的故事。

〔33〕 《异梦录》 传奇篇名,写邢凤梦观古装美人"弓弯舞"及王炎梦为吴王作西施挽歌的故事。

〔34〕 谷神子 即郑还古,号谷神子,唐代荥阳(今属河南)人。宪宗元和进士,官河北从事,后贬吉州掾。《博异志》,又名《博异记》,笔记小说集,一卷。

〔35〕 王炎 字逢时,唐代太原(今属山西)人。贞元十五年(799)

登进士第,官至太常博士。王播(759—830),字明敫,王炎之兄。官至尚书左仆射,同平章事。

〔36〕 叶氏观古堂 叶德辉(1864—1927),字奂彬,湖南长沙人。藏书家。光绪十八年进士,曾任吏部主事。室名观古堂,刻书多种。

〔37〕 涵芬楼 上海商务印书馆藏书楼,清代光绪末年创立,收藏善本秘籍多种。1924年移入东方图书馆。1932年"一·二八"战争中为日本侵略军焚毁。

〔38〕 小草斋 明代文学家谢肇淛书室名。谢氏著有《五杂俎》等。

〔39〕 丁氏八千卷楼 又名"嘉惠堂",清代钱塘(今浙江杭州)丁申(?—1800)、丁丙(1832—1899)兄弟继祖父丁国典而重建的藏书楼。分三部分:八千卷楼,藏四库著录书;小八千卷楼,藏善本书;后八千卷楼,藏四库未收书。

〔40〕 段成式(约803—863) 字柯古,齐州临淄(今山东淄博)人,唐代文学家。官秘书省校书郎、太常少卿等。《酉阳杂俎》,笔记小说集,二十卷,又续集十卷。

〔41〕《杨太真外传》 参看本篇第七分。

〔42〕 杨国忠(?—756) 唐代蒲州永乐(今山西永济)人。以堂妹杨贵妃关系,为玄宗宠幸,官至宰相。安史之乱,随玄宗奔蜀,在马嵬坡被军士处死。

〔43〕《秦梦记》 传奇篇名,沈亚之在篇中自述梦入秦国,娶秦穆公之女弄玉为妻的故事。

〔44〕 关于《秦梦记》的异文,《秦梦记》写沈亚之将别秦穆公,受命作歌,首句为"击髆舞,恨满烟光无处所"。而上文有"将去,公追酒高会,声秦声,舞秦舞,舞者击髆拊髀鸣鸣"等语,故"击髆"当为"击髀"之误。《太平广记》即作"击髀"。又写沈亚之对秦穆公说:"臣不忘君恩,

如今日。"《太平广记》作"如日",较合于立誓的口吻。

〔45〕《无双传》 传奇篇名,写刘无双与表兄王仙客幼年相亲,后无双因父罪没入宫廷,得押衙古洪用奇术救出,与仙客成婚的故事。

〔46〕 薛调(829—872) 唐代河中宝鼎(今山西万荣)人,婺州刺史薛膺之子,河东郡公薛苹之孙。曾官户部员外郎、翰林学士。

〔47〕《翰苑群书》 十二卷,宋代洪遵编。共收唐代李肇《翰林志》、宋代李昉《禁林宴会集》和洪遵本人《翰苑遗事》等记述唐、宋两代翰林学士姓名及翰林院掌故的史籍十二种。《唐语林》,笔记集,宋代王谠著。原书久佚,今本从《永乐大典》辑出,八卷。

〔48〕 范摅 自号五云溪人,唐代苏州吴(今江苏苏州)人,生活于懿宗、僖宗年间。《云溪友议》,笔记集,三卷。多载有关中晚唐诗人及诗歌的资料。

〔49〕 薛太尉 疑为上文"薛太保"之误。

〔50〕《明珠记》 传奇剧本,二卷,明代陆采与其兄陆粲合撰。明代吕天成《曲品》称其"本《无双》而作记,借明珠以联情"。

〔51〕《上清传》 传奇篇名,写窦参被陆贽以"蓄养侠刺"等罪名构陷致死,其宠婢上清为之申冤的故事。窦参(733—792),字时中,扶风平陵(今陕西咸阳)人。唐德宗时任宰相,与陆贽不和,后被贬,死于邕州。陆贽(754—805),字敬舆,苏州嘉兴(今属浙江)人。德宗时官至中书侍郎同平章事。

〔52〕《常侍言旨》 笔记集,唐代柳珵著,记开元、天宝年间宫廷异闻。晁公武《郡斋读书志》卷三著录:"《常侍言旨》,一卷,右唐柳珵记其世父登所著,六章。《上清》、《刘幽求》二传附。"按"世父"(伯父)为"王父"(祖父)之误。今传本中无《刘幽求传》及《上清传》。

〔53〕 柳芳 字仲敷,唐代河东(今山西永济)人,开元进士,官集贤学士。其子柳登,字成伯,官大理少卿;柳冕,字敬叔,官福建观察使。

柳登子柳璟,字德辉,官礼部侍郎。

〔54〕 《杨娼传》 传奇篇名,写某武官宠爱杨姓歌女,因妻妒,气愤而亡,歌女亦以死殉的故事。

〔55〕 房千里 字鹄举,唐代河南(治今河南洛阳)人。文宗大和进士,官国子博士、高州刺史。所著《南方异物志》、《投荒杂录》,《新唐书·艺文志》分别著录于史部"地理类"和"杂传记类"。

〔56〕 许浑 字用晦,一字仲晦,润州丹阳(今属江苏)人,唐代诗人。文宗太和进士,官至睦、鄂二州刺史。著有《丁卯集》。

〔57〕 韦縠 五代前蜀人,仕后蜀官至监察御史。所编《才调集》为唐诗选集,共十卷。上文所引诗,《才调集》列为"无名氏三十七首"之二十二;《全唐诗》卷五三六收为许浑诗,题作《寄房千里博士》,注云:"一作《途经敷水》,一作《客有新丰馆题怨别之词,因诘传吏,尽得其实,偶作四韵嘲之》。"

〔58〕 《飞烟传》 传奇篇名,明钞原本《说郛》作《步飞烟》。写武公业之妾步飞烟与邻人赵象爱恋,被公业鞭挞,至死不悔的故事。《三水小牍》,传奇小说集,唐代皇甫枚著。"枚"或写作"牧"。

〔59〕 卢氏《抱经堂丛书》 卢文弨(1717—1796),字绍弓,号抱经,清代浙江杭州人。乾隆十七年进士,官至侍读学士,后乞归讲学。所刻《抱经堂丛书》共十七种。《云自在龛丛书》,清光绪中缪荃孙编刻,共三十六种。所收《三水小牍》较卢文弨刊本多逸文十二篇,中有《非烟传》,题作《步飞烟》。

〔60〕 三水 汉代安定郡属县,在今宁夏固原。唐代邠州新平郡有三水县,在今陕西旬邑。

〔61〕 姚咨 字舜咨,号茶梦主人,明代无锡(今属江苏)人。喜藏书,著有《潜坤集》、《春秋名臣传》。嘉靖三十三年(1554)他抄得杨氏所藏《三水小牍》二卷,并作跋,后由秦汴刊行。卢氏抱经堂本即源于此

本。

〔62〕 《虬髯客传》 传奇篇名，唐末杜光庭作。写隋末杨素侍妓红拂私奔李靖，后靖与侠士虬髯客在太原同访李世民，虬髯客知世民必为"天子"，于是远走海外，另取扶馀国为国主。

〔63〕 杜光庭(850—933) 处州缙云(今属浙江)人。唐懿宗时应试不第，入天台山为道士。僖宗避黄巢入蜀，他被召充麟德殿文章应制。王建时留蜀任职。

〔64〕 王建(847—918) 字光图，许州舞阳(今属河南)人。五代时前蜀国的建立者，903年至918年在位。

〔65〕 后主 指王建之子王衍。

〔66〕 以窥觎神器为大戒 指《虬髯客传》中虬髯客退避李世民的情节及篇末议论："乃知真人之兴也，非英雄所冀，况非英雄乎！人臣之谬思乱者，乃螳臂之拒走轮耳。"神器，指天下，后转指帝位。《老子》："天下神器，不可为也。"

〔67〕 程大昌(1123—1195) 字泰之，南宋休宁(今属安徽)人。高宗绍兴进士，官吏部尚书，终龙图阁学士。著有《易原》、《雍录》等。所著《考古编》，十卷，杂论经义异同及考订史事。

〔68〕 上变之嫌 此事又见唐代刘𬟁《隋唐嘉话》卷上："隋大业中，卫公上书，言高祖终不为人臣，请速除之。及京师平，靖与骨仪、卫文昇等俱收。卫、骨既死，太宗虑囚，见靖与语，因请于高祖而免之。"《新唐书·李靖传》："高祖击突厥，靖察有非常志，自囚上急变，传送江都，至长安，道梗。高祖已定京师，将斩之，靖呼曰：'公起兵为天下除暴乱，欲就大事，以私怨杀谊士乎？'秦王亦为请，得释。"高祖，指唐高祖李渊；秦王，指唐太宗李世民；卫公，指李靖。

〔69〕 张凤翼(1527—1613) 字伯起，号灵墟，长洲(今属江苏苏州)人，明代戏曲作家。嘉靖举人。撰有传奇剧本九种，现存《红拂记》

（二卷）等五种。张太和,字幼于,号屏山,浙江钱塘（今属杭州）人,明代戏曲作家。撰有传奇剧本《红拂记》,今无传本。

　〔**70**〕　凌初成《虬髯翁》　杂剧剧本,一卷。演《虬髯客传》故事,以虬髯客为主角。按凌氏又有杂剧《莽择配》,或名《北红拂》,亦演同一故事而以红拂为主角;《蓦忽姻缘》,三传《虬髯客》故事,以李靖为主角,此剧未见传本。

　　《冥音录》[1]出《广记》四百八十九。中称李德裕为"故相",则大中或咸通后作也。《唐人说荟》题朱庆馀[2]撰,非。

　　《东阳夜怪录》[3]出《广记》四百九十。叙王洙述其所闻于成自虚,夜中遇精魅,以隐语相酬答事。《唐人说荟》即题洙作,非也。郑振铎（《中国短篇小说集》)[4]云:"所叙情节,类似牛僧孺的《元无有》,也许这两篇是同出一源的。"案《元无有》本在《玄怪录》中,全书已佚。此条《广记》三百六十九引之:

　　　　宝应中,有元无有,常以仲春末独行维扬郊野。值日晚,风雨大至。时兵荒后,人户多逃。遂入路旁空庄。须臾霁止,斜月方出。无有坐北窗,忽闻西廊有行人声。未几,见月中有四人,衣冠皆异,相与谈谐吟咏甚畅。乃云:"今夕如秋,风月若此,吾辈岂不为一言以展平生之事也?"其一人即曰云云。吟咏既朗,无有听之具悉。其一衣冠长人,即先吟曰:"齐纨鲁缟如霜雪,寥亮高声予所发。"其二黑衣冠短陋人,诗曰:"嘉宾良会清夜时,煌煌灯烛我能持。"其三故敝黄衣冠人,亦短陋,诗曰:"清冷之泉候朝汲,桑绠相牵常出入。"其四故黑衣冠人,诗曰:"爨薪贮泉相煎熬,充他口腹我为劳。"无有亦不以四人为异,四人亦不虞无有之在堂隍也,递相褒赏。观其自负,则虽阮嗣宗《咏怀》,亦若不能加矣。四人迟明方归旧所。无有就寻之,堂中惟有故杵,灯台,水桶,破铛。乃知四人即此物所为也。

《灵应传》[5]出《广记》四百九十二,无撰人名氏。《唐人说荟》[6]以为于逖作,亦非。传在记龙女之贞淑,郑承符之智勇,而亦取李朝威《柳毅传》中事[7],盖受其影响,又稍变易之。泾原节度使周宝[8]字上珪,平州卢龙人。在镇务耕力,聚粮二十万石,号良将。黄巢据宣歙[9],乃徙宝镇海军节度使,兼南面招讨使。后为钱镠[10]所杀。《新唐书》(一八六)有传。

右第五分

* * *

〔1〕《冥音录》 传奇篇名,作者不详。写崔氏姊妹得其姨母鬼魂传授筝曲的故事。

〔2〕朱庆馀 名可久,字庆馀,唐代越州(治今浙江绍兴)人。敬宗宝历二年(826)进士,官秘书省校书郎,有《朱庆馀集》。按陶珽刻本《说郛》始题《冥音录》为朱庆馀所作,《唐人说荟》沿误。

〔3〕《东阳夜怪录》 传奇篇名,作者不详。写进士王洙转述成自虚夜遇骆驼、老鸡、破瓠、旧笠等精怪,赋诗酬答的故事。精怪诗中多

用隐语自示身份。

〔4〕 郑振铎(1898—1958) 笔名西谛,福建长乐人,作家、文学史家。曾任燕京、暨南等大学教授。主编《小说月报》、《文学》等刊物,著有《插图本中国文学史》及短篇小说集《桂公塘》等。所编《中国短篇小说集》,选录唐代至清末的短篇小说,共三集,于 1927 年至 1928 年分册出版。

〔5〕 《灵应传》 传奇篇名,作者不详。写泾州节度使周宝应善女湫龙女九娘子之请,遣部将郑承符魂赴龙宫,率亡卒帮助她反抗朝那龙神为弟逼婚的故事。

〔6〕 于逖 唐代汴州浚仪(今河南开封)人。生活于天宝年间,穷老山野,终身未仕。工诗,与李白等有交游。元代辛文房《唐才子传》卷三称其为"山颠水涯,苦学贞士"。

〔7〕 取李朝威《柳毅传》中事 《灵应传》中九娘子自述身世,称洞庭君为其"外祖",又说"顷者,泾阳君与洞庭外祖世为姻戚,后以琴瑟不调,弃掷少妇,遭钱塘之一怒,伤生害稼,怀山襄陵。泾水穷鳞,寻毙外祖之牙齿"等,皆本于《柳毅传》。

〔8〕 周宝(814—887) 唐代平州卢龙(今属河北)人。曾任泾原节度使,乾符六年(879)十月徙镇海军节度使兼南面招讨使。

〔9〕 黄巢(？—884) 曹州冤句(今山东曹县)人,唐末农民起义军领袖。于乾符六年占据宣、歙(今安徽宣城、歙县一带)。

〔10〕 钱镠(852—932) 字具美,临安(今属浙江)人。唐僖宗乾符时官杭州刺史,受镇海军节度使节制。五代时他建立吴越国,907 年至 932 年在位。僖宗光启三年(887),润州牙将刘浩等逐周宝,钱镠迎周宝到杭州。史书或说周为钱所杀,或说周之死与钱无关(参看《资治通鉴》卷二五七"考异")。

《隋遗录》[1]上下卷,据原本《说郛》七十八录出,以《百川学海》[2]校之。前题唐颜师古撰。末有无名氏跋,谓会昌中,僧志彻得于瓦棺寺阁南双阁之荀笔中[3]。题《南部烟花录》,为颜公遗稿。取《隋书》校之,多隐文。后乃重编为《大业拾遗记》。原本缺落凡十七八,悉从而补之矣云云。是此书本名《南部烟花录》,既重编,乃称《大业拾遗记》。今又作《隋遗录》,跋所未言,殆复由后来传刻者所改欤。书在宋元时颇已流行,《郡斋读书志》及《通考》并著《南部烟花录》;《通志》著《大业拾遗录》;《宋史》《艺文志》史部传记类亦有颜师古《大业拾遗》一卷,子部小说类又有颜师古《隋遗录》一卷,盖同书而异名,所据凡两本也。本文与跋,词意荒率,似一手所为。而托之师古,其术与葛洪之《西京杂记》[4],谓钞自刘歆之《汉书》遗稿者正等。然才识远逊,故罅漏殊多,不待吹求,已知其伪。清《四库全书总目》(一四三)云:"王得臣《麈史》称其'极恶可疑。'姚宽《西溪丛语》亦曰:'《南部烟花录》文极俚俗。又载陈后主诗云,夕阳如有意,偏向小窗明。此乃唐人方域诗,六朝语不如此。唐《艺文志》所载《烟花录》,记幸广陵事,此本已亡,故流俗伪作此书'云云。然则此亦伪本矣。今观下卷记幸月观时与萧后夜话,有'依家事一切已托杨素了'之语,是时素死久矣。师古岂疏谬至此乎?其中所载炀帝诸作,及虞世南赠袁宝儿作,明代辑六朝诗者,往往采掇,皆不考之过也。"

《炀帝海山记》[5]上下卷,出《青琐高议》后集卷五,先据明张梦锡刻本录,而校以董氏所刻士礼居本[6]。明钞原本

《说郛》三十二卷中亦有节本一卷，并取参校。篇题下原有小注，上卷云"说炀帝宫中花木"，下卷云"记炀帝后苑鸟兽"[7]，皆编者所加，今削。其书盖欲侈陈炀帝奢靡之迹，如郭氏《洞冥》，苏鹗《杜阳》[8]之类，而力不逮。中有《望江南》调八阕，清《四库目》云，乃李德裕所创，段安节《乐府杂录》述其缘起甚详，[9]亦不得先于大业中有之。

《炀帝迷楼记》录自原本《说郛》三十二。明焦竑作《国史》《经籍志》，并《海山记》皆著录，盖尝单行。清《四库目》（一四三）谓"亦见《青琐高议》。……竟以迷楼为在长安，乖谬殊甚。"然《青琐高议》中实无有，殆纪昀[10]等之误也。周中孚（《郑堂读书记》）更推阐其评语，以为后称"大业九年，帝幸江都，有迷楼。"而末又云"帝幸江都，唐帝提兵号令入京，见迷楼，大惊曰：'此皆民膏血所为也！'乃命焚之。经月，火不灭。"则竟以迷楼为在长安，等诸项羽之焚阿房，乖谬殊极"云[11]。

《炀帝开河记》从原本《说郛》卷四十四录出。《宋史》《艺文志》史部地理类著录一卷，注云不知作者。清《四库目》以为"词尤鄙俚，皆近于委巷之传奇，同出依托，不足道。"按唐李匡文《资暇集》[12]（下）云："俗怖婴儿曰'麻胡来！'不知其源者，以为多髯之神而验刺者，非也。隋将军麻祜，性酷虐。炀帝令开汴河，威棱既盛，至稚童望风而畏，互相恐嚇曰'麻祜来！'稚童语不正，转祜为胡。"末有自注云："麻祜庙在睢阳。鄜方节度使李丕即其后。丕为重建碑。"然则叔谋虐焰，且有其实，此篇所记，固亦得之口耳之传，非尽臆造矣。惜李丕所立碑文，今未能见，否则当亦有足资参证者。至冢中诸异，乃颇似本

《西京杂记》所叙广陵王刘去疾[13]发冢事,附会曼衍作之。

右四篇皆为《古今逸史》[14]所收。后三篇亦见于《古今说海》[15],不题撰人。至《唐人说荟》,乃并云韩偓[16]撰。致尧生唐末,先则颠沛危朝,后乃流离南裔,虽赋艳诗,未为稗史。所作惟《金銮密记》一卷,诗二卷,《香奁集》一卷而已[17]。且于史事,亦不至荒陋如是。此盖特里巷稍知文字者所为,真所谓街谈巷议,然得冯犹龙掇以入《隋炀艳史》[18],遂弥复纷传于世。至今世俗心目中之隋炀,殆犹是昼游西苑,夜止迷楼者也。

明钞原本《说郛》一百卷,虽多脱误,而《迷楼记》实佳。以其尚存俗字,如"你"之类,刻本则大率改为"尔"或"汝"矣。世之雅人,憎恶口语,每当纂录校刊,虽故书雅记,间亦施以改定,俾弥益雅正。宋修《唐书》,于当时恒言,亦力求简古,往往大减神情,甚或莫明本意。然此犹撰述也。重刊旧文,辄亦不赦,即就本集所收文字而言,宋本《资治通鉴考异》所引《上清传》中之"这獠奴",明清刻本《太平广记》引则俱作"老獠奴"矣;顾氏校宋本《周秦行纪》中之"屈两箇娘子"及"不宜负他",《广记》引则作"屈二娘子"及"不宜负也"矣。无端自定为古人决不作俗书,拼命复古,而古意乃寝失也。

右第六分

*　　　*　　　*

〔1〕《隋遗录》 传奇篇名,写隋炀帝游幸扬州的奢侈腐化生活。

〔2〕《百川学海》 丛书,南宋左圭辑,共十集,一百种。收唐宋

笔记、杂说、传奇等。

〔3〕 僧志彻得于瓦棺寺阁南双阁之筒笔中 瓦棺寺,东晋时所建,故址在今南京市西南。《五色线》卷下:"《〈大业拾遗记〉后序》:上元瓦棺寺阁南隅有双笼,闭之忘记岁月。会昌中,诏拆浮屠,因得筒笔百余头藏书帙中。有生白藤纸数幅,题为《南郡烟花录》,僧志彻得之。及焚释氏群经,僧人惜其香轴,争取纸尾拆去,视其轴,皆有鲁郡颜公名,题云手写是录。即前之筒笔,可举而知也。"

〔4〕 葛洪(约284—364) 字稚川,号抱朴子,东晋丹阳句容(今属江苏)人。初从郑隐学道炼丹,晚年去罗浮山修道,从事著述。著有《抱朴子》、《金匮药方》等。《西京杂记》,笔记小说集,葛洪托名西汉刘歆作,原本上、下两卷,后分为六卷。

〔5〕 《炀帝海山记》 和下文的《炀帝迷楼记》、《炀帝开河记》皆为传奇篇名,作者不详,鲁迅以为当系宋人所作。《海山记》写隋炀帝造西苑、凿五湖等事;《迷楼记》写隋炀帝起迷楼、幸美女等荒淫生活;《开河记》写麻叔谋奉炀帝命开运河,掘墓虐民等事。

〔6〕 张梦锡 字云生,明代鄞(今属浙江宁波)人,明末鲁王监国时官至御史。所刻《青琐高议》,前、后集各十卷。董氏所刻士礼居本,指董康据清代黄丕烈士礼居所藏钞本的刻印本,附有别集七卷。董康(1867—1946),字绶经,江苏武进人,清光绪年间进士。

〔7〕 这条小注,士礼居写本《青琐高议》(后集)作"记登极后事迹"。

〔8〕 郭氏《洞冥》 全名《汉武洞冥记》,四卷,记神仙怪异故事。旧题汉郭宪撰,当系六朝人所作。郭宪,字子横,汝南新郪(今安徽太和)人,东汉方士。苏鹗《杜阳》,全名《杜阳杂编》,三卷。记唐代广德元年(763)至懿宗咸通十四年(873)间的传闻异事。苏鹗,字德祥,唐代武功(今属陕西)人,僖宗光启进士。

〔9〕 《望江南》 词牌名,亦名《忆江南》,相传本名《谢秋娘》,为李德裕所创。段安节《乐府杂录》说,此调"始自朱崖李太尉镇浙西日,为亡妓谢秋娘所撰。"段安节,唐末临淄(今山东淄博)人,段成式之子,昭宗时官至朝议大夫,守国子司业。善音律,能作曲。所著《乐府杂录》,一卷。杂记开元以后有关音乐歌舞及著名艺人的故事。

〔10〕 纪昀(1724—1805) 字晓岚,清代直隶献县(今属河北)人。官至礼部尚书、协办大学士,曾任四库全书馆总纂。著有《纪文达公遗集》、《阅微草堂笔记》等。

〔11〕 周中孚(1768—1831) 字信之,别号郑堂,清代乌程(今浙江湖州)人。嘉靖时贡生,曾任奉化教谕。晚年客居上海,为李筠嘉编《慈云楼书志》,别录副本,即《郑堂读书记》,现存七十一卷。经核吴兴刘氏嘉业堂刊本卷六十三,相应文字为:"后称'大业九年,帝再幸江都,有迷楼。'末又称'帝幸江都,唐帝提兵,号令入京。见迷楼,太宗曰:"此皆民膏血所为!"乃命焚之,经月火不灭。'则竟以迷楼为在长安,等诸项羽之焚阿房。何乖缪至于此极耶!"其中所引《迷楼记》文字,与鲁迅所录本又有出入。

〔12〕 李匡文 字济翁,唐代陇西(今甘肃东部)人。唐宗室后裔,昭宗时官太子宾客、宗正少卿。所著《资暇集》,三卷 。主要考证古物、记述史事。按李匡文之名及其著作,《新唐书》凡四见;又见于《崇文总目》等。自袁州刊本《郡斋读书志》始讹其名为"匡乂",《四库提要》沿误。

〔13〕 广陵王刘去疾 《西京杂记》卷六作广川王,说他喜掘墓藏。按此广川王姓刘,名"去"。"疾"字衍。《汉书·景十三王传》载:广川惠王刘越薨,子缪王刘齐继位。刘齐薨,有司奏除其国。后数月,景帝诏,"以惠王孙去为广川王。去,即缪王齐太子也。"

〔14〕 《古今逸史》 丛书,明代吴琯编。共收五十五种,分逸志、

逸记两门,内有部分小说资料。

〔**15**〕 《古今说海》 丛书,明代陆楫等编。共一三五种,多为明代以前的小说、杂记,分说选、说渊、说略、说纂四部。

〔**16**〕 韩偓(844—923) 字致尧,小字冬郎,京兆万年(今陕西西安)人,晚唐诗人。官翰林学士、承旨。后因反对朱温,入闽依王审知以卒。有《韩内翰别集》。

〔**17**〕 《金銮密记》 《新唐书·艺文志》著录五卷,入史部"杂史"类。《香奁集》,诗集,一卷,又有三卷本。

〔**18**〕 冯犹龙(1574—1646) 名梦龙,长洲(今属江苏苏州)人,明代文学家。南明唐王时任寿宁知县。编著话本小说《喻世明言》、《警世通言》、《醒世恒言》三种,合称"三言"。《隋炀艳史》,明代小说,四十回。作者署齐东野人,是否即冯梦龙,未详。按冯氏《醒世恒言》中有《隋炀帝逸游召谴》一篇。

《绿珠传》一卷,出《琳琅秘室丛书》[1]。其所据为旧钞本,又以别本校之。末有胡珽跋,云:"旧本无撰人名氏。案马氏《经籍考》题'宋史官乐史撰'。宋人《续谈助》亦载此传,而删节其半。后有西楼北斋跋云:'直史馆乐史,尤精地理学,故此传推考山水为详,又皆出于地志杂书者。'余谓绿珠一婢子耳,能感主恩而奋不顾身,是宜刊以风世云。咸丰三年八月,仁和胡珽识。"今再勘以《说郛》三十八所录,亦无甚异同。疑所谓旧钞本或别本者,即并从《说郛》出尔。旧校稍烦,其必改"越"为"粤"之类,尤近自扰,[2]今悉不取。

《杨太真外传》[3]二卷,取自《顾氏文房小说》。署史官乐史撰,《唐人说荟》收之,诬谬甚矣。然其误则始于陶宗仪《说郛》之题乐史为唐人。此两本外，又尝见京师图书馆所藏丁氏八千卷楼旧钞本，称为"善本"，然实凡本而已，殊无佳处也。《宋史》《艺文志》史部传记类著录"曾致尧《广中台记》八十卷，又《绿珠传》一卷"，颇似《传》亦曾致尧[4]作；又有"《杨妃外传》一卷"，注云："不知作者"；又有"乐史《滕王外传》[5]一卷，又《李白外传》一卷，《洞仙集》一卷，《许迈传》一卷，《杨贵妃遗事》二卷，"注云："题岷山叟上"。书法函胡，殆不可以理析。然《续谈助》一跋而外，尚有《郡斋读书志》（九，传记类）云："《绿珠传》一卷，右皇朝乐史撰。"又"《杨贵妃外传》二卷，右皇朝乐史撰。叙唐杨妃事迹，讫孝明之崩。"而《直斋书录解题》（七，传记类）亦云："《杨妃外传》一卷，直史馆临川乐史子正撰。"则《绿珠》《杨妃》二传，皆乐史之作甚明。《杨妃传》卷数，宋时已分合不同，今所传者盖晁氏所见二卷本也。但书名又小变耳。

乐史，抚州宜黄人，自南唐入宋，为著作佐郎，出知陵州。以献赋召为三馆编修[6]，迁著作郎，直史馆。观绿珠太真二传结衔，则皆此时作。后转太常博士，出知舒黄商三州，再入文馆，掌西京勘磨司[7]，赐金紫。景德四年卒，年七十八。事详《宋史》（三百六）《乐黄目传》[8]首。史多所著作，在三馆时，曾献书至四百二十余卷，皆叙科第孝悌神仙之事[9]。又有《太平寰宇记》二百卷，征引群书至百余种，今尚存。盖史既博览，复长地理，故其辑述地志，即缘滥于采录，转成繁芜。而撰传奇如《绿珠》《太真》传，又不免专拾旧文，如《语林》，《世说新语》，《晋书》，《明皇杂录》，《开天传信记》，《长恨传》，《酉阳杂俎》,《安禄山事迹》等〔10〕,稍加排比,且常拳拳于山水也。

　　右第七分

＊　　　　＊　　　　＊

　　〔1〕　《绿珠传》　传奇篇名,宋代乐史作。写晋代豪门石崇宠姜绿珠坠楼殉主的故事。《琳琅秘室丛书》,清代胡珽辑,五集,三十六种。所收偏重掌故、说部、释道方面的书。胡珽(1822—1861),字心耘,清代仁和(今属浙江杭州)人。道光年间官太常博士。

　　〔2〕　改"越"为"粤"之类,尤近自扰　《绿珠传》:"绿珠者,姓梁,白州博白县人也。州则南昌郡,古越地,秦象郡,汉合浦县地。"白州,即今广西壮族自治区博白一带,属古百越居地,故"越"不必改"粤"。

　　〔3〕　《杨太真外传》　传奇篇名,分上、下两卷。写杨贵妃故事。

　　〔4〕　曾致尧(947—1012)　字正臣,宋代南丰(今属江西)人,官至户部郎中。著有《仙凫羽翼》、《广中台记》等,均佚。

　　〔5〕　按《宋史·艺文志》"不知"前原有"盖"字,"滕王"前原有"唐"字。

　　〔6〕　献赋　乐史向宋太宗献《金明池赋》,被召为三馆编修。三馆,指史馆、昭文馆、集贤院,为宋代掌管图书、编纂国史的机构。

　　〔7〕　西京勘磨司　当为西京磨勘司。北宋以汴(今河南开封)为京城,以洛阳(今属河南)为西京。磨勘司,主管官吏考课升迁的官署。

　　〔8〕　《乐黄目传》　乐史次子黄目的本传,篇首叙乐史生平事迹。

　　〔9〕　在三馆时,曾献书至四百二十余卷　按《宋史·乐黄目传》载:乐史在三馆时,献《贡举事》二十卷,《登科记》三十卷,《题解》二十卷,《唐登科文选》五十卷,《孝弟录》二十卷,《续卓异记》三卷,共一四三卷。迁著作郎等官后又献《广孝传》五十卷,《总仙记》一四一卷,《广孝

149

新书》五十卷,《上清文苑》四十卷。两次共献书四二四卷。

〔10〕 《语林》 笔记小说集,二卷,晋代裴启著。记述两汉魏晋间士大夫言谈轶事,已佚。鲁迅《古小说钩沉》中有辑本。《明皇杂录》,笔记小说集,二卷,又别录一卷,唐代郑处诲著。记唐玄宗朝杂事传说。《开天传信记》,笔记小说集,一卷,唐代郑棨著。写开元、天宝间故事,杂有神怪传说。《安禄山事迹》,小说,二卷,唐代姚汝能著。

　　宋刘斧秀才作《翰府名谈》二十五卷,又《摭遗》〔1〕二十卷,《青琐高议》十八卷,见《宋史》《艺文志》子部小说类。今惟存《青琐高议》。有明张梦锡刊本,前后集各十卷,颇难得。近董康校刊士礼居写本,亦二十卷,又有别集七卷,《宋志》所无。然宋人即时有引《青琐摭遗》者,疑即今所谓别集。《宋志》以为《翰府名谈》之《摭遗》,盖亦误尔。其书杂集当代人志怪及传奇,漫无条贯,间有议,亦殊浅率。前有孙副枢〔2〕序,不称名而称官,甚怪;今亦莫知为何人。此但选录其较整饬曲折者五篇。作者三人:曰魏陵张实子京,曰谯川秦醇子复(或作子履),曰淇上柳师尹。皆未考始末。一篇无撰人名。

　　《流红记》〔3〕出前集卷五,题下原有注云"红叶题诗娶韩氏",今删。唐孟棨《本事诗》(《情感》第一)有顾况于洛乘门苑水中得大梧叶,上有题诗,况与酬答事。"帝城不禁东流水,叶上题诗欲寄谁"〔4〕者,况和诗也。范摅《云溪友议》(下)又有《题红怨》,言卢渥〔5〕应举之岁,于御沟〔6〕得红叶,上有绝句,置于巾箱。及宣宗放宫人〔7〕,渥获其一。"睹红叶而吁嗟久之,曰:'当时偶题随流,不谓郎君收藏巾箧。'验其书,无不讶焉。诗曰：'水流何太急，深宫尽日闲。殷勤谢红叶，好去到人间。'"宋人作传奇，始回避时事，拾旧闻附会牵合以成篇，而文意并瘁。如《流红记》，即其一也。

《赵飞燕别传》[8]出前集卷七，亦见于原本《说郛》三十二，今参校录之。胡应麟(《笔丛》二十九)云："戊辰之岁，余偶过燕中书肆，得残刻十数纸，题《赵飞燕别集》。阅之，乃知即《说郛》中陶氏删本。其文颇类东京，而末载梁武答昭仪化鼋事。盖六朝人作，而宋秦醇子复补缀以传者也。第端临《通考》渔仲《通志》并无此目。而文非宋所能。其间叙才数事，多俊语，出伶玄右，而淳质古健弗如。惜全帙不可见也。"又特赏其"兰汤滟滟"等三语，以为"百世之下读之，犹勃然兴。"然今所见本皆作别传，不作集；《说郛》本亦无删节，但较《高议》少五十余字，则或写生所遗耳。《高议》中录秦醇作特多，此篇及《谭意歌传》[9]外，尚有《骊山记》及《温泉记》[10]。其文芜杂，亦间有俊语。倘精心作之，如此篇者，尚亦能为。元瑞虽精鉴，能作《四部正讹》[11]，而时伤嗜奇，爱其动魄，使勃然兴，则辄冀其为真古书以增声价。犹今人闻伶玄《飞燕外传》及《汉杂事秘辛》[12]为伪书，亦尚有怫然不悦者。

《谭意歌传》出别集卷二，本无"传"字，今加。有注云："记英奴才华秀色"，今削。意歌，文中作意哥，未知孰是。唐有谭意哥，盖薛涛李冶之流，辛文房《唐才子传》曾举其名，然无事迹。[13]秦醇此传，亦不似别有所本，殆窃取《莺莺传》《霍小玉传》等为前半，而以团圆结之尔。

《王幼玉记》[14]出前集卷十，题下有注云："幼玉思柳富而死",今删。

《王榭》[15]出别集卷四,有注云:"风涛飘入乌衣国",今删;而于题下加"传"字。刘禹锡《乌衣巷》诗[16],本云:"朱雀桥边野草花,乌衣巷口夕阳斜。旧来王谢堂前燕,飞入寻常百姓家。"此篇改谢成榭,指为人名,且以乌衣为燕子国号,殊乏意趣。而宋张敦颐《六朝事迹编类》[17]乃已引为典据,此真所谓"俗语不实流为丹青"[18]者矣。因录之,以资谈助。

《梅妃传》[19]出《说郛》三十八,亦见于《顾氏文房小说》,取以相校,《说郛》为长。二本皆不云何人作,《唐人说荟》取之,题曹邺[20]者,妄也。唐宋史志亦未见著录。后有无名氏跋,言"得于万卷朱遵度家,大中二年七月所书。"又云"惟叶少蕴与予得之。"案朱遵度[21]好读书,人目为"朱万卷"。子昂[22],称"小万卷",由周入宋,为衡州录事参军,累仕至水部郎中。景德四年卒,年八十三。《宋史》(四三九)《文苑》有传。少蕴则叶梦得[23]之字,梦得为绍圣四年进士,高宗时终于知福州,是南北宋间人。年代远不相及,何从同得朱遵度家书。盖并跋亦伪,非真识石林者之所作也。今即次之宋人著作中。

《李师师外传》[24]出《琳琅秘室丛书》,云所据为旧钞本。后有黄廷鉴[25]跋云:"《读书敏求记》云,吴郡钱功甫秘册藏有《李师师小传》,牧翁曾言悬百金购之而不获见者。偶闻邑中萧氏有此书,急假录一册。文殊雅洁,不类小说家言。师师不第色艺冠当时,观其后慷慨捐生一节,饶有烈丈夫概。亦不幸陷身倡贱,不得与坠崖断臂之俦,争辉彤史也。张端义《贵耳集》载有师师佚事二则,传文例举其大,故不载,今并附录于后。又《宣和遗事》载有师师事,亦与此传不尽合,可并参观之。琴六居士书。"《贵耳集》[26]二则,今仍迻录于后,然此篇未必即端义所见本也。

道君北狩,在五国城或在韩州,凡有小小凶吉丧祭节序,北人必有赐赉。一赐必要一谢表。北人集成一帙,刊在榷场中。传写四五十年,士大夫皆有之,余曾见一本。更有《李师师小传》,同行于时。

道君幸李师师家,偶周邦彦先在焉。知道君至,遂匿于床下。道君自携新橙一颗,云"江南初进来"。遂与师师谑语。邦彦悉闻之,檃括成《少年游》云:"并刀如水,吴盐胜雪,纤手破新橙。"后云:"城上已三更,马滑霜浓,不如休去,直是少人行。"李师师因歌此词。道君问谁作。李师师奏云:"周邦彦词。"道君大怒,坐朝宣谕蔡京云:"开封府有监税周邦彦者,闻课额不登,如何京尹不案发来?"蔡京罔知所以,奏云:"容臣退朝呼京尹叩问,续得复奏。"京尹至,蔡以御前圣旨谕之。京尹云:"惟周邦彦课额增羡。"蔡云:"上意如此,只得迁就。"将上,得旨:"周邦彦职事废弛,可日下押出国门!"隔一二日,道君复幸李师师家,不见李师师。问其家,知送周监税。道君方以邦彦出国门为喜,既至,不遇。坐久至更初,李始归,愁眉泪睫,憔悴可掬。道君大怒云:"尔往那里去?"李奏:"臣妾万死,知周邦彦得罪,押出国门,略致一杯相别。不知官家来。"道君问:"曾有词否?"李奏云:

"有《兰陵王》词。"今"柳阴直"者是也。道君云:"唱一遍看。"李奏云:"容臣妾奉一杯,歌此词为官家寿。"曲终,道君大喜,复召为大晟乐正。后官至大晟乐乐府待制。邦彦以词行,当时皆称美成词;殊不知美成文笔,大有可观,作《汴都赋》。如笺奏杂著,皆是杰作,可惜以词掩其他文也。当时李师师家有二邦彦,一周美成,一李士美,皆为道君狎客。士美因而为宰相。吁,君臣遇合于倡优下贱之家,国之安危治乱,可想而知矣。

右第八分终

*　　　*　　　*

〔1〕 《摭遗》 《宋史·艺文志》列于《翰府名谈》之后,把它当作《翰府名谈摭遗》。鲁迅则疑其为《青琐高议摭遗》,亦即士礼居写本《青琐高议》的别集。

〔2〕 孙副枢 《青琐高议》中全署"资政殿大学士孙副枢序"。副枢,枢密院副使。枢密院,宋代掌管军事机密及边防等事务的中央官署。

〔3〕 《流红记》 传奇篇名,题"魏陵张实子京撰"。写书生于祐在御沟中拾得题有诗句的红叶,后来恰巧娶得这个题诗的宫女为妻的故事。

〔4〕 "帝城不禁东流水,叶上题诗欲寄谁" 《流红记》中"好事者"赠于祐的诗:"君恩不禁东流水,流出宫情是此沟。"于祐写于红叶的诗:"曾闻叶上题红怨,叶上题诗寄阿谁?"皆自顾况这两句诗变化而出。

〔5〕 卢渥(820—905) 字子章,唐代范阳(今北京大兴)人。宣

宗时进士,官至检校司徒。

〔6〕 御沟 唐时引终南山水从皇宫内流过,称为"御沟"。按下述卢渥得于御沟的红叶题诗,在《流红记》中即写为于祐所得。

〔7〕 宣宗放宫人 《新唐书·宣宗纪》:大中元年(847)"二月癸未,以旱……出宫女五百人。"

〔8〕 《赵飞燕别传》 传奇篇名,题"谯川秦醇子复撰"。写汉成帝刘骜宠幸皇后赵飞燕、昭仪赵合德姐妹的故事。士礼居写本《青琐高议》此篇题下原有注云:"外传叙飞燕本末。"

〔9〕 《谭意歌传》 传奇篇名,题"谯郡秦醇子复撰"。写歌女谭意歌与张正字相恋,几经周折,方得结为夫妇的故事。

〔10〕 《骊山记》及《温泉记》 均为传奇篇名,写唐玄宗、杨贵妃的故事。

〔11〕 《四部正讹》 胡应麟所著《少室山房笔丛》的一种,在该书卷三十至三十二。内容系考辨经史子集中的伪书。

〔12〕 伶玄 字子于,汉代潞水(今河北三河)人。曾官河东都尉、淮南相。《飞燕外传》,写赵飞燕姐妹故事,一卷。旧题伶玄撰。《四库全书总目提要》据该书中写前汉人有"祸水灭火"的话,而"前汉自王莽、刘歆以前,未有以汉为火德者",疑其为后人依托。《汉杂事秘辛》,写汉桓帝选立梁冀之妹为皇后事,一卷。前有明代杨慎序,称其为汉代古籍,得之于安宁土知州万氏。明代沈德符《野获编》以为即杨慎所伪造。

〔13〕 谭意哥 生平不详。元代辛文房《唐才子传》卷二"李季兰"条:"历观唐以雅道奖士类,而闺阁英秀,亦能熏染……如刘媛……谭意哥……南楚材妻薛媛等,皆能华藻,才色双美者也。"薛涛(?—834),字洪度,长安(今属陕西)人,唐代歌妓、诗人。李冶(?—784),一名季兰,乌程(今浙江吴兴)人,唐代女道士、诗人。

〔14〕 《王幼玉记》 传奇篇名,题"淇上柳师尹撰"。写妓女王幼

玉与柳富的爱情故事。

〔15〕 《王榭》 传奇篇名,作者不详。写金陵人王榭航海遇险,与乌衣国女子成亲,归后方知此女是燕子的故事。

〔16〕 刘禹锡(772—842) 字梦得,洛阳(今属河南)人,中唐诗人。官至太子宾客,加检校礼部尚书。有《刘宾客集》。《乌衣巷》诗,是他所作《金陵五题》之一,《王榭传》末引此诗,改第三句为"旧时王榭堂前燕",以附会所撰故事。按刘禹锡诗中的"乌衣巷"在建康(今南京)城东南朱雀桥附近,三国孙吴在此设军营,兵士都穿黑衣,因而得名;"王谢"指东晋王导、谢安两大豪门世族,当年皆居乌衣巷内。

〔17〕 张敦颐 字养正,宋代婺源(今属江西)人。绍兴进士,官南剑州教授,知舒、衡二州。《六朝事迹编类》,二卷,于六朝外兼记唐、宋事迹。

〔18〕 "俗语不实流为丹青" 语出汉代王充《论衡·书虚》:"俗语不实,成为丹青。"

〔19〕 《梅妃传》 传奇篇名,写梅妃(江采蘋)深受唐玄宗宠爱,受杨贵妃忌妒,终被疏远的故事。

〔20〕 曹邺(约816—约875) 字业之,唐代桂州阳朔(今属广西)人。宣宗大中进士,官至祠部郎中、洋州刺史。按《说郛》百卷本、百二十卷本及《顾氏文房小说》均已在所收《梅妃传》下题"唐曹邺撰"。

〔21〕 朱遵度 南唐青州(治今山东益都)人。隐居不仕,性好藏书,时称"朱万卷"。著有《群书丽藻目录》。

〔22〕 朱昂(925—1007) 字举之,宋代潭州(今湖南长沙)人。曾官翰林学士、工部侍郎。好藏书,时称"小万卷"。《宋史》本传载,其父为朱葆光。

〔23〕 叶梦得(1077—1148) 字少蕴,号石林居士,南宋吴县(今属江苏苏州)人。官江东安抚制置大使、兼知建康府。著有《石林词》、

《避暑录话》等。

〔24〕 《李师师外传》 传奇篇名,作者不详。写宋徽宗与名妓李师师相昵,金兵入汴京,师师被张邦昌献于金帅,吞金自尽。与他书所述李师师轶事,颇不相同。

〔25〕 黄廷鉴(1752—?) 字琴六,清代江苏常熟人。诸生,治考证学,著有《第六絃溪文钞》等。

〔26〕 《贵耳集》 三卷,宋代张端义著。内容多记两宋朝野佚事,兼及诗话、考证等。

《小说旧闻钞》再版序言[1]

　　《小说旧闻钞》者,实十余年前在北京大学讲《中国小说史》时,所集史料之一部。时方困瘁,无力买书,则假之中央图书馆,通俗图书馆,教育部图书室等,废寝辍食,锐意穷搜,时或得之,瞿然则喜,故凡所采掇,虽无异书,然以得之之难也,颇亦珍惜。迨《中国小说史略》印成,复应小友之请,取关于所谓俗文小说之旧闻,为昔之史家所不屑道者,稍加次第,付之排印,特以见闻虽隘,究非转贩,学子得此,或足省其複重寻检之劳焉而已。而海上妄子,遂腾簧舌,以此为有闲之证,亦即为有钱之证也[2],则軃腰曼舞,喷沫狂谈者尚已。然书亦不甚行,迄今十年,未闻再版,顾亦偶有寻求而不能得者,因图复印,略酬同流,惟于此道久未关心,得见古书之机会又日尠,故除录《癸辛杂识》[3],《曲律》[4],《赌棋山庄集》[5]三书而外,亦不能有所增益矣。此十年中,研究小说者日多,新知灼见,洞烛幽隐,如《三言》之统系[6],《金瓶梅》之原本[7],皆使历来凝滞,一旦豁然;自《续录鬼簿》出,则罗贯中之谜,为昔所聚讼者,遂亦冰解[8],此岂前人凭心逞臆之所能至哉!然此皆不录。所以然者,乃缘或本为专著,载在期刊,或未见原书,惮于转写,其详,则自有马廉郑振铎二君之作在也[9]。

　　一九三五年一月二十四之夜,鲁迅校讫记。

＊　　　＊　　　＊

〔１〕　本篇最初印入 1935 年 7 月上海联华书局再版的《小说旧闻钞》。

〔２〕　海上妄子，遂腾簧舌　指成仿吾等对鲁迅编印《小说旧闻钞》的评论。成仿吾在《洪水》第三卷第二十五期（1927 年 1 月）发表的《完成我们的文学革命》中说："趣味是苟延残喘的老人或蹉跎岁月的资产阶级，是他们的玩意，""而这种以趣味为中心的生活基调，它所暗示着的是一种在小天地中自己骗自己的自足，它所矜持着的是闲暇，闲暇，第三个闲暇。"并说："在这时候，我们的鲁迅先生坐在华盖之下正在抄他的'小说旧闻'。"又李初梨在《文化批判》第二号（1928 年 2 月）发表的《怎样地建设革命文学》中，引用成仿吾的话后说："在现代的资本主义社会，有闲阶级，就是有钱阶级。"

〔３〕　《癸辛杂识》　笔记集，共六卷，南宋周密著。《小说旧闻钞》再版时，在"水浒传"篇补入《癸辛杂识续集》上卷所录《龚圣与作宋江三十六人赞并序》及"华不注山人"跋语。

〔４〕　《曲律》　戏曲论著，四卷，明代王骥德著。《小说旧闻钞》再版时，从此书采录关于《绣榻野史》、《闲情别传》及其作者吕天成的材料，增加"绣榻野史、闲情别传"一篇。

〔５〕　《赌棋山庄集》　即《赌棋山庄文集》，七卷，清代谢章铤著。《小说旧闻钞》再版时，从此书采录《花月痕》作者魏子安墓志铭，增加"花月痕"一篇。

〔６〕　《三言》之统系　《三言》，指《喻世明言》、《警世通言》、《醒世恒言》三书。前二种国内久已失传。1926 年，日本汉学家盐谷温在《明代之通俗短篇小说》和《关于明之小说三言》中，根据日本内阁文库汉书珍本及宫内省图书寮《舶载书目》，介绍了《三言》的篇目和版本等情况，阐明了它们的系统。1935、1936 年间，上海生活书店将日本蓬左文库所

藏明兼善堂刊本《警世通言》和内阁文库所藏明叶敬池刊本《醒世恒言》,收入《世界文库》出版。1947年上海涵芬楼将日本内阁文库所藏明天许斋刊本《喻世明言》排印出版。

〔7〕 《金瓶梅》之原本 《金瓶梅》,明代长篇小说,一百回。关于该书作者,不少人认为是嘉靖间江苏人王世贞。1933年国内发现了明代万历版《金瓶梅词话》,在欣欣子序中称作者为"兰陵笑笑生"(兰陵在今山东枣庄)。鲁迅在《〈中国小说史略〉日文译本序》中曾说:"《金瓶梅词话》被发现于北平,为通行至今的同书的祖本,文章虽比现行本粗率,对话却全用山东方言所写,确切的证明了这决非江苏人王世贞所作的书。"

〔8〕 《续录鬼簿》 一卷,续元代钟嗣成《录鬼簿》而作,载元明杂剧作者小传及作品目录。无作者题名,一般以为明代贾仲明著。罗贯中(约1330—约1400),名本,元末明初太原(今属山西)人,一般认为他是长篇历史小说《三国演义》的加工写定者。关于他的籍贯生平,历来说法不一。

〔9〕 马廉(1893—1935) 字隅卿,浙江鄞县人,曾任北京孔德学校总务长,并在北京师范大学、北京大学任教。1926年10月、11月北京《孔德月刊》第一、二期载有他译述的盐谷温在日本东京帝国大学的讲演稿《明代之通俗短篇小说》;他又作有《录鬼簿新校注》(含《录鬼簿续编》),后来发表于1936年1月至10月《国立北平图书馆馆刊》第十卷第一至第五期。郑振铎于1933年7、8月《小说月报》第二十二卷第七、八号发表他的《明清二代的平话集》一文,介绍了《三言》发现的情况;同年7月,他又以郭源新的笔名在《文学》月刊第一卷第一号发表《谈〈金瓶梅词话〉》一文,认为新发现的《金瓶梅词话》"是原本的本来面目",并考证了它的作者、时代等问题。

译文序跋集

本书收入鲁迅为自己翻译的和与别人合译的各书所作的序、跋,连同单篇译文在报刊上发表时所写的"译者附记"等,共一二〇篇。单行本的序、跋(含杂识、附录等)按各书出版时间或序、跋最初发表时间的先后编排;"译者附记"按最初发表时间的先后编排。《译丛补》中的"译者附记"等,仍按1938年版《鲁迅全集·译丛补》例,分为论文、杂文、小说、诗歌四类,分别按发表时间的先后编排。

《月 界 旅 行》[1]

辨　　言[2]

　　在昔人智未辟，天然擅权，积山长波[3]，皆足为阻。递有
刳木剡木[4]之智，乃胎交通，而桨而帆，日益衍进。惟遥望重
洋，水天相接，则犹魄悸体慄，谢不敏也。既而驱铁使汽，车舰
风驰，人治日张，天行自逊[5]，五州同室，交贻文明，以成今日
之世界。然造化不仁，限制是乐，山水之险，虽失其力，复有吸
力空气，束缚群生，使难越雷池[6]一步，以与诸星球人类相交
际。沉沦黑狱，耳窒目朦，爨以相欺[7]，日颂至德，斯固造物
所乐，而人类所羞者矣。然人类者，有希望进步之生物也，故
其一部分，略得光明，犹不知餍，发大希望，思斥吸力，胜空气，
泠然[8]神行，无有障碍。若培伦[9]氏，实以其尚武之精神，写
此希望之进化者也。凡事以理想为因，实行为果，既莳厥种，
乃亦有秋。尔后殖民星球，旅行月界，虽贩夫稚子，必将夷然
视之，习不为诧。据理以推，有固然也。如是，则虽地球之大
同可期，而星球之战祸又起。呜呼！琼孙[10]之福地，弥尔[11]
之乐园，遍觅尘球，竟成幻想，冥冥黄族[12]，可以兴矣。

　　培伦者，名查理士，美国硕儒也。学术既覃，理想复富。
默揣世界将来之进步，独抒奇想，托之说部。经以科学，纬以
人情。离合悲欢，谈故涉险，均综错其中。间杂讥弹，亦复谭

163

言微中。十九世纪时之说月界者，允以是为巨擘矣。然因比事属词，必洽学理，非徒撇山川动植，侈为诡辩者比。故当觥觥大谈[13]之际，或不免微露遁辞，人智有涯，天则甚奥，无如何也。至小说家积习，多借女性之魔力，以增读者之美感，此书独借三雄[14]，自成组织，绝无一女子厕足其间，而仍光怪陆离，不感寂寞，尤为超俗。

盖胪陈科学，常人厌之，阅不终篇，辄欲睡去，强人所难，势必然矣。惟假小说之能力，被优孟[15]之衣冠，则虽析理谭玄，亦能浸淫脑筋，不生厌倦。彼纤儿[16]俗子，《山海经》[17]，《三国志》[18]诸书，未尝梦见，而亦能津津然识长股奇肱[19]之域，道周郎葛亮[20]之名者，实《镜花缘》及《三国演义》[21]之赐也。故掇取学理，去庄而谐，使读者触目会心，不劳思索，则必能于不知不觉间，获一斑之智识，破遗传之迷信，改良思想，补助文明，势力之伟，有如此者！我国说部，若言情谈故刺时志怪者，架栋汗牛[22]，而独于科学小说，乃如麟角。智识荒隘，此实一端。故苟欲弥今日译界之缺点，导中国人群以进行，必自科学小说始。

《月界旅行》原书，为日本井上勤[23]氏译本，凡二十八章，例若杂记。今截长补短，得十四回。初拟译以俗语，稍逸读者之思索，然纯用俗语，复嫌冗繁，因参用文言，以省篇页。其措辞无味，不适于我国人者，删易少许。体杂言庞之讥，知难幸免。书名原属"自地球至月球在九十七小时二十分间"意，今亦简略之曰《月界旅行》。

癸卯新秋，译者识于日本古江户[24]之旅舍。

*   *   *

〔1〕 《月界旅行》 法国小说家儒勒·凡尔纳著的科学幻想小说（日译者误为美国查理士·培伦著），原著出版于 1865 年，题为《自地球至月球在九十七小时二十分间》。鲁迅据日本井上勤的译本重译，1903 年 10 月日本东京进化社出版，署"中国教育普及社译印"。

儒勒·凡尔纳（Jules Verne，1828—1905）的小说具有一定科学性和超前性，富于幻想，是全世界儿童喜爱的读物。主要作品还有《格兰特船长的儿女》、《海底两万里》、《神秘岛》、《八十天环游地球》等。

〔2〕 本篇最初印入《月界旅行》。

〔3〕 积山长波 高山大河。

〔4〕 刳木剡木 指造独木舟。《周易·系辞下》："刳木为舟，剡木为楫。舟楫之利，以济不通。"刳，剖开、挖空；剡，削尖。

〔5〕 天行自逊 大自然的威力渐趋削弱。天行，原指天体的运行，亦指"天道"。《荀子·天论》："天行有常，不为尧存，不为桀亡。"

〔6〕 雷池 在安徽望江县南，池水东入长江。《晋书·庾亮传》引报温峤书："足下无过雷池一步也。"意思是叫温峤不要越过雷池到京城（今南京）去。后来转用为界限之意。

〔7〕 夔以相欺 意思是像蝄蜽喷雾一样使人迷蒙。《国语·鲁语下》："木石之怪曰夔，蝄蜽也。"宋代罗泌《路史·后纪四》："蚩尤乃驱罔两，兴云雾，祈风雨，以肆志于诸侯。"罔两，同蝄蜽。

〔8〕 泠然 轻妙的样子。《庄子·逍遥游》："夫列子御风而行，泠然善也。"

〔9〕 应为凡尔纳。

〔10〕 琼孙（S. Johnson，1709—1784） 通译约翰孙，英国作家、文学批评家。后文的福地，指他的小说《拉塞勒斯》中的"幸福之谷"，位于安哈拉王国，四周山林环绕，必须通过一个岩洞才能到达，是埃塞俄比

亚王子们和公主们的乐园。

〔11〕 弥尔(J.Milton,1608—1674) 通译弥尔顿,英国诗人、政论家。曾参加十七世纪英国资产阶级革命。他的主要著作有取材于《圣经》的《失乐园》、《复乐园》等长诗。后文的乐园,指他小说中的"伊甸园"。

〔12〕 黄族 指黄帝的后裔,意即中国人。黄帝(轩辕氏),传说中中原各族的共同祖先。

〔13〕 觥觥大谈 意思是理直气壮地高谈阔论。觥觥,原指刚直之态。东汉郭宪(子横)有"关东觥觥郭子横"之称,见《后汉书·郭宪传》。

〔14〕 三雄 指《月界旅行》中三个乘炮弹登上月球的探险者:巴比堪、桌科尔、亚电。

〔15〕 优孟 春秋时楚国人,楚庄王时优伶。楚相孙叔敖死后,他披戴孙叔敖的衣冠,模仿他的形貌举止,以谏楚王。这里说"被优孟之衣冠",指的是借小说的体裁来传布科学知识。

〔16〕 纤儿 小儿,轻蔑之词。见《晋书·陆纳传》:"会稽王道子以少年专政,委任群小,纳望阙而叹曰:'好家居,纤儿欲撞坏之邪!'"

〔17〕 《山海经》 参看本卷第115页注〔7〕。

〔18〕 《三国志》 记载魏、蜀、吴三国历史的纪传体史书,西晋陈寿著,共六十五卷。

〔19〕 长股奇肱 长股即长腿,奇肱即独臂。《山海经·海外西经》载有"长股国"、"奇肱国"。长篇小说《镜花缘》中也写到许多海外奇国,包括"长人国"、"长臂国"以及眼睛长在一只手上的"深目国"。

〔20〕 周郎葛亮 即周瑜、诸葛亮,都是三国时重要的军事家和政治家。《三国志》和长篇小说《三国演义》中都载有他们的事迹。

〔21〕 《镜花缘》 章回体小说,清代李汝珍著,共一百回。《三国

演义》,章回体历史小说,明代罗贯中著,共一二○回。

〔22〕 架栋汗牛 通谓"汗牛充栋"。柳宗元《陆文通先生墓表》:"其为书,处则充栋宇,出则汗牛马。"

〔23〕 井上勤(1850—1928) 日本翻译家,曾译《一千零一夜》、《鲁滨孙飘流记》及凡尔纳的科学幻想小说等。他所翻译的《九十七时二十分间 月世界旅行》一书,于1886年9月由东京自由阁出版社出版发行,原署"美国查理士·培伦原著 日本井上勤译述"。

〔24〕 江户 日本东京的旧名。

《域 外 小 说 集》[1]

序　言[2]

　　《域外小说集》为书,词致朴讷,不足方近世名人译本[3]。特收录至审慎,迻译亦期弗失文情。异域文术新宗,自此始入华土。使有士卓特,不为常俗所囿,必将犁然有当于心[4]。按邦国时期,籀读其心声,以相度神思之所在,则此虽大涛之微沤与,而性解[5]思惟,实寓于此。中国译界,亦由是无迟莫之感矣。

　　己酉正月十五日。

　　＊　　　　＊　　　　＊

　　〔1〕　《域外小说集》　鲁迅与周作人合译的外国短篇小说选集。共两册,己酉二月十一日(1909 年 3 月 2 日)、六月十一日(1909 年 7 月 27 日)先后由日本东京神田印刷所印制,署"会稽周氏兄弟纂译",周树人发行,上海广昌隆绸庄总寄售。第一册原收小说七篇,其中安德烈夫的《谩》和《默》署"树人"译;第二册原收小说九篇,其中迦尔洵的《四日》署"树人"译。1921 年增订改版合为一册,所收译作增至三十七篇,重新编排次序,由上海群益书社出版。

　　〔2〕　本篇及下一篇《略例》,最初均印入《域外小说集》初版的第一册。原有句读。

168

〔3〕 近世名人　指林纾,参看本卷第 275 页注〔25〕。鲁迅在
1932 年 1 月 16 日致增田涉信中说:“《域外小说集》发行于一九○七年
或一九○八年,我与周作人还在日本东京。当时中国流行林琴南用古
文翻译的外国小说,文章确实很好,但误译很多。我们对此感到不满,
想加以纠正,才干起来的。”

〔4〕 犁然有当于心　语出《庄子·山木》:“木声与人声犁然有当
于人之心。”犁然,唐代陆德明《经典释文》引司马彪语:“犹栗然”。确切
明白的意思。

〔5〕 性解　英语 Genius 的意译,即天才。

略　例

一　集中所录,以近世小品〔1〕为多,后当渐及十九世纪以前名作。又以近世文潮,北欧最盛,故采译自有偏至。惟累卷既多,则以次及南欧暨泰东〔2〕诸邦,使符域外一言之实。

一　装钉均从新式,三面任其本然,不施切削;故虽翻阅数次绝无污染。前后篇首尾,各不相衔,他日能视其邦国古今之别,类聚成书。且纸之四周,皆极广博,故订定时亦不病隘陋。

一　人地名悉如原音,不加省节者,缘音译本以代殊域之言,留其同响;任情删易,即为不诚。故宁拂戾时人,遄徙具足耳。地名无他奥谊。人名则德、法、意、英、美诸国,大氐〔3〕二言,首名次氏。俄三言,首本名,次父名加子谊,次氏〔4〕。二人相呼,多举上二名,曰某之子某,而不举其氏。匈加利独先氏后名,大同华土;第近时效法他国,间亦逆施。

一　！表大声,？表问难,近已习见,不俟诠释。此他有虚线以表语不尽,或语中辍。有直线以表略停顿,或在句之上下,则为用同于括弧。如“名门之儿僮——年十四五耳——亦至”者,犹云名门之儿僮亦至;而儿僮之年,乃十四五也。

一　文中典故,间以括弧注其下。此他不关鸿旨者,则与著者小传及未译原文等,并录卷末杂识中。读时幸检视之。

＊　　　　＊　　　　＊

〔1〕　小品　这里指篇幅很短的小说。

〔2〕　泰东　旧时指西洋各国为泰西,泰东则泛指远东各国。

〔3〕　大氐　大抵。

〔4〕　俄国人的姓名由三个部分组成:开头是自己的名字,其次是父名加义为"其子"或"其女"的后缀,最后是姓。

杂　识(二则)[1]

安 特 来 夫[2]

生于一千八百七十一年。初作《默》一篇,遂有名;为俄国当世文人之著者。其文神秘幽深,自成一家。所作小品甚多,长篇有《赤咲》一卷,记俄日战争[3]事,列国竞传译之。

迦 尔 洵[4]

生一千八百五十五年,俄土之役[5],尝投军为兵,负伤而返,作《四日》及《走卒伊凡诺夫日记》。氏悲世至深,遂狂易,久之始愈,有《绛华》一篇,即自记其状。晚岁为文,尤哀而伤。今译其一,文情皆异,迥殊凡作也。八十五年忽自投阁下,遂死,年止三十[6]。

"记诵"下法文:谊曰:阿迭修斯别后,加列普娑无以自遣矣。(事本希腊和美洛斯史诗。)

"腻目视我"下德文:谊曰:今则汝为吾爱矣,吾之挚爱无上者。

那阇:那及什陀之曜称。

《四日》者,俄与突厥之战,迦尔洵在军,负伤而返,此即记当时情状者也。氏深恶战争而不能救,则以身赴之。观所作《屠头》一篇,可见其意。"莤罗",突厥人称埃及农夫如是,语源出阿剌伯,此云耕田者。"巴偍",突厥官名,犹此土之总督。尔时英助突厥,故文中云,"虽当英国特制之庇波地或马梯尼铳[7]……"

*　　　*　　　*

〔1〕 这里的《杂识》二则:关于安德烈夫一则及关于迦尔洵一则之第一、二节,原载《域外小说集》初版第一册;迦尔洵之第三节原载初版第二册,文前原有"小传见第一册"六字一行。

〔2〕 安特来夫(Л. Н. Андреев,1871—1919) 通译安德烈夫,俄国作家。十月革命后流亡国外。著有小说《红的笑》(即《赤咲》)、《七个绞死的人》,剧本《往星中》、《人之一生》等。

〔3〕 俄日战争 指1904年2月至1905年9月,日本同俄国为争夺在我国东北地区和朝鲜的侵略权益而进行的帝国主义战争。

〔4〕 迦尔洵(В. М. Гаршин,1855—1888) 俄国作家。主要作品有短篇小说《四日》、《红花》(即《绛华》)、《胆小鬼》(即《屠头》)等。

〔5〕 俄土之役 即1877年至1878年沙皇俄国和土耳其之间的战争,这里又称"俄与突厥之战"。突厥,土耳其的旧称。参看本卷第200页注〔3〕。

〔6〕 年止三十 应为年止三十三。前面的"八十五年",亦为八十八年之误。

〔7〕 庇波地 英语 Pivot 的音译,当指旋转炮。马梯尼铳,即马梯尼来复枪,系匈牙利人马梯尼·腓特烈(1832—1897)所发明,在1871年至1889年间为英国军队采用。

[附]著 者 事 略(二则)[1]

迦尔洵(Vsevolod Garshin 1855—1888)

迦尔洵与託尔斯泰[2]同里,甚被感化。俄土之战,自投军中,冀分受人世痛苦,写此情者,有小说曰《懦夫》。后负伤归,记其阅历,成《四日》等篇,为俄国非战文学中名作。迦尔洵悲世甚深,因成心疾,八十八年忽自投阁,遂死。晚年著作,多记其悲观,尤极哀恻,《邂逅》其一也。所设人物,皆平凡困顿,多过失而不违人情,故愈益可悯。文体以记事与二人自叙相间,尽其委屈,中国小说中所未有也。

安特来夫(Leonide Andrejev 1871—1919)

安特来夫幼苦学,卒业为律师,一八九八年始作《默》,为世所知,遂专心于文章。其著作多属象征,表示人生全体,不限于一隅,《戏剧》《人之一生》可为代表。长篇小说有《赤笑》,记一九〇四年日俄战事,虽未身历战阵,而凭借神思,写战争惨苦,暗示之力,较明言者尤大。又有《七死囚记》,则反对死刑之书,呈託尔斯泰者也。象征神秘之文,意义每不昭明,唯凭读者之主观,引起或一印象,自为解释而已。今以私意推之,《谩》述狂人心情,自疑至杀,殆极微妙,若其谓人生为大谩,则或著者当时之意,未可知也。《默》盖叙幽默之力大于声

174

言,与神秘教派所言略同,若生者之默,则又异于死寂,而可怖亦尤甚也。

*　　　*　　　*

〔1〕　这里的"著者事略"二则,初载于群益版《域外小说集》(该版无"杂识"),其内容与己酉版的"杂识"有异同。群益版的校阅工作由周作人负责,原附"著者事略"十四则。

〔2〕　託尔斯泰　即列夫·托尔斯泰（Л. Н. Толестой, 1828—1910),俄国作家。出生于莫斯科附近的雅斯纳亚·波良纳。鲁迅后在《〈一篇很短的传奇〉译者附记》(见本卷第 500 页)中说迦尔洵"生于南俄"。主要作品有《战争与和平》、《安娜·卡列尼娜》等。

域 外 小 说 集 序 [1]

我们在日本留学时候,有一种茫漠的希望:以为文艺是可以转移性情,改造社会的。因为这意见,便自然而然的想到介绍外国新文学这一件事。但做这事业,一要学问,二要同志,三要工夫,四要资本,五要读者。第五样逆料不得,上四样在我们却几乎全无:于是又自然而然的只能小本经营,姑且尝试,这结果便是译印《域外小说集》。

当初的计画,是筹办了连印两册的资本,待到卖回本钱,再印第三第四,以至第 X 册的。如此继续下去,积少成多,也可以约略绍介了各国名家的著作了。于是准备清楚,在九○九年的二月,印出第一册,到六月间,又印出了第二册。寄售的地方,是上海和东京。

半年过去了,先在就近的东京寄售处结了帐。计第一册卖去了二十一本,第二册是二十本,以后可再也没有人买了。那第一册何以多卖一本呢?就因为有一位极熟的友人,怕寄售处不遵定价,额外需索,所以亲去试验一回,果然划一不二,就放了心,第二本不再试验了——但由此看来,足见那二十位读者,是有出必看,没有一人中止的,我们至今很感谢。

至于上海,是至今还没有详细知道。听说也不过卖出了二十册上下,以后再没有人买了。于是第三册只好停板,已成的书，便都堆在上海寄售处[2]堆货的屋子里。过了四五年，这寄售处不幸被了火，我们的书和纸板，都连同化成灰烬；我们这过去的梦幻似的无用的劳力，在中国也就完全消灭了。

到近年，有几位著作家，忽然又提起《域外小说集》，因而也常有问到《域外小说集》的人。但《域外小说集》却早烧了，没有法子呈教。几个友人[3]，因此很有劝告重印，以及想法张罗的。为了这机会，我也就从久不开封的纸裹里，寻出自己留下的两本书来。

我看这书的译文，不但句子生硬，"诘诎聱牙"[4]，而且也有极不行的地方，委实配不上再印。只是他的本质，却在现在还有存在的价值，便在将来也该有存在的价值。其中许多篇，也还值得译成白话，教他尤其通行。可惜我没有这一大段工夫——只有《酋长》[5]这一篇，曾用白话译了，登在《新青年》上——所以只好姑且重印了文言的旧译，暂时塞责了。但从别一方面看来，这书的再来，或者也不是无意义。

当初的译本，只有两册，所以各国作家，偏而不全；现在重行编定，也愈见得有畸重畸轻的弊病。我归国之后，偶然也还替乡僻的日报，以及不流行的杂志上，译些小品，只要草稿在身边的，也都趁便添上；一总三十七篇，我的文言译的短篇，可以说全在里面了。只是其中的迦尔洵的《四日》，安特来夫的《谩》和《默》这三篇，是我的大哥翻译的。

当初的译文里，很用几个偏僻的字，现在都改去了，省得印刷局特地铸造；至于费解的处所，也仍旧用些小注，略略说明；作家的略传，便附在卷末——我对于所译短篇，偶然有一点意见的,也就在略传[6]里说了。

《域外小说集》初出的时候,见过的人,往往摇头说,"以为他才开头,却已完了!"那时短篇小说还很少,读书人看惯了一二百回的章回体,所以短篇便等于无物。现在已不是那时候,不必虑了。我所忘不掉的,是曾见一种杂志[7]上,也登载一篇显克微支[8]的《乐人扬珂》,和我的译本只差了几个字,上面却加上两行小字道"滑稽小说!"这事使我到现在,还感到一种空虚的苦痛。但不相信人间的心理,在世界上,真会差异到这地步。

这三十多篇短篇里,所描写的事物,在中国大半免不得很隔膜;至于迦尔洵作中的人物,恐怕几于极无,所以更不容易理会。同是人类,本来决不至于不能互相了解;但时代国土习惯成见,都能够遮蔽人的心思,所以往往不能镜一般明,照见别人的心了。幸而现在已不是那时候,这一节,大约也不必虑的。

倘使这《域外小说集》不因为我的译文,却因为他本来的实质,能使读者得到一点东西,我就自己觉得是极大的幸福了。

一九二○年三月二十日,周作人记于北京。

*　　　*　　　*

〔1〕　本篇最初印入 1921 年上海群益书社合订出版的《域外小说集》新版本,署周作人。后来周作人在《瓜豆集·关于鲁迅之二》中对此有所说明:"过了十一个年头,民国九年春天上海群益书社愿意重印,加

了一篇新序,用我名,也是豫才所写的。"

〔2〕 上海寄售处 指蒋抑卮家在上海开设的广昌隆绸庄。

〔3〕 几个友人 当指陈独秀等。陈在 1920 年 3 月 11 日致周作人信中,曾谈及将《域外小说集》交群益书社重印的条件等事。

〔4〕 "诘诎聱牙" 意为文字艰涩难读。语出韩愈《进学解》:"周诰殷盘,佶屈聱牙。"

〔5〕 《酋长》 波兰显克微支所作短篇小说。周作人的白话译文载《新青年》月刊第五卷第四号(1918 年 10 月 15 日)。

〔6〕 略传 指该版所收的十四则"著者事略"。

〔7〕 一种杂志 当指《小说丛报》。秋翁(平襟亚)在《秋斋杂感》一文(载 1942 年 1 月《万象》第一年第七期)的"文抄公"一节中,曾谈及"二十年前"的这"一段公案",说当年朱鸳雏"忽然发现新出版的《小说丛报》内,刊着一篇特载小说《乐人扬珂》,是从《域外小说集》中一字不易地抄来的,只把译者的署名,改上李定夷三字。"

〔8〕 显克微支(H. Sienkiewicz,1846—1916) 波兰作家。他的早期作品主要反映波兰农民的痛苦生活,以及波兰人民反对异族侵略的斗争。后来多写历史小说,如《火与剑》、《你往何处去?》、《十字军骑士》等。

《工人绥惠略夫》[1]

译了《工人绥惠略夫》之后[2]

阿尔志跋绥夫（M. Artsybashev）[3]在一八七八年生于南俄的一个小都市；据系统和氏姓是鞑靼人[4]，但在他血管里夹流着俄，法，乔具亚（Georgia）[5]，波兰的血液。他的父亲是退职军官；他的母亲是有名的波兰革命者珂修支珂（Kosciusko）[6]的曾孙女，他三岁时便死去了，只将肺结核留给他做遗产。他因此常常生病，一九〇五年这病终于成实，没有全愈的希望了。

阿尔志跋绥夫少年时，进了一个乡下的中学一直到五年级；自己说：全不知道在那里做些甚么事。他从小喜欢绘画，便决计进了哈理珂夫（Kharkov）[7]绘画学校，这时候是十六岁。其时他很穷，住在污秽的屋角里而且挨饿，又缺钱去买最要紧的东西：颜料和麻布。他因为生计，便给小日报画些漫画，做点短论文和滑稽小说，这是他做文章的开头。

在绘画学校一年之后，阿尔志跋绥夫便到彼得堡，最初二年，做一个地方事务官的书记。一九〇一年，做了他第一篇的小说《都玛罗夫》（Pasha Tumarov）[8]，是显示俄国中学的黑暗的；此外又做了两篇短篇小说。这时他被密罗留皤夫（Miroljubov）[9]赏识了，请他做他的杂志的副编辑，这事于他的生涯上发生了很大的影响:使他终于成了文人。

　　一九○四年阿尔志跋绥夫又发表几篇短篇小说,如《旗手戈罗波夫》,《狂人》,《妻》,《兰兑之死》等,而最末的一篇使他有名。一九○五年发生革命了,他也许多时候专做他的事:无治的个人主义(Anarchistische Individualismus)[10]的说教。他做成若干小说,都是驱使那革命的心理和典型做材料的;他自己以为最好的是《朝影》和《血迹》。这时候,他便得了文字之祸,受了死刑的判决,但俄国官宪,比欧洲文明国虽然黑暗,比亚洲文明国却文明多了,不久他们知道自己的错误,阿尔志跋绥夫无罪了。

　　此后,他便将那发生问题的有名的《赛宁》(Sanin)[11]出了版。这小说的成就,还在做《革命的故事》之前,但此时才印成一本书籍。这书的中心思想,自然也是无治的个人主义或可以说个人的无治主义。赛宁的言行全表明人生的目的只在于获得个人的幸福与欢娱,此外生活上的欲求,全是虚伪。他对他的朋友说:

　　　　"你说对于立宪的烦闷,比对于你自己生活的意义和趣味尤其多。我却不信。你的烦闷,并不在立宪问题,只在你自己的生活不能使你有趣罢了。我这样想。倘说不然,便是说诳。又告诉你,你的烦闷也不是因为生活的不满,只因为我的妹子理陀不爱你,这是真的。"

他的烦闷既不在于政治,便怎样呢? 赛宁说:

　　　　"我只知道一件事。我不愿生活于我有苦痛。所以应该满足了自然的欲求。"

赛宁这样实做了。

这所谓自然的欲求,是专指肉体的欲,于是阿尔志跋绥夫得了性欲描写的作家这一个称号,许多批评家也同声攻击起来了。

批评家的攻击,是以为他这书诱惑青年。而阿尔志跋绥夫的解辩,则以为"这一种典型,在纯粹的形态上虽然还新鲜而且希有,但这精神却寄宿在新俄国的各个新的,勇的,强的代表者之中。"

批评家以为一本《赛宁》,教俄国青年向堕落里走,其实是武断的。诗人的感觉,本来比寻常更其锐敏,所以阿尔志跋绥夫早在社会里觉到这一种倾向,做出《赛宁》来。人都知道,十九世纪末的俄国,思潮最为勃兴,中心是个人主义;这思潮渐渐酿成社会运动,终于现出一九〇五年的革命。约一年,这运动慢慢平静下去,俄国青年的性欲运动却显著起来了;但性欲本是生物的本能,所以便在社会运动时期,自然也参互在里面,只是失意之后社会运动熄了迹,这便格外显露罢了。阿尔志跋绥夫是诗人,所以在一九〇五年之前,已经写出一个以性欲为第一义的典型人物来。

这一种倾向,虽然可以说是人性的趋势,但总不免便是颓唐。赛宁的议论,也不过一个败绩的颓唐的强者的不圆满的辩解。阿尔志跋绥夫也知道,赛宁只是现代人的一面,于是又写出一个别一面的绥惠略夫[12]来,而更为重要。他写给德国人毕拉特(A. Billard)[13]的信里面说:

"这故事,是显示着我的世界观的要素和我的最重要的观念。"

阿尔志跋绥夫是主观的作家,所以赛宁和绥惠略夫的意见,便是他自己的意见。这些意见,在本书第一,四,五,九,十,十四章里说得很分明。

人是生物,生命便是第一义,改革者为了许多不幸者们,"将一生最宝贵的去做牺牲","为了共同事业跑到死里去",只剩了一个绥惠略夫了。而绥惠略夫也只是偷活在追蹑里,包围过来的便是灭亡;这苦楚,不但与幸福者全不相通,便是与所谓"不幸者们"也全不相通,他们反帮了追蹑者来加迫害,欣幸他的死亡,而"在别一方面,也正如幸福者一般的糟蹋生活"。

绥惠略夫在这无路可走的境遇里,不能不寻出一条可走的道路来;他想了,对人的声明是第一章里和亚拉藉夫的闲谈,自心的交争是第十章里和梦幻的黑铁匠的辩论[14]。他根据着"经验",不得不对于托尔斯泰[15]的无抵抗主义发生反抗,而且对于不幸者们也和对于幸福者一样的宣战了。

于是便成就了绥惠略夫对于社会的复仇。

阿尔志跋绥夫是俄国新兴文学典型的代表作家的一人,流派是写实主义,表现之深刻,在侪辈中称为达了极致。但我们在本书里,可以看出微微的传奇派色采来。这看他寄给毕拉特的信也明白:

"真的,我的长发是很强的受了托尔斯泰的影响,我虽然没有赞同他的'勿抗恶'的主意。他只是艺术家这一面使我佩服,而且我也不能从我的作品的外形上,避去他的影响，陀思妥夫斯奇（Dostojevski）和契诃夫（Tshekhov）[16]也差不多是一样的事。雩俄（Victor Hugo）和瞿提（Goethe）[17]也常在我眼前。这五个姓氏便是我的先生和我的文学的导师的姓氏。

"我们这里时时有人说，我是受了尼采（Nietzsche）[18]的影响的。这在我很诧异，极简单的理由，便是我并没有读过尼采。……于我更相近，更了解的是思谛纳尔（Max Stirner）[19]"。

然而绥惠略夫却确乎显出尼采式的强者的色采来。他用了力量和意志的全副，终身战争，就是用了炸弹和手枪，反抗而且沦灭（Untergehen）。

阿尔志跋绥夫是厌世主义的作家，在思想黯淡的时节，做了这一本被绝望所包围的书。亚拉藉夫说是"愤激"，他不承认。但看这书中的人物，伟大如绥惠略夫和亚拉藉夫——他虽然不能坚持无抵抗主义，但终于为爱做了牺牲——不消说了；便是其余的小人物，借此衬出不可救药的社会的，也仍然时时露出人性来，这流露，便是于无意中愈显出俄国人民的伟大。我们试在本国一搜索，恐怕除了帐幔后的老男女和小贩商人以外，很不容易见到别的人物；俄国有了，而阿尔志跋绥夫还感慨，所以这或者仍然是一部"愤激"的书。

这一篇，是从 S. Bugow und A. Billard 同译的《革命的故事》[20]（Revolutions‐geschichten）里译出的，除了几处不得已的地方，几乎是逐字译。我本来还没有翻译这书的力量，幸而得了我的朋友齐宗颐[21]君给我许多指点和修正，这才居然脱稿了,我很感谢。

一九二一年四月十五日记。

＊　　　＊　　　＊

〔1〕 《工人绥惠略夫》 阿尔志跋绥夫的中篇小说,鲁迅自德译本转译,最初连载于 1921 年 7 月至 12 月《小说月报》第十二卷第七号至第十二号。单行本于 1922 年由上海商务印书馆初版,列为《文学研究会丛书》之一。改版本于 1927 年 6 月印成,列为《未名丛刊》之一,上海北新书局发行。

〔2〕 本篇最初发表于《小说月报》第十二卷号外(原名《阿尔志跋绥夫》)(1921 年 9 月),原无最后一段文字。后收入《工人绥惠略夫》初版本卷首。

〔3〕 阿尔志跋绥夫(М. П. Арцыбашев,1878—1927) 俄国作家。著有《工人绥惠略夫》、《沙宁》等。十月革命后流亡国外,死于波兰华沙。

〔4〕 鞑靼人 俄罗斯民族之一,分布在鞑靼斯坦共和国。

〔5〕 乔具亚 通译格鲁吉亚。

〔6〕 珂修支珂(T. Kosciuszko,1746—1817) 通译珂斯秋希科,波兰爱国者,1794 年在波兰领导武装起义,反对俄国和普鲁士。

〔7〕 哈理珂夫 通译哈尔科夫,乌克兰城市。

〔8〕 《都玛罗夫》 应为《托曼诺夫》(原题《托曼诺夫将军》)。

〔9〕 密罗留疇夫(В. С. Миролюбов,1860—1939) 俄国作家、出版家。当时是《大众杂志》的主编和发行人。

〔10〕 无治的个人主义 即无政府的个人主义。

〔11〕 《赛宁》 通译《沙宁》,长篇小说,发表于 1907 年。

〔12〕 绥惠略夫 《工人绥惠略夫》中的主人公。

〔13〕 毕拉特 鲁迅又译为"比拉尔特",他的原名是 Andre Villard。

〔14〕 亚拉藉夫 《工人绥惠略夫》中的人物。在该书第一章中，绥惠略夫对亚拉藉夫谈了自己认为人"从天性便可恶的"、"我实在憎恶人类"等观点；第十章中通过绥惠略夫与梦中的铁匠的对话，表现出内心"爱"与"憎"的矛盾。

〔15〕 托尔斯泰 参看本卷第 175 页注〔2〕。

〔16〕 陀思妥夫斯奇（Ф. М. Достоевский，1821—1881） 通译陀思妥耶夫斯基，俄国作家。1849 年因参加反对沙皇政府的革命团体被判死刑，后改判苦役流放。主要作品有《穷人》、《被侮辱与被损害的》、《罪与罚》等。契诃夫，参看本卷第 445 页注〔1〕。

〔17〕 雩俄 通译雨果，参看本卷第 481 页注〔2〕。瞿提（J. W. von Goethe，1749—1832），通译歌德，德国诗人、学者。主要著作有诗剧《浮士德》和小说《少年维特之烦恼》等。

〔18〕 尼采（F. W. Nietzsche，1844—1900） 德国哲学家。唯意志论者，提倡"超人哲学"。著有《札拉图斯特拉如是说》等。

〔19〕 思谛纳尔（M. Stirner，1806—1856） 通译施蒂纳，原名施米特（K. Schmidt），德国唯心主义哲学家。著有《个人及其所有》等。

〔20〕 《革命的故事》 德国 S. 布果夫和 A. 毕拉特合译的阿尔志跋绥夫的中短篇小说集，其中包括《工人绥惠略夫》、《血痕》（即《血迹》）、《朝影》、《托曼诺夫将军》（即《都玛罗夫》）和《医生》。

〔21〕 齐宗颐（1881—1965） 字寿山，河北高阳人。德国柏林大学毕业，曾任北洋政府教育部金事、视学。1926 年 7 月间曾协助鲁迅从德文转译荷兰望·蔼覃的长篇童话《小约翰》。

《现代小说译丛》[1]

《幸福》译者附记[2]

阿尔志跋绥夫(Mikhail Artsybashev)的经历,有一篇自叙传说得很简明:

"一八七八年生。生地不知道。进爱孚托尔斯克中学校,升到五年级,全不知道在那里教些甚么事。决计要做美术家,进哈尔科夫绘画学校去了。在那地方学了一整年缺一礼拜,便到彼得堡,头两年是做地方事务官的书记。动笔是十六岁的时候,登在乡下的日报上。要说出日报的名目来,却有些惭愧。开首的著作是《V Sljozh》[3],载在《Ruskoje Bagastvo》[4]里。此后做小说直到现在。"

阿尔志跋绥夫虽然没有托尔斯泰(Tolstoi)和戈里奇(Gorkij)[5]这样伟大,然而是俄国新兴文学的典型的代表作家的一人;他的著作,自然不过是写实派,但表现的深刻,到他却算达了极致。使他出名的小说是《阑兑的死》(Smert Lande),使他更出名而得种种攻难的小说是《沙宁》(Sanin)。

阿尔志跋绥夫的著作是厌世的,主我的;而且每每带着肉的气息。但我们要知道,他只是如实描出,虽然不免主观,却并非主张和煽动;他的作风,也并非因为"写实主义大盛之后,进为唯我"，却只是时代的肖像：我们不要忘记他是描写现代生活的作家。对于他的《沙宁》的攻难，他寄给比拉尔特[6]的信里，以比先前都介涅夫（Turgenev）[7]的《父与子》，我以为不错的。攻难者这一流人，满口是玄想和神闳，高雅固然高雅了，但现实尚且茫然，还说什么玄想和神闳呢？

阿尔志跋绥夫的本领尤在小品；这一篇也便是出色的纯艺术品，毫不多费笔墨，而将"爱憎不相离，不但不离而且相争的无意识的本能"[8]，浑然写出，可惜我的译笔不能传达罢了。

这一篇，写雪地上沦落的妓女和色情狂的仆人，几乎美丑泯绝，如看罗丹（Rodin）[9]的雕刻；便以事实而论，也描尽了"不惟所谓幸福者终生胡闹，便是不幸者们，也在别一方面各糟蹋他们自己的生涯"。赛式加[10]标致时候，以肉体供人的娱乐，及至烂了鼻子，只能而且还要以肉体供人残酷的娱乐，而且路人也并非幸福者，别有将他作为娱乐的资料的人。凡有太饱的以及饿过的人们，自己一想，至少在精神上，曾否因为生存而取过这类的娱乐与娱乐过路人，只要脑子清楚的，一定会觉得战栗！

现在有几位批评家很说写实主义可厌了，不厌事实而厌写出，实在是一件万分古怪的事。人们每因为偶然见"夜茶馆的明灯在面前辉煌"便忘却了雪地上的毒打[11]，这也正是使有血的文人趋向厌世的主我的一种原因。

一九二〇年十月三十日记。

      *   *   *

〔1〕 《现代小说译丛》 鲁迅、周作人、周建人合译的外国短篇小说集,仅出第一集,署周作人译,上海商务印书馆出版,列入《世界丛书》。收八个国家十八位作家的小说三十篇,1922 年 5 月出版,其中鲁迅翻译的有三个国家六位作家的小说九篇。

〔2〕 本篇连同《幸福》的译文,最初发表于 1920 年 12 月《新青年》月刊第八卷第四号,后来同收入《现代小说译丛》第一集。

〔3〕 《V Sljozh》 《在斯里约支》,阿尔志跋绥夫作于 1901 年的小说。

〔4〕 《Ruskoje Bagastvo》 俄语《Русское Богатство》的音译,即《俄国财富》,月刊,1876 年创办于彼得堡,1918 年停刊。从九十年代初期起,成为自由主义的民粹派的刊物。

〔5〕 戈里奇 通译高尔基。参看本卷第 442 页注〔1〕。

〔6〕 比拉尔特 即毕拉特,参看本卷第 186 页注〔13〕。

〔7〕 都介涅夫(И. С. Тургенев,1818—1883) 通译屠格涅夫,俄国作家。著有长篇小说《猎人笔记》、《前夜》、《处女地》等。《父与子》是他的代表作,描写俄国农奴制废除前夕新旧思想的斗争。这部小说于 1862 年在《俄罗斯导报》发表以后,遭到一部分批评家和读者的攻难,有的指责作家丑化了“子辈”的平民知识分子,有的指责作家嘲笑了“父辈”的贵族知识分子。

〔8〕 关于“爱憎不相离”以及下文所引关于“幸福者”、“不幸者”等语,见于《工人绥惠略夫》第十章。

〔9〕 罗丹(A. Rodin,1840—1917) 法国雕塑家。作品有《青铜时代》及《巴尔扎克》、《雨果》等塑像。他的代表作之一《欧米哀尔》是一尊老丑妓女的雕像。罗丹谈及这一作品时曾说:“在艺术中,有‘性格’的作品才算是美的。”所以,自然中的丑,“在艺术中能变成非常的美”。

（《罗丹论艺术》）

〔10〕 赛式加 《幸福》的主人公，一个潦倒的妓女，为了得到五卢布而甘愿在严寒的雪地里脱光衣服，任人笞打。

〔11〕 《幸福》的结尾描写：赛式加"早忘却，伊方才被人毒打了。——现在好了；不这么冷了——伊喜滋滋的想，向狭路转过弯去，在那里是夜茶馆的明灯，忽然在伊面前辉煌起来了。"

《父亲在亚美利加》译者附记^{〔1〕}

芬兰和我们向来很疏远；但他自从脱离俄国和瑞典的势力之后，却是一个安静而进步的国家，文学和艺术也很发达。他们的文学家，有用瑞典语著作的，有用芬兰语著作的，近来多属于后者了，这亚勒吉阿（Arkio）便是其一。

亚勒吉阿是他的假名，本名菲兰兑尔（Alexander Filander），是一处小地方的商人，没有受过学校教育，但他用了自修工夫，竟达到很高的程度，在本乡很受尊重，而且是极有功于青年教育的。

他的小说，于性格及心理描写都很妙。这却只是一篇小品（Skizze），是从勃劳绥惠德尔^{〔2〕}所编的《在他的诗和他的诗人的影象里的芬兰》中译出的。编者批评说：亚勒吉阿尤有一种优美的讥讽的诙谐，用了深沉的微笑盖在物事上，而在这光中，自然能理会出悲惨来，如小说《父亲在亚美利加》所证明的便是。

*　　　*　　　*

〔1〕　《父亲在亚美利加》的译文最初连载于北京《晨报》1921 年 7 月 17 日第七版、18 日第五版，本篇原附于文末，后同收入《现代小说译丛》第一集。

〔2〕　勃劳绥惠德尔（E.Brausewetter）　德国评论家。

《医生》译者附记[1]

一九○五至六年顷,俄国的破裂已经发现了,有权位的人想转移国民的意向,便煽动他们攻击犹太人或别的民族去,世间称为坡格隆。Pogrom 这一个字,是从 Po(渐渐)和 Gromit(摧灭)合成的,也译作犹太人虐杀。这种暴举,那时各地常常实行,非常残酷,全是"非人"的事,直到今年,在库伦还有恩琴[2]对于犹太人的杀戮,专制俄国那时的"庙谟"[3],真可谓"毒逋四海"[4]的了。

那时的煽动实在非常有力,官僚竭力的唤醒人里面的兽性来,而于其发挥,给他们许多的助力。无教育的俄人,以歼灭犹太人为一生抱负的很多;这原因虽然颇为复杂,而其主因,便只是因为他们是异民族。

阿尔志跋绥夫的这一篇《医生》(Doktor)是一九一○年印行的《试作》(Etiūdy)中之一,那做成的时候自然还在先,驱使的便是坡格隆的事,虽然算不得杰作,却是对于他同胞的非人类行为的一个极猛烈的抗争。

在这短篇里,不特照例的可以看见作者的细微的性欲描写和心理剖析,且又简单明了的写出了对于无抵抗主义的抵抗和爱憎的纠缠来。无抵抗,是作者所反抗的,因为人在天性上不能没有憎,而这憎,又或根于更广大的爱。因此,阿尔志

192

跋绥夫便仍然不免是托尔斯泰之徒了,而又不免是托尔斯泰主义的反抗者,——圆稳的说,便是托尔斯泰主义的调剂者。

人说,俄国人有异常的残忍性和异常的慈悲性;这很奇异,但让研究国民性的学者来解释罢。我所想的,只在自己这中国,自从杀掉蚩尤[5]以后,兴高采烈的自以为制服异民族的时候也不少了,不知道能否在《平定什么方略》[6]等等之外,寻出一篇这样为弱民族主张正义的文章来。

一九二一年四月二十八日译者附记。

*　　　*　　　*

〔1〕 本篇连同《医生》的译文,最初发表于 1921 年 9 月《小说月报》第十二卷号外《俄国文学研究》,后收入《现代小说译丛》第一集。

〔2〕 库伦　当时中国城市名。现名乌兰巴托,蒙古人民共和国首都。恩琴(Унгерн,1886—1921),现译作翁格恩,原是沙皇军队大尉,十月革命后与日本帝国主义相勾结,成为远东白卫军头目之一。他侵占库伦后,曾下令对和平居民大肆掠夺和枪杀。1921 年 8 月被红军俘获后枪决。

〔3〕 "庙谟"　庙指庙堂,朝廷的意思;谟,策划的意思。庙谟,即封建王朝对国政的策划,一作"庙谋"。

〔4〕 "毒遍四海"　语出《尚书·泰誓下》:"作威杀戮,毒痡四海。"意为毒害及于远方。痡,病害。

〔5〕 蚩尤　传说中远古时代的九黎族首领,与汉族祖先黄帝作战,失败被杀。

〔6〕《平定什么方略》　指记载统治者"平叛"、"定边"等军功的历史文献,例如清代有《平定金川方略》、《平定准噶尔方略》等。

《疯姑娘》译者附记[1]

勃劳绥惠德尔(Ernst Brause wetter)作《在他的诗和他的诗人的影象里的芬阑》(Finnland im Bilde Seiner Dichtung und Seine Dichter),分芬阑文人为用瑞典语与用芬阑语的两群,而后一类又分为国民的著作者与艺术的著作者。在艺术的著作者之中,他以明那亢德(Minna Canth)[2]为第一人,并且评论说:

"……伊以一八四四年生于单湄福尔(Tammerfors)[3],为一个纺纱厂的工头约翰生(Gust. Wilh. Johnsson)的女儿,他是早就自夸他那才得五岁,便已能读能唱而且能和小风琴的'神童'的。当伊八岁时,伊的父亲在科庇阿(Kuopio)设了一所毛丝厂,并且将女儿送在这地方的三级制瑞典语女子学校里。一八六三年伊往齐佛斯吉洛(Tyväskylä)去,就是在这一年才设起男女师范学校的地方;但次年,这'模范女学生'便和教师而且著作家亢德(Joh. Ferd. Canth)结了婚。这婚姻使伊不幸,因为违反了伊的精力弥满的意志,来求适应,则伊太有自立的天性;但伊却由他导到著作事业里,因为他编辑一种报章,伊也须'帮助'他;但是伊的笔太锋利,致使伊的男人失去了他的主笔的位置了。

　　"两三年后,寻到第二个主笔的位置,伊又有了再治文事的机缘了。由伊住家地方的芬阑剧场的邀请,伊才起了著作剧本的激刺。当伊作《偷盗》才到中途时,伊的男人死去了,而剩着伊和七个无人过问的小孩。但伊仍然完成了伊的剧本,送到芬阑剧场去。待到伊因为艰难的生活战争,精神的和体质的都将近于败亡的时候,伊却从芬阑文学会得到伊的戏曲的奖赏,又有了开演的通知,这获得大成功,而且列入戏目了。但是伊也不能单恃文章作生活,却如伊的父亲曾经有过的一样,开了一个公司。伊一面又弄文学。于伊文学的发达上有显著的影响的是勃兰兑思(Georg Brandes)[4]的书,这使伊也知道了泰因,斯宾塞,斯台德,弥尔和蒲克勒(Taine,Spencer,Stuart,Mill,Buckle)[5]的理想。伊现在是单以现代的倾向诗人和社会改革家站在芬阑文学上了。伊辩护欧洲文明的理想和状态,输入伊的故乡,且又用了极端急进的见解。伊又加入于为被压制人民的正义,为苦人对于有权者和富人,为妇女和伊的权利对于现今的社会制度,为博爱的真基督教对于以伪善的文句为衣装的官样基督教。在伊创作里,显示着冷静的明白的判断,确实的奋斗精神和对于感情生活的锋利而且细致的观察。伊有强盛的构造力,尤其表见于戏曲的意象中,而在伊的小说里,也时时加入戏曲的气息;但在伊缺少真率的艺术眼,伊对一切事物都用那固执的成见的批评。伊是辩论家,讽刺家,不只是人生观察者。伊的眼光是狭窄的,这也不特因为伊起于狭窄的景况中,又未经超出这外面而然,实也因为伊的理性的冷静,知道那感情便太少了。伊缺少心情的暖和,但出色的是伊的识见,因此伊所描写,是一个小市民范围内的细小的批评。……"

现在译出的这一篇,便是勃劳绥惠德尔所选的一个标本。亢德写这为社会和自己的虚荣所误的一生的径路,颇为细微,但几乎过于深刻了,而又是无可补救的绝望。培因(R. N. Bain)[6]也说,"伊的同性的委曲,真的或想像的,是伊小说的不变的主题;伊不倦于长谈那可怜的柔弱的女人在伊的自然的暴君与压迫者手里所受的苦处。夸张与无希望的悲观,是这些强有力的,但是悲惨而且不欢的小说的特色。"大抵惨痛热烈的心声,若从纯艺术的眼光看来,往往有这缺陷;例如陀思妥夫斯奇(Dostojovski)的著作,也常使高兴的读者不能看完他的全篇。

一九二一年八月十八日记。

*   *   *

〔1〕 本篇连同《疯姑娘》的译文,最初发表于 1921 年 10 月《小说月报》第十二卷第十号《被损害民族的文学号》,后收入《现代小说译丛》第一集。

〔2〕 明那·亢德(1844—1897) 通译康特,芬兰女作家。作品有揭露资本主义社会矛盾的剧本《工人的妻子》等。

〔3〕 单湄福尔 现名坦佩雷(Tampere),芬兰西南部的城市。

〔4〕 勃兰兑思（1842—1927） 丹麦文学批评家。著有《十九世纪文学主流》、《俄国印象记》等。

〔5〕 泰因（1828—1893） 通译泰纳，法国文艺理论家、史学家。著有《英国文学史》、《艺术哲学》等。斯宾塞（1820—1903），英国哲学家、社会学家。主要著作有《综合哲学体系》十卷、《社会学研究法》等。斯台德（1712—1780），通译斯图亚特，英国经济学家。主要著作有《政治经济学原理研究》。弥尔（1806—1873），通译穆勒，英国哲学家、经济学家。著有《逻辑体系》、《论自由》（严复中译名分别为《穆勒名学》、《群己权界论》）等。蒲克勒（1821—1862），通译巴克尔，英国历史学家，著有《英国文明史》等。

〔6〕 培因（1854—1909） 英国历史学家、语言学家。精通二十余种语言。撰有关于北欧、俄罗斯历史的著作多种，译有匈牙利、北欧和俄罗斯的童话。

《战争中的威尔珂》译者附记[1]

勃尔格利亚[2]文艺的曙光,是开始在十九世纪的。但他早负着两大害:一是土耳其政府的凶横,一是希腊旧教的锢蔽。直到俄土战争[3]之后,他才现出极迅速的进步来。唯其文学,因为历史的关系,终究带着专事宣传爱国主义的倾向,诗歌尤甚,所以勃尔格利亚还缺少伟大的诗人。至于散文方面,却已有许多作者,而最显著的是伊凡跋佐夫(Ivan Vazov)[4]。

跋佐夫以一八五○年生于梭波德(Sopot)[5],父亲是一个商人,母亲是在那时很有教育的女子。他十五岁到开罗斐尔(Kälofer,在东罗马尼亚)[6]进学校,二十岁到罗马尼亚学经商去了。但这时候勃尔格利亚的独立运动已经很旺盛,所以他便将全力注到革命事业里去;他又发表了许多爱国的热烈的诗篇。

跋佐夫以一八七二年回到故乡;他的职业很奇特,忽而为学校教师,忽而为铁路员,但终于被土耳其政府逼走了。革命时[7],他为军事执法长;此后他又与诗人威理式珂夫(Velishkov)[8]编辑一种月刊曰《科学》,终于往俄国,在阿兑塞(Odessa)[9]完成一部小说,就是有名的《轭下》,是描写对土耳其战争的,回国后发表在教育部出版的《文学丛书》中,不久欧洲文明国便几乎都有译本了。

他又做许多短篇小说和戏曲,使巴尔干的美丽,朴野,都涌现于读者的眼前。勃尔格利亚人以他为他们最伟大的文人;一八九五年在苏飞亚〔10〕举行他文学事业二十五年的祝典;今年又行盛大的祝贺,并且印行纪念邮票七种:因为他正七十周岁了。

跋佐夫不但是革命的文人,也是旧文学的轨道破坏者,也是体裁家(Stilist),勃尔格利亚文书旧用一种希腊教会的人造文,轻视口语,因此口语便很不完全了,而跋佐夫是鼓吹白话,又善于运用白话的人。托尔斯泰和俄国文学是他的模范。他爱他的故乡,终身记念着,尝在意大利,徘徊橙橘树下,听得一个英国人叫道:"这是真的乐园!"他答道,"Sire〔11〕,我知道一个更美的乐园!"——他没有一刻忘却巴尔干的蔷薇园,他爱他的国民,尤痛心于勃尔格利亚和塞尔比亚的兄弟的战争〔12〕,这一篇《战争中的威尔珂》,也便是这事的悲愤的叫唤。

这一篇,是从札典斯加女士(Marya Tonas Von Szatánskà)的德译本《勃尔格利亚女子与其他小说》(Bolgarin und andere Novelleu)里译出的;所有注解,除了第四第六第九之外,都是德译本的原注。

一九二一年八月二二日记。

*　　　*　　　*

〔1〕 本篇连同《战争中的威尔珂》的译文,最初发表于1921年10月《小说月报》第十二卷第十号《被损害民族的文学号》,后收入《现代小

说译丛》第一集。

〔2〕 勃尔格利亚　保加利亚的旧译。

〔3〕 俄土战争　十九世纪七十年代,包括保加利亚在内的巴尔干人民反抗土耳其的统治,俄国于1877年以援助巴尔干的斯拉夫民族为名,对土宣战。由于英国和奥匈对俄提出警告,战争以俄、土于1878年3月签订和约而结束,战后保加利亚成为独立国家。

〔4〕 伊凡·跋佐夫(И. Вазов,1850—1921)　通译伐佐夫,保加利亚作家。1874年起参加民族独立斗争,曾多次流亡国外。著有长篇小说《轭下》、讽刺喜剧《升官图》等。

〔5〕 梭波德　现名伐佐夫格勒。

〔6〕 开罗斐尔　保加利亚中部小城,伐佐夫出生于该城东部二十公里外的索波托。东罗马尼亚,应为东鲁米利亚。根据1878年签订的柏林条约,东鲁米利亚为土耳其的一省;1885年并入保加利亚。

〔7〕 指始于1875年的保加利亚反抗土耳其统治的民族革命时期。

〔8〕 威理式珂夫(К. Величков,1855—1907)　通译威理奇珂夫,保加利亚作家,民族革命运动的参加者。著有抒情诗《亲爱的祖国》,小说《在监狱中》等。

〔9〕 阿兑塞　今译敖德萨,黑海北岸的乌克兰南部城市。

〔10〕 苏飞亚　今译索菲亚,保加利亚的首都。

〔11〕 Sire　法语:老爷,陛下。

〔12〕 塞尔比亚　今译塞尔维亚。1885年11月,塞尔维亚对保加利亚宣战。

《黯澹的烟霭里》译者附记[1]

安特来夫（Leonid Andrejev）以一八七一年生于阿莱勒[2]，后来到墨斯科学法律，所过的都是十分困苦的生涯。他也做文章，得了戈理奇（Gorky）的推助，渐渐出了名，终于成为二十世纪初俄国有名的著作者。一九一九年大变动[3]的时候，他想离开祖国到美洲去，没有如意，冻饿而死了[4]。

他有许多短篇和几种戏剧，将十九世纪末俄人的心里的烦闷与生活的暗淡，都描写在这里面。尤其有名的是反对战争的《红笑》和反对死刑的《七个绞刑的人们》。欧洲大战时，他又有一种有名的长篇《大时代中一个小人物的自白》。

安特来夫的创作里，又都含着严肃的现实性以及深刻和纤细，使象征印象主义与写实主义相调和。俄国作家中，没有一个人能够如他的创作一般，消融了内面世界与外面表现之差，而现出灵肉一致的境地。他的著作是虽然很有象征印象气息，而仍然不失其现实性的。

这一篇《黯澹的烟霭里》是一九○○年作。克罗绥克[5]说，"这篇的主人公大约是革命党。用了分明的字句来说，在俄国的检查上是不许的。这篇故事的价值，在有许多部分都很高妙的写出一个俄国的革命党来。"但这是俄国的革命党，所以他那坚决猛烈冷静的态度，从我们中国人的眼睛看起来，未免觉得很异样。

一九二一年九月八日译者记。

*   *   *

〔1〕 本篇连同《黯澹的烟霭里》的译文,均收入《现代小说译丛》第一集。

〔2〕 阿莱勒 通译奥廖尔,位于莫斯科西南的城市。

〔3〕 指十月革命后苏联反抗国际武装干涉及与国内敌对势力的斗争。

〔4〕 1919年安德烈夫流亡国外,同年9月在去美国途中,因心脏麻痹症死于芬兰的赫尔辛基。

〔5〕 克罗绥克(J. Karasek,1871—1951) 通译卡拉塞克,捷克诗人、批评家。著有《死的对话》、《流放者之岛》等,又编有《斯拉夫文学史》等。

《书籍》译者附记^{〔1〕}

这一篇是一九○一年作,意义很明显,是颜色黯澹的铅一般的滑稽,二十年之后,才译成中国语,安特来夫已经死了三年了。

一九二一年九月十一日,译者记。

* * *

〔1〕 本篇连同《书籍》的译文,均收入《现代小说译丛》第一集。

《连翘》译者附记^[1]

契里珂夫^[2]（Evgeni Tshirikov）的名字，在我们心目中还很生疏，但在俄国，却早算一个契诃夫以后的智识阶级的代表著作者，全集十七本，已经重印过几次了。

契里珂夫以一八六四年生于凯山^[3]，从小住在村落里，朋友都是农夫和穷人的孩儿；后来离乡入中学，将毕业，便已有了革命思想了。所以他著作里，往往描出乡间的黑暗来，也常用革命的背景。他很贫困，最初寄稿于乡下的新闻^[4]，到一八八六年，才得发表于大日报，他自己说：这才是他文事行动的开端。

他最擅长于戏剧，很自然，多变化，而紧凑又不下于契诃夫。做从军记者也有名，集成本子的有《巴尔干战记》和取材于这回欧战的短篇小说《战争的反响》。

他的著作，虽然稍缺深沉的思想，然而率直，生动，清新。他又有善于心理描写之称，纵不及别人的复杂，而大抵取自实生活，颇富于讽刺和诙谐。这篇《连翘》也是一个小标本。

他是艺术家，又是革命家；而他又是民众教导者，这几乎是俄国文人的通有性，可以无须多说了。

一九二一年十一月二日，译者记。

＊　　　　＊　　　　＊

〔1〕　本篇连同《连翘》的译文,均收入《现代小说译丛》第一集。

〔2〕　契里珂夫(Е.Н.Чириков,1864—1932)　俄国作家。1917年移居巴黎,后死于捷克布拉格。著有自传体小说《塔尔哈诺夫的一生》、剧本《庄稼汉》等。

〔3〕　凯山　通译喀山,时为苏联鞑靼自治共和国的首都。

〔4〕　新闻　这里指报纸,来自日语词。

《一个青年的梦》[1]

后　记[2]

　　我看这剧本,是由于《新青年》[3]上的介绍,我译这剧本的开手,是在一九一九年八月二日这一天,从此逐日登在北京《国民公报》[4]上。到十月二十五日,《国民公报》忽被禁止出版了,我也便歇手不译,这正在第三幕第二场两个军使谈话的中途。

　　同年十一月间,因为《新青年》记者的希望,我又将旧译校订一过,并译完第四幕,按月登在《新青年》上。从七卷二号起,一共分四期。但那第四号是人口问题号,多被不知谁何没收了,所以大约也有许多人没有见。

　　周作人先生和武者小路[5]先生通信的时候,曾经提到这已经译出的事,并问他对于住在中国的人类有什么意见,可以说说。作者因此写了一篇,寄到北京,而我适值到别处去了,便由周先生译出,就是本书开头的一篇《与支那未知的友人》[6]。原译者的按语中说:"《一个青年的梦》的书名,武者小路先生曾说想改作《A与战争》,他这篇文章里也就用这个新名字,但因为我们译的还是旧称,所以我于译文中也一律仍写作《一个青年的梦》。"

　　现在,是在合成单本,第三次印行的时候之前了。我便又乘这机会,据作者先前寄来的勘误表再加修正,又校改了若干的误字,而且再记出旧事来,给大家知道这本书两年以来在中国怎样枝枝节节的,好容易才成为一册书的小历史。

一九二一年十二月十九日,鲁迅记于北京。

* * *

〔1〕 《一个青年的梦》 日本武者小路实笃所作的四幕反战剧本。中译文在翻译时即陆续发表于北京《国民公报》副刊,至该报被禁停刊时止(1919 年 8 月 15 日至 10 月 25 日),后来全剧又移刊于《新青年》月刊第七卷第二号至第五号(1920 年 1 月至 4 月)。单行本于 1922 年 7 月由上海商务印书馆出版,列为《文学研究会丛书》之一;1927 年 9 月,又由上海北新书局再版发行,列为《未名丛刊》之一。

〔2〕 本篇最初印入 1922 年 7 月上海商务印书馆出版的《一个青年的梦》单行本,未另在报刊上发表过。

〔3〕 《新青年》 综合性月刊,"五四"时期倡导新文化运动、传播马克思主义的重要刊物。1915 年 9 月创刊于上海,由陈独秀主编。第一卷名《青年杂志》,第二卷起改名《新青年》。1916 年底迁至北京。从 1918 年 1 月起,李大钊等参加编辑工作。1922 年 7 月休刊,共出九卷,每卷六期。鲁迅在"五四"时期同该刊有密切联系,是它的重要撰稿人,曾参加该刊编辑会议。该刊第四卷第五号(1918 年 5 月)曾刊载周作人《读武者小路君作〈一个青年的梦〉》一文,对该剧作了简要介绍。

〔4〕 《国民公报》 1910 年 10 月改良派为鼓吹立宪运动而创办于北京的日报,徐佛苏主编,1919 年 10 月 25 日因刊登揭露段祺瑞政府的文字,被查禁停刊。

〔5〕 武者小路实笃(1885—1976) 日本作家。《白桦》杂志创办

人之一,著有小说《好好先生》、剧本《他的妹妹》等。当时是空想社会主义"新村运动"的提倡者,后来在日本侵华期间曾附和日本帝国主义的侵略政策。

〔6〕 《与支那未知的友人》 此信写于 1919 年 12 月 9 日,译文初载于 1920 年 2 月《新青年》第七卷第三号,周作人译。译文后有周作人、蔡元培、陈独秀所撰附记。"未知的友人",指中国青年。

译　者　序[1]

《新青年》四卷五号里面,周起明[2]曾说起《一个青年的梦》。我因此便也搜求了一本,将他看完,很受些感动:觉得思想很透彻,信心很强固,声音也很真。

我对于"人人都是人类的相待,不是国家的相待,才得永久和平,但非从民众觉醒不可"这意思,极以为然,而且也相信将来总要做到。现在国家这个东西,虽然依旧存在;但人的真性,却一天比一天的流露:欧战未完时候,在外国报纸上,时时可以看到两军在停战中往来的美谭,战后相爱的至情。他们虽然还蒙在国的鼓子里,然而已经像竞走一般,走时是竞争者,走了是朋友了。

中国开一个运动会,却每每因为决赛而至于打架;日子早过去了,两面还仇恨着。在社会上,也大抵无端的互相仇视,什么南北,什么省道府县,弄得无可开交,个个满脸苦相。我因此对于中国人爱和平这句话,很有些怀疑,很觉得恐怖。我想如果中国有战前的德意志一半强,不知国民性是怎么一种颜色。现在是世界上出名的弱国,南北却还没有议和[3],打仗比欧战更长久。

现在还没有多人大叫,半夜里上了高楼撞一通警钟。日本却早有人叫了。他们总之幸福。

但中国也仿佛很有许多人觉悟了。我却依然恐怖，生怕是旧式的觉悟，将来仍然免不了落后。

昨天下午，孙伏园[4]对我说，"可以做点东西。"我说，"文章是做不出了。《一个青年的梦》却很可以翻译。但当这时候，不很相宜，两面正在交恶[5]，怕未必有人高兴看。"晚上点了灯，看见书脊上的金字，想起日间的话，忽然对于自己的根性有点怀疑，觉得恐怖，觉得羞耻。人不该这样做，——我便动手翻译了。

武者小路氏《新村杂感》[6]说，"家里有火的人呵，不要将火在隐僻处搁着，放在我们能见的地方，并且通知说，这里也有你们的兄弟。"他们在大风雨中，擎出了火把，我却想用黑幔去遮盖他，在睡着的人的面前讨好么？

但书里的话，我自然也有意见不同的地方，现在都不细说了，让各人各用自己的意思去想罢。

一九一九年八月二日，鲁迅。

*   *   *

〔1〕 本篇及下篇《译者序二》连同剧本第一幕的译文，最初同时发表于1920年1月《新青年》月刊第七卷第二号，未收入单行本。

〔2〕 周起明 即周作人（1885—1967），又作启明、起孟，鲁迅的二弟。下面的"人人都是人类的相待，不是国家的相待……"几句，引自他的《读武者小路君作〈一个青年的梦〉》一文（1918年5月《新青年》第四卷第五号）。

〔3〕 南北却还没有议和 南北，指广州的军政府与北京的北洋

政府。1917 年皖系军阀段祺瑞解散国会,驱走总统黎元洪。孙中山在广州召开国会非常会议,组织护法军军政府,由此出现南北两个对立的政权。1919 年 1 月双方各派代表在上海议和,因段祺瑞的阻挠,和谈破裂。

〔4〕 孙伏园(1894—1966) 原名福源,浙江绍兴人。鲁迅任绍兴师范学校校长时的学生。后在北京大学毕业,曾参加新潮社和语丝社,先后任《晨报副刊》、《京报副刊》和《国民公报》副刊编辑。著有《伏园游记》、《鲁迅先生二三事》等。

〔5〕 两面正在交恶 两面,指中日双方。1919 年 1 月在巴黎和会上,中国要求取消日本强加于中国的不平等条约及各种特权,遭到否决,致引起中国人民的愤怒,各地出现自发的反日运动。

〔6〕 《新村杂感》 1918 年冬,武者小路实笃在日本宫崎县日向创建新村,实行"耕读主义"时所写的文章。

译者序二

我译这剧本，从八月初开手，逐日的登在《国民公报》上面；到十月念五日，《国民公报》忽然被禁止出版了，这剧本正当第三幕第二场两个军使谈话的中途。现在因为《新青年》记者的希望，再将译本校正一遍，载在这杂志上。

全本共有四幕，第三幕又分三场，全用一个青年作为线索。但四幕之内，无论那一幕那一场又各各自有首尾，能独立了也成一个完全的作品：所以分看合看，都无所不可的。

全剧的宗旨，自序已经表明，是在反对战争，不必译者再说了。但我虑到几位读者，或以为日本是好战的国度，那国民才该熟读这书，中国又何须有此呢？我的私见，却很不然：中国人自己诚然不善于战争，却并没有诅咒战争；自己诚然不愿出战，却并未同情于不愿出战的他人；虽然想到自己，却并没有想到他人的自己。譬如现在论及日本并合朝鲜的事[1]，每每有"朝鲜本我藩属"这一类话，只要听这口气，也足够教人害怕了。

所以我以为这剧本也很可以医许多中国旧思想上的痼疾，因此也很有翻成中文的意义。

十一月二十四日，迅。

*　　*　　*

〔1〕 日本并合朝鲜的事 指 1910 年 8 月日本政府强迫朝鲜政府签订《日韩合并条约》，使朝鲜沦为日本的殖民地。

《爱罗先珂童话集》[1]

序[2]

爱罗先珂[3]先生的童话,现在辑成一集,显现于住在中国的读者的眼前了。这原是我的希望,所以很使我感谢而且喜欢。

本集的十二篇文章中,《自叙传》和《为跌下而造的塔》是胡愈之[4]先生译的,《虹之国》是馥泉[5]先生译的,其余是我译的。

就我所选译的而言,我最先得到他的第一本创作集《夜明前之歌》,所译的是前六篇[6],后来得到第二本创作集《最后之叹息》[7],所译的是《两个小小的死》,又从《现代》[8]杂志里译了《为人类》,从原稿上译了《世界的火灾》[9]。

依我的主见选译的是《狭的笼》,《池边》,《雕的心》,《春夜的梦》,此外便是照着作者的希望而译的了。因此,我觉得作者所要叫彻人间的是无所不爱,然而不得所爱的悲哀,而我所展开他来的是童心的,美的,然而有真实性的梦。这梦,或者是作者的悲哀的面纱罢?那么,我也过于梦梦了,但是我愿意作者不要出离了这童心的美的梦,而且还要招呼人们进向这梦中,看定了真实的虹,我们不至于是梦游者(Somnambulist)。

一九二二年一月二十八日,鲁迅记。

＊　　＊　　＊

〔1〕 《爱罗先珂童话集》 1922年7月上海商务印书馆出版,列为《文学研究会丛书》之一。其中鲁迅翻译者九篇,除《古怪的猫》一篇未见在报刊上发表外,其它各篇在收入单行本之前曾分别发表于《新青年》月刊、《妇女杂志》、《东方杂志》、《小说月报》及《晨报副刊》。

《鲁迅译文集》所收《爱罗先珂童话集》中的末四篇(《爱字的疮》、《小鸡的悲剧》、《红的花》、《时光老人》),曾收入巴金所编爱罗先珂第二童话集《幸福的船》(1931年3月上海开明书店出版)。

〔2〕 本篇最初印入《爱罗先珂童话集》。

〔3〕 爱罗先珂(В. Я. Ерошенко, 1889—1952) 俄国诗人、童话作家。童年时因病双目失明。曾先后到过日本、泰国、缅甸、印度。1921年在日本因参加“五一”游行被驱逐出境,后辗转来到我国。1922年从上海到北京,曾在北京大学、北京世界语专门学校任教。1923年回国。他用世界语和日语写作,主要作品有童话剧《桃色的云》和童话集、回忆录等。

〔4〕 胡愈之(1896—1986) 浙江上虞人,作家、政论家。当时任商务印书馆编辑,主编《东方杂志》。著有《莫斯科印象记》等。

〔5〕 馥泉 汪馥泉(1899—1959),浙江杭县(今余杭)人,当时是翻译工作者。

〔6〕 《夜明前之歌》 1921年7月日本东京丛文阁出版。前六篇,指《狭的笼》、《鱼的悲哀》、《池边》、《鹏的心》、《春夜的梦》、《古怪的猫》。

〔7〕 《最后之叹息》 1921年12月日本东京丛文阁出版。

〔8〕 《现代》 出版于东京的日本杂志,月刊,大日本雄辩会讲谈社编辑。1920年10月创刊,1946年2月终刊。

〔**9**〕 《世界的火灾》 1921 年秋季作于上海。后编入爱罗先珂的第三个创作集《为了人类》。

《狭的笼》译者附记[1]

一九二一年五月二十八日日本放逐了一个俄国的盲人以后，他们的报章上很有许多议论，我才留心到这漂泊的失明的诗人华希理·埃罗先珂。

然而埃罗先珂并非世界上赫赫有名的诗人；我也不甚知道他的经历。所知道的只是他大约三十余岁，先在印度，以带着无政府主义倾向的理由，被英国的官驱逐了；于是他到日本，进过他们的盲哑学校，现在又被日本的官驱逐了，理由是有宣传危险思想的嫌疑。

日英是同盟国[2]，兄弟似的情分，既然被逐于英，自然也一定被逐于日的；但这一回却添上了辱骂与殴打。也如一切被打的人们，往往遗下物件或鲜血一样，埃罗先珂也遗下东西来，这是他的创作集，一是《天明前之歌》[3]，二是《最后之叹息》。

现在已经出版的是第一种，一共十四篇，是他流寓中做给日本人看的童话体的著作。通观全体，他于政治经济是没有兴趣的，也并不藏着什么危险思想的气味；他只有着一个幼稚的，然而优美的纯洁的心，人间的疆界也不能限制他的梦幻，所以对于日本常常发出身受一般的非常感愤的言辞来。他这俄国式的大旷野的精神，在日本是不合式的，当然要得到打骂

217

的回赠,但他没有料到,这就足见他只有一个幼稚的然而纯洁的心。我掩卷之后,深感谢人类中有这样的不失赤子之心的人与著作。

这《狭的笼》便是《天明前之歌》里的第一篇,大约还是漂流印度时候的感想和愤激。他自己说:这一篇是用了血和泪所写的。单就印度而言,他们并不戚戚于自己不努力于人的生活,却愤愤于被人禁了"撒提"[4],所以即使并无敌人,也仍然是笼中的"下流的奴隶"。

广大哉诗人的眼泪,我爱这攻击别国的"撒提"之幼稚的俄国盲人埃罗先珂,实在远过于赞美本国的"撒提"受过诺贝尔奖金的印度诗圣泰戈尔[5];我诅咒美而有毒的曼陀罗华[6]。

一九二一年八月十六日,译者记[7]。

*　　　*　　　*

〔1〕　本篇连同《狭的笼》的译文,最初发表于 1921 年 8 月《新青年》月刊第九卷第四号。单行本未收。

〔2〕　日英是同盟国　1902 年,日、英两国为侵略中国及与俄国争夺在中国东北和朝鲜的利益,缔结反俄的军事同盟。

〔3〕　《天明前之歌》　即《夜明前之歌》。

〔4〕　"撒提"　梵文 Satī 的音译,本义"贞节的妇女"。《狭的笼》第四节写逃出笼槛的老虎,看到人们将活着的侯王妻子与侯王尸体一同火葬,它感到十分哀痛。鲁迅在译文中加有注释:"这便是所谓的'撒提',男人死后,将寡妇和尸体一处焚烧,是印度的旧习惯。印度隶英之

后,英人曾经禁止这弊俗,但他们仍然竭力秘密的做,到现在还如此。"
按此项习俗后于 1929 年被英属印度政府废止。

　　〔5〕　泰戈尔(R. Tagore,1861—1941)　印度诗人、作家。他的作品主要描写英国统治下印度人民的悲惨生活,但又具有泛神论者的神秘色彩和宗教气氛。1913 年他以诗集《吉檀迦利》获得诺贝尔奖金。著有《新月》、《园丁》、《飞鸟》等诗集及《戈拉》、《沉船》等小说。他在 1900年所作的故事诗《婚礼——拉其斯坦》中,曾以赞赏的态度,写麦特里王子在婚礼时赴前线抗敌身亡,新娘闻讯,盛妆赴葬礼,与丈夫同焚化。但是,泰戈尔在同年 9 月所作故事诗《丈夫的重获》和 1893 年所作小说《莫哈玛娅》中,都明显地批判过"撒提"。

　　〔6〕　曼陀罗华　毒草名,秋季开花。华,同花。

　　〔7〕　这里所署时间有误。鲁迅在同年 9 月 11 日致周作人信中说:《池边》已译好,"此后则译《狭ノ笼》可予仲甫也。"17 日致周作人信中又说,"我为《新青年》译《狭ノ笼》已成。"所以,"八月"当系"九月"。按刊载《狭的笼》的八月号《新青年》,实际上出版于 9 月 27 日之后。

《池边》译者附记[1]

芬兰的文人 P. Päivärinta[2]有这样意思的话,人生是流星一样,霍的一闪,引起人们的注意来,亮过去了,消失了,人们也就忘却了。

但这还是就看见的而论,人们没有看见的流星,正多着哩。

五月初[3],日本为治安起见,驱逐一个俄国的盲人出了他们的国界,送向海参卫[4]去了。

这就是诗人华希理·淴罗先珂。

他被驱逐时,大约还有使人伤心的事,报章上很发表过他的几个朋友的不平的文章[5]。然而奇怪,他却将美的赠物留给日本了:其一是《天明前之歌》,其二是《最后之叹息》。

那是诗人的童话集,含有美的感情与纯朴的心。有人说,他的作品给孩子看太认真,给成人看太不认真。这或者也是的。

但我于他的童话,不觉得太不认真,也看不出什么危险思想来。他不像宣传家,煽动家;他只是梦幻,纯白,而有大心[6],也为了非他族类的不幸者而叹息——这大约便是被逐的原因。

他闪过了;我本也早已忘却了,而不幸今天又看见他的

《天明前之歌》,于是由不得要绍介他的心给中国人看。可惜中国文是急促的文,话也是急促的话,最不宜于译童话;我又没有才力,至少也减了原作的从容与美的一半了。

　　九月十日译者附记。

　　　*　　　　　*　　　　　*

　　〔1〕　本篇最初发表于1921年9月24日《晨报》第七版,单行本未收。《池边》的译文即发表于24日至26日《晨报》第七版。

　　〔2〕　P. Päivärinta　佩伐林塔(1827—1913),芬兰小说家。出身于农民家庭,他的作品主要描写农民生活,是以芬兰文写作的最早的作家之一。著有《人生图录》、《霜晨》等。

　　〔3〕　日本当局的放逐令发布于5月28日,爱罗先珂于6月3日乘“凤山丸”轮离境。

　　〔4〕　海参卫　即海参崴,原为我国东北部重要海口,清咸丰十年(1860)被俄国占领,改名符拉迪沃斯托克(意为“控制东方”)。爱罗先珂于1921年6月6日到达当时已被日本军队占领的海参崴。

　　〔5〕　爱罗先珂被日本政府驱逐后,日本报纸《读卖新闻》曾先后刊载江口涣的《忆爱罗先珂华希理君》(1921年6月15日)和中根弘的《盲诗人最近的踪迹》(1921年10月9日)等文,表示不平。

　　〔6〕　大心　即大慈悲心。《大乘起信论》:“三者大慈悲心,欲拔一切众生苦故。”

《春夜的梦》译者附记[1]

爱罗先珂的文章,我在上月的《晨报》[2]上,已经绍介过一篇《池边》。这也收在《天明前之歌》里,和那一篇都是最富于诗趣的作品。他自己说:"这是作为我的微笑而作的。虽然是悲哀的微笑,当这时代,在这国里,还不能现出快活的微笑来。"[3]

文中的意思,非常了然,不过是说美的占有的罪过,和春梦(这与中国所谓一场春梦的春梦,截然是两件事,应该注意的)的将醒的情形。而他的将来的理想,便在结末这一节里。

作者曾有危险思想之称,而看完这一篇,却令人觉得他实在只有非常平和而且宽大,近于调和的思想。但人类还很胡涂,他们怕如此。其实倘使如此,却还是人们的幸福,可怕的是在只得到危险思想以外的收场。

我先前将作者的姓译为涘罗先珂,后来《民国日报》的《觉悟》[4]栏上转录了,改第一音为爱,是不错的,现在也照改了。露草在中国叫鸭跖草,因为翻了很损文章的美,所以仍用了原名。

二一,十,一四。译者附记。

※   ※   ※

〔1〕 本篇连同《春夜的梦》的译文,最初发表于1921年10月22日《晨报副镌》。单行本未收。

〔2〕 《晨报》 研究系(梁启超、汤化龙等组织的政治团体)的机关报。它在政治上拥护北洋政府。副刊即《晨报副镌》,原是《晨报》的第七版,1919年2月起由李大钊主编;1921年10月12日起另出单张,刊头题名《晨报副镌》,随同《晨报》附送,由孙伏园主编,成为赞助新文化运动的重要刊物之一。1924年10月孙伏园去职,1925年后改由徐志摩续编,至1928年停刊。

〔3〕 这些话见于《夜明前之歌》自序。

〔4〕 《民国日报》 1916年1月在上海创刊,原为反对袁世凯而创办。主持人邵力子。1924年国民党第一次全国代表大会后成为该党机关报。1925年末,该报被西山会议派把持。《觉悟》是它的综合性副刊,从1919年创刊至1925年"五卅"运动前,曾积极宣传新文化运动,影响较大。

《鱼的悲哀》译者附记[1]

爱罗先珂在《天明前之歌》的自序里说,其中的《鱼的悲哀》和《雕的心》是用了艺术家的悲哀写出来的。我曾经想译过前一篇,然而终于搁了笔,只译了《雕的心》。

近时,胡愈之先生给我信,说著者自己说是《鱼的悲哀》最惬意,教我尽先译出来,于是也就勉力翻译了。然而这一篇是最须用天真烂熳的口吻的作品,而用中国话又最不易做天真烂熳的口吻的文章,我先前搁笔的原因就在此;现在虽然译完,却损失了原来的好和美已经不少了,这实在很对不起著者和读者。

我的私见,以为这一篇对于一切的同情,和荷兰人蔼覃(F. Van Eeden)[2]的《小约翰》(Der Kleine Johannes)颇相类。至于"看见别个捉去被杀的事,在我,是比自己被杀更苦恼"[3],则便是我们在俄国作家的作品中常能遇到的,那边的伟大的精神。

一九二一年十一月十日,译者附识。

*　　　*　　　*

〔1〕　本篇连同《鱼的悲哀》的译文,最初发表于 1922 年 1 月《妇女杂志》第八卷第一号。单行本未收。

〔2〕 蔼覃　即望·蔼覃(1860—1932),参看本书《〈小约翰〉引言》及其注〔1〕。

〔3〕 这句话见于《鱼的悲哀》第五节。

《两个小小的死》译者附记[1]

爱罗先珂先生的第二创作集《最后之叹息》，本月十日在日本东京发行，内容是一篇童话剧和两篇童话[2]，这是那书中的末一篇，由作者自己的选定而译出的。

一九二一年十二月三十日，译者附记。

*　　　*　　　*

〔1〕 本篇连同《两个小小的死》的译文，最初发表于1922年1月25日《东方杂志》第十九卷第二号。单行本未收。

〔2〕 童话剧 指《桃色的云》，参看本书《〈桃色的云〉序》。两篇童话，指《海公主与渔人》和《两个小小的死》。

《为人类》译者附记^{〔1〕}

这一篇原登在本年七月的《现代》^{〔2〕}上,是据作者自己的指定译出的。

一九二一年十二月二十九日译者记。

* * *

〔1〕 本篇连同《为人类》的译文,最初发表于 1922 年 2 月 10 日《东方杂志》半月刊第十九卷第二号。单行本未收。

〔2〕 《现代》 参看本卷第 215 页注〔8〕。

《小鸡的悲剧》译者附记[1]

这一篇小品,是作者在六月底写出的,所以可以说是最近的创作。原稿是日本文。

日本话于恋爱和鲤鱼都是 Koi,因此第二段中的两句对话[2]便双关,在中国无法可译。作者虽曾说不妨改换,但我以为恋鲤两音也近似,竟不再改换了。

一九二二年七月五日附记。

*　　　*　　　*

〔1〕　本篇连同《小鸡的悲剧》的译文,最初发表于 1922 年 9 月《妇女杂志》第八卷第九号。单行本均未收。

〔2〕　关于第二段中两句双关的对话,原话为:(小鸡问小鸭)"你有过恋爱么?"(小鸭回答说)"并没有有过恋爱,但曾经吃过鲤儿。"

《桃色的云》[1]

桃色的云序[2]

　　爱罗先珂君的创作集第二册是《最后的叹息》，去年十二月初由丛文阁在日本东京出版，内容是这一篇童话剧《桃色的云》，和两篇短的童话，一曰《海的王女和渔夫》，一曰《两个小小的死》。那第三篇，已经由我译出，于今年正月间绍介到中国了。

　　然而著者的意思却愿意我早译《桃色的云》：因为他自己也觉得这一篇更胜于先前的作品，而且想从速赠与中国的青年。但这在我是一件烦难事。日本语原是很能优婉的，而著者又善于捉住他的美点和特长，这就使我很失了传达的能力。可是延到四月，为要救自己的爽约的苦痛计，也终于定下开译的决心了，而反正如豫料一般，至少也毁损了原作的美妙的一半，成为一件失败的工作；所可以自解者，只是"聊胜于无"罢了。惟其内容，总该还在，这或者还能够稍慰读者的心罢。

　　至于意义，大约是可以无须乎详说的。因为无论何人，在风雪的呼号中，花卉的议论中，虫鸟的歌舞中，谅必都能够更洪亮的听得自然母的言辞[3]，更锋利的看见土拨鼠和春子的运命[4]。世间本没有别的言说，能比诗人以语言文字画出自己的心和梦，更为明白晓畅的了。

在翻译之前,承 S.F.君[5]借给我详细校过豫备再版的底本,使我改正了许多旧印本中错误的地方;翻译的时候,S H 君[6]又时时指点我,使我懂得许多难解的地方;初稿印在《晨报副镌》上的时候,孙伏园君加以细心的校正;译到终结的时候,著者又加上四句白鹄的歌[7],使这本子最为完全;我都很感谢。

我于动植物的名字译得很杂乱,别有一篇小记附在卷尾,是希望读者去参看的。

一九二二年七月二日重校毕,并记。

＊　　　＊　　　＊

〔1〕 《桃色的云》 爱罗先珂以日文写作的三幕童话剧,鲁迅的译文曾陆续发表于 1922 年 5 月 15 日至 6 月 25 日的《晨报副镌》。单行本于 1923 年 7 月由北京新潮社出版,列为《文艺丛书》之一。1926 年起改由北新书局出版,1934 年起又改由上海生活书店出版。

〔2〕 本篇最初收入新潮社出版的《桃色的云》初版本,系据《将译〈桃色的云〉以前的几句话》和《〈桃色的云〉第二幕第三节中译者附白》二文补充改定。因改动较多,故所据二文仍收入本卷。

〔3〕 自然母的言辞 剧本中的自然母认为“强者生存弱者灭亡”是自然的“第一的法则”,而“第一等的强者”应是“对于一切有同情,对于一切都爱”的人,而非暴力者。

〔4〕 土拨鼠和春子的运命 在剧本中,土拨鼠和春子都被“强者世界”迫害致死。

〔5〕 S.F. 日本人福冈诚一(Fukuoka Seiichi)姓名的罗马字简写,他是世界语学者,爱罗先珂的朋友,曾编辑爱罗先珂的日文著作。

〔6〕 SH 当指周作人的妻弟羽太重九,他的姓名的罗马字拼写为 Habuto Shigehisa。

〔7〕 这四句"白鹄的歌"是:"梦要消了……就在这夜里, 我的魂也消了罢。 朋友的心变了的那一日, 我的魂呀,离开了世界罢。"

将译《桃色的云》以前的几句话^{〔1〕}

爱罗先珂先生的创作集第二册是《最后的叹息》,去年十二月初在日本东京由丛文阁出版,内容是一篇童话剧《桃色的云》和两篇童话,一是《海的王女和渔夫》,一是《两个小小的死》。那第三篇已经由我译出,载在本年正月的《东方杂志》^{〔2〕}上了。

然而著者的意思,却愿意我快译《桃色的云》:因为他自审这一篇最近于完满,而且想从速赠与中国的青年。但这在我是一件烦难事,我以为,由我看来,日本语实在比中国语更优婉。而著者又能捉住他的美点和特长,所以使我很觉得失了传达的能力,于是搁置不动,瞬息间早过了四个月了。

但爽约也有苦痛的,因此,我终于不能不定下翻译的决心了。自己也明知道这一动手,至少当损失原作的好处的一半,断然成为一件失败的工作,所可以自解者,只是"聊胜于无"罢了。惟其内容,总该还在,这或者还能够稍稍慰藉读者的心罢。

一九二二年四月三十日,译者记。

*　　*　　*

〔1〕　本篇最初与秋田雨雀《读了童话剧〈桃色的云〉》一文的译文

232

一同发表于 1922 年 5 月 13 日《晨报副镌》"剧本"栏,以《桃色的云》为总题。单行本未收。

〔2〕 《东方杂志》 综合性刊物,1904 年 3 月在上海创刊,商务印书馆出版,先为月刊,后改半月刊,至 1948 年 12 月停刊。

记剧中人物的译名[1]

我因为十分不得已,对于植物的名字,只好采取了不一律的用法。那大旨是:

一,用见于书上的中国名的。如蒲公英(Taraxacum officinale),紫地丁(Viola patrinü var. chinensis),鬼灯檠(Rodgersia podophylla),胡枝子(Lespedeza sieboldi),燕子花(Iris laevigata),玉蝉花(Iris sibirica var. orientalis)等。此外尚多。

二,用未见于书上的中国名的。如月下香(Oenothera biennis var. Lamarkiana),日本称为月见草,我们的许多译籍都沿用了,但现在却照着北京的名称。

三,中国虽有名称而仍用日本名的。这因为美丑太相悬殊,一翻便损了作品的美。如女郎花(Patrinia scabiosaefolia)就是败酱,铃兰(Convallaria majalis)就是鹿蹄草,都不翻。还有朝颜(Pharbitis hederacea)是早上开花的,昼颜(Calystegia sepium)日里开,夕颜(Lagenaria vulgaris)晚开,若改作牵牛花,旋花,匏,便索然无味了,也不翻。至于福寿草(Adonis opennina var. dahurica)之为侧金盏花或元日草,樱草(Primula cortusoides)之为莲馨花,本来也还可译,但因为太累坠及一样的偏僻,所以竟也不翻了。

四,中国无名而袭用日本名的。如钓钟草(Clematis heracleifolia var. stans),雏菊(Bellis perennis)是。但其一却译了意,即破雪草本来是雪割草(Primula Fauriae)。生造了一个,即白苇就是日本之所谓刈萱(Themeda Forskalli var. japonica)。

五,译西洋名称的意的。如勿忘草(Myosotis palustris)是。

六,译西洋名称的音的。如风信子(Hyacinthus orientalis),珂斯摩(Cosmos bipinnatus)是。达理亚(Dahlia variabilis)在中国南方也称为大理菊,现在因为怕人误认为云南省大理县出产的菊花,所以也译了音。

动物的名称较为没有什么问题,但也用了一个日本名:就是雨蛙(Hyla arborea)。雨蛙者,很小的身子,碧绿色或灰色,也会变成灰褐色,趾尖有黑泡,能用以上树,将雨时必鸣。中国书上称为雨蛤或树蛤,但太不普通了,倒不如雨蛙容易懂。

土拨鼠(Talpa europaea)我不知道是否即中国古书上所谓"饮河不过满腹"[2]的鼹鼠;或谓就是北京尊为"仓神"的田鼠,那可是不对的。总之,这是鼠属,身子扁而且肥,有淡红色的尖嘴和淡红色的脚,脚前小后大,拨着土前进,住在近于田圃的土中,吃蚯蚓,也害草木的根,一遇到太阳光,便看不见东西,不能动弹了。作者在《天明前之歌》的序文上,自说在《桃色的云》的人物中最爱的是土拨鼠,足见这在本书中是一个重要脚色了。

七草在日本有两样,是春天的和秋天的。春的七草为芹,

茅,鼠麹草,繁缕,鸡肠草,菘,萝卜,都可食。秋的七草本于
《万叶集》[3]的歌辞,是胡枝子,芒茅,葛,瞿麦,女郎花,兰草,
朝颜,近来或换以桔梗,则全都是赏玩的植物了。他们旧时用
春的七草来煮粥,以为喝了可避病,惟这时有几个用别名:鼠
麹草称为御行,鸡肠草称为佛座,萝卜称为清白。但在本书却
不过用作春天的植物的一群,和故事没有关系了。秋的七草
也一样。

所谓递送夫者,专做分送报章信件电报牛乳之类的人,大
抵年青,其中出产不良少年很不少,中国还没有这一类人。

一九二二年五月四日记,七月一日改定。

*　　　*　　　*

〔1〕　本篇最初与《桃色的云》人物表的译文一同发表于 1922 年 5
月 15 日《晨报副镌》"剧本"栏,原题《译者附记》。后经作者增补,改题
《记剧中人物的译名》,收入单行本。

〔2〕　"饮河不过满腹"　语出《庄子·逍遥游》:"偃鼠饮河,不过满
腹"。偃鼠,同鼹鼠。

〔3〕　《万叶集》　日本最早的诗歌总集,共二十卷,约于公元八世
纪时编成,内收公元 313 年至 781 年间的诗歌四千五百余首,计分"杂
歌"、"挽歌"、"相闻歌"、"四季杂歌"及"四季相闻"、"譬喻歌"六类。作
者遍及社会各阶层,全以汉字表记,是研究日本古代史和日本古代语文
的重要资料。

《桃色的云》第二幕
第三节中译者附白[1]

本书开首人物目录中,鹄的群误作鸥的群。第一幕中也还有几个错字,但大抵可以意会,现在不来列举了。

又全本中人物和句子,也间有和印本不同的地方,那是印本的错误,这回都依 SF 君的校改预备再版的底本改正。惟第三幕末节中"白鹄的歌"四句,是著者新近自己加进去的,连将来再版上也没有。

五月三日记。

*　　*　　*

〔1〕　本篇最初发表于 1922 年 6 月 7 日《晨报副镌》,原题《译者附白》。单行本未收。

《现代日本小说集》[1]

附录　关于作者的说明[2]

夏 目 漱 石[3]

夏目漱石（Natsume Sōseki，1867—1917）名金之助，初为东京大学教授，后辞去入朝日新闻[4]社，专从事于著述。他所主张的是所谓"低徊趣味"[5]，又称"有余裕的文学"。一九〇八年高滨虚子[6]的小说集《鸡头》出版，夏目替他做序，说明他们一派的态度：

　　"有余裕的小说，即如名字所示，不是急迫的小说，是避了非常这字的小说。如借用近来流行的文句，便是或人所谓触著不触著之中，不触著的这一种小说[7]。……或人以为不触著者即非小说，但我主张不触著的小说不特与触著的小说同有存在的权利，而且也能收同等的成功。……世间很是广阔，在这广阔的世间，起居之法也有种种的不同：随缘临机的乐此种种起居即是余裕，观察之亦是余裕，或玩味之亦是余裕。有了这个余裕才得发生的事件以及对于这些事件的情绪，固亦依然是人生，是活泼泼地之人生也。"

夏目的著作以想像丰富，文词精美见称。早年所作，登在俳谐[8]杂志《子规》(Hototogisu)[9]上的《哥儿》(Bocchan),《我是猫》(Wagahaiwa neko de aru)诸篇,轻快洒脱,富于机智,是明治[10]文坛上的新江户艺术[11]的主流,当世无与匹者。

《挂幅》(Kakemono)与《克莱喀先生》(Craig Sensei)并见《漱石近什四篇》(1910)中,系《永日小品》的两篇。[12]

森 鸥 外[13]

森鸥外(Mori Ogai,1860—)名林太郎,医学博士又是文学博士,曾任军医总监,现为东京博物馆长。他与坪内逍遥[14]上田敏[15]诸人最初介绍欧洲文艺,很有功绩。后又从事创作,著有小说戏剧甚多。他的作品,批评家都说是透明的智的产物,他的态度里是没有"热"的。他对于这些话的抗辩在《游戏》这篇小说里说得很清楚,他又在《杯》(Sakazuki)[16]里表明他的创作的态度。有七个姑娘各拿了一只雕著"自然"两字的银杯,舀泉水喝。第八个姑娘拿出一个冷的熔岩颜色的小杯,也来舀水。七个人见了很讶怪,由侮蔑而转为怜悯,有一个人说道:"将我的借给伊罢?"

"第八个姑娘的闭著的嘴唇,这时候才开口了。

'Mon verre n'est pas grand, mais je bois dans mon verre.'

这是消沉的但是锐利的声音。

这是说,我的杯并不大,但我还是用我的杯去喝。"

《游戏》(Asobi)见小说集《涓滴》[17](1910)中。

《沈默之塔》(Chinmoku no tō)原系《代〈札拉图斯忒拉〉[18]译本的序》,登在生田长江[19]的译本(1911)的卷首。

有岛武郎[20]

有岛武郎(Arishima Takeo)生于一八七七年,本学农,留学英美,为札幌农学校教授。一九一〇年顷杂志《白桦》[21]发刊,有岛寄稿其中,渐为世间所知,历年编集作品为《有岛武郎著作集》,至今已出到第十四辑了。关于他的创作的要求与态度,他在《著作集》第十一辑里有一篇《四件事》的文章,略有说明。

"第一,我因为寂寞,所以创作。在我的周围,习惯与传说,时间与空间,筑了十重二十重的墙,有时候觉得几乎要气闭了。但是从那威严而且高大的墙的隙间,时时望见惊心动魄般的生活或自然,忽隐忽现。得见这个的时候的惊喜,与看不见这个了的时候的寂寞,与分明的觉到这看不见了的东西决不能再在自己面前出现了的时候的寂寞呵!在这时候,能够将这看不见了的东西确实的还我,确实的纯粹的还我者,除艺术之外再没有别的了。我从幼小的时候,不知不识的住在这境地里,那便取了所谓文学的形式。

"第二,我因为爱着,所以创作。这或者听去似乎是高慢的话。但是生为人间而不爱者,一个都没有。因了爱而无收入的若干的生活的人,也一个都没有。这个生活,常从一个人的胸中,想尽量的扩充到多人的胸中去。我是被这扩充性所克服了。爱者不得不怀孕,怀孕者不得不产生。有时产生的是活的小儿,有时是死的小儿,有时是双生儿,有时是月分不足的儿,而且有时是母体自身的死。

"第三,我因为欲爱,所以创作。我的爱被那想要如实的攫住在墙的那边隐现著的生活或自然的冲动所驱使。因此我尽量的高揭我的旗帜,尽量的力挥我的手巾。这个信号被人家接应的机会,自然是不多,在我这样孤独的性格更自然不多了。但是两回也罢,一回也罢,我如能够发见我的信号被人家的没有错误的信号所接应,我的生活便达于幸福的绝顶了。为想要遇著这喜悦的缘故,所以创作的。

"第四,我又因为欲鞭策自己的生活,所以创作。如何蠢笨而且缺向上性的我的生活呵!我厌了这个了。应该蜕弃的壳,在我已有几个了。我的作品做了鞭策,严重的给我抽打那顽固的壳。我愿我的生活因了作品而得改造!"

《与幼小者》(Chisaki mono e)见《著作集》第七辑,也收入罗马字的日本小说集[22]中。

《阿末之死》(Osue no shi)见《著作集》第一辑。

江 口 涣[23]

江口涣(Eguchi Kan[24])生于一八八七年,东京大学英文学科出身,曾加入社会主义者同盟[25]。

《峡谷的夜》(Kyokoku no yoru)见《红的矢帆》[26](1919)中。

菊 池 宽[27]

菊池宽(Kikuchi Kan)生于一八八九年,东京大学英文学科出身。他自己说,在高等学校时代,是只想研究文学,不豫备做创作家的,但后来偶做小说,意外的得了朋友和评论界的赞许,便做下去了。他的创作,是竭力的要掘出人间性的真实来。一得真实,他却又怃然的发了感叹,所以他的思想是近于厌世的,但又时时凝视著遥远的黎明,于是又不失为奋斗者。南部修太郎[28]在《菊池宽论》(《新潮》[29]一七四号)上说:

"Here is also a man[30]——这正是说尽了菊池的作品中一切人物的话。……他们都有最像人样的人间相,愿意活在最像人样的人间界。他们有时为冷酷的利己家,有时为惨淡的背德者,有时又为犯了残忍的杀人行为的人,但无论使他们中间的谁站在我眼前,我不能憎恶他们,不能呵骂他们。这就因为他们的恶的性格或丑的感情,愈是深锐的显露出来时,那藏在背后的更深更锐的活动着的他们的质素,可爱的人间性,打动了我的缘故,引近了我的缘故。换一句话,便是愈玩菊池的作品,我便被唤醒了对于人间的爱的感情,而且不能不和他同吐 Here is also a man 这一句话了。"

《三浦右卫门的最后》(Miura Uemon no Saigo)见《无名作家的日记》[31](1918)中。

《报仇的话》(Aru Katakiuchi no hanashi)见《报恩的故事》[32](1918)中。

芥 川 龙 之 介[33]

芥川龙之介(Akutagawa Riunosuke)生于一八九二年,也是东京大学英文学科的出身。田中纯[34]评论他说:"在芥川的作品上,可以看出他用了性格的全体,支配尽所用的材料的模样来。这事实便使我们起了这感觉,就是感得这作品是完成的。"他的作品所用的主题,最多的是希望已达之后的不安,或者正不安时的心情。他又多用旧材料,有时近于故事的翻译。但他的复述古事并不专是好奇,还有他的更深的根据:他想从含在这些材料里的古人的生活当中,寻出与自己的心情能够贴切的触著的或物,因此那些古代的故事经他改作之后,都注进新的生命去,便与现代人生出干系来了。他在小说集《烟草与恶魔》[35](1917)的序文上说明自己创作态度道:

"材料是向来多从旧的东西里取来的。……但是材料即使有了,我如不能进到这材料里去——便是材料与我的心情倘若不能贴切的合而为一,小说便写不成。勉强的写下去,就成功了支离灭裂的东西了。

"说到著作着的时候的心情,与其说是造作着的气分,还不如说养育着的气分(更为适合)。人物也罢,事件也罢，他的本来的动法只是一个。我便这边那边的搜索着这只有一个的东西，一面写着。倘若这个寻不到的时候，那就再也不能前进了。再往前进，必定做出勉强的东西来了。"

《鼻子》(Hana)见小说集《鼻》〔36〕(1918)中，又登在罗马字小说集内。内道场供奉禅智和尚的长鼻子的事，是日本的旧传说。

《罗生门》(Rashōmon)也见前书，原来的出典是在平安朝〔37〕的故事集《今昔物语》〔38〕里。

＊　　　＊　　　＊

〔1〕《现代日本小说集》 鲁迅和周作人合译的现代日本短篇小说集，收十五位作家的小说三十篇（鲁迅所译为六位作家，十一篇），1923年6月由上海商务印书馆出版，列为《世界丛书》之一。

〔2〕 本篇最初印入《现代日本小说集》。

〔3〕 夏目漱石(1867—1916) 原名金之助，日本作家。著有长篇小说《我是猫》、《哥儿》等。下文的东京大学教授，应为东京第一高等学校讲师，兼东京帝国大学英文科讲师。

〔4〕 朝日新闻 日本报纸，1879年创刊于大阪。

〔5〕 "低徊趣味" 这一用语初见于夏目漱石1908年所发表的《独步氏之作的低徊趣味》。

〔6〕 高滨虚子(1874—1959) 原名高滨清，日本诗人。著有《鸡头》、《俳谐师》等。《鸡头》，小说集，1908年日本春阳堂出版发行。

〔7〕 触著 指创作能反映社会现实的问题，反之为"不触著"。

〔8〕 俳谐 日本诗体之一，一般以五言、七言、五言三句十七音

组成,又称十七音诗。

〔9〕 《子规》 日本杂志名,日本诗人正冈子规(1867—1902)创办于 1897 年 1 月。

〔10〕 明治 日本天皇睦仁的年号(1868—1912)。

〔11〕 新江户艺术 指明治时期具有江户时代(1603—1867)风格的文艺。当时,大町桂月评论夏目漱石的作品风格,认为具有轻快洒脱、干脆爽快、辛辣刺激等“江户趣味”。长谷川天溪则在发表于 1906 年 5 月号《太阳》杂志上的《反动的现象》一文中,对这种“江户趣味的复活”表示庆贺。

〔12〕 《漱石近什四篇》 1910 年 5 月 15 日春阳堂出版发行;《永日小品》原连载于 1909 年 1 月 14 日至 2 月 14 日《朝日新闻》,被作为一篇编入该书。

〔13〕 森鸥外(1862—1922) 日本作家、翻译家。著有小说《舞姬》、《阿部一族》等,曾翻译歌德、莱辛、易卜生等人的作品。

〔14〕 坪内逍遥(1859—1935) 日本作家、评论家、翻译家。著有文学评论《小说神髓》、长篇小说《当世书生气质》等,曾翻译《莎士比亚全集》。

〔15〕 上田敏(1874—1916) 日本作家、翻译家,从事英、法文学的介绍和文艺创作。

〔16〕 《杯》 初载于 1910 年 1 月的《中央公论》杂志。下面引文中的法文,在日文版中都用大写字母排印,每个词后均加黑圆点。

〔17〕 《涓滴》 1910 年 10 月东京新潮社出版发行。

〔18〕 《札拉图斯忒拉》 即《扎拉图斯特拉如是说》,德国哲学家尼采的著作。

〔19〕 生田长江(1882—1936) 日本文艺评论家、翻译家,曾翻译《尼采全集》及但丁的《神曲》等。所译《札拉图斯特拉如是说》,1911 年

1月3日由东京新潮社出版发行。

〔20〕 有岛武郎(1878—1923) 日本作家。因思想矛盾不能克服而自杀。著有长篇小说《一个女人》、中篇小说《该隐的后裔》等。

〔21〕 《白桦》 日本杂志名,1910年创刊,1923年停刊,有岛武郎为创办人之一。

〔22〕 罗马字的日本小说集 指1921年7月28日由东京新潮社出版发行的《罗马字短篇小说集》,日本罗马字运动的元老土歧善麿编。

〔23〕 江口涣(1887—1975) 日本作家。曾任东京《日日新闻》记者、《帝国文学》编辑,1929年加入日本无产阶级作家同盟。著有小说集《恋与牢狱》等。

〔24〕 Kan 当为Kiyoshi(キョツ)。

〔25〕 社会主义者同盟 日本工人和知识分子在苏联十月革命影响下组织的团体,1920年成立于东京,后因内部思想不统一而分裂。

〔26〕 《红的矢帆》 1919年6月23日东京新潮社出版发行,列为《新进作家丛书》第十七编,共收六个短篇。

〔27〕 菊池宽(1888—1948) 日本作家。曾主编新思潮派的杂志《新思潮》,第二次世界大战期间曾赞成日本军国主义。著有小说《忠直卿行状记》、《真珠夫人》等。

〔28〕 南部修太郎(1892—1936) 日本作家。曾主编《三田文学》杂志,著有《修道院之秋》等。

〔29〕 《新潮》 日本杂志名,1904年创刊,曾大量译介欧洲文学。南部修太郎的《菊池宽论》载于该刊第三十卷第三号(1919年3月)。

〔30〕 Here is also a man 英语:这同样是人。语出菊池宽的小说《三浦右卫门的最后》。

〔31〕 《无名作家的日记》 列为《新进作家丛书》第十五编,1918年11月20日东京新潮社出版发行。共收七个短篇。

〔**32**〕 《报恩的故事》 列为《新兴文艺丛书》第十一编,1918 年 8 月春阳堂出版发行,共收十个短篇。

〔**33**〕 芥川龙之介(1892—1927) 日本作家。曾参加新思潮派,后因精神苦闷而自杀。

〔**34**〕 田中纯(1890—1966) 日本作家。曾主编《人间》杂志,著有《黑夜的哭泣》等。下面的引语出自他发表于 1919 年 1 月《新潮》月刊上的《文坛新人论》。

〔**35**〕 《烟草与恶魔》 列为《新进作家丛书》第八编,1917 年 11 月 10 日东京新潮社出版发行。共收十一个短篇。

〔**36**〕 《鼻》 列为《新兴文艺丛书》第八编,1918 年 7 月 8 日春阳堂出版发行。共收十三个短篇。

〔**37**〕 平安朝 日本历史朝代名(794—1192)。日本桓武天皇于公元 794 年迁都京都(即西京),改名平安城。

〔**38**〕 《今昔物语》 日本平安朝末期的民间传说故事集,以前称《宇治大纳言物语》,相传编者为源隆国,共三十一卷。包括故事一千余则,分为"佛法""世俗""恶行""杂事"等部,以富于教训意味的佛教评话为多。

《沉默之塔》译者附记[1]

　　森氏号鸥外,是医学家,也是文坛的老辈。但很有几个批评家不以为然,这大约因为他的著作太随便,而且很有"老气横秋"的神情。这一篇是代《察拉图斯忒拉这样说》译本[2]的序言的,讽刺有庄有谐,轻妙深刻,颇可以看见他的特色。文中用拜火教[3]徒者,想因为火和太阳是同类,所以借来影射他的本国。我们现在也正可借来比照中国,发一大笑。只是中国用的是一个过激主义的符牒[4],而以为危险的意思也没有派希族那样分明罢了。

　　一九二　,四,一二。

　　＊　　　　＊　　　　＊

　　〔1〕　本篇最初发表于1921年4月24日《晨报》第七版,单行本未收。《沉默之塔》的译文即发表于21日至24日《晨报》第七版。

　　〔2〕　《察拉图斯忒拉这样说》译本　参看本卷第245页注〔18〕。

　　〔3〕　拜火教　又称琐罗亚斯德教、祆教、波斯教,相传为古波斯人琐罗亚斯德(即察拉图斯忒拉)所创立。教义还保存于《波斯古经》,认为火代表太阳,是善和光明的化身,以礼拜"圣火"为主要仪式。

　　〔4〕　过激主义的符牒　"符牒"为日文汉字,意为黑话、行话,可引申为套话、套语。《沉默之塔》中说:由于革命党运动夹着一点"无政

府主义者的事",派希族(Parsi,即拜火教徒)就"将凡是和社会主义共产主义无政府主义之类有缘,以至似乎有缘的出版物,也都归在社会主义书籍这一个符牒之下,当作紊乱安宁秩序的东西,给禁止了"。这里的意思是:中国禁止进步文化的套语是"过激主义"。

《鼻子》译者附记[1]

芥川氏是日本新兴文坛中一个出名的作家。田中纯评论他说:"在芥川氏的作品上,可以看出他用了性格的全体,支配尽所用的材料的模样来。这事实,便使我们起了这感觉,就是感得这作品是完成的。"他的作品所用的主题,最多的是希望已达之后的不安,或者正不安时的心情,这篇便可以算得适当的样本。

不满于芥川氏的,大约因为这两点:一是多用旧材料,有时近于故事的翻译;一是老手的气息太浓厚,易使读者不欢欣。这篇也可以算得适当的样本。

内道场供奉[2]禅智和尚的长鼻子的事,是日本的旧传说,作者只是给他换上了新装[3]。篇中的谐味,虽不免有才气太露的地方,但和中国的所谓滑稽小说比较起来,也就十分雅淡了。我所以先介绍这一篇。

四月三十日译者识。

*   *   *

〔1〕 本篇最初发表于1921年5月21日《晨报》第七版,单行本未收。《鼻子》的译文即发表于11日至13日《晨报》第七版。

〔2〕 内道场供奉 内道场,即大内之道场,在宫中陈列佛像、念

250

诵佛经的场所。供奉,即内供奉,略称内供,为供奉内道场的僧官。

〔3〕《鼻子》 写内供奉禅智治疗长鼻子恢复正常之后被视为不正常,揭示当不幸者摆脱了不幸时,他的同情者往往会有一种不满足感,暴露了人性中的"利己主义"。

《罗生门》译者附记[1]

　　芥川氏的作品,我先前曾经介绍过了。这一篇历史的小说(并不是历史小说),也算他的佳作,取古代的事实,注进新的生命去,便与现代人生出干系来。这时代是平安朝(就是西历七九四年迁都京都改名平安城以后的四百年间),出典是在《今昔物语》里。

　　二一年六月八日记。

※　　　※　　　※

〔1〕　本篇最初发表于1921年6月14日《晨报》第七版,单行本未收。《罗生门》的译文即发表于14至17日《晨报》第七版。罗生门为京都的城门名。

252

《三浦右卫门的最后》译者附记[1]

菊池宽氏是《新潮》派[2]的一个作家。他自己说,在高等学校时代,是只想研究文学,不预备做创作家的,但后来又发心做小说,意外的得了朋友和评论界的赞许,便做下去了。然而他的著作却比较的要算少作;我所见的只有《无名作家的日记》,《报恩的故事》和《心之王国》[3]三种,都是短篇小说集。

菊池氏的创作,是竭力的要掘出人间性的真实来。一得真实,他却又怃然的发了感叹,所以他的思想是近于厌世的,但又时时凝视着遥远的黎明,于是又不失为奋斗者。南部修太郎氏说:"Here is also a man——这正是说尽了菊池宽氏作品中一切人物的话。……他们都有最像人样的人间相,愿意活在最像人样的人间界。他们有时为冷酷的利己家,有时为惨淡的背德者,有时又为犯了残忍的杀人行为的人,但无论使他们中间的谁站在我眼前,我不能憎恶他们,不能呵骂他们。这就因为他们的恶的性格或丑的感情,愈是深锐的显露出来时,那藏在背后的更深更锐的活动着的他们的质素可爱的人间性,打动了我的缘故,引近了我的缘故。换一句话,便是愈玩菊池宽氏的作品,我便被唤醒了对于人间的爱的感情;而且不能不和他同吐 Here is also a man 这一句话了。"(《新潮》第三十卷第三号《菊池宽论》)

不但如此，武士道[4]之在日本，其力有甚于我国的名教[5]，只因为要争回人间性，在这一篇里便断然的加了斧钺[6]，这又可以看出作者的勇猛来。但他们古代的武士，是先蔑视了自己的生命，于是也蔑视他人的生命的，与自己贪生而杀人的人们，的确有一些区别。而我们的杀人者，如张献忠[7]随便杀人，一遭满人的一箭，却钻进刺柴里去了，这是什么缘故呢？杨太真[8]的遭遇，与这右卫门约略相同，但从当时至今，关于这事的著作虽然多，却并不见和这一篇有相类的命意，这又是什么缘故呢？我也愿意发掘真实，却又望不见黎明，所以不能不爽然，而于此呈作者以真心的赞叹。

但这一篇中也有偶然失于检点的处所。右卫门已经绑上了——古代的绑法，一定是反剪的——但乞命时候，却又有两手抵地的话，这明明是与上文冲突了，必须说是低头之类，才合于先前的事情。然而这是小疵，也无伤于大体的。

一九二一年六月三十日记。

*　　　*　　　*

〔1〕　本篇连同《三浦右卫门的最后》的译文，最初发表于1921年7月《新青年》月刊第九卷第三号。单行本未收。

〔2〕　新潮派　即新思潮派。《新思潮》，日本杂志名，1907年10月创刊于东京，以后曾几度停刊和复刊。新思潮派的成员皆出身于东京帝国大学文科，芥川龙之介、菊池宽和久米正雄是该刊第三、四次复刊时期（1914年2月至9月，1916年2月至次年3月）的活跃分子和核心人物。

〔3〕《心之王国》 短篇小说和戏剧集,1919 年 1 月日本新潮社出版发行。

〔4〕 武士道 日本武士遵守的封建道德。兴起于镰仓幕府时代。明治维新以后,武士等级制度在法律上被废除,但其忠君、黩武、效死等武士道信条一直被沿袭。

〔5〕 名教 以名分规范为准则的封建礼教,如三纲五常等。

〔6〕 加了斧钺 这里指给予揭露和谴责。小说中写备受主子宠幸的小近侍三浦右卫门,由于没有随主殉难而被加以"不忠不义"的罪名处死。作者通过上述情节抨击武士道对生命的蔑视。

〔7〕 张献忠(1606—1646) 延安柳树涧(今陕西定边东)人,明末农民起义领袖。崇祯三年(1630)起义,转战陕西、河南等地。崇祯十七年(1644)入川,在成都建立大西国。旧史书中常有关于他杀人的记载。《明史·张献忠传》载:"顺治三年(1646),献忠尽焚成都宫殿庐舍,夷其城,率众出川北,……至盐亭界,大雾,献忠晓行,猝遇我兵于凤凰坡,中矢坠马,蒲伏积薪下。于是我兵禽献忠出,斩之。"

〔8〕 杨太真(719—756) 即杨贵妃,名玉环,法号太真,蒲州永乐(今山西永济)人。初为唐玄宗子寿王妃,后入宫得玄宗宠爱。她的堂兄杨国忠因她得宠而擅权跋扈,败坏朝政。天宝十四年(755)安禄山以诛国忠为名,于范阳起兵反唐,进逼长安,玄宗仓惶奔蜀,至马嵬驿,将士归罪杨家,杀国忠,玄宗为安定军心,令杨妃缢死。

《苦闷的象征》[1]

引　言[2]

　　去年日本的大地震[3]，损失自然是很大的，而厨川博士的遭难也是其一。

　　厨川博士名辰夫，号白村。我不大明白他的生平，也没有见过有系统的传记。但就零星的文字里掇拾起来，知道他以大阪府立第一中学出身[4]，毕业于东京帝国大学，得文学士学位；此后分住熊本和东京者三年，终于定居京都，为第三高等学校教授。大约因为重病之故罢，曾经割去一足，然而尚能游历美国，赴朝鲜；平居则专心学问，所著作很不少。据说他的性情是极热烈的，尝以为"若药弗瞑眩厥疾弗瘳"[5]，所以对于本国的缺失，特多痛切的攻难。论文多收在《小泉先生及其他》，[6]《出了象牙之塔》及殁后集印的《走向十字街头》中。此外，就我所知道的而言，又有《北美印象记》，《近代文学十讲》，《文艺思潮论》，《近代恋爱观》，《英诗选释》等。

　　然而这些不过是他所蕴蓄的一小部分，其余的可是和他的生命一起失掉了。

　　这《苦闷的象征》也是殁后才印行的遗稿，虽然还非定本，而大体却已完具了。第一分《创作论》是本据，第二分《鉴赏论》其实即是论批评，和后两分[7]都不过从《创作论》引申出

256

来的必然的系论。至于主旨,也极分明,用作者自己的话来说,就是"生命力受了压抑而生的苦闷懊恼乃是文艺的根柢,而其表现法乃是广义的象征主义"。但是"所谓象征主义者,决非单是前世纪末法兰西诗坛的一派所曾经标榜的主义,凡有一切文艺,古往今来,是无不在这样的意义上,用着象征主义的表现法的"。(《创作论》第四章及第六章。)

作者据伯格森[8]一流的哲学,以进行不息的生命力为人类生活的根本,又从弗罗特[9]一流的科学,寻出生命力的根柢来,即用以解释文艺——尤其是文学。然与旧说又小有不同,伯格森以未来为不可测,作者则以诗人为先知,弗罗特归生命力的根柢于性欲,作者则云即其力的突进和跳跃。这在目下同类的群书中,殆可以说,既异于科学家似的专断和哲学家似的玄虚,而且也并无一般文学论者的繁碎。作者自己就很有独创力的,于是此书也就成为一种创作,而对于文艺,即多有独到的见地和深切的会心。

非有天马行空[10]似的大精神即无大艺术的产生。但中国现在的精神又何其萎靡锢蔽呢?这译文虽然拙涩,幸而实质本好,倘读者能够坚忍地反复过两三回,当可以看见许多很有意义的处所罢:这是我所以冒昧开译的原因,——自然也是太过分的奢望。

文句大概是直译的,也极愿意一并保存原文的口吻。但我于国语文法是外行,想必很有不合轨范的句子在里面。其中尤须声明的,是几处不用"的"字,而特用"底"字的缘故。即凡形容词与名词相连成一名词者,其间用"底"字,例如 Social

being 为社会底存在物,Psychische Trauma 为精神底伤害等；
又,形容词之由别种品词转来,语尾有 – tive, – tic 之类者,于
下也用"底"字,例如 Speculative, romantic, 就写为思索底, 罗
曼底。

在这里我还应该声谢朋友们的非常的帮助,尤其是许季
黻[11]君之于英文；常维钧[12]君之于法文,他还从原文译出一
篇《项链》[13]给我附在卷后,以便读者的参看；陶璇卿[14]君又
特地为作一幅图画,使这书被了凄艳的新装。

一九二四年十一月二十二日之夜,鲁迅在北京记。

*　　　*　　　*

〔1〕 《苦闷的象征》 文艺论文集,日本文艺批评家厨川白村著。
作者死后,经山本修二整理出版,日文原版于 1924 年 2 月由改造社印
行。鲁迅翻译该书第一、第二两部分,译文陆续发表丁 1924 年 10 月 1
日至 31 日《晨报副镌》；1925 年 3 月出版单行本,为《未名丛刊》之一,由
北京大学新潮社代售,后改由北新书局出版。

厨川白村(1880—1923),日本文艺理论家。曾留学美国,回国后任
大学教授。著有《近代文学十讲》、《出了象牙之塔》、《文艺思潮论》等文
艺论著多种,主要介绍十九世纪末、二十世纪初的欧美文学和文艺思
潮。

〔2〕 本篇最初印入《苦闷的象征》卷首,未在其他报刊发表。

〔3〕 大地震 指 1923 年 9 月发生于日本关东的大地震。厨川
白村在镰仓新建的别邸"白村舍"被震毁,他本人于逃避途中遇难。

〔4〕 大阪府立第一中学 原名"大阪府第一寻常中学",厨川白
村于 1892 年 4 月入该校,1897 年 4 月转入京都府立第一寻常中学,次

年 4 月 9 日毕业。

〔5〕 "若药弗瞑眩厥疾弗瘳" 语出《尚书·说命（上）》,意思是如果服药后不至头脑昏晕,重病也就不能治愈。阪仓笃太郎在为《走向十字街头》而撰的《代跋》中,曾引此语形容厨川白村的性情。

〔6〕 《小泉先生及其他》 1919 年 2 月 20 日日本积善馆出版发行。下文的《北美印象记》,1919 年 2 月 20 日日本积善馆出版发行;有沈端先中译本,1929 年上海金屋书店出版。《近代文学十讲》,1912 年 3 月 17 日大日本图书株式会社出版发行。《文艺思潮论》,1914 年 4 月大日本图书株式会社出版发行。《近代恋爱观》,1922 年 10 月 29 日日本改造社出版发行。《英诗选释》,两卷,分别于 1922 年 3 月、1924 年 3 月由日本阿尔斯社出版发行。

〔7〕 后两分 指《苦闷的象征》的第三部分《关于文艺的根本问题的考察》和第四部分《文学的起源》。

〔8〕 伯格森(H. Bergson,1859—1941) 法国哲学家,神秘主义者。著有《时间与自由意志》、《物质与记忆》、《创造进化论》等。

〔9〕 弗罗特(S. Freud,1856—1939) 通译弗洛伊德,奥地利精神病学家,精神分析学说的创立者。著有《精神分析论》、《关于歇斯底里症》等。他的学说认为文学、艺术、哲学、宗教等一切精神现象,都是人们因受压抑而潜伏在下意识里的某种"生命力"(Libido),特别是性欲的潜力而产生的。

〔10〕 天马行空 语出元代刘廷振《萨天锡诗集序》:"其所以神化而超出于众表者,殆犹天马行空而步骤不凡。"

〔11〕 许季黻(1883—1948) 即许寿裳,浙江绍兴人,教育家。1902 至 1908 年留学日本,归国后先后任浙江两级师范学堂教务长、北京女子高等师范学校校长、中山大学教授。抗日战争胜利后在台湾大学任教,1948 年 2 月被暗杀。著有《亡友鲁迅印象记》、《我所认识的

鲁迅》等。

〔12〕 常维钧(1894—1985) 名惠,字维钧,河北宛平(今属北京)人。北京大学法文系毕业,曾任北大《歌谣》周刊编辑。

〔13〕 《项链》 短篇小说,法国小说家莫泊桑作。《苦闷的象征》第三部分的第三节题为"短篇《项链》",作者认为这篇小说是莫泊桑"无意识心理中的苦闷,梦似地受了象征化"而写成的"出色的活的艺术品"。

〔14〕 陶璇卿(1893—1929) 即陶元庆,浙江绍兴人,画家。曾任浙江台州第六中学及上海立达学园教员。他曾为鲁迅早期的著译绘制封面画多幅。

译《苦闷的象征》后三日序[1]

这书的著者厨川白村氏，在日本大地震时不幸被难了，这是从他镰仓别邸[2]的废墟中掘出来的一包未定稿。因为是未定稿，所以编者——山本修二[3]氏——也深虑公表出来，或者不是著者的本望。但终于付印了，本来没有书名，由编者定名为《苦闷的象征》[4]。其实是文学论。

这共分四部：第一创作论，第二鉴赏论，第三关于文艺的根本问题的考察，第四文学的起源。其主旨，著者自己在第一部第四章中说得很分明：生命力受压抑而生的苦闷懊恼乃是文艺的根柢，而其表现法乃是广义的象征主义。

因为这于我有翻译的必要，我便于前天开手了，本以为易，译起来却也难。但我仍只得译下去，并且陆续发表；又因为别一必要，此后怕于引例之类要略有省略的地方[5]。

省略了的例，将来倘有再印的机会，立誓一定添进去，使他成一完书。至于译文之坏，则无法可想，拚着挨骂而已。

一九二四年九月二十六日，鲁迅。

*　　*　　*

〔1〕　本篇最初连同《苦闷的象征》译文，发表于 1924 年 10 月 1 日《晨报副镌》。单行本未收。

〔2〕 镰仓别邸 即"白村舍",位于镰仓町乱桥材木座。厨川白村于1923年8月入住这座刚建成的别邸。

〔3〕 山本修二(1894—1976) 日本戏剧理论家。京都帝国大学毕业,曾任京都大学教授。著有《英美现代剧的动向》、《演剧与文化》等。

〔4〕 关于《苦闷的象征》的书名,山本修二在该书《后记》中说,"因为先生的生涯,是说尽在雪莱的诗的'They learn in suffering what they teach in son.'这一句里的",所以即以其意为书名。按上述英文诗句也是该书题词,意思是:他们在苦痛中领悟了歌中之义。

〔5〕 这里所说可能省略的引例,当指《文艺鉴赏的四阶段》中的三例俳句,后来并未省略。参看本卷《〈文艺鉴赏的四个阶段〉译者附记》。

《自己发见的欢喜》译者附记[1]

波特莱尔[2]的散文诗,在原书上本有日文译;但我用 Max Bruno[3] 的德文译一比较,却颇有几处不同。现在姑且参酌两本,译成中文。倘有那一位据原文给我痛加订正的,是极希望,极感激的事。否则,我将来还想去寻一个懂法文的朋友来修改他;但现在暂且这样的敷衍着。

十月一日,译者附记。

* * *

〔1〕 本篇连同《自己发见的欢喜》(原书第二部分《鉴赏论》之第二章)的译文,最初发表于 1924 年 10 月 26 日《晨报副镌》。单行本未收。

〔2〕 波特莱尔(C. Baudelaire,1821—1867) 法国颓废派诗人。著有诗集《恶之华》等。这里说的"散文诗",题为《窗户》。厨川白村在本章全文引录这首散文诗,借以说明凭借象征而产生的"生命的共鸣共感",就是艺术鉴赏的基础。

〔3〕 Max Bruno 麦克思·布鲁诺。

《有限中的无限》译者附记[1]

法文我一字不识,所以对于 Van Lerberghe[2]的歌无可奈何。现承常维钧君给我译出,实在可感,然而改译波特来尔的散文诗的担子我也就想送上去了。想世间肯帮别人的忙的诸公闻之,当亦同声一叹耳。十月十七日,译者附记。

*　　　*　　　*

〔1〕　本篇连同《有限中的无限》(原书第二部分之第四章)的译文,最初发表于 1924 年 10 月 28 日《晨报副镌》。单行本未收。

〔2〕　Van Lerberghe　望·莱培格(1861—1907),比利时诗人、戏剧家。著有抒情诗集《夏娃之歌》、讽刺喜剧《潘》等。厨川白村在本章引用他的《夏娃之歌》(La Chanson d'Eve),说明"真的艺术鉴赏",是一种"在有限(finite)中见无限(infinite),在'物'中见'心'","在对象中发现自己"的境界。

《文艺鉴赏的四阶段》译者附记[1]

先前我想省略的,是这一节中的几处,现在却仍然完全译出,所以序文[2]上说过的"别一必要",并未实行,因为译到这里时,那必要已经不成为必要了。十月四日,译者附记。

*　　　*　　　*

〔1〕　本篇连同《文艺鉴赏的四阶段》(原书第二部分之第五章)的译文,最初发表于 1924 年 10 月 30 日《晨报副镌》。单行本未收。厨川白村在本章中将文艺鉴赏的心理过程分为"理知的作用"、"感觉的作用"、"感觉的心象"和"情绪、思想、精神、心气的深度共鸣"四个阶段。

〔2〕　序文　指《译〈苦闷的象征〉后三日序》。

《出了象牙之塔》[1]

后　　记[2]

　　我将厨川白村氏的《苦闷的象征》译成印出,迄今恰已一年;他的略历,已说在那书的《引言》里,现在也别无要说的事。我那时又从《出了象牙之塔》里陆续地选译他的论文,登在几种期刊上,现又集合起来,就是这一本。但其中有几篇是新译的;有几篇不关宏旨,如《游戏论》,《十九世纪文学之主潮》[3]等,因为前者和《苦闷的象征》中的一节相关[4],后一篇是发表过的,所以就都加入。惟原书在《描写劳动问题的文学》之后还有一篇短文,是同答早稻田文学社[5]的询问的,题曰《文学者和政治家》。大意是说文学和政治都是根据于民众的深邃严肃的内底生活的活动,所以文学者总该踏在实生活的地盘上,为政者总该深解文艺,和文学者接近。我以为这诚然也有理,但和中国现在的政客官僚们讲论此事,却是对牛弹琴;至于两方面的接近,在北京却时常有,几多丑态和恶行,都在这新而黑暗的阴影中开演,不过还想不出作者所说似的好招牌,——我们的文士们的思想也特别俭啬。因为自己的偏颇的憎恶之故,便不再来译添了,所以全书中独缺那一篇。好在这原是给少年少女们看的,每篇又本不一定相钩连,缺一点也无碍。

266

"象牙之塔"的典故,已见于自序和本文中了[6],无须再说。但出了以后又将如何呢?在他其次的论文集《走向十字街头》[7]的序文里有说明,幸而并不长,就全译在下面——

"东呢西呢,南呢北呢?进而即于新呢?退而安于古呢?往灵之所教的道路么?赴肉之所求的地方么?左顾右盼,彷徨于十字街头者,这正是现代人的心。'To be or not to be, that is the question.'[8]我年逾四十了,还迷于人生的行路。我身也就是立在十字街头的罢。暂时出了象牙之塔,站在骚扰之巷里,来一说意所欲言的事罢。用了这寓意,便题这漫笔以十字街头的字样。

"作为人类的生活与艺术,这是迄今的两条路。我站在两路相会而成为一个广场的点上,试来一思索,在我所亲近的英文学中,无论是雪莱,裴伦,是斯温班[9],或是梅垒迪斯,哈兑[10],都是带着社会改造的理想的文明批评家;不单是住在象牙之塔里的。这一点,和法国文学之类不相同。如摩理思[11],则就照字面地走到街头发议论。有人说,现代的思想界是碰壁了。然而,毫没有碰壁,不过立在十字街头罢了,道路是多着。"

但这书的出版在著者死于地震之后[12],内容要比前一本杂乱些,或者是虽然做好序文,却未经亲加去取的罢。

造化所赋与于人类的不调和实在还太多。这不独在肉体上而已,人能有高远美妙的理想,而人间世不能有副其万一的现实,和经历相伴,那冲突便日见其了然,所以在勇于思索的人们，五十年的中寿就恨过久，于是有急转，有苦闷，有彷徨；然而也许不过是走向十字街头，以自送他的余年归尽。自然，人们中尽不乏面团团地活到八十九十，而且心地太平，并无苦恼的，但这是专为来受中国内务部的褒扬而生的人物，必须又作别论。

假使著者不为地震所害，则在塔外的几多道路中，总当选定其一，直前勇往的罢，可惜现在是无从揣测了。但从这本书，尤其是最紧要的前三篇〔13〕看来，却确已现了战士身而出世，于本国的微温，中道〔14〕，妥协，虚假，小气，自大，保守等世态，一一加以辛辣的攻击和无所假借的批评。就是从我们外国人的眼睛看，也往往觉得有"快刀断乱麻"似的爽利，至于禁不住称快。

但一方面有人称快，一方面即有人汗颜；汗颜并非坏事，因为有许多人是并颜也不汗的。但是，辣手的文明批评家，总要多得怨敌。我曾经遇见过一个著者的学生，据说他生时并不为一般人士所喜，大概是因为他态度颇高傲，也如他的文辞。这我却无从判别是非，但也许著者并不高傲，而一般人士倒过于谦虚，因为比真价装得更低的谦虚和抬得更高的高傲，虽然同是虚假，而现在谦虚却算美德。然而，在著者身后，他的全集六卷已经出版了〔15〕，可见在日本还有几个结集的同志和许多阅看的人们和容纳这样的批评的雅量；这和敢于这样地自己省察，攻击，鞭策的批评家，在中国是都不大容易存在的。

　　我译这书,也并非想揭邻人的缺失,来聊博国人的快意。中国现在并无"取乱侮亡"[16]的雄心,我也不觉得负有刺探别国弱点的使命,所以正无须致力于此。但当我旁观他鞭责自己时,仿佛痛楚到了我的身上了,后来却又霍然,宛如服了一帖凉药。生在陈腐的古国的人们,倘不是洪福齐天,将来要得内务部的褒扬的,大抵总觉到一种肿痛,有如生着未破的疮。未尝生过疮的,生而未尝割治的,大概都不会知道;否则,就明白一割的创痛,比未割的肿痛要快活得多。这就是所谓"痛快"罢? 我就是想借此先将那肿痛提醒,而后将这"痛快"分给同病的人们。

　　著者呵责他本国没有独创的文明,没有卓绝的人物,这是的确的。他们的文化先取法于中国,后来便学了欧洲;人物不但没有孔,墨[17],连做和尚的也谁都比不过玄奘[18]。兰学[19]盛行之后,又不见有齐名林那,奈端,达尔文[20]等辈的学者;但是,在植物学,地震学,医学上,他们是已经著了相当的功绩的,也许是著者因为正在针砭"自大病"之故,都故意抹杀了。但总而言之,毕竟并无固有的文明和伟大的世界的人物;当两国的交情很坏的时候,我们的论者也常常于此加以嗤笑,聊快一时的人心。然而我以为惟其如此,正所以使日本能有今日,因为旧物很少,执著也就不深,时势一移,蜕变极易,在任何时候,都能适合于生存。不像幸存的古国,恃着固有而陈旧的文明,害得一切硬化,终于要走到灭亡的路。中国倘不彻底地改革,运命总还是日本长久,这是我所相信的;并以为为旧家子弟而衰落,灭亡,并不比为新发户而生存,发达者更光彩。

说到中国的改革，第一著自然是埽荡废物，以造成一个使新生命得能诞生的机运。五四运动，本也是这机运的开端罢，可惜来摧折它的很不少。那事后的批评，本国人大抵不冷不热地，或者胡乱地说一通，外国人当初倒颇以为有意义，然而也有攻击的，据云是不顾及国民性和历史，所以无价值。这和中国多数的胡说大致相同，因为他们自身都不是改革者。岂不是改革么？历史是过去的陈迹，国民性可改造于将来，在改革者的眼里，已往和目前的东西是全等于无物的。在本书中，就有这样意思的话。

恰如日本往昔的派出"遣唐使"[21]一样，中国也有了许多分赴欧，美，日本的留学生。现在文章里每看见"莎士比亚"[22]四个字，大约便是远哉遥遥，从异域持来的罢。然而且吃大菜，勿谈政事，好在欧文，迭更司[23]，德富芦花[24]的著作，已有经林纾[25]译出的了。做买卖军火的中人，充游历官的翻译，便自有摩托车垫输入臀下，这文化确乎是迩来新到的。

他们的遣唐使似乎稍不同，别择得颇有些和我们异趣。所以日本虽然采取了许多中国文明，刑法上却不用凌迟，宫庭中仍无太监，妇女们也终于不缠足。

但是，他们究竟也太采取了，著者所指摘的微温，中道，妥协，虚假，小气，自大，保守等世态，简直可以疑心是说着中国。尤其是凡事都做得不上不下，没有底力；一切都要从灵向肉，度着幽魂生活这些话。凡那些，倘不是受了我们中国的传染，那便是游泳在东方文明里的人们都如此，真有如所谓"把好花来比美人，不仅仅中国人有这样观念，西洋人，印度人也有同样的观念"了。但我们也无须讨论这些的渊源，著者既以为这是重病，诊断之后，开出一点药方来了，则在同病的中国，正可借以供少年少女们的参考或服用，也如金鸡纳霜[26]既能医日本人的疟疾，即也能医治中国人的一般。

我记得拳乱[27]时候（庚子）的外人，多说中国坏，现在却常听到他们赞赏中国的古文明。中国成为他们恣意享乐的乐土的时候，似乎快要临头了；我深憎恶那些赞赏。但是，最幸福的事实在是莫过于做旅人，我先前寓居日本时，春天看看上野[28]的樱花，冬天曾往松岛[29]去看过松树和雪，何尝觉得有著者所数说似的那些可厌事。然而，即使觉到，大概也不至于有那么愤懑的。可惜回国以来，将这超然的心境完全失掉了。

本书所举的西洋的人名，书名等，现在都附注原文，以便读者的参考。但这在我是一件困难的事情，因为著者的专门是英文学，所引用的自然以英美的人物和作品为最多，而我于英文是漠不相识。凡这些工作，都是韦素园，韦丛芜，李霁野[30]，许季黻四君帮助我做的；还有全书的校勘，都使我非常感谢他们的厚意。

文句仍然是直译，和我历来所取的方法一样；也竭力想保存原书的口吻，大抵连语句的前后次序也不甚颠倒。至于几处不用"的"字而用"底"字的缘故，则和译《苦闷的象征》相同，现在就将那《引言》里关于这字的说明,照钞在下面——

　　"……凡形容词与名词相连成一名词者,其间用'底'
字,例如 social being 为社会底存在物,Psychische Trauma
为精神底伤害等;又,形容词之由别种品词转来,语尾有
－ tive,－ tic 之类者,于下也用'底'字,例如 speculative,
romantic,就写为思索底,罗曼底。"

一千九百二十五年十二月三日之夜,鲁迅。

＊　　　＊　　　＊　　　＊

〔1〕《出了象牙之塔》　厨川白村的文艺评论集,以所收第一篇
文章的题目为书名,1920 年 6 月 20 日日本福永书店出版发行。鲁迅译
于 1924 年至 1925 年之交,在翻译期间,已将其中大部分陆续发表于当
时的《京报副刊》、《民众文艺周刊》等。1925 年 12 月由北京未名社出版
单行本,为《未名丛刊》之一。

〔2〕　本篇最初发表于 1925 年 12 月 14 日《语丝》周刊第五十七期
(发表时无最后二节)。后印入《出了象牙之塔》单行本卷末。

〔3〕《十九世纪文学之主潮》　当为《现代文学之主潮》,鲁迅译
本《出了象牙之塔》的第八篇。

〔4〕　指《苦闷的象征》第一部分《创作论》的第三章《强制压抑之
力》。

〔5〕　早稻田文学社　日本东京专门学校(早稻田大学)出版《早
稻田文学》杂志的出版社。《早稻田文学》创刊于 1891 年 10 月,由坪内
逍遥主编,至 1898 年 10 月停刊。1906 年 1 月复刊,由岛村抱月、本间
久雄主编,至 1927 年 12 月又停刊。1934 年 6 月再复刊,由谷崎精二、
逸见广主编,至 1949 年 3 月再停刊。以后还曾数度复刊、停刊。该刊

曾发表不少创作、评论和翻译作品,是研究日本文学、特别是明治时期
文学的重要资料。

〔6〕 "象牙之塔" 厨川白村在《出了象牙之塔》一书的《题卷端》
中,引用旧作《近代文学十讲》中的一段话,说明"象牙之塔"(tour d'
ivoire)原是十九世纪法国文艺批评家圣佩韦(1804—1869)批评同时代
浪漫主义诗人维尼(1797—1863)的用语,也就是英国诗人丁尼生所向
往的"艺术之宫"(the Palace of Art)。其"主张之一端","即所谓'为艺术
的艺术'(art for art's sake)"。

〔7〕 《走向十字街头》 厨川白村的文艺论文集,收论文十九篇。
有绿蕉、大杰的中译本,1928 年 8 月上海启智书局出版。

〔8〕 "To be or not to be, that is the question" 英语:"生存还是
毁灭,这是一个值得考虑的问题。"(朱生豪译文)语见莎士比亚《哈姆雷
特》第三幕第一场,原是剧中主角哈姆雷特的台词。

〔9〕 雪莱(P. B. Shelley,1792—1822) 英国诗人。他反对专制
统治,曾因作《无神论的必然性》一文被大学开除。后参加爱尔兰民族
解放运动,被迫离开英国。著有长诗《伊斯兰的起义》、诗剧《解放了的
普罗米修斯》等。裴伦(G. G. Byron,1788—1824),通译拜伦,英国诗
人。他也是反对专制统治的作家,两次被迫流亡国外,曾参加意大利民
主革命活动和希腊民族独立战争。著有长诗《恰尔德·哈罗德游记》、
《唐璜》等。斯温班(A. C. Swinburne,1837—1909),通译斯温勃恩,英
国诗人。他的早期创作表现了自由主义思想,后期诗作有歌颂殖民政
策倾向。著有诗剧《阿塔兰塔》及诗集《诗歌及民谣》等。

〔10〕 梅垒迪斯(G. Meredith,1828—1909) 通译梅瑞狄斯,英国
作家。他在作品中揭露贵族、资产阶级的罪恶,同情小资产阶级的激进
主义。著有长篇小说《理查弗浮莱尔的苦难》、《利己主义者》,长诗《现
代的爱情》等。哈兑(T. Hardy,1840—1928),通译哈代,英国作家。他

的作品揭露资本主义文明的虚伪,向往宗法制的农村生活。著有长篇小说《还乡》、《德伯家的苔丝》及诗歌集等。

〔11〕 摩理思(W. Morris,1834—1896) 通译莫理斯,英国作家、社会活动家。他在作品中号召人们与压迫者作斗争,并积极参加英国工人运动。著有长诗《地上乐园》、小说《虚无乡消息》、《约翰·保尔的梦想》等。鲁迅译本《出了象牙之塔》的第九篇《从艺术到社会改造》,副题为"威廉摩理思的研究"。

〔12〕《走向十字街头》于 1923 年 12 月 10 日由日本福永书店出版发行,时距作者逝世三个月又八天。

〔13〕 指《出了象牙之塔》一书的首三篇:《出了象牙之塔》、《观照享乐的生活》及《从灵向肉和从肉向灵》。

〔14〕 中道 日语:中和之道的意思。中和,语出《中庸》:"喜怒哀乐之未发谓之中,发而皆中节谓之和。"

〔15〕《厨川白村全集》的第六卷于 1925 年 10 月 10 日由改造社出版发行。

〔16〕"取乱侮亡" 语出《尚书·仲虺之诰》:"兼弱攻昧,取乱侮亡。"旧传汉代孔安国注:"弱则兼之,闇则攻之,乱则取之,有亡形则侮之。"

〔17〕 孔、墨 即孔丘和墨翟。孔丘(前 551—前 479),儒家学派创始人;墨翟(约前 468—前 376),墨家学派创始人。

〔18〕 玄奘(602—664) 唐代僧人,佛教学者。唐太宗时他赴印度取经,翻译了大量佛教经籍。

〔19〕 兰学 日本人称早期从荷兰输入的西欧文化科学为兰学。

〔20〕 林那(C. Linne,1707—1778) 或译林奈,瑞典生物学家,动植物分类的创造者。著有《自然界系统》、《植物种志》等。奈端(I. Newton,1642—1727),通译牛顿,英国数学家、物理学家。他发现了力

学基本定律、万有引力定律,创立了微积分学,并致力于光本性和色的现象的研究。著有《自然哲学的数学原理》、《光学》等。达尔文(C. R. Darwin,1809—1882),英国生物学家,进化论的奠基者。他在 1859 年出版的《物种起源》一书中,提出以自然选择为基础的进化论学说,摧毁了各种唯心主义的神造论、目的论和物种不变论,给宗教神学以沉重打击。

〔21〕 "遣唐使" 唐朝时日本派往中国的使节。自公元 630 年至 894 年间,曾向中国派出遣唐使十三次,使者中有僧侣、医师、阴阳师、画师、音乐师、学生等,每次人数往往多达数百人。

〔22〕 莎士比亚(W. Shakespeare,1564—1616) 欧洲文艺复兴时期英国戏剧家、诗人。著有剧本《仲夏夜之梦》、《罗密欧与朱丽叶》、《哈姆雷特》等三十七种。

〔23〕 欧文(W. Irving,1783—1859) 美国作家。作品主要描写美国的社会矛盾,揭露殖民主义者的残忍。著有《见闻杂记》、《华盛顿传》等。迭更司(C. Dickens, 1812—1870),通译狄更斯,英国作家。他的作品揭露资产阶级的种种罪恶,描写下层人民的痛苦生活。著有长篇小说《大卫·科波菲尔》、《艰难时世》、《双城记》等。

〔24〕 德富芦花(1868—1927) 即德富使次郎,日本作家。他站在宗法制农民立场,批评资本主义社会。著有长篇小说《不如归》、《黑潮》等。

〔25〕 林纾(1852—1924) 字琴南,福建闽侯(今福州)人,翻译家。他曾据别人口述,以文言翻译欧美文学作品一百多种,在当时影响很大,后集为《林译小说》出版,其中包括欧文的《拊掌录》(即《见闻杂记》)、《大食故宫余载》(即《阿尔罕伯拉》)、《旅行述异》(即《旅客谈》),狄更斯的《块肉余生述》(即《大卫·科波菲尔》)、《孝女耐儿传》(即《老古玩店》)、《贼史》(即《奥列弗尔》,又名《雾都孤儿》)、《滑稽外史》(即《尼

古拉斯·尼克尔贝》)、《冰雪因缘》(即《董贝父子》)，以及德富芦花的《不如归》。

〔26〕 金鸡纳霜　奎宁的旧译名。

〔27〕 拳乱　指义和团运动。义和团是十九世纪末年我国北方农民、手工业者和城市贫民的群众性组织，他们以设掌坛、练拳棒及其他迷信方式组织群众，初以"反清灭洋"为口号，后又改为"扶清灭洋"，被清朝统治者利用攻打外国使馆，焚烧教堂。1900 年(庚子)被八国联军和清政府共同镇压。

〔28〕 上野　日本东京的公园，时属东京下谷区(今台东区)，以樱花著名。

〔29〕 松岛　日本地名，在宫城县。岛上遍植松树，为有名的游览区，被称为"日本三景"之一。

〔30〕 韦素园(1902—1932)　安徽霍丘人，未名社成员。译有果戈理中篇小说《外套》、俄国短篇小说集《最后的光芒》、北欧诗歌小品集《黄花集》等。韦丛芜(1905—1978)，安徽霍丘人，未名社成员。著有长诗《君山》等，译有陀思妥耶夫斯基长篇小说《穷人》、《罪与罚》等。李霁野，安徽霍丘人，未名社成员。著有短篇小说集《影》，译有夏洛蒂·勃朗特的《简爱》，安德烈夫的剧本《黑假面人》、《往星中》等。

《观照享乐的生活》译者附记[1]

作者对于他的本国的缺点的猛烈的攻击法,真是一个霹雳手[2]。但大约因为同是立国于亚东,情形大抵相像之故罢,他所狙击的要害[3],我觉得往往也就是中国的病痛的要害;这是我们大可以借此深思,反省的。

十二月五日　译者。

＊　　　＊　　　＊

〔1〕　本篇连同《观照享乐的生活》(《出了象牙之塔》一书的第二篇,共五节)的译文,最初发表于 1924 年 12 月 13 日《京报副刊》。单行本未收。

〔2〕　霹雳手　语出《新唐书·裴漼传》:裴琰之断案迅捷,"积案数百,……一日毕,既与夺当理,而笔词劲妙。……由是名动一州,号'霹雳手'。"

〔3〕　厨川白村此文认为,艺术是一种深入人生、超越功利的精神享乐,而日本人贫乏、空虚的物质、精神生活,是不利于"真文艺"的产生的。

《从灵向肉和从肉向灵》译者附记^{〔1〕}

这也是《出了象牙之塔》里的一篇，主旨是专在指摘他最爱的母国——日本——的缺陷的。但我看除了开首这一节攻击旅馆制度和第三节攻击馈送仪节^{〔2〕}的和中国不甚相干外，其他却多半切中我们现在大家隐蔽着的痼疾，尤其是很自负的所谓精神文明。现在我就再来输入，作为从外国药房贩来的一帖泻药罢。

一九二四年十二月十四日，译者记。

* * *

〔1〕 本篇连同《从灵向肉和从肉向灵》(《出了象牙之塔》一书的第三篇，共五节)的译文，最初发表于 1925 年 1 月 9 日《京报副刊》。单行本未收。

〔2〕 厨川白村在第一节中抨击日本旧式旅馆用"家庭式的温情"来掩盖商业盘算的作风；在第三节中批评日本人在付酬金时，为了表示"谦恭"而采用的一些"虚耗"的仪节。

《现代文学之主潮》译者附记[1]

　　这也是《出了象牙之塔》里的一篇，还是一九一九年一月作。由现在看来，世界也没有作者所豫测似的可以乐观，但有几部分却是切中的。又对于"精神底冒险"[2]的简明的解释，和结末的对于文学的见解[3]，也很可以供多少人的参考，所以就将他翻出来了。

一月十六日。

*　　*　　*

　　〔1〕　本篇连同《现代文学之主潮》（鲁迅译本《出了象牙之塔》的第八篇，共三节）的译文，最初发表于 1925 年 1 月 20 日《民众文艺周刊》第六号。单行本未收。

　　〔2〕　"精神底冒险"　或译灵魂的冒险。法国小说家、批评家法朗士曾在他的文艺评论集《文学生活》中称文艺批评是"灵魂在杰作中的冒险"，厨川白村在本文第一节中说：不满并且破坏"过去"，神往并且勤求"新的事物"，"捉住了这心气，这心情，将这直感，将这表现，反映出来的，就是文艺。即一种的'精神底冒险'（spritual adventure）。"

　　〔3〕　对于文学的见解　厨川白村在本文的最后一节中说："文艺的本来的职务，是在作为文明批评社会批评，以指点向导一世"的。"战后的西洋文学，大约……都要作为'人生的批评'，而和社会增加密接的关系吧。独有日本的文坛，却依然不肯来做文化的指导者和批评家么？"

《小 约 翰》[1]

引　言[2]

在我那《马上支日记》[3]里,有这样的一段——

"到中央公园,径向约定的一个僻静处所,寿山已先到,略一休息,便开手对译《小约翰》。这是一本好书,然而得来却是偶然的事。大约二十年前罢,我在日本东京的旧书店头买到几十本旧的德文文学杂志,内中有着这书的绍介和作者的评传,因为那时刚译成德文。觉得有趣,便托丸善书店[4]去买来了;想译,没有这力。后来也常常想到,但是总被别的事情岔开。直到去年,才决计在暑假中将它译好,并且登出广告去,而不料那一暑假[5]过得比别的时候还艰难。今年又记得起来,翻检一过,疑难之处很不少,还是没有这力。问寿山可肯同译,他答应了,于是就开手,并且约定,必须在这暑假期中译完。"

这是去年,即一九二六年七月六日的事。那么,二十年前自然是一九〇六年。所谓文学杂志,绍介着《小约翰》的,是一八九九年八月一日出版的《文学的反响》(Das litterarische Echo)[6],现在是大概早成了旧派文学的机关了,但那一本却还是第一卷的第二十一期。原作的发表在一八八七年,作者只二十八岁;后十三年,德文译本才印出,译成还在其前,而翻作中文是在发表的四十整年之后,他已经六十八岁了。

　　日记上的话写得很简单,但包含的琐事却多。留学时候,除了听讲教科书,及抄写和教科书同种的讲义之外,也自有些乐趣,在我,其一是看看神田区〔7〕一带的旧书坊。日本大地震后,想必很是两样了罢,那时是这一带书店颇不少,每当夏晚,常常猬集着一群破衣旧帽的学生。店的左右两壁和中央的大床上都是书,里面深处大抵跪坐着一个精明的掌柜,双目炯炯,从我看去很像一个静踞网上的大蜘蛛,在等候自投罗网者的有限的学费。但我总不免也如别人一样,不觉逡巡而入,去看一通,到底是买几本,弄得很觉得怀里有些空虚。但那破旧的半月刊《文学的反响》,却也从这样的处所得到的。

　　我还记得那时买它的目标是很可笑的,不过想看看他们每半月所出版的书名和各国文坛的消息,总算过屠门而大嚼〔8〕,比不过屠门而空咽者好一些,至于进而购读群书的野心,却连梦中也未尝有。但偶然看见其中所载《小约翰》译本的标本,即本书的第五章,却使我非常神往了。几天以后,便跑到南江堂〔9〕去买,没有这书,又跑到丸善书店,也没有,只好就托他向德国去定购。大约三个月之后,这书居然在我手里了,是萧垒斯(Anna Fles)女士的译笔,卷头有赍赫博士(Dr. Paul Rache)的序文,《内外国文学丛书》(Bibliothek die Gesamt-Litteratur des In-und-Auslandes, verlag von Otto Hendel, Halle a. d. S.〔10〕)之一,价只七十五芬涅〔11〕,即我们的四角,而且还是布面的!

　　这诚如序文所说,是一篇"象征写实底童话诗"。无韵的诗,成人的童话。因为作者的博识和敏感,或者竟已超过了一般成人的童话了。其中如金虫的生平,菌类的言行,火萤的理想,蚂蚁的平和论,都是实际和幻想的混合。我有些怕,倘不甚留心于生物界现象的,会因此减少若干兴趣。但我预觉也有人爱,只要不失赤子之心,而感到什么地方有着"人性和他们的悲痛之所在的大都市"的人们。

这也诚然是人性的矛盾,而祸福纠缠的悲欢。人在稚齿,追随"旋儿",与造化为友。福乎祸乎,稍长而竟求知:怎么样,是什么,为什么?于是招来了智识欲之具象化:小鬼头"将知";逐渐还遇到科学研究的冷酷的精灵:"穿凿"。童年的梦幻撕成粉碎了;科学的研究呢,"所学的一切的开端,是很好的,——只是他钻研得越深,那一切也就越凄凉,越黯淡。"——惟有"号码博士"是幸福者,只要一切的结果,在纸张上变成数目字,他便满足,算是见了光明了。谁想更进,便得苦痛。为什么呢?原因就在他知道若干,却未曾知道一切,遂终于是"人类"之一,不能和自然合体,以天地之心为心。约翰正是寻求着这样一本一看便知一切的书,然而因此反得"将知",反遇"穿凿",终不过以"号码博士"为师,增加更多的苦痛。直到他在自身中看见神,将径向"人性和他们的悲痛之所在的大都市"时,才明白这书不在人间,惟从两处可以觅得:一是"旋儿",已失的原与自然合体的混沌;一是"永终"——死,未到的复与自然合体的混沌。而且分明看见,他们俩本是同舟……。

假如我们在异乡讲演,因为言语不同,有人口译,那是没有法子的,至多,不过怕他遗漏,错误,失了精神。但若译者另外加些解释,申明,摘要,甚而至于阐发,我想,大概是讲者和听者都要讨厌的罢。因此,我也不想再说关于内容的话。

我也不愿意别人劝我去吃他所爱吃的东西,然而我所爱吃的,却往往不自觉地劝人吃。看的东西也一样,《小约翰》即是其一,是自己爱看,又愿意别人也看的书,于是不知不觉,遂有了翻成中文的意思。这意思的发生,大约是很早的,因为我久已觉得仿佛对于作者和读者,负着一宗很大的债了。

然而为什么早不开手的呢?"忙"者,饰辞;大原因仍在很有不懂的处所。看去似乎已经懂,一到拔出笔来要译的时候,却又疑惑起来了,总而言之,就是外国语的实力不充足。前年我确曾决心,要利用暑假中的光阴,仗着一本辞典来走通这条路,而不料并无光阴,我的至少两三个月的生命,都死在"正人君子"和"学者"们的围攻里了[12]。到去年夏,将离北京,先又记得了这书,便和我多年共事的朋友,曾经帮我译过《工人绥惠略夫》的齐宗颐君,躲在中央公园的一间红墙的小屋里,先译成一部草稿。

我们的翻译是每日下午,一定不缺的是身边一壶好茶叶的茶和身上一大片汗。有时进行得很快,有时争执得很凶,有时商量,有时谁也想不出适当的译法。译得头昏眼花时,便看看小窗外的日光和绿荫,心绪渐静,慢慢地听到高树上的蝉鸣,这样地约有一个月。不久我便带着草稿到厦门大学,想在那里抽空整理,然而没有工夫;也就住不下去了,那里也有"学者"。于是又带到广州的中山大学,想在那里抽空整理,然而又没有工夫；而且也就住不下去了，那里又来了"学者"。结果是带着逃进自己的寓所——刚刚租定不到一月的，很阔，然而很热的房子——白云楼。

荷兰海边的沙冈风景，单就本书所描写，已足令人神往了。我这楼外却不同：满天炎热的阳光，时而如绳的暴雨；前面的小港中是十几只蜑户[13]的船，一船一家，一家一世界，谈笑哭骂，具有大都市中的悲欢。也仿佛觉得不知那里有青春的生命沦亡，或者正被杀戮，或者正在呻吟，或者正在"经营腐烂事业"[14]和作这事业的材料。然而我却渐渐知道这虽然沈默的都市中，还有我的生命存在，纵已节节败退，我实未尝沦亡。只是不见"火云"[15]，时窘阴雨，若明若昧，又像整理这译稿的时候了。于是以五月二日开手，稍加修正，并且誊清，月底才完，费时又一个月。

可惜我的老同事齐君现不知漫游何方，自去年分别以来，迄今未通消息，虽有疑难，也无从商酌或争论了。倘有误译，负责自然由我。加以虽然沈默的都市，而时有侦察的眼光，或扮演的函件，或京式的流言[16]，来扰耳目，因此执笔又时时流于草率。务欲直译，文句也反成蹇涩；欧文清晰，我的力量实不足以达之。《小约翰》虽如波勒兑蒙德[17]说，所用的是"近于儿童的简单的语言"，但翻译起来，却已够感困难，而仍得不如意的结果。例如末尾的紧要而有力的一句："Und mit seinem Begleiter ging er den frostigen Nachtwinde entgegen, den schweren Weg nach der grossen, finstern Stadt, wo die Menschheit war und ihr Weh."那下半，被我译成这样拙劣的

"上了走向那大而黑暗的都市即人性和他们的悲痛之所在的艰难的路"了,冗长而且费解,但我别无更好的译法,因为倘一解散,精神和力量就很不同。然而原译是极清楚的:上了艰难的路,这路是走向大而黑暗的都市去的,而这都市是人性和他们的悲痛之所在。

动植物的名字也使我感到不少的困难。我的身边只有一本《新独和辞书》[18],从中查出日本名,再从一本《辞林》[19]里去查中国字。然而查不出的还有二十余,这些的译成,我要感谢周建人[20]君在上海给我查考较详的辞典。但是,我们和自然一向太疏远了,即使查出了见于书上的名,也不知道实物是怎样。菊呀松呀,我们是明白的,紫花地丁便有些模胡,莲馨花(primel)则连译者也不知道究竟是怎样的形色,虽然已经依着字典写下来。有许多是生息在荷兰沙地上的东西,难怪我们不熟悉,但是,例如虫类中的鼠妇(Kellerassel)和马陆(Lauferkäfer),我记得在我的故乡是只要翻开一块湿地上的断砖或碎石来就会遇见的。我们称后一种为"臭婆娘",因为它浑身发着恶臭;前一种我未曾听到有人叫过它,似乎在我乡的民间还没有给它定出名字;广州却有:"地猪"。

和文字的务欲近于直译相反,人物名却意译,因为它是象征。小鬼头 Wistik 去年商定的是"盖然",现因"盖"者疑词,稍有不妥,索性擅改作"将知"了。科学研究的冷酷的精灵Pleuzer 即德译的 Klauber,本来最好是译作"挑剔者",挑谓挑选,剔谓吹求。但自从陈源教授造出"挑剔风潮"这一句妙语以来[21],我即敬避不用,因为恐怕《闲话》的教导力十分伟大,这译名也将蓦地被解为"挑拨"。以此为学者的别名,则行同刀笔[22],于是又有重罪了,不如简直译作"穿凿"。况且中国之所谓"日凿一窍而'混沌'死"[23],也很像他的将约翰从自然中拉开。小姑娘 Robinetta 我久久不解其义,想译音;本月中旬托江绍原[24]先生设法作最末的查考,几天后就有回信——

ROBINETTA 一名,韦氏大字典人名录[25]未收入。我因为疑心她与 ROBIN 是一阴一阳,所以又查 ROBIN,看见下面的解释:

ROBIN:是 ROBERT 的亲热的称呼,

而 ROBERT 的本训是"令名赫赫"(!)

那么,好了,就译作"荣儿"。

英国的民间传说里,有叫作 Robin good fellow[26]的,是一种喜欢恶作剧的妖怪。如果荷兰也有此说,则小姑娘之所以称为 Robinetta 者,大概就和这相关。因为她实在和小约翰开了一个可怕的大玩笑。

《约翰跋妥尔》一名《爱之书》,是《小约翰》的续编,也是结束。我不知道别国可有译本;但据他同国的波勒兑蒙德说,则"这是一篇象征底散文诗,其中并非叙述或描写,而是号哭和欢呼";而且便是他,也"不大懂得"。

原译本上赍赫博士的序文,虽然所说的关于本书并不多,但可以略见十九世纪八十年代的荷兰文学的大概,所以就译出了。此外我还将两篇文字作为附录。一即本书作者拂来特力克望蔼覃的评传,载在《文学的反响》一卷二十一期上的。评传的作者波勒兑蒙德,是那时荷兰著名的诗人,赍赫的序文上就说及他,但于他的诗颇致不满。他的文字也奇特,使我译得很有些害怕,想中止了,但因为究竟可以知道一点望蔼覃的那时为止的经历和作品,便索性将它译完,算是一种徒劳的工作。末一篇是我的关于翻译动植物名的小记,没有多大关系的。

评传所讲以外及以后的作者的事情,我一点不知道。仅隐约还记得欧洲大战的时候,精神底劳动者们有一篇反对战争的宣言[27],中国也曾译载在《新青年》上,其中确有一个他的署名。

一九二七年五月三十日,鲁迅于广州东堤寓楼之西窗下记。

*　　　*　　　*

〔1〕 《小约翰》 象征写实的长篇童话诗,荷兰作家望·蔼覃作。原作发表于 1887 年,鲁迅于 1926 年 7 月开始在齐宗颐(寿山)协助下翻译,至 8 月中译毕。1928 年 1 月由北京未名社出版,列为《未名丛刊》之一。本书正文及其它各篇,除《引言》外,均未在报刊发表过。

望·蔼覃(F. W. Van Eeden,1860—1932)是医师,又是作家。他是《新前导》杂志的主持人之一,《小约翰》最初即在这刊物上发表。他的主要作品有长诗《爱伦》、诗剧《弟兄们》、长篇小说《死之深渊》等。

〔2〕 本篇曾以《〈小约翰〉序》为题,最初发表于 1927 年 6 月 26 日《语丝》周刊第一三七期,后印入《小约翰》单行本。

〔3〕 《马上支日记》 收入《华盖集续编》。

〔4〕 丸善书店 日本东京的一家外文书店,时在日本桥区(今中央区)通三丁目(后改名通二丁目)。

〔5〕 那一暑假 指 1925 年暑假。当时段祺瑞政府正加紧压迫北京女子师范大学的学生运动,并迫害鲁迅;鲁迅与现代评论派的论战也趋于激烈。

〔6〕 《文学的反响》 关于文艺评论的德语杂志,二十世纪三十年代仍继续出版。

〔7〕 神田区 当时日本东京的中心区,书店的集中地。

〔8〕 过屠门而大嚼 语出曹植《与吴季重书》:“过屠门而大嚼,虽不得肉,亦且快意。”

〔9〕 南江堂 当时日本东京的一家书店,创设于 1879 年,时在东京本乡区。

〔10〕 德语:《内外国文学丛书》,奥托·亨德尔出版社,在扎勒河边之哈勒。

〔11〕 芬涅 Pfennig 的音译,又译芬尼,德国货币名,一百芬尼合一马克。

〔12〕 鲁迅于 1926 年 8 月间离京去厦门大学任教。这里的“正人君子”、“学者”,指陈源(西滢)、顾颉刚等人。鲁迅因对厦大不满辞职,于 1927 年 1 月去广州中山大学任教,不久顾颉刚也从厦大到了中山大学。

〔13〕 蜑户 即疍户,又称疍民,指旧时在广东、福建、广西沿海港湾和内河从事渔业和水上运输业的水上居民,皆以船为家。

〔14〕 “经营腐烂事业” 原语见《小约翰》译本“附录”波勒·兑·蒙德所作的作者评传《拂来特力克·望·蔼覃》:“将可怜的幼小的约翰,领到坟墓之间,死尸之间,蛆虫之间,那在经营腐烂事业的……”

〔15〕 “火云” 在《小约翰》全书将结束时,约翰望见了“火云”:“他一瞥道路的远的那一端。在大火云所围绕的明亮的空间之中,也看见一个小小的黑色的形相。”

〔**16**〕 侦察的眼光 1927 年鲁迅在中山大学任职期间,正值"四一二"反共政变前后,政治环境复杂。这年 9 月 3 日鲁迅致李小峰的信中曾说起他到广州后的情形:"访问的,研究的,谈文学的,侦探思想的,要做序,题签的,请演说的,闹得个不亦乐乎。"(见《而已集·通信》)扮演的函件,指中山大学校方发出的对鲁迅辞职的慰留信。京式的流言,指与在北京的现代评论派相似的言论。

〔**17**〕 波勒兑蒙德(P. de Mont,1857—1931) 通译波尔·德·蒙特,比利时诗人、评论家。著有《洛勒莱》、《飞蝶》、《夏天的火焰》等诗集。他曾在《拂来特力克·望·蔼覃》一文中说:《小约翰》"全体的表现""近乎儿童的简单的语言"。

〔**18**〕 《新独和辞书》 即《新德日辞书》。日文称德语为独语;和,日本之异称。

〔**19**〕 《辞林》 日语辞典,金沢庄三郎编,1907 年日本东京三省堂书店出版发行。1924 年出至第十二版,鲁迅于是年 11 月 28 日在北京东亚公司购得一本。

〔**20**〕 周建人(1888—1984) 字乔峰,鲁迅的三弟,生物学家。当时是上海商务印书馆的编辑。

〔**21**〕 陈源(1896—1970) 字通伯,笔名西滢,江苏无锡人,现代评论派的重要成员。当时任北京大学教授。"挑剔风潮"是陈源在《现代评论》第一卷第二十五期(1925 年 5 月 30 日)《闲话》中指责支持女师大学生运动的鲁迅等人的话。鲁迅在《华盖集·我的"籍"和"系"》中曾谈及陈源对"挑剔"一词的误用:"我常常要'挑剔'文字是确的,至于'挑剔风潮'这一种连字面都不通的阴谋,我至今还不知道是怎样的做法。"

〔**22**〕 刀笔 这里意指"刀笔吏"。古代称办理文书的官吏为刀笔吏,后也用以称一般舞文弄法的讼师。陈源在《致志摩》的公开信(载 1926 年 1 月 30 日《晨报副刊》)中曾说鲁迅"是做了十几年官的刑名师

爷"和"刀笔吏"。

〔23〕 "日凿一窍而'混沌'死" 语出《庄子·应帝王》:"南海之帝
为儵,北海之帝为忽,中央之帝为混沌。儵与忽时相与遇于混沌之地,
混沌待之甚善。儵与忽谋报混沌之德,曰:'人皆有七窍,以视、听、食、
息;此独无有,尝试凿之。'日凿一窍,七日而混沌死。"

〔24〕 江绍原(1898—1983) 安徽旌德人,曾任北京大学讲师,
1927 年与鲁迅同在中山大学任教,著有《发须爪》等书。

〔25〕 韦氏大字典人名录 指美国词书编纂家韦白斯特(N. We-
bster,1758—1843)所编《英语大字典》卷末附录的人名词典。《韦氏大
字典》最初于 1828 年完成,后来迭有增编。

〔26〕 Robin good fellow 英语:好家伙罗宾。相传是专爱与人捣
蛋的小妖。

〔27〕 反对战争的宣言 指法国作家罗曼·罗兰于 1919 年 3 月起
草的《精神独立宣言》,在同年 6 月 29 日巴黎的《人道报》上发表,各国
作家参与签名者甚多。这份宣言曾由张崧年译出,发表于《新青年》月
刊第七卷第一号(1919 年 12 月)。

动植物译名小记^[1]

关于动植物的译名，我已经随文解释过几个了，意有未尽，再写一点。

我现在颇记得我那剩在北京的几本陈旧的关于动植物的书籍。当此"讨赤"^[2]之秋，不知道它们无恙否？该还不至于犯禁罢？然而虽在"革命策源地"^[3]的广州，我也还不敢妄想从容；为从速完结一件心愿起见，就取些巧，写信去问在上海的周建人君去。我们的函件往返是七回，还好，信封上背着各种什么什么检查讫的印记，平安地递到了，不过慢一点。但这函商的结果也并不好。因为他可查的德文书也只有Hertwig^[4]的动物学和 Strassburger^[5]的植物学，自此查得学名，然后再查中国名。他又引用了几回中国唯一的《植物学大辞典》^[6]。

但那大辞典上的名目，虽然都是中国字，有许多其实乃是日本名。日本的书上确也常用中国的旧名，而大多数还是他们的话，无非写成了汉字。倘若照样搬来，结果即等于没有。我以为是不大妥当的。

只是中国的旧名也太难。有许多字我就不认识，连字音也读不清；要知道它的形状，去查书，又往往不得要领。经学家对于《毛诗》^[7]上的鸟兽草木虫鱼，小学家对于《尔雅》^[8]上的释草释木之类，医学家对于《本草》[9]上的许多动植，一向就终于注释不明白，虽然大家也七手八脚写下了许多书。我想，将来如果有专心的生物学家，单是对于名目，除采取可用的旧名之外，还须博访各处的俗名，择其较通行而合用者，定为正名，不足，又益以新制，则别的且不说，单是译书就便当得远了。

以下，我将要说的照着本书的章次，来零碎说几样。

第一章开头不久的一种植物 Kerbel 就无法可想。这是属于伞形科的，学名 Anthriscus。但查不出中国的译名，我又不解其义，只好译音：凯白勒[10]。幸而它只出来了一回，就不见了。日本叫它ジヤク[11]。

第二章也有几种——

Buche 是欧洲极普通的树木，叶卵圆形而薄，下面有毛，树皮褐色，木材可作种种之用，果实可食。日本叫作橅（Buna），他们又考定中国称为山毛榉。《本草别录》[12]云："樫树，山中处处有之，皮似檀槐，叶如栎槲。"很近似。而《植物学大辞典》又称椈。椈者，柏也，今不据用。

约翰看见一个蓝色的水蜻蜓（Libelle）时，想道："这是一个蛾儿罢。"蛾儿原文是 Feuerschmetterling，意云火胡蝶。中国名无可查考，但恐非胡蝶；我初疑是红蜻蜓，而上文明明云蓝色，则又不然。现在姑且译作蛾儿，以待识者指教。

旋花（Winde）一名鼓子花，中国也到处都有的。自生原野上,叶作戟形或箭镞形,花如牵牛花,色淡红或白,午前开,午后萎,所以日本谓之昼颜。

旋儿手里总爱拿一朵花。他先前拿过燕子花(Iris);在第三章上,却换了 Maiglöckchen(五月钟儿)了,也就是 Maiblume(五月花)。中国近来有两个译名:君影草,铃兰。都是日本名。现用后一名,因为比较地可解。

第四章里有三种禽鸟,都是属于燕雀类的——

一,pirol。日本人说中国叫"剖苇",他们叫"苇切"。形似莺,腹白,尾长,夏天居苇<u>丛</u>中,善鸣噪。[13]我现在译作鶸鹩,不知对否。

二,Meise。身子很小,嘴小而尖,善鸣。头和翅子是黑的,两颊却白,所以中国称为白颊鸟。我幼小居故乡时,听得农人叫它"张飞鸟"。

三,Amsel。背苍灰色,胸腹灰青,有黑斑;性机敏,善于飞翔。日本的《辞林》以为即中国的白头鸟。

第五章上还有两个燕雀类的鸟名:Rohrdrossel und Drossel。无从考查,只得姑且直译为苇雀和嗌雀。但小说用字,没有科学上那么缜密,也许两者还是同一的东西。

热心于交谈的两种毒菌,黑而胖的鬼菌(Teufelsschwamm)和细长而红,且有斑点的捕蝇菌(Fliegenschwamm),都是直译,只是"捕"字是添上去的。捕蝇菌引以自比的鸟莓

（Vogelbeere），也是直译，但我们因为莓字，还可以推见这果实是红质白点，好像桑葚一般的东西。《植物学大辞典》称为七度灶，是日本名 Nanakamado 的直译，而添了一个"度"字。

将种子从孔中喷出，自以为大幸福的小菌，我记得中国叫作酸浆菌，因为它的形状，颇像酸浆草的果实。但忘了来源，不敢用了；索性直译德语的 Erdstern，谓之地星。《植物学大辞典》称为土星菌，我想，大约是译英语的 Earthstar 的，但这 Earth 我以为也不如译作"地"，免得和天空中的土星相混。

第六章的霍布草（Hopfen）是译音的，根据了《化学卫生论》[14]。

红膆鸟（Rotkehlchen）是译意的。这鸟也属于燕雀类，嘴阔而尖，腹白，头和背赤褐色，鸣声可爱。中国叫作知更雀。

第七章的翠菊是 Aster；莘尼亚是 Zinnia 的音译，日本称为百日草。

第八章开首的春天的先驱是松雪草（Schneeglöckchen），德国叫它雪钟儿。接着开花的是紫花地丁（Veilchen），其实并不一定是紫色的，也有人译作堇草。最后才开莲馨花（Primel od. Schlüsselblume），日本叫樱草，《辞林》云："属樱草科，自生山野间。叶作卵状心形。花茎长，顶生伞状的花序。花红紫色，或白色；状似樱花，故有此名。"

这回在窗外常春藤上吵闹的白头翁鸟，是 Star 的翻译，不是第四章所说的白头鸟了。但也属于燕雀类,形似鸠而小,全体灰黑色,顶白;栖息野外,造巢树上,成群飞鸣。一名白头发。

约翰讲的池中的动物,也是我们所要详细知道的。但水甲虫是 Wasserkäfer 的直译,不知其详。水蜘蛛(Wasser-läufer)其实也并非蜘蛛,不过形状相像,长只五六分,全身淡黑色而有光泽,往往群集水面。《辞林》云:中国名水黾[15]。因为过于古雅,所以不用。鲵鱼(Salamander)是两栖类的动物,状似蜥蜴,灰黑色,居池水或溪水中,中国有些地方简直以供食用。刺鱼原译作 Stichling,我想这是不对的,因为它是生在深海的底里的鱼。Stachelfisch 才是淡水中的小鱼,背部及腹部有硬刺,长约一尺,在水底的水草的茎叶或须根间作窠,产卵于内。日本称前一种为硬鳍鱼,俗名丝鱼;后一种为棘鳍鱼。

Massliebchen[16]不知中国何名,姑且用日本名,曰雏菊。

小约翰自从失掉了旋儿,其次荣儿之后,和花卉虫鸟们也疏远了。但在第九章上还记着他遇见两种高傲的黄色的夏花:Nachtkerze und Königskerze,直译起来,是夜烛和王烛,学名 Oenother biennis et Verbascum thapsus. 两种都是欧洲的植物,中国没有名目的。前一种近来输入得颇多,许多译籍上都沿用日本名:月见草,月见者,玩月也,因为它是傍晚开的。但北京的花儿匠却曾另立了一个名字,就是月下香;我曾经采用在《桃色的云》里,现在还仍旧。后一种不知道底细,只得直译德国名。

第十一章是凄惨的游览坟墓的场面,当然不会再看见有趣的生物了。穿凿念动黑暗的咒文,招来的虫们,约翰所认识的有五种。蚯蚓和蜈蚣,我想,我们也谁都认识它,和约翰有同等程度的。鼠妇和马陆较为生疏,但我已在引言里说过了。独有给他们打灯笼的 Ohrwurm,我的《新独和辞书》上注道:蠼螋。虽然明明译成了方块字,而且确是中国名,其实还是和 Ohrwurm 一样地不能懂,因为我终于不知道这究竟是怎样的东西。放出"学者"的本领来查古书,有的,《玉篇》〔17〕云:"蛷螋,虫名;亦名蠼螋。"还有《博雅》〔18〕云:"蛷螋,蟱蛷也。"也不得要领。我也只好私淑号码博士,看见中国式的号码便算满足了。还有一个最末的手段,是译一段日本的《辞林》来说明它的形状:"属于冒翅类中蠼螋科的昆虫。体长一寸许;全身黑褐色而有黄色的脚。无翅;有触角二十节。尾端有歧,以挟小虫之类。"

第十四章以 Sandäuglein 为沙眸子,是直译的,本文就说明着是一种小胡蝶。

还有一个 münze,我的《新独和辞书》上除了货币之外,没有别的解释。乔峰来信云:"查德文分类学上均无此名。后在一种德文字典上查得 münze 可作 minze 解一语,而 minze 则薄荷也。我想,大概不错的。"这样,就译为薄荷。

一九二七年六月十四日写讫。鲁迅。

＊　　＊　　＊

〔1〕 本篇最初印入 1928 年 1 月北京未名社出版的《小约翰》。

〔2〕 "讨赤" 原是北洋军阀常用的一个政治口号,他们往往把一切共产主义的、革命的、稍带进步色彩的、以至为他们所敌视的各种事物统称之为"赤化",而把他们对此采取的战争行动和镇压措施称为"讨赤"。鲁迅作本篇时正是奉系军阀盘踞北京,以"讨赤"为名肆行白色恐怖的时候。

〔3〕 "革命策源地" 广东是第一次国内革命战争时期最早的革命根据地,所以当时曾被称为"革命的策源地"。鲁迅作本篇已在 1927年"四一二"反共政变之后,所以说"不敢妄想从容"。

〔4〕 Hertwig 赫尔特维希(R. von Hertwig, 1850—1937),德国动物学家。

〔5〕 Strassburger 施特拉斯布格(E. Strassburger, 1844—1912),德国植物学家。

〔6〕 《植物学大辞典》 杜亚泉等编辑,1918 年 2 月上海商务印书馆出版。

〔7〕 经学家 研究儒家经籍的学者。《毛诗》,古文经学派所传《诗经》,相传西汉初年由毛亨传毛苌而行于世。三国吴陆玑著有《毛诗草木鸟兽虫鱼疏》,是一部注解《毛诗》中的动植物的专书。

〔8〕 小学家 研究语言文字的学者;汉代称文字学为小学。《尔雅》,中国最早解释词义的专书,作者不详。全书共十九篇,前三篇为一般词语,其下各篇则为各种名物的解释。

〔9〕 《本草》 记载中医药物的专书,统称《本草》,如《神农本草经》、《本草纲目》;药物包括矿物及动植物等。

〔10〕 凯白勒 荷兰语作 Nachtegalskruid,意云"夜莺草"。Anthriscus,峨参属。

〔11〕 ジヤク 罗马字拼写为 jaku,生长于北海道至九州山地的多年生草本植物。

〔12〕《本草别录》 又名《名医别录》,南朝梁陶弘景著。原书已佚,其内容曾录入《重修政和经史证类备用本草》(简称《证类本草》)一书。鲁迅的引文见该书卷十四。

〔13〕 Pirol 即黄鸟。燕雀目黄鸟科,黄鸟属。常在山地和平原栖息,喜水浴。

〔14〕《化学卫生论》 一部关于营养学的书,英国真司腾著,罗以斯增订,傅兰雅译,计四卷三十三章。1879 年上海广学会出版。霍布,通译忽布,见该书第十六章《论忽布花等醉性之质》。

〔15〕 水黾 亦名水马,栖息于池沼的小虫。

〔16〕 Massliebchen 学名 Bellis perennis,《植物学大辞典》的译名是延命菊,《英拉汉植物名称》则译为雏菊。

〔17〕《玉篇》 古代字书,南朝梁顾野王编撰,唐孙强增补,宋陈彭年等重修。三十卷。体例仿《说文解字》。

〔18〕《博雅》 古代词书,三国魏张揖编撰,篇目次序据《尔雅》,共十卷。原题《广雅》,隋时避炀帝(杨广)讳,改名《博雅》。

《思想·山水·人物》[1]

题　记[2]

　　两三年前，我从这杂文集中翻译《北京的魅力》[3]的时候，并没有想到要续译下去，积成一本书册。每当不想作文，或不能作文，而非作文不可之际，我一向就用一点译文来塞责，并且喜欢选取译者读者，两不费力的文章。这一篇是适合的。爽爽快快地写下去，毫不艰深，但也分明可见中国的影子。我所有的书籍非常少，后来便也还从这里选译了好几篇，那大概是关于思想和文艺的。

　　作者的专门是法学，这书的归趣是政治，所提倡的是自由主义。我对于这些都不了然。只以为其中关于英美现势和国民性的观察，关于几个人物，如亚诺德，威尔逊，穆来[4]的评论，都很有明快切中的地方，滔滔然如瓶泻水，使人不觉终卷。听说青年中也颇有要看此等文字的人。自检旧译，长长短短的已有十二篇，便索性在上海的"革命文学"潮声中，在玻璃窗下，[5]再译添八篇，凑成一本付印了。

　　原书共有三十一篇。如作者自序所说，"从第二篇起，到第二十二篇止，是感想；第二十三篇以下，是旅行记和关于旅行的感想。"我于第一部分中，选译了十五篇；从第二部分中，只选译了四篇，因为从我看来，作者的旅行记是轻妙的，但往往过于轻妙,令人如读日报上的杂俎,因此倒减却移译的兴趣了。那一篇《说自由主义》,也并非我所注意的文字。我自己,倒以为瞿提所说,自由和平等不能并求,也不能并得的话,更有见地,所以人们只得先取其一的。然而那却正是作者所研究和神往的东西,为不失这书的本色起见,便特地译上那一篇去。

这里要添几句声明。我的译述和绍介,原不过想一部分读者知道或古或今有这样的事或这样的人,思想,言论;并非要大家拿来作言动的南针。世上还没有尽如人意的文章,所以我只要自己觉得其中有些有用,或有些有益,于不得已如前文所说时,便会开手来移译,但一经移译,则全篇中虽间有大背我意之处,也不加删节了。因为我的意思,是以为改变本相,不但对不起作者,也对不起读者的。

我先前译印厨川白村的《出了象牙之塔》时,办法也如此。且在后记里,曾悼惜作者的早死,因为我深信作者的意见,在日本那时是还要算急进的。后来看见上海的《革命的妇女》上,元法先生的论文[6],才知道他因为见了作者的另一本《北米印象记》[7]里有赞成贤母良妻主义的话,便颇责我的失言,且惜作者之不早死。这实在使我很惶恐。我太落拓,因此选择也一向没有如此之严,以为倘要完全的书,天下可读的书怕要绝无,倘要完全的人,天下配活的人也就有限。每一本书,从每一个人看来,有是处,也有错处,在现今的时候是一定难免的。我希望这一本书的读者,肯体察我以上的声明。

例如本书中的《论办事法》是极平常的一篇短文,但却很给了我许多益处。我素来的做事,一件未毕,是总是时时刻刻放在心中的,因此也易于困惫。那一篇里面就指示着这样脾气的不行,人必须不凝滞于物。我以为这是无论做什么事,都可以效法的,但万不可和中国祖传的"将事情不当事"即"不认真"相牵混。

原书有插画三幅,因为我觉得和本文不大切合,便都改换了,并且比原数添上几张,[8]以见文中所讲的人物和地方,希望可以增加读者的兴味。帮我搜集图画的几个朋友,我便顺手在此表明我的谢意,还有教给我所不解的原文的诸君。

一九二八年三月三十一日,鲁迅于上海寓楼译毕记。

* * * * *

〔1〕 《思想·山水·人物》 日本鹤见祐辅的随笔集。原书于1924年12月15日由日本东京大日本雄辩会社出版发行,共收杂文三十一篇。鲁迅从1925年4月至1928年3月先后选译了二十篇集为一册,于1928年5月由北新书局出版。其中十三篇(包括原序)的译文在收入单行本之前,曾分别发表于当时的报刊(《京报副刊》、《民众文艺周刊》、《莽原》半月刊、《北新》周刊、《北新》半月刊、《语丝》周刊)。

鹤见祐辅(1885—1972),日本评论家。曾留学美国。主要著作除了《思想·山水·人物》外,还有《南洋游记》、《欧美名士印象记》、《拜仑传》等。

〔2〕 本篇最初以《关于思想山川人物》为题,连同《思想·山水·人物》序言的译文,发表于1928年5月28日《语丝》周刊第四卷第二十二期,后收入《思想·山水·人物》单行本。

〔3〕 《北京的魅力》 其译文曾连载于《民众文艺周刊》第二十六

至二十九期(1925 年 6 月 30 日至 7 月 21 日)。下文提到的《说自由主义》和《论办事法》鲁迅译出后未单独发表过。

〔4〕 亚诺德(M. Arnold,1822—1888) 英国文艺批评家、诗人。著有《文学批评论文集》等。威尔逊(W. Wilson,1856—1924),美国第二十八任总统,民主党人。穆来(J. Morley,1838—1923),英国历史学家、政论家,曾任自由党内阁大臣。《思想、山水、人物》中《断想》一篇共二十七节,其中第九至十八节对威尔逊、亚诺德、穆来及英美民族性的异同颇多议论。

〔5〕 "革命文学"潮声 指 1928 年初创造社等文学团体发起的革命文学运动及其对鲁迅的"批判"。冯乃超在是年 1 月发表于《文化批判》创刊号的《艺术与社会生活》一文中,曾讽刺鲁迅"醉眼陶然地眺望窗外的人生",所以这里的"在玻璃窗下"一语,含有反讽之意。

〔6〕 《革命的妇女》 国民党上海市党部妇女部主办的刊物,吕云章主持。

〔7〕 《北米印象记》 即《北美印象记》,参见本卷第 259 页注〔6〕。

〔8〕 原书插图三幅为:沉思中的威尔逊、和兰陀的姑娘、美国土著人的幼儿。鲁迅译本改换、添加的插图共九幅:著者在美国霍特生河畔,渥特罗·威尔逊照像,互勒泰·培约德画像,马太·亚诺德画像,克理曼沙·鲁豪·乔治及威尔逊,美国米希锡比河的风景,亚那托尔·法兰斯照像,比利时滑铁卢的纪念塔,中国北京城和骆驼。

《说幽默》译者附记[1]

　　将 humour 这字,音译为"幽默",是语堂开首的[2]。因为那两字似乎含有意义,容易被误解为"静默","幽静"等,所以我不大赞成,一向没有沿用。但想了几回,终于也想不出别的什么适当的字来,便还是用现成的完事。一九二六,一二,七。译者识于厦门。

*　　　　*　　　　*

　　〔1〕 本篇连同《说幽默》的译文,最初发表于 1927 年 1 月 10 日《莽原》半月刊第二卷第一期,后来同印入单行本。

　　〔2〕 语堂 即林语堂(1895—1976),福建龙溪人,作家。早年留学美国、德国,回国后任北京大学、厦门大学教授,三十年代在上海主编《论语》、《人间世》等杂志,提倡性灵幽默文学。著有杂文集《剪拂集》等。他于 1924 年 5 月 23 日、6 月 9 日先后在《晨报副镌》上发表《征译散文并提倡"幽默"》和《幽默杂话》,首次将英语中的 humour 一词音译为"幽默",并解释了这样翻译的理由。

《书斋生活与其危险》译者附记[1]

这是《思想·山水·人物》中的一篇,不写何时所作,大约是有所为而发的。作者是法学家,又喜欢谈政治,所以意见如此。

数年以前,中国的学者们[2]曾有一种运动,是教青年们躲进书斋去。我当时略有一点异议[3],意思也不过怕青年进了书斋之后,和实社会实生活离开,变成一个呆子,——胡涂的呆子,不是勇敢的呆子。不料至今还负着一个"思想过激"的罪名,而对于实社会实生活略有言动的青年,则竟至多遭意外的灾祸。译此篇讫,遥想日本言论之自由,真"不禁感慨系之矣"!

作者要书斋生活者和社会接近,意在使知道"世评",改正自己一意孤行的偏宕的思想。但我以为这意思是不完全的。第一,要先看怎样的"世评"。假如是一个腐败的社会,则从他所发生的当然只有腐败的舆论,如果引以为鉴,来改正自己,则其结果,即非同流合汙,也必变成圆滑。据我的意见,公正的世评使人谦逊,而不公正或流言式的世评,则使人傲慢或冷嘲,否则,他一定要愤死或被逼死的。

一九二七年六月一日,译者附记。

＊　　　＊　　　＊

〔1〕 本篇连同《书斋生活与其危险》的译文，最初发表于 1927 年 6 月 25 日《莽原》半月刊第二卷第十二期。单行本未收。

〔2〕 学者们　指胡适等人。胡适在 1922 年创办《努力周报》，在它的副刊《读书杂志》上，曾劝人"踱进研究室"、"整理国故"。五卅运动后，他又在《现代评论》第二卷第三十九期（1925 年 9 月 5 日）发表《爱国运动与求学》一文，主张救国必先求学。

〔3〕 一点异议　鲁迅在 1925 年 3 月 29 日致徐炳昶的信（见《华盖集·通讯》）中曾说："前三四年有一派思潮，毁了事情颇不少。学者多劝人踱进研究室……乃是他们所公设的巧计，是精神的枷锁，……不料有许多人，却自囚在什么室什么宫里，岂不可惜。"另在《华盖集·碎话》中也批评过"进研究室"的主张。

《壁下译丛》[1]

小　引[2]

　　这是一本杂集三四年来所译关于文艺论说的书,有为熟人催促,译以塞责的,有闲坐无事,自己译来消遣的。这回汇印成书,于内容也未加挑选,倘有曾在报章上登载而这里却没有的,那是因为自己失掉了稿子或印本。

　　书中的各论文,也并非各时代的各名作。想翻译一点外国作品,被限制之处非常多。首先是书,住在虽然大都市,而新书却极难得的地方,见闻决不能广。其次是时间,总因许多杂务,每天只能分割仅少的时光来阅读;加以自己常有避难就易之心,一遇工作繁重,译时费力,或豫料读者也大约要觉得艰深讨厌的,便放下了。

　　这回编完一看,只有二十五篇,曾在各种期刊上发表过的是三分之二。作者十人,除俄国的开培尔[3]外,都是日本人。这里也不及历举他们的事迹,只想声明一句:其中惟岛崎藤村[4],有岛武郎,武者小路实笃三位,是兼从事于创作的。

　　就排列而言,上面的三分之二——绍介西洋文艺思潮的文字不在内——凡主张的文章都依照着较旧的论据,连《新时代与文艺》[5]这一个新题目,也还是属于这一流。近一年来中国应着"革命文学"的呼声而起的许多论文,就还未能啄破这一层老壳,甚至于踏了"文学是宣传"〔6〕的梯子而爬进唯心的城堡里去了。看这些篇,是很可以借镜的。

后面的三分之一总算和新兴文艺有关。片上伸〔7〕教授虽然死后又很有了非难的人,但我总爱他的主张坚实而热烈。在这里还编进一点和有岛武郎的论争〔8〕,可以看看固守本阶级和相反的两派的主意之所在。末一篇〔9〕不过是绍介,那时有三四种译本先后发表,所以这就搁下了,现在仍附之卷末。

因为并不是一时翻译的,到现在,原书大半已经都不在手头了,当编印时,就无从一一复勘;但倘有错误,自然还是译者的责任,甘受弹纠,决无异言。又,去年"革命文学家"〔10〕群起而努力于"宣传"我的个人琐事的时候,曾说我要译一部论文。那倒是真的,就是这一本,不过并非全部新译,仍旧是曾经"横横直直,发表过的"居大多数,连自己看来,也说不出是怎样精采的书。但我是向来不想译世界上已有定评的杰作,附以不朽的,倘读者从这一本杂书中,于绍介文字得一点参考,于主张文字得一点领会,心愿就十分满足了。

书面的图画,也如书中的文章一样,是从日本书《先驱艺术丛书》上贩来的,〔11〕原也是书面,没有署名,不知谁作,但记以志谢。

一千九百二十九年四月二十日,鲁迅于上海校毕记。

* * * * *

〔1〕 《壁下译丛》 鲁迅在 1924 年至 1928 年间翻译的文艺论文和随笔的结集,1929 年 4 月上海北新书局出版。计收论文二十五篇,其

中十七篇在编集前曾分别发表于当时的报刊(《莽原》周刊、《语丝》周刊、《莽原》半月刊、《小说月报》、《奔流》月刊、《大江月刊》、《国民新报》副刊)。

〔2〕 本篇最初印入《壁下译丛》单行本。

〔3〕 开培尔(R. von Koeber，1848—1923) 德国作家。原籍俄国，早年在莫斯科学习音乐，后在德国留学，毕业后担任日本东京帝国大学教授，1914 年退职，从事写作。

〔4〕 岛崎藤村(1872—1943) 日本作家。原名岛崎春树，作品有自然主义倾向，早年写诗，后写小说，著有诗集《嫩叶集》、小说《破戒》等。

〔5〕 《新时代与文艺》 《壁下译丛》中的一篇，日本文艺评论家金子筑水作，原收入所著《艺术的本质》一书(1925 年 1 月东京堂书店出版发行)。鲁迅的译文曾发表于《莽原》周刊第十四期(1925 年 7 月 24 日)。

〔6〕 "文学是宣传" 语出美国作家辛克莱的《拜金艺术》一书。鲁迅在《三闲集·文艺与革命》(复冬芬信)中说："美国的辛克来儿说：一切文艺是宣传。我们的革命的文学者曾经当作宝贝，用大字印出过。"

〔7〕 片上伸(1884—1928) 日本文艺评论家、俄国文学研究者。日本早稻田大学毕业，曾留学俄国，1924 年又去苏联访问。著有《俄国文学研究》、《俄罗斯的现实》等。

〔8〕 这里所说片上伸和有岛武郎的论争，见于片上伸的《阶级艺术的问题》(原收入所著《文学评论》一书，1926 年 11 月东京新潮社出版发行)和有岛武郎的《宣言一篇》(初载于 1922 年 1 月日本《改造》月刊第四卷第一号，后收入同年 9 月丛文阁出版的《有岛武郎著作集》第十五辑《艺术与生活》)。有岛武郎认为："无论是怎样伟大的学者，或思想家，或运动家，或头领，倘不是第四阶级的劳动者，而想将什么给与第四

阶级,则这分明是僭妄",因为他本人"绝对地不能成为新兴阶级者"。
片上伸则批评他"明知自己是有产者,却满足而自甘于此"。

〔9〕 末一篇 指升曙梦的《最近的戈理基》一文(原载 1928 年 6
月日本《改造》月刊第十卷第六号)。

〔10〕 "革命文学家" 指当时创造社和太阳社的某些人。

〔11〕 《先驱艺术丛书》 日本东京金星堂出版的海外文学译丛,
共十二册,1924 年至 1926 年先后发行。所收均为欧美戏剧作品,多属
未来派或表现派。丛书封面均由神原泰绘制。

《西班牙剧坛的将星》译者附记^{〔1〕}

　　因为记得《小说月报》^{〔2〕}第十四卷载有培那文德的《热情之花》^{〔3〕}，所以从《走向十字街头》译出这一篇，以供读者的参考。一九二四年十月三十一日，译者识。

　　　＊　　　　＊　　　　＊

　　〔1〕　本篇连同《西班牙剧坛的将星》(厨川白村作)的译文，最初发表于 1925 年 1 月《小说月报》第十六卷第一号。单行本未收。

　　〔2〕　《小说月报》　1910 年(清宣统二年)8 月创刊于上海，商务印书馆出版。曾是鸳鸯蝴蝶派的主要刊物之一。1921 年 1 月第十二卷第一号起，先后由沈雁冰、郑振铎主编，改革内容，发表新文学创作和介绍外国文学，成为文学研究会的刊物。1931 年 12 月出至第二十二卷第十二号停刊。

　　〔3〕　培那文德(J. Benavente，1866—1954)　西班牙戏剧家。开始时写抒情诗和小说，后来从事戏剧活动，曾写作剧本一百多部，所以厨川白村称他为"将星"。《热情之花》，或译《玛尔凯丽达》，是他作于 1913 年的一部悲剧。《小说月报》第十四卷第七、八、十二号(1923 年 7、8、12 月)连载的是张闻天的译本。

《小说的浏览和选择》译者附记[1]

开培尔博士(Dr. Raphael Koeber)是俄籍的日耳曼人,但他在著作中,却还自承是德国。曾在日本东京帝国大学作讲师多年,退职时,学生们为他集印了一本著作以作纪念,名曰《小品》(Kleine Schriften)。其中有一篇《问和答》[2],是对自若干人的各种质问,加以答复的。这又是其中的一节,小题目是《论小说的浏览》,《我以为最好的小说》。虽然他那意见的根柢是古典底,避世底,但也极有确切中肯的处所,比中国的自以为新的学者们要新得多。现在从深田,久保二氏[3]的译本译出,以供青年的参考云。

一九二五年十月十二日,译者附记。

*　　　*　　　*

〔1〕　本篇连同《小说的浏览和选择》的译文,最初发表于 1925 年
10 月 19 日《语丝》周刊第四十九期,后同印入《壁下译丛》。

〔2〕　《问和答》　应为《答问者》,是日译本《开培尔博士小品集》
第四篇的总题。

〔3〕　深田、久保　指开培尔的学生深田康算(1878—1927)、久保
勉(1883—1972)二人。他们集印的德文版《Kleine Schriften》出版于 1918
年,次年译为日文版《开培尔博士小品集》,均由日本岩波书店印行。

《卢勃克和伊里纳的后来》译者附记[1]

　　一九二〇年一月《文章世界》[2]所载,后来收入《小小的灯》[3]中。一九二七年即伊孛生[4]生后一百年,死后二十二年,译于上海。

*　　　*　　　*

　　〔1〕　本篇连同《卢勃克和伊里纳的后来》的译文,最初发表于1928年1月《小说月报》第十九卷第一号。单行本未收。

　　卢勃克和伊里纳是易卜生最后一个剧本《当我们死人再生时》(写于1900年)中的两个主要人物。

　　〔2〕　《文章世界》　日本的文艺杂志,月刊,1906年3月创刊,1921年1月起改名《新文学》。田山花袋主编。提倡自然主义。有岛武郎的《卢勃克和伊里纳的后来》一文初载于1920年1月1日该刊第十五卷第一号。

　　〔3〕　《小小的灯》　有岛武郎的文艺论文集,编为《有岛武郎著作集》的第十三辑,1921年4月由日本丛文阁出版发行。

　　〔4〕　伊孛生(H. lbsen,1828—1906)　通译易卜生,挪威戏剧家。青年时曾参加挪威民族独立运动,1848年开始写作,主要作品有《社会支柱》、《玩偶之家》及《国民公敌》等。

《北欧文学的原理》译者附记^{〔1〕}

这是六年以前，片上先生^{〔2〕}赴俄国游学，路过北京，在北京大学所讲的一场演讲；当时译者也曾往听，但后来可有笔记在刊物上揭载，却记不清楚了。今年三月，作者逝世，有论文一本，作为遗著刊印出来^{〔3〕}，此篇即在内，也许还是作者自记的罢，便译存于《壁下译丛》中以留一种纪念。

演讲中有时说得颇曲折晦涩，几处是不相连贯的，这是因为那时不得不如此的缘故，仔细一看，意义自明。其中所举的几种作品，除《我们》^{〔4〕}一篇外，现在中国也都有译本，很容易拿来参考了。今写出如下——

《傀儡家庭》，潘家洵^{〔5〕}译。在《易卜生集》卷一内。《世界丛书》^{〔6〕}之一。上海商务印书馆发行。

《海上夫人》^{〔7〕}（文中改称《海的女人》），杨熙初译。《共学社丛书》^{〔8〕}之一。发行所同上。

《呆伊凡故事》，耿济之^{〔9〕}等译。在《托尔斯泰短篇集》内。发行所同上。

《十二个》，胡斅^{〔10〕}译。《未名丛刊》^{〔11〕}之一。北京北新书局发行。

一九二八年十月九日，译者附记。

＊　　　＊　　　＊

〔1〕　本篇连同《北欧文学的原理》的译文,最初印入《壁下译丛》。

〔2〕　片上先生　即片上伸。

〔3〕　片上伸的遗著即《露西亚文学研究》一书,1928年4月由日本第一书房出版发行。

〔4〕　《我们》　苏联早期文学团体"锻冶场"诗人盖拉西莫夫(M. П. Герасимов,1889—1939)所作短诗,有画室(冯雪峰)译文,收入其译诗集《流冰》中,1929年2月上海水沫书店出版。

〔5〕　《傀儡家庭》　又译《娜拉》、《玩偶之家》,易卜生1879年所作剧本。潘家洵,字介泉,江苏吴县人,新潮社社员,曾在北京大学任教。译有《易卜生集》第一、二集,共收剧本五种。

〔6〕　《世界丛书》　上海商务印书馆在二十年代出版的一种提倡新文化运动的丛书,其中有《现代小说译丛》、《现代日本小说集》等。

〔7〕　《海上夫人》　易卜生1888年所作剧本。杨熙初,未详。

〔8〕　《共学社丛书》　上海商务印书馆在二十年代出版的一种提倡新文化运动的丛书,总主编蒋百里,其中有郑振铎所编俄国小说的译本多种及《俄国戏曲集》的译本十种。

〔9〕　《呆伊凡故事》　列夫·托尔斯泰根据民间故事改写的作品,中译本收入《托尔斯泰短篇小说集》,为《共学社丛书》之一,瞿秋白、耿济之合译。耿济之(1898—1947),上海人,文学研究会发起人之一,翻译家。早年在北京俄文专修馆学习,后曾在中国驻苏联的领事馆任职。译有托尔斯泰和陀思妥耶夫斯基、果戈理、屠格涅夫等作家的小说多种。

〔10〕　《十二个》　长诗,俄国诗人勃洛克(A. A. Блок,1880—1921)作,胡斅译,鲁迅校订。1926年8月北京北新书局出版,为《未名丛刊》之一。胡斅(1901—1943),字成才,浙江龙游人,1924年在北京大

学俄文系毕业,曾留学苏联。

〔11〕 《未名丛刊》 鲁迅编辑的一种丛书,专收翻译作品,先由北新书局出版,后改由北京未名社出版。

《北欧文学的原理》译者附记二[1]

　　片上教授路过北京，在北京大学公开讲演时，我也在旁听，但那讲演的译文，那时曾否登载报章，却已经记不清楚了。今年他去世之后，有一本《露西亚文学研究》[2]出版，内有这一篇，便于三闲[3]时译出，编入《壁下译丛》里。现在《译丛》一时未能印成，而《大江月刊》第一期，陈望道[4]先生恰恰提起这回的讲演，便抽了下来，先行发表，既似应时，又可偷懒，岂非一举而两得也乎哉！

　　这讲演，虽不怎样精深难解，而在当时，却仿佛也没有什么大效果。因为那时是那样的时候，连"革命文学"的司令官成仿吾还在把守"艺术之宫"[5]，郭沫若也未曾翻"一个跟斗"[6]，更不必说那些"有闲阶级"[7]了。

　　其中提起的几种书，除《我们》外，中国现在已经都有译本了——

　　《傀儡家庭》　潘家洵译，在《易卜生集》卷一内。上海商务印书馆发行。

　　《海上夫人》　（文中改称《海的女人》）杨熙初译。发行所同上。

　　《呆伊凡故事》　耿济之等译，在《托尔斯泰短篇集》内。发行所同上。

《十二个》 胡斅译。《未名丛刊》之一。北新书局发行。

要知道得仔细的人是很容易得到的。不过今年是似乎大忌"矛盾",不骂几句托尔斯泰"矛盾"[8]就不时髦,要一面几里古鲁的讲"普罗列塔里亚特意德沃罗基"[9],一面源源的卖《少年维特的烦恼》和《鲁拜集》[10],将"反映支配阶级底意识为支配阶级作他底统治的工作"[11]的东西,灌进那些吓得忙来革命的"革命底印贴利更追亚"[12]里面去,弄得他们"落伍"[13],于是"打发他们去"[14],这才算是不矛盾,在革命了。"鲁迅不懂唯物史观"[15],但"旁观"[16]起来,好像将毒药给"同志"吃,也是一种"新文艺"家的"战略"似的。

上月刚说过不在《大江月刊》上发牢骚,不料写一点尾巴,旧病便复发了,"来者犹可追"[17],这样就算完结。

一九二八年十一月一夜,译者识于上海离租界一百多步
之处。[18]

* * *

〔1〕 本篇连同《北欧文学的原理》的译文,最初发表于 1928 年 11 月号《大江月刊》。单行本未收。

〔2〕 《露西亚文学研究》 即《俄罗斯文学研究》,参见本卷第 314 页注〔3〕。

〔3〕 三闲 成仿吾在《完成我们的文学革命》(载 1927 年 1 月 16 日《洪水》半月刊第三卷第二十五期)中曾论及"趣味文学"说:"我们由现在那些以趣味为中心的文艺,可以知道这后面必有一种以趣味为中心的生活基调,……它所矜持着的是闲暇,闲暇,第三个闲暇。""三闲"

即源于此。

〔4〕 《大江月刊》 综合性杂志,陈望道主编,1928年10月创刊,出至12月第三期停刊。陈望道(1890—1977),浙江义乌人,曾留学日本,研究社会科学、语言学。著有《修辞学发凡》,译有《苏俄文学理论》等。

〔5〕 成仿吾(1897—1984) 湖南新化人,文学批评家。创造社主要成员之一。早年主张文艺"表现自我",追求"纯文艺",1927年后倡导革命文学。"把守'艺术之宫'",指他在1922年至1923年间的为艺术而艺术的倾向。"艺术之宫",原语出于英国诗人丁尼生,他写有以此为题的一首讽喻诗。参见本卷第273页注〔6〕。

〔6〕 郭沫若(1892—1978) 四川乐山人,文学家、历史学家、社会活动家。创造社的主要成员之一。未曾翻"一个跟斗",指他当时还没有实行如他自己后来所说的"方向转换"(见他的《留声机器的回音》,载1928年3月《文化批判》第三号)。

〔7〕 "有闲阶级" 李初梨在《怎样地建设革命文学》(载1928年2月15日《文化批判》月刊第二期)中引用成仿吾所说"三个闲暇"时曾说,"在现代的资本主义社会,有闲阶级,就是有钱阶级"。鲁迅在《三闲集·"醉眼"中的朦胧》中说,李初梨这样说的用意,"似乎要将我挤进'资产阶级'去"。

〔8〕 骂几句托尔斯泰"矛盾" 冯乃超在《艺术和社会生活》(载1928年1月15日《文化批判》月刊创刊号)等文中,曾批评"托尔斯泰的见解的矛盾"。

〔9〕 "普罗列塔里亚特意德沃罗基" 英语Proletariat ideology(无产阶级意识形态)的音译。

〔10〕《少年维特的烦恼》 书信体爱情小说,德国作家歌德著。这里指的是郭沫若的译本,1921年上海泰东图书局出版。《鲁拜集》,波

斯诗人莪默·伽亚谟(Omar Khayyam,1048—1123)的四行诗集,内容为反对宗教和僧侣,宣扬享乐和自由。这里指的是郭沫若的译本,1922年上海泰东图书局出版。鲁拜,波斯的一种四行诗体。

〔11〕 "反映支配阶级底意识"等语,出自克兴的《评驳甘人的〈拉杂一篇〉》一文(载1928年9月10日《创造月刊》第二卷第二期):"任凭作家是什么阶级底人,在他没有用科学的方法,去具体地分析历史的社会的一般的现象,解释社会的现实的运动以前,必然地他不能把一切支配阶级底意识形态克服,他的作品一定要反映支配阶级底意识,为支配阶级作巩固他的统治底工作。"

〔12〕 印贴利更追亚 英语Intelligentsia(知识分子)的音译。

〔13〕 "落伍" 石厚生(成仿吾)在《毕竟是"醉眼陶然"罢了》一文(载1928年5月1日《创造月刊》第一卷第十一期)中曾说,从鲁迅的"醉眼陶然"里,"可以看出时代落伍的印贴利更追亚的自暴自弃"。

〔14〕 "打发他们去" 见成仿吾的《打发他们去》一文(载1928年2月15日《文化批判》月刊第二期):"在意识形态上,把一切封建思想,布尔乔亚的根性与它们的代言者清查出来,给他们一个正确的评价,替它们打包,打发它们去。"

〔15〕 "鲁迅不懂唯物史观" 杜荃(郭沫若)在《文艺战线上的封建余孽》一文(载1928年8月10日《创造月刊》第二卷第一期)中,曾说鲁迅"根本不了解辩证法的唯物论"。

〔16〕 "旁观" 见阿英(钱杏邨)的《"朦胧"以后》一文(载1928年5月20日《我们》月刊创刊号):"今日之鲁迅,实在是可怜得紧,……这是革命的旁观者的态度。也就是鲁迅不会找到出路的根源。"

〔17〕 "来者犹可追" 语出《论语·微子》:"往者不可谏,来者犹可追。"

〔18〕 "离租界一百多步"等语,《创造月刊》第二卷第一期(1928

年8月10日)曾有署名梁自强的《文艺界的反动势力》一文,其中说:鲁迅的"公馆是在租界口上,虽然是中国街,但万一有危险时,仍然可以很容易地逃到租界里去"。这里鲁迅有意引为调侃。

《现代新兴文学的诸问题》[1]

小　引 [2]

　　作者在日本，是以研究北欧文学，负有盛名的人，而在这一类学者群中，主张也最为热烈。这一篇是一九二六年一月所作，后来收在《文学评论》[3]中，那主旨，如结末所说，不过愿于读者解释现今新兴文学"诸问题的性质和方向，以及和时代的交涉等，有一点裨助。"[4]

　　但作者的文体，是很繁复曲折的，译时也偶有减省，如三曲省为二曲，二曲改为一曲[5]之类，不过仍因译者文拙，又不愿太改原来语气，所以还是沈闷累坠之处居多。只希望读者于这一端能加鉴原，倘有些讨厌了，即每日只看一节也好，因为本文的内容，我相信大概不至于使读者看完之后，会觉得毫无所得的。

　　此外，则本文中并无改动；有几个空字，是原本如此的，也不补满，以留彼国官厅的神经衰弱症的痕迹。但题目上却改了几个字，那是，以留此国的我或别人的神经衰弱症的痕迹的了。

　　至于翻译这篇的意思，是极简单的。新潮之进中国，往往只有几个名词，主张者以为可以咒死敌人，敌对者也以为将被咒死，喧嚷一年半载，终于火灭烟消。如什么罗曼主义，自然

321

主义,表现主义,未来主义……仿佛都已过去了,其实又何尝出现。现在借这一篇,看看理论和事实,知道势所必至,平平常常,空嚷力禁,两皆无用,必先使外国的新兴文学在中国脱离"符咒"气味,而跟着的中国文学才有新兴的希望——如此而已。

　　一九二九年二月十四日,译者识。

＊　　　＊　　　＊

　　〔1〕 《现代新兴文学的诸问题》 日本文艺批评家片上伸所著论文,原题《无产阶级文学的理论与实况》。鲁迅所据日文本为东京新潮社 1926 年版,中译本于 1929 年 4 月由上海大江书铺出版,为《文艺理论小丛书》之一。在同一丛书的《文学之社会学的研究》(1928 年大江书铺版)卷末的广告中,此书又题为《最近新文学之诸问题》;又《三闲集》卷末附录的《鲁迅著译书目》中,本书题为《无产阶级文学的理论与实际》。

　　〔2〕 本篇最初印入《现代新兴文学的诸问题》单行本卷首,未在报刊上发表过。

　　〔3〕 《文学评论》 片上伸所作文学批评论文集,1926 年日本东京新潮社出版。

　　〔4〕 原文见该书第十四节:"如果含在以上的粗略的论述之中的评论和事实,能够于解释这问题的性质和方向,以及和时代的交涉等,有一点裨助,那么,这一篇之用,也就很够了。"

　　〔5〕 本卷所收《〈文艺与批评〉译者附记》曾说及翻译之难:"译完一看,晦涩,甚而至于难解之处也真多,倘将仂句拆下来呢,又失了原来的精悍的语气。"(见本卷第 329 页)"将仂句拆下来",当是"三曲省为二

曲,二曲改为一曲之类"译法的具体的说明。仿句,语法术语,现在通称
"主谓词组"。

《艺 术 论》(卢氏)[1]

小 序[2]

这一本小小的书,是从日本昇曙梦[3]的译本重译出来的。书的特色和作者现今所负的任务,原序的第四段中已经很简明地说尽[4],在我,是不能多赘什么了。

作者[5]幼时的身世,大家似乎不大明白。有的说,父是俄国人,母是波兰人;有的说,是一八七八年生于基雅夫地方的穷人家里的;有的却道一八七六年生在波尔泰跋,父祖是大地主。要之,是在基雅夫中学卒业,而不能升学,因为思想新。后来就游学德法,中经回国,遭过一回流刑,再到海外。[6]至三月革命[7],才得自由,复归母国,现在是人民教育委员长。

他是革命者,也是艺术家,批评家。著作之中,有《文学的影像》、《生活的反响》、《艺术与革命》等,最为世间所知,也有不少的戏曲。又有《实证美学的基础》一卷,共五篇,虽早在一九〇三年出版,但是一部紧要的书。因为如作者自序所说,乃是"以最压缩了的形式,来传那有一切结论的美学的大体",并且还成着他迄今的思想和行动的根柢的。

这《艺术论》,出版算是新的,然而也不过是新编。一三两篇我不知道,第二篇原在《艺术与革命》中;末两篇则包括《实

324

证美学的基础》的几乎全部,现在比较如下方——

《实证美学的基础》	《艺术论》
一 生活与理想	五 艺术与生活(一)
二 美学是什么?	
三 美是什么?	四 美及其种类(一)
四 最重要的美的种类	四 同 (二)
五 艺术	五 艺术与生活(二)

　　就是,彼有此无者,只有一篇,我现在译附在后面,即成为《艺术论》中,并包《实证美学的基础》的全部,倘照上列的次序看去,便等于看了那一部了。各篇的结末,虽然间或有些不同,但无关大体。又,原序上说起《生活与理想》这辉煌的文章,而书中并无这题目,比较之后,才知道便是《艺术与生活》的第一章。

　　由我所见,觉得这回的排列和篇目,固然更为整齐冠冕了,但在读者,恐怕倒是依着"实证美学的基础"的排列,顺次看去,较为易于理解;开首三篇,是先看后看,都可以的。

　　原本既是压缩为精粹的书,所依据的又是生物学底社会学,其中涉及生物,生理,心理,物理,化学,哲学等,学问的范围殊为广大,至于美学和科学底社会主义,则更不俟言。凡这些,译者都并无素养,因此每多窒滞,遇不解处,则参考茂森唯士的《新艺术论》[8](内有《艺术与产业》一篇)及《实证美学的基础》外村史郎译本,又马场哲哉译本[9],然而难解之处,往往各本文字并同,仍苦不能通贯,费时颇久,而仍只成一本诘屈枯涩的书,至于错误,尤必不免。倘有潜心研究者,解散原来句法,并将术语改浅,意译为近于解释,才好;或从原文翻译,那就更好了。

其实,是要知道作者的主张,只要看《实证美学的基础》就很够的。但这个书名,恐怕就可以使现在的读者望而却步,所以我取了这一部。而终于力不从心,译不成较好的文字,只希望读者肯耐心一观,大概总可以知道大意,有所领会的罢。如所论艺术与产业之合一,理性与感情之合一,真善美之合一,战斗之必要,现实底的理想之必要,执着现实之必要,甚至于以君主为贤于高蹈者,都是极为警辟的。全书在后,这里不列举了。

一九二九年四月二十二日,于上海译迄,记。鲁迅。

*　　　　*　　　　*

〔1〕 《艺术论》,卢那察尔斯基的关于艺术的论文专集,鲁迅所据昇曙梦日译本为1928年东京白杨社版。中译本译成于1929年4月,同年6月由上海大江书铺出版,为《艺术理论丛书》的第一种,内收论文五篇,又附录一篇。

〔2〕 本篇最初印入《艺术论》单行本卷首,未在报刊上发表过。

〔3〕 昇曙梦(1878—1958) 日本翻译家,俄国文学的研究者。著有《俄国近代文艺思想史》、《俄国现代思潮及文学》等。

〔4〕 昇曙梦在序文第四段中说:"本书中所成为焦点者,是艺术本身和那发达的历程。从中,于艺术底创作的历程,尤其解剖得精细。在这里,是分明可见,能将什么给与对于艺术的阶级底观点,是向着无产阶级的,明白地意识着自己的所属性的艺术家。……我们在卢那卡尔斯基的关于一般美学的许多著述中,要将艺术底创造,在那历程上加

以意识化的尝试,分明可以看出。卢那卡尔斯基当讲述形式底方法之际,又当讲述艺术的内容的价值之际,读者大约到处会在自己之前,看见不独是各流派的单单的艺术学者,且是一定倾向的实际底指导者的。这完全的活的艺术底经验的结晶之处,即本书的价值和意义之所在。"

〔5〕　指卢那察尔斯基(А.В.Луначарский,1875—1933),苏联文艺评论家。1917年10月革命后至1929年间任苏联教育人民委员。著有《艺术的社会基础》、《艺术与马克思主义》、《欧洲文学史纲要》等,以及《浮士德与城》、《解放了的堂·吉诃德》等剧本。

〔6〕　卢那察尔斯基系1875年出生于波尔塔瓦的一个思想开明的官员家庭。基雅夫,通译基辅;波尔泰跋,通译波尔塔瓦。卢那察尔斯基曾于1895年进瑞士苏黎世大学,一年后去巴黎,1898年回国。次年以"反政府"的罪名被捕,判处流刑。1904年刑满后在国外从事革命活动。

〔7〕　三月革命　1917年3月12日俄国彼得堡工人和士兵在布尔什维克领导之下起义,推翻了沙皇政府。这一天俄历为2月27日,所以史称二月革命。

〔8〕　茂森唯士(1895—1973)　日本的苏联问题研究者,曾任《日本评论》社总编辑、世界动态研究社社长。著有《苏联现状读本》、《日本与苏联》等。《新艺术论》是他翻译的卢那察尔斯基的著作,1925年12月日本至上社出版发行。

〔9〕　外村史郎　原名马场哲哉(1891—1951),日本翻译家、俄国文学研究者。主要译有马克思、恩格斯的《艺术论》和普列汉诺夫的《艺术论》等。署外村史郎翻译的是《艺术的社会基础》,1928年11月日本丛文阁出版发行;署马场哲哉翻译的是《实证美学的基础》,1926年4月日本人会出版部出版发行。

《文 艺 与 批 评》[1]

译 者 附 记[2]

在一本书之前,有一篇序文,略述作者的生涯,思想,主张,或本书中所含的要义,一定于读者便益得多。但这种工作,在我是力所不及的,因为只读过这位作者所著述的极小部分。现在从尾濑敬止的《革命露西亚的艺术》[3]中,译一篇短文[4]放在前面,其实也并非精良坚实之作——我恐怕他只依据了一本《研求》[5]——不过可以略知大概,聊胜于无罢了。

第一篇是从金田常三郎所译《托尔斯泰与马克斯》的附录里重译的[6],他原从世界语的本子译出,所以这译本是重而又重。艺术何以发生之故,本是重大的问题,可惜这篇文字并不多,所以读到终篇,令人仿佛有不足之感。然而他的艺术观的根本概念,例如在《实证美学的基础》中所发挥的,却几乎无不具体而微地说在里面,领会之后,虽然只是一个大概,但也就明白一个大概了。看语气,好像是讲演,惟不知讲于那一年。

第二篇是托尔斯泰死去的翌年——一九一一年——二月,在《新时代》[7]揭载,后来收在《文学底影像》[8]里的。今年一月,我从日本辑印的《马克斯主义者之所见的托尔斯泰》中杉本良吉的译文[9]重译,登在《春潮》月刊[10]一卷三期上。末尾有一点短跋,略述重译这篇文章的意思,现在再录在下面——

　　"一,托尔斯泰去世时,中国人似乎并不怎样觉得,现在倒回上去,从这篇里,可以看见那时西欧文学界有名的人们——法国的 Anatole France[11],德国的 Gerhart Hauptmann[12]。意大利的 Giovanni Papini[13],还有青年作家 D'Ancelis[14] 等——的意见,以及一个科学底社会主义者——本论文的作者——对于这些意见的批评,较之由自己一一搜集起来看更清楚,更省力。

　　"二,借此可以知道时局不同,立论便往往不免于转变,豫知的事,是非常之难的。在这一篇上,作者还只将托尔斯泰判作非友非敌,不过一个并不相干的人;但到一九二四年的讲演,却已认为虽非敌人的第一阵营,但是'很麻烦的对手'了,这大约是多数派[15]已经握了政权,于托尔斯泰派之多,渐渐感到统治上的不便的缘故。到去年,托尔斯泰诞生百年记念时,同作者又有一篇文章叫作《托尔斯泰记念会的意义》[16],措辞又没有演讲那么峻烈了,倘使这并非因为要向世界表示苏联未尝独异,而不过内部日见巩固,立论便也平静起来:那自然是很好的。

　　"从译本看来,卢那卡尔斯基的论说就已经很够明白,痛快了。但因为译者的能力不够和中国文本来的缺点,译完一看,晦涩,甚而至于难解之处也真多;倘将仂句拆下来呢,又失了原来的精悍的语气。在我,是除了还是这样的硬译之外,只有'束手'这一条路——就是所谓'没有出路'——了,所余的惟一的希望,只在读者还肯硬着头皮看下去而已。"

约略同时，韦素园君的从原文直接译出的这一篇，也在《未名》半月刊[17]二卷二期上发表了。他多年卧在病床上还翻译这样费力的论文，实在给我不少的鼓励和感激。至于译文，有时晦涩也不下于我，但多几句，精确之处自然也更多，我现在未曾据以改定这译本，有心的读者，可以自去参看的。

第三篇就是上文所提起的一九二四年在墨斯科的讲演，据金田常三郎的日译本重译的，曾分载去年《奔流》[18]的七，八两本上。原本并无种种小题目，是译者所加，意在使读者易于省览，现在仍然袭而不改。还有一篇短序，于这两种世界观的差异和冲突，说得很简明，也节译一点在这里——

"流成现代世界人类的思想圈的对蹠底二大潮流，一是唯物底思想，一是唯心底思想。这两个代表底思想，其间又夹杂着从这两种思想抽芽，而变形了的思想，常常相克，以形成现代人类的思想生活。

"卢那卡尔斯基要表现这两种代表底观念形态，便将前者的非有产者底唯物主义，称为马克斯主义，后者的非有产者底精神主义，称为托尔斯泰主义。

"在俄国的托尔斯泰主义，当无产者独裁的今日，在农民和智识阶级之间，也还有强固的思想底根底的。……这于无产者的马克斯主义底国家统制上，非常不便。所以在劳农俄国人民教化的高位[19]的卢那卡尔斯基，为拂拭在俄国的多数主义的思想底障碍石的托尔斯泰主义起见，作这一场演说，正是当然的事。

"然而卢那卡尔斯基并不以托尔斯泰主义为完全的正面之敌。这是因为托尔斯泰主义在否定资本主义,高唱同胞主义,主张人类平等之点,可以成为或一程度的同路人的缘故。那么,在也可以看作这演说的戏曲化的《被解放了的堂吉诃德》[20]里,作者虽在揶揄人道主义者,托尔斯泰主义的化身吉诃德老爷,却决不怀着恶意的。作者以可怜的人道主义的侠客堂·吉诃德为革命的魔障,然而并不想杀了他来祭革命的军旗。我们在这里,能够看见卢那卡尔斯基的很多的人性和宽大。"

第四和第五两篇,都从茂森唯士的《新艺术论》[21]译出,原文收在一九二四年墨斯科出版的《艺术与革命》[22]中。两篇系合三回的演说而成,仅见后者的上半注云"一九一九年末作",其余未详年代,但看其语气,当也在十月革命后不久,艰难困苦之时。其中于艺术在社会主义社会里之必得完全自由,在阶级社会里之不能不暂有禁约,尤其是于俄国那时艺术的衰微的情形,指导者的保存,启发,鼓吹的劳作,说得十分简明切要。那思虑之深远,甚至于还因为经济,而顾及保全农民所特有的作风。这对于今年忽然高唱自由主义的"正人君子"[23],和去年一时大叫"打发他们去"的"革命文学家"[24],实在是一帖喝得会出汗的苦口的良药。但他对于俄国文艺的主张,又因为时地究有不同,所以中国的托名要存古而实以自保的保守者,是又不能引为口实的。

末一篇是一九二八年七月,在《新世界》[25]杂志上发表的很新的文章,同年九月,日本藏原惟人[26]译载在《战旗》[27]

里,今即据以重译。原译者按语中有云:"这是作者显示了马克斯主义文艺批评的基准的重要的论文。我们将苏联和日本的社会底发展阶段之不同,放在念头上之后,能够从这里学得非常之多的物事。我希望关心于文艺运动的同人,从这论文中摄取得进向正当的解决的许多的启发。"这是也可以移赠中国的读者们的。还有,我们也曾有过以马克斯主义文艺批评自命的批评家了,但在所写的判决书中,同时也一并告发了自己。这一篇提要,即可以据以批评近来中国之所谓同种的"批评"。必须更有真切的批评,这才有真的新文艺和新批评的产生的希望。

本书的内容和出处,就如上文所言。虽然不过是一些杂摘的花果枝柯,但或许也能够由此推见若干花果枝柯之所由发生的根柢。但我又想,要豁然贯通,是仍须致力于社会科学这大源泉的,因为千万言的论文,总不外乎深通学说,而且明白了全世界历来的艺术史之后,应环境之情势,回环曲折地演了出来的支流。

六篇中,有两篇半[28]曾在期刊上发表,其余都是新译的。我以为最要紧的尤其是末一篇[29],凡要略知新的批评者,都非细看不可。可惜译成一看,还是很艰涩,这在我的力量上,真是无可如何。原译文上也颇有错字,能知道的都已改正,此外则只能承袭,因为一人之力,察不出来。但仍希望读者倘有发见时,加以指摘,给我将来还有改正的机会。[30]

至于我的译文,则因为匆忙和疏忽,加以体力不济,谬误和遗漏之处也颇多。这首先要感谢雪峰[31]君,他于校勘时,先就给我改正了不少的脱误。

　　一九二九年八月十六日之夜，鲁迅于上海的风雨，啼哭，歌笑声中记。

　　＊　　　　＊　　　　＊

　　〔1〕 《文艺与批评》 鲁迅编译的卢那察尔斯基的文艺评论集，共收论文六篇。其中有三篇未在报刊上发表过。此书于 1929 年 10 月由上海水沫书店出版，列为《科学的艺术论丛书》之一。

　　〔2〕 本篇最初印入《文艺与批评》单行本末，未在报刊发表过。

　　〔3〕 尾濑敬止(1889—1952) 日本翻译家。十月革命后曾两次游历苏联，著有《俄罗斯十大革命家》、《革命俄罗斯的艺术》等书，并翻译《工农俄罗斯诗集》等。《革命露西亚的艺术》，1925 年 5 月实业之日本社出版发行。

　　〔4〕 指《为批评家的卢那卡尔斯基》一文。

　　〔5〕 《研求》 卢那察尔斯基早期写的一本哲学随笔。

　　〔6〕 "第一篇"，指该集所收《艺术是怎样地发生的》。《托尔斯泰与马克斯》，卢那察尔斯基著作的日译本之一，1927 年 6 月由原始社出版发行。下文中的"第二篇"，指《托尔斯泰之死与少年欧罗巴》；"第三篇"，指《托尔斯泰与马克斯》；"第四和第五两篇"，指《今日的艺术与明日的艺术》和《苏维埃国家与艺术》；"末一篇"，指《关于马克斯主义文艺批评之任务的提要》。

　　〔7〕 《新时代》 应为《新生活》，1910 年创刊于彼得堡，迄于1915 年。《托尔斯泰之死与少年欧罗巴》最初发表于《新生活》1911 年第二期。

　　〔8〕 《文学底影像》 一译《文学剪影》，卢那察尔斯基的文学评

论集,1923 年出版。

〔9〕 《马克斯主义者之所见的托尔斯泰》 日本国际文化研究会编,1928 年 12 月丛文阁出版发行。杉本良吉(1907—1939),原名吉田好正,日本左翼戏剧家。著有《现代演剧论》(与高桥健二合著),译有《札利亚巡洋舰》、《劳农露西亚戏剧集》。

〔10〕 《春潮》月刊 文艺刊物,夏康农、张友松编辑,上海春潮书局发行,1928 年 11 月创刊,1929 年 9 月停刊。

〔11〕 Anatole France 阿那托尔·法朗士(1844—1924) 法国作家。著有长篇小说《波纳尔之罪》、《黛依丝》、《企鹅岛》以及文学评论集《文学生活》等。

〔12〕 Gerhart Hauptmann 葛尔哈特·霍普特曼(1862—1946),德国剧作家。青年时代同情劳动人民,与当时的社会民主党人有过接触。但在第一次世界大战时,他曾为德国的侵略战争辩护,希特勒执政后,又曾对纳粹主义表示妥协。他在 1892 年出版的剧本《织工》以 1844 年西里西亚纺织工人起义为题材。此外还作有剧本《日出之前》、《獭皮》等。

〔13〕 Giovanni Papini 乔凡尼·巴比尼(1881—1956),意大利作家、哲学家。早年从事新闻工作,原为无神论者,后改信天主教。著有《哲学家的曙光》、《基督传》等。

〔14〕 D'Ancelis 丹契理斯,意大利作家。论文《对于托尔斯泰之死的生命的回答》的作者。

〔15〕 多数派 布尔什维克的意译。

〔16〕 《托尔斯泰记念会的意义》 此文的日译本收入《马克斯主义者所见之托尔斯泰》一书。

〔17〕 《未名》半月刊 北京未名社编辑的文艺刊物,1928 年 1 月 10 日创刊,1930 年 4 月 30 日终刊,主要介绍俄国及其它外国文学。

〔**18**〕 《奔流》 鲁迅与郁达夫编辑的文艺月刊,1928 年 6 月创刊于上海,出至 1929 年 12 月第二卷第五期停刊。鲁迅曾写有相关的"编校后记"十二篇,现收入《集外集》。

〔**19**〕 指在十月革命后担任苏联教育人民委员的职务。

〔**20**〕 《被解放了的堂吉诃德》 卢那察尔斯基于 1922 年写作的戏剧,有易嘉(瞿秋白)译本,1934 年上海联华书局出版,为《文艺连丛》之一。

〔**21**〕 《新艺术论》 卢那察尔斯基论著的日译本之一,1925 年 12 月至上社出版发行。

〔**22**〕 《艺术与革命》 卢那察尔斯基的文艺理论著作。

〔**23**〕 "正人君子" 指新月派文人。1929 年间,他们在政治上竭力主张"英国式民主",宣扬"思想自由"和"言论出版自由",同时又反对革命文学。

〔**24**〕 这里的"革命文学家"和下文中"以马克斯主义文艺批评自命的批评家",均指当时创造社、太阳社的一些成员。

〔**25**〕 《新世界》 苏联文艺、社会、政治的综合性月刊,1925 年 1 月创刊于莫斯科,后来成为苏联作家协会的机关刊物。

〔**26**〕 藏原惟人(1902—1991) 日本文艺评论家、翻译家。

〔**27**〕 《战旗》 全日本无产者艺术联盟的机关刊物,1928 年 5 月创刊,1930 年 6 月停刊。撰稿者有小林多喜二、德永直等。藏原惟人所译《马克斯主义文艺批评的任务》原载于该刊第一卷第五号(1928 年 9 月)。

〔**28**〕 这里所说的"两篇半",指《托尔斯泰与马克斯》(原载 1928 年 12 月 30 日、1929 年 1 月 30 日《奔流》月刊第一卷第七、八期),《托尔斯泰之死与少年欧罗巴》(原载 1929 年 2 月 15 日《春潮》月刊第一卷第三期),及《苏维埃国家与艺术》的上半篇(原载 1929 年 5 月 20 日《奔流》

月刊第二卷第一期)。后者的下半篇于 1929 年 12 月 20 日在《奔流》月刊第二卷第五期刊出,其时《文艺与批评》单行本已经出版。

〔29〕 指《关于马克斯主义文艺批评之任务的提要》。在 1930 年 3 月《文艺与批评》再版本中,本篇题目上的"马克斯主义"五字已改为"科学底"三字。

〔30〕 "此外则只能承袭"至"改正的机会",初版本的文字为:"明知其误而不知应作那一字的便代以×,如第九节第五段上的,原译却是'宁'字,就是。"

〔31〕 雪峰 即冯雪峰(1903—1976),浙江义乌人。作家、文艺理论家。"左联"领导成员之一。当时正与鲁迅合作编辑出版《科学的艺术论丛书》。

《托尔斯泰之死与少年欧罗巴》译后记^[1]

第一篇论文,是托尔斯泰死去的翌年——一九一一年——二月,在《Novaia Zhizni》[2]所载,后来收在《文学底影象》里的;现在从《马克斯主义者之所见的托尔斯泰》中杉本良吉的译文重译。重译这篇文章的意思,是极简单的——

一、托尔斯泰去世时,中国人似乎并不怎样觉得,现在倒回上去,从这篇里,可以看见那时欧洲文学界有名的人们——法国的 Anatole France,德国的 Gerhart Hauptmann,意大利的 Giovanni Papini,还有青年作者 D. Ancelis——的意见,以及一个科学底社会主义者——本论文的作者——对于这些意见的批评,较之由自己一一搜集来看更清楚,更省力。

二、借此可以知道时局不同,立论便往往不免于转变,预见的事,是非常之难的。这一篇上,作者还只将托尔斯泰判作非友非敌,不过一个并不相干的人;但到一九二四年的讲演(译载《奔流》七及八本上),却已认为虽非敌人的第一阵营,而是"很麻烦的对手"了,这大约是多数派已经握了政权,于托尔斯泰派之多,渐渐感到统治上的不便的缘故。到去年,托尔斯泰诞生百年纪念时,同作者又有一篇文章叫作《托尔斯泰记念会的意义》,措辞又没有演讲那么峻烈了,倘使这并非因为要向世界表示苏联未尝独异,而不过内部日见巩固,立论便也平静起来：那自然是很好的。

从译本看来，卢那卡尔斯基的论说就已经很够明白，痛快了。但因为译者的能力不够和中国文本来的缺点，译完一看，晦涩，甚而至于难解之处也真多；倘将仿句拆下来呢，又失了原来的精悍的语气。在我，是除了还是这样的硬译之外，只有"束手"这一条路——就是所谓"没有出路"——了，所余的惟一的希望，只在读者还肯硬着头皮看下去而已。

一九二九年一月二十日，鲁迅译讫附记。

* * *

〔1〕 本篇连同《托尔斯泰之死与少年欧罗巴》的译文，最初发表于 1929 年 2 月 15 日《春潮》月刊第一卷第三期。单行本未收。

〔2〕 Novaia Zhizni 俄文 Новая Жизнь 的音译，即《新生活》。参看前篇注〔7〕。

《文 艺 政 策》[1]

后 记[2]

这一部书,是用日本外村史郎和藏原惟人所辑译的本子[3]为底本,从前年(一九二八年)五月间开手翻译,陆续登在月刊《奔流》上面的。在那第一本的《编校后记》[4]上,曾经写着下文那样的一些话——

"俄国的关于文艺的争执,曾有《苏俄的文艺论战》[5]介绍过,这里的《苏俄的文艺政策》,实在可以看作那一部书的续编。如果看过前一书,则看起这篇来便更为明了。序文上虽说立场有三派的不同,然而约减起来,也不过两派。即对于阶级文艺,一派偏重文艺,如瓦浪斯基[6]等,一派偏重阶级,是《那巴斯图》[7]的人们,布哈林[8]们自然也主张支持无产阶级作家的,但又以为最要紧的是要有创作。发言的人们之中,好几个是委员,如瓦浪斯基,布哈林,雅各武莱夫[9],托罗兹基[10],卢那卡尔斯基等;也有'锻冶厂'[11]一派,如普列忒内夫[12];最多的是《那巴斯图》的人们,如瓦进,烈烈威支[13],阿卫巴赫,罗陀夫,培赛勉斯基[14]等,译载在《苏俄的文艺论战》里的一篇《文学与艺术》后面,都有署名在那里。

"'那巴斯图'派的攻击,几乎集中于一个瓦浪斯基——《赤色新地》〔15〕的编辑者。对于他所作的《作为生活认识的艺术》，烈烈威支曾有一篇《作为生活组织的艺术》，引用布哈林的定义，以艺术为'感情的普遍化'的方法，并指摘瓦浪斯基的艺术论，乃是超阶级底的。这意思在评议会的论争〔16〕上也可见。但到后来，藏原惟人在《现代俄罗斯的批评文学》〔17〕中说，他们两人之间的立场似乎有些接近了，瓦浪斯基承认了艺术的阶级性之重要，烈烈威支的攻击也较先前稍为和缓了。现在是托罗兹基，拉迪克〔18〕都已放逐，瓦浪斯基大约也退职，状况也许又很不同了罢。

"从这记录中，可以看见在劳动阶级文学的大本营的俄国的文学的理论和实际，于现在的中国，恐怕是不为无益的；其中有几个空字，是原译本如此，因无别国译本，不敢妄补，倘有备有原书，通函见教或指正其错误的，必当随时补正。"

但直到现在，首尾三年，终于未曾得到一封这样的信札，所以其中的缺憾，还是和先前一模一样。反之，对于译者本身的笑骂却颇不少的，至今未绝。我曾在《"硬译"与"文学的阶级性"》中提到一点大略，登在《萌芽》〔19〕第三本上，现在就摘抄几段在下面——

"从前年以来，对于我个人的攻击是多极了，每一种刊物上，大抵总要看见'鲁迅'的名字，而作者的口吻，则粗粗一看，大抵好像革命文学家。但我看了几篇，竟逐渐觉得废话太多了，解剖刀既不中腠理，子弹所击之处，也不是致命伤。……于是我想,可供参考的这样的理论,是太少了,所以大家有些胡涂。对于敌人,解剖,咬嚼,现在是在所不免的,不过有一本解剖学,有一本烹饪法,依法办理,则构造味道,总还可以较为清楚,有味。人往往以神话中的 Prometheus[20] 比革命者,以为窃火给人,虽遭天帝之虐待不悔,其博大坚忍正相同。但我从别国里窃得火来,本意却在煮自己的肉的,以为倘能味道较好,庶几在咬嚼者那一面也得到较多的好处,我也较不枉费了身躯:出发点全是个人主义。并且还夹杂着小市民性的奢华,以及慢慢地摸出解剖刀来,反而刺进解剖者的心脏里去的'报复'。……然而,我也愿意于社会上有些用处,看客所见的结果仍是火和光。这样,首先开手的就是《文艺政策》,因为其中含有各派的议论。

"郑伯奇先生……便在所编的《文艺生活》[21]上,笑我的翻译这书,是不甘没落,而可惜被别人著了先鞭。翻一本书便会浮起,做革命文学家真太容易了,我并不这样想。有一种小报,则说我的译《艺术论》是'投降'[22]。是的,投降的事,为世上所常有,但其时成仿吾元帅早已爬出日本的温泉,住进巴黎的旅馆,在这里又向谁输诚呢。今年,谥法又两样了……说是'方向转换'。我看见日本的有些杂志中,曾将这四字加在先前的新感觉派片冈铁兵[23]上,算是一个好名词。其实,这些纷纭之谈,也还是只看名目,连想也不肯一想的老病。译一本关于无产阶级文学的书,是不足以证明方向的,倘有曲译,倒反足以为害。我的译书,就也要献给这些速断的无产文学批评家,因为他们是有不贪'爽快',耐苦来研究这种理论的义务的。

"但我自信并无故意的曲译,打着我所不佩服的批评家的伤处了的时候我就一笑,打着我自己的伤处了的时候我就忍疼,却决不有所增减,这也是始终'硬译'的一个原因。自然,世间总会有较好的翻译者,能够译成既不曲,也不'硬'或'死'的文章的,那时我的译本当然就被淘汰,我就只要来填这从'无有'到'较好'的空间罢了。"

因为至今还没有更新的译本出现,所以我仍然整理旧稿,印成书籍模样,想延续他多少时候的生存。但较之初稿,自信是更少缺点了。第一,雪峰当编定时,曾给我对比原译,订正了几个错误;第二,他又将所译冈泽秀虎的《以理论为中心的俄国无产阶级文学发达史》[24]附在卷末,并将有些字面改从我的译例,使总览之后,于这《文艺政策》的来源去脉,更得分明。这两点,至少是值得特行声叙的。

一九三〇年四月十二之夜,鲁迅记于沪北小阁[25]。

*　　　*　　　*

〔1〕 《文艺政策》 即《苏俄的文艺政策》,鲁迅据藏原惟人和外村史郎的日译本重译。内容是 1924 年至 1925 年间俄共〔布〕中央《关于对文艺的党的政策》、《关于文艺领域上的党的政策》两个文件和全俄无产阶级作家协会第一次大会的决议《观念形态战线和文学》,卷首有藏原惟人的"序言",卷末又附录日本冈泽秀虎所作《以理论为中心的俄

国无产阶级文学发达史》(冯雪峰译)。1930 年 6 月上海水沫书店出版,列为《科学的艺术论丛书》之一。正文三篇,最初曾分别发表于《奔流》月刊第一卷第一至第五期,又第七至第十期(1928 年 6 月至 10 月,又 12 月及 1929 年 4 月)。

〔2〕 本篇最初印入《文艺政策》单行本,未在报刊上发表过。

〔3〕 外村史郎和藏原惟人所辑译的本子,原题《露国共产党的文艺政策》,1927 年 11 月日本南宋书院出版发行。1928 年 5 月马克思书房又曾出版。

〔4〕 指《奔流》月刊第一卷第一期(1928 年 6 月 20 日)的《编校后记》。另在该刊第一卷第三期(1928 年 8 月 20 日)的《编校后记》中,也有相关的评述。

〔5〕 《苏俄的文艺论战》 任国桢编译,内收褚沙克的《文学与艺术》、阿卫巴赫等八人联名的《文学与艺术》、瓦浪斯基的《认识生活的艺术与今代》三文,又附录瓦勒夫松的《蒲力汗诺夫与艺术问题》一文。1925 年 8 月北京北新书局出版,为《未名丛刊》之一。鲁迅为此书写有《前记》,后来收入《集外集拾遗》。

〔6〕 瓦浪斯基(А.К.Воронский,1884—1943) 又译沃龙斯基,苏联作家、文艺评论家。1921 年至 1927 年曾主编综合性杂志《赤色新地》(又译《红色处女地》)。著有论文集《在交接点上》、《文学典型》、《艺术与生活》等。

〔7〕 《那巴斯图》 俄语《На Посту》的音译,即《在岗位上》,莫斯科无产阶级作家联盟的机关刊物。1923 年创刊,至 1925 年停刊。

〔8〕 布哈林(Н.И.Бухарин,1888—1938) 早年参加俄国革命运动,十月革命后任俄共中央政治局委员、《真理报》主编等职。1928 年因对经济建设问题持异议受批判,1938 年以"叛国"罪被处死。

〔9〕 雅各武莱夫(Я.А.Яковлев,1896—1939) 苏联文艺评论

家,曾任俄共〔布〕中央出版部部长。

　　〔10〕　托罗兹基(Л. Д. Тродкий,1879—1940)　通译托洛茨基,参与领导十月革命,曾任革命军事委员会主席等职。列宁逝世后他成为联共(布)党内反对派的领袖,1927年被开除出党,1929年被逐出国,后死于墨西哥。

　　〔11〕　"锻冶厂"　即"锻冶场",1920年在莫斯科成立的"左"倾文学团体,以出版文艺刊物《锻冶场》而得名。1928年并入"全苏无产阶级作家联盟"(简称"伐普")。

　　〔12〕　普列忒内夫(В. Ф. Плетнев,1886—1942)　苏联早期文化团体"无产阶级文化协会"的领导人及理论家。

　　〔13〕　瓦进(И. В. Вардин,1890—1941)　苏联文学评论家,全俄无产阶级作家协会的领导人之一。烈烈威支(Л. Г. Лелевич,1901—1948),《在岗位上》的编辑之一。著有《在文学岗位上》、《无产阶级文学的创作道路》等。

　　〔14〕　阿卫巴赫(Л. Л. Авербах,1903—1938)　苏联文艺工作者,曾任《在岗位上》的编委。罗陀夫(С. А. Родов,1893—1968),苏联诗人、文学评论家。原为"锻冶场"成员,1922年10月脱离,后又成为《在岗位上》的领导人之一。培赛勉斯基(А. И. Безыменский,1898—1973),苏联诗人,《在岗位上》的撰稿者。著有《共青团员》、《悲剧之夜》等。

　　〔15〕　《赤色新地》　一译《红色处女地》,包括文艺、科学、政论的大型综合性杂志。苏联国家出版局发行,1921年6月创刊,1942年停刊。

　　〔16〕　评议会　即1924年5月9日召开的关于文艺政策的评议会。论争,指这次会议出席者的发言。

　　〔17〕　《现代俄罗斯的批评文学》　藏原惟人1926年9月2日作,

初载于日本《新潮》杂志 1926 年 12 月号,后收入作者的论文集《新俄罗斯文化的研究》(1928 年 2 月南宋书院出版发行)。

〔18〕 拉迪克(К. Б. Радек,1885—1939) 通译拉狄克,苏联政论家。早年曾参加无产阶级革命运动,1927 年因参加托派集团,一度被联共〔布〕开除出党,1937 年以"阴谋颠覆苏联"罪受审。

〔19〕 《萌芽》 文艺月刊,1930 年 1 月在上海创刊,鲁迅、冯雪峰主编。1930 年 3 月中国左翼作家联盟成立后,成为"左联"的机关刊物,出至第五期被禁,第六期改名《新地》,旋即停刊。

〔20〕 Prometheus 普罗米修斯,希腊神话中造福人类的神。相传他从大神宙斯那里偷了火种给人类,受到宙斯的惩罚,被钉在高加索山的岩石上,让神鹰啄食他的肝脏。

〔21〕 郑伯奇(1895—1979) 陕西长安人,作家,创造社成员。当时他在上海开设文献书房。《文艺生活》,创造社后期的文艺周刊,1928 年 12 月在上海创刊,共出四期。

〔22〕 《艺术论》 鲁迅曾译过两种《艺术论》:卢那察尔斯基的美学论文选集和普列汉诺夫的艺术论文集。这里指前者。"投降",见于 1929 年 8 月 19 日上海小报《真报》所载尚文的《鲁迅与北新书局决裂》一文,其中说鲁迅在被创造社"批判"后,"今年也提起笔来翻过一本革命艺术论,表示投降的意味"。

〔23〕 片冈铁兵(1894—1944) 日本作家。他曾在 1924 年创办《文艺时代》杂志,从事"新感觉派"文艺运动,1928 年后转向进步的文艺阵营。著有长篇小说《女性赞》、《活偶像》等。

〔24〕 冈泽秀虎(1902—1973) 日本文艺批评家,俄国文学研究者。著有《苏联、俄国文学理论》、《集团主义的文艺》等。《以理论为中心的俄国无产阶级文学发达史》,原收入 1929 年 11 月日本世界社出版发行的《无产阶级艺术教程》。

〔25〕 沪北小阁 当时鲁迅住在宝山路附近的景云里十八号,属上海闸北区。

《艺 术 论》(蒲氏)^{〔1〕}

《论文集〈二十年间〉第三版序》译者附记^{〔2〕}

Georg Valentinovitch Plekhanov^{〔3〕}（1857—1918）是俄国社会主义的先进，社会主义劳动党^{〔4〕}的同人，日俄战事起，党遂分裂为多数少数两派，他即成了少数派的指导者^{〔5〕}，对抗列宁，终于死在失意和嘲笑里了。但他的著作，则至于称为科学底社会主义的宝库，无论为仇为友，读者很多。在治文艺的人尤当注意的，是他又是用马克斯主义的锄锹，掘通了文艺领域的第一个。

这一篇是从日本藏原惟人所译的《阶级社会的艺术》^{〔6〕}里重译出来的，虽然长不到一万字，内容却充实而明白。如开首述对于唯物论底文艺批评的见解及其任务；次述这方法虽然或被恶用，但不能作为反对的理由；中间据西欧文艺历史，说明憎恶小资产阶级的人们，最大多数仍是彻骨的小资产阶级，决不能僭用"无产阶级的观念者"这名称；临末说要宣传主义，必须豫先懂得这主义，而文艺家，适合于宣传家的职务之处却很少：都是简明切要，尤合于绍介给现在的中国的。

评论蒲力汗诺夫的书，日本新近译有一本雅各武莱夫的著作[7]；中国则先有一篇很好的瓦勒夫松的短论[8]，译附在《苏俄的文艺论战》中。

一九二九年六月十九夜，译者附记。

＊　　　　＊　　　　＊

〔1〕　《艺术论》　包括普列汉诺夫的四篇论文：《论艺术》、《原始民族的艺术》、《再论原始民族的艺术》和《论文集〈二十年间〉第三版序》。鲁迅据1928年6月日本丛文阁出版发行的外村史郎日译本译出，1930年7月上海光华书局出版，为《科学的艺术论丛书》之一。鲁迅为译本所写序言最初发表于1930年6月1日《新地月刊》（即《萌芽月刊》第一卷第六期），后编入《二心集》。

〔2〕　本篇连同《论文集〈二十年间〉第三版序》的译文，最初发表于1929年7月15日《春潮》月刊第一卷第七期。单行本未收。

〔3〕　Georg Valentinovitch Plekhanov　即格奥尔基·瓦连廷诺维支·普列汉诺夫（Георгий Валентинович Плеханов）。

〔4〕　社会主义劳动党　即俄国社会民主工党。1903年在列宁领导下正式建党，1918年第七次代表大会根据列宁的建议通过决议，改名为俄国共产党〔布〕。

〔5〕　少数派的指导者　指普列汉诺夫成为孟什维克的领袖。

〔6〕　《阶级社会的艺术》　普列汉诺夫著。藏原惟人的日译本于1928年10月由丛文阁出版发行，与外村史郎所译的《艺术论》同属《马克思主义艺术理论丛书》。

〔7〕　指雅各武莱夫的《普列汉诺夫论》。日译本于1929年5月由白杨社出版发行，石田喜与司译。冯雪峰与鲁迅策划译印的《科学的

艺术论丛书》列有此书中译本,但未见出版。

　　〔8〕 瓦勒夫松(М.Б.Волофсон,1880—?) 苏联著作家。著有《苏维埃联邦与资本主义世界》、《苏维埃联邦的经济形象》等。"短论",指他的《蒲力汗诺夫与艺术问题》一文。

《十 月》[1]

后 记[2]

作者的名姓,如果写全,是 Aleksandr Stepanovitch Ya-kovlev。第一字是名;第二字是父名,义云"斯台班的儿子";第三字才是姓。自传上不记所写的年月,但这最先载在理定所编的《文学底俄罗斯》(Vladimir Lidin: Literaturnaya Russiya)[3]第一卷上,于一九二四年出版,那么,至迟是这一年所写的了。一九二八年在墨斯科印行的《作家传》(Pisateli)[4]中,雅各武莱夫的自传也还是这一篇,但增添了著作目录:从一九二三至二八年,已出版的计二十五种。

俄国在战时共产主义[5]时代,因为物质的缺乏和生活的艰难,在文艺也是受难的时代。待到一九二一年施行了新经济政策[6],文艺界遂又活泼起来。这时成绩最著的,是瓦浪斯基在杂志《赤色新地》所拥护,而托罗兹基首先给以一个指明特色的名目的"同路人"[7]。

　　"'同路人'们的出现的表面上的日子,也可以将'绥拉比翁的弟兄'[8]于一九二一年二月一日同在'列宁格勒的艺术之家'[9]里的第一回会议,算进里面去。(中略。)在本质上,这团体在直接底的意义上是并没有表示任何的流派和倾向的。结合着'弟兄'们者,是关于自由的艺术的思想,无论是怎样的东西,凡有计划,他们都是反对者。倘要说他们也有了纲领,那么,那就在一切纲领的否定。将这表现得最为清楚的,是淑雪兼珂(M. Zoshchenko)[10]:'从党员的见地来看,我是没有主义的人。那就好,叫我自己来讲自己,则——我既不是共产主义者,也不是社会革命党员,又不是帝政主义者。我只是俄罗斯人。而且——政治底地,是不道德的人。在大体的规模上,布尔塞维克于我最相近。我也赞成和布尔塞维克们来施行布尔塞维主义。(中略)我爱那农民的俄罗斯。'

"一切'弟兄'的纲领,那本质就是这样的东西。他们用或种形式,表现对于革命的无政府底的,乃至巴尔底山[11](袭击队)底的要素(Moment)的同情,以及对于革命的组织底计划底建设底的要素的那否定底的态度。"(P. S. Kogan[12]:《伟大的十年的文学》第四章。)

《十月》的作者雅各武莱夫,便是这"绥拉比翁的弟兄"们中的一个。

但是,如这团体的名称所显示,虽然取霍夫曼(Th. A. Hoffmann)[13]的小说之名,而其取义,却并非以绥拉比翁为师,乃在恰如他的那些弟兄们一般,各自有其不同的态度。所以各人在那"没有纲领"这一个纲领之下,内容形式,又各不同。例如先已不同,现在愈加不同了的伊凡诺夫(Vsevolod

Ivanov)〔14〕和毕力涅克(Boris pilniak)〔15〕,先前就都是这团体中的一分子。

至于雅各武莱夫,则艺术的基调,全在博爱与良心,而且很是宗教底的,有时竟至于佩服教会。他以农民为人类正义与良心的最高的保持者,惟他们才将全世界连结于友爱的精神。将这见解具体化了的,是短篇小说《农夫》,其中描写着"人类的良心"的胜利。〔16〕我曾将这译载在去年的《大众文艺》〔17〕上,但正只为这一个题目和作者的国籍,连广告也被上海的报馆所拒绝,作者的高洁的空想,至少在中国的有些处所是分明碰壁了。

《十月》是一九二三年之作,算是他的代表作品,并且表示了较有进步的观念形态的。但其中的人物,没有一个是铁底意志的革命家;亚庚临时加入,大半因为好玩,而结果却在后半大大的展开了他母亲在旧房子里的无可挽救的哀惨,这些处所,要令人记起安特来夫(L. Andreev)的《老屋》〔18〕来。较为平静而勇敢的倒是那些无名的水兵和兵士们,但他们又什九由于先前的训练。

然而,那用了加入白军和终于彷徨着的青年(伊凡及华西理)的主观,来述十月革命的巷战情形之处,是显示着电影式的结构和描写法的清新的,虽然临末的几句光明之辞,并不足以掩盖通篇的阴郁的绝望底的氛围气。然而革命之时,情形复杂,作者本身所属的阶级和思想感情,固然使他不能写出更进于此的东西,而或时或处的革命,大约也不能说绝无这样的情景。本书所写,大抵是墨斯科的普列思那街的人们。要知道在别样的环境里的别样的思想感情，我以为自然别有法兑耶夫（A. Fadeev）的《溃灭》[19]在。

他的现在的生活，我不知道。日本的黑田乙吉[20]曾经和他会面，写了一点"印象"，可以略略窥见他之为人：

"最初，我和他是在'赫尔岑之家'[21]里会见的，但既在许多人们之中，雅各武莱夫又不是会出锋头的性质的人，所以没有多说话。第二回会面是在理定的家里。从此以后，我便喜欢他了。

"他在自叙传上写着：父亲是染色工，父家的亲属都是农奴，母家的亲属是伏尔迦的船伙，父和祖父母，是不能看书，也不能写字的。会面了一看，诚然，他给人以生于大俄罗斯的'黑土'中的印象，'素朴'这字，即可就此嵌在他那里的，但又不流于粗豪，平静镇定，是一个连大声也不发的典型底的'以农奴为祖先的现代俄罗斯的新的知识者'。

"一看那以墨斯科的十月革命为题材的小说《十月》，大约就不妨说，他的一切作品，是叙述着他所生长的伏尔迦河下流地方的生活，尤其是那社会底，以及经济底的特色的。

"听说雅各武莱夫每天早上五点钟光景便起床，清洁了身体，静静地诵过经文之后，这才动手来创作。睡早觉，是向来几乎算了一种俄国的知识阶级，尤其是文学者的资格的，然而他却是非常改变了的人。记得在理定的家里，他也没有喝一点酒。"（《新兴文学》[22]第五号 1928。）

他的父亲的职业，我所译的《自传》据日本尾濑敬止的《文艺战线》[23]所载重译，是"油漆匠"，这里却道是"染色工"。原文用罗马字拼起音来，是"Ochez—Mal'Yar[24]"，我不知道谁算译的正确。

这书的底本，是日本井田孝平的原译，前年，东京南宋书院[25]出版，为《世界社会主义文学丛书》的第四篇。达夫[26]先生去年编《大众文艺》，征集稿件，便译了几章，登在那上面，后来他中止编辑，我也就中止翻译了。直到今年夏末，这才在一间玻璃门的房子里，将它译完。其时曹靖华[27]君寄给我一本原文，是《罗曼杂志》（Roman Gazeta）[28]之一，但我没有比照的学力，只将日译本上所无的每章标题添上，分章之处，也照原本改正，眉目总算较为清楚了。

还有一点赘语：

第一，这一本小说并非普罗列泰利亚[29]底的作品。在苏联先前并未禁止，现在也还在通行，所以我们的大学教授拾了侨俄[30]的唾余，说那边在用马克斯学说掂斤估两，多也不是，少也不是，是夸张的，其实倒是他们要将这作为口实，自己来掂斤估两。有些"象牙塔"里的文学家于这些话偏会听到，弄得脸色发白，再来遥发宣言，也实在冤枉得很的。

第二，俄国还有一个雅各武莱夫，作《蒲力汗诺夫论》的，是列宁格勒国立艺术大学的助教,马克斯主义文学的理论家,姓氏虽同,却并非这《十月》的作者。此外,姓雅各武莱夫的,自然还很多。

但是,一切"同路人",也并非同走了若干路程之后,就从此永远全数在半空中翱翔的,在社会主义底建设的中途,一定要发生离合变化,珂干在《伟大的十年的文学》中说:

"所谓'同路人'们的文学,和这(无产者文学),是成就了另一条路了。他们是从文学向生活去的,从那有自立底的价值的技术出发。他们首先第一,将革命看作艺术作品的题材。他们明明白白,宣言自己是一切倾向性的敌人,并且想定了与这倾向之如何,并无关系的作家们的自由的共和国。其实,这些'纯粹'的文学主义者们,是终于也不能不拉进在一切战线上,沸腾着的斗争里面去了的,于是就参加了斗争。到了最初的十年之将终,从革命底实生活进向文学的无产者作家,与从文学进向革命底实生活的'同路人'们,两相合流,在十年之终,而有形成苏维埃作家联盟,使一切团体,都可以一同加入的雄大的企图,来作纪念,这是毫不足异的。"

关于"同路人"文学的过去,以及现在全般的状况,我想,这就说得很简括而明白了。

一九三〇年八月三十日,译者。

＊　　　＊　　　＊

〔1〕　《十月》　苏联"同路人"作家雅各武莱夫描写十月革命时期莫斯科起义的中篇小说,作于 1923 年。鲁迅于 1929 年初开始翻译,次年夏末译毕。至 1933 年 2 月始由上海神州国光社出版,列为《现代文艺丛书》(鲁迅编)之一。

此书前四章的译文,最初曾分刊于《大众文艺》月刊第一卷第五、六两期(1929 年 1 月 20 日及 2 月 20 日);第五章起至末章,译出后未在报刊发表过。

雅各武莱夫(Александр Степанович Яковлев,1886—1953)　全名通译亚力山大·斯捷潘诺维奇·雅柯夫列夫,苏联小说家。十月革命前开始文学创作,曾参加"谢拉皮翁兄弟"文学团体。著有中篇小说《自由民》、《十月》,长篇小说《人和沙漠》等。

〔2〕　本篇最初印入《十月》单行本,未在报刊上发表过。

〔3〕　理定(В.Г.Лидин,1894—?)　苏联小说家,原属"同路人"群体。著有长篇小说《变节者》等。二次大战期间任随军记者,写过不少战争故事。《文学底俄罗斯》,理定主编的一种文艺丛书,第一集出版于 1924 年,题为《文学的俄罗斯·当代俄国散文集》,选辑了二十八位作家的自传及作品。括号内西文为俄语 Владимир Лидин:Литературная Россия 的音译。

〔4〕　Pisateli　俄语 Писатели 的音译,即《作家们》,副题《当代俄罗斯散文作家自传及画像》,1928 年出版于莫斯科。

〔5〕　战时共产主义　苏联在 1918 年至 1920 年间外国武装干涉和国内战争时期所实行的政策,以动员国内一切资源,保证前线需要。内容包括由国家控制全部工业,实行对外贸易垄断制,实行余粮收集制,禁止私人贩卖粮食等项。

〔6〕　新经济政策　苏联在国内战争结束后,于 1921 年春天开始

实行新经济政策,为区别于"战时共产主义"政策而定此名。主要内容为:不再实行不要市场和越过市场的直接的物品交换,并用粮食税代替余粮收集制等。

〔7〕 "同路人" 1921 年前后苏联文艺评论界对以"谢拉皮翁兄弟"团体为代表的作家的称呼,意为同情无产阶级革命,可以与无产阶级同走一段路。

〔8〕 "绥拉比翁的弟兄" 又译"谢拉皮翁兄弟",以德国小说家霍夫曼的同名小说(内容描写谢拉皮翁兄弟六人,各自代表一种不同的个性)命名的文学团体。1921 年成立于圣彼得堡,1924 年解散。代表人物有伦支、左琴科等。

〔9〕 艺术之家 又称"艺术府"。十月革命后在列宁格勒成立的艺术府和文人府(文学家之家),是当时的文艺家聚会及朗诵的场所。

〔10〕 淑雪兼珂(М. М. Зощенко,1895—1958) 通译左琴科,苏联"同路人"作家。1921 年开始文学活动,作品大都以小市民的生活琐事为题材。主要作品有短篇集《可敬的公民》等。

〔11〕 巴尔底山 俄语 Партизан(游击队)的音译。

〔12〕 P. S. Kogan 戈庚(П. С. Коган,1872—1932),鲁迅又译为"珂干"、"珂刚",苏联文学史家。十月革命后任莫斯科大学教授。著有《西欧文学史概论》、《现代俄国文学史纲》等。《伟大的十年的文学》,是他写于 1927 年的文学论著,评述 1917 年至 1927 年间的苏联文学概况,有沈端先译本,题为《伟大的十年间文学》 1930 年 9 月上海南强书局出版。

〔13〕 霍夫曼(1776—1822) 德国浪漫主义小说家,著有《金罐》、《跳蚤师傅》等。他的短篇小说集《谢拉皮翁兄弟》对颓废派文学影响颇大。

〔14〕 伊凡诺夫(В. В. Иванов,1895—1963) 苏联作家。当过工

人，1915 年发表小说，得到高尔基的赞赏，即专心从事文学创作。代表
作有《铁甲列车》等。

〔15〕 毕力涅克（Б. А. Пильняк, 1894—1937） 又译皮涅克，苏联
"同路人"作家。十月革命后在政治上倾向革命，但其创作未摆脱无政
府主义倾向。著有小说《精光的年头》等。

〔16〕 从"艺术的基调"至"胜利"这几句评语，原见于 1928 年 8 月
日本平民社发行的《新兴文学》第五号所收冈泽秀虎的《关于三位作家》
一文。

〔17〕 《大众文艺》 文艺月刊，郁达夫、夏莱蒂主编，1928 年 9 月
上海现代书局发行。后期为"左联"机关刊物之一，1930 年 6 月被国民
党政府查禁，共出十二期。

〔18〕 安特来夫的《老屋》 应为梭罗古勃的《老屋》，有陈炜谟译
本，1936 年 3 月上海商务印书馆出版。梭罗古勃（Ф. К. Сологуб, 1863—
1927），俄国作家。著有小说《小鬼》、《老屋》等。

〔19〕 法兑耶夫（А. А. Фадеев, 1901—1956） 通译法捷耶夫，苏联
作家。《溃灭》，即《毁灭》，长篇小说，有鲁迅译本，1931 年以"三闲书屋"
名义出版。

〔20〕 黑田乙吉（1888—1971） 日本《大阪每日新闻》记者，曾留
学苏联。著有《苏维埃塑像》、《北冰洋的探险》等。下面的引文出自他
所写的《二作家之印象》一文，亦收入《新兴文学》第五号。

〔21〕 "赫尔岑之家" 俄国文学家赫尔岑（А. И. Герцен, 1812—
1870)的旧宅，莫斯科文学者俱乐部曾设立于此。"全俄无产阶级作家
协会"和"俄国无产阶级作家协会"等文学团体也在此设事务所。十月
革命初期，一些作家常在此集会朗诵自己未发表的作品。

〔22〕 《新兴文学》 作为《新兴文学全集》的附录而发行的一种小
册子。《新兴文学全集》是日本平凡社出版的一种外国文学丛书，下中

弥三郎编辑,从 1928 年 3 月至 1931 年 1 月,共出二十四卷。

〔23〕 《文艺战线》 应为《艺术战线》,日本尾濑敬止编译的苏联作家作品集,1926 年 6 月 1 日实业之日本社出版部出版发行于东京。

〔24〕 "Ochez – Mal'Yar" 俄语"Отец – Маляр"的音译,即"父亲——油漆匠"。

〔25〕 井田孝平(1879—1936) 日本翻译工作者,曾任俄语教授。他所翻译的《十月》初版于 1928 年 6 月。南宋书院,日本东京的一家出版社。

〔26〕 达夫 即郁达夫(1896—1945) 浙江富阳人,作家。创造社主要成员之一。1928 年曾与鲁迅合编《奔流》月刊。著有短篇小说集《沉沦》、中篇小说《迷羊》、《她是一个弱女子》、游记散文集《屐痕处处》等。

〔27〕 曹靖华(1897—1987) 河南卢氏人,未名社成员,翻译家。早年曾在苏联留学和工作,归国后在北平大学女子文理学院、东北大学等校任教。译有《铁流》、《城与年》等。

〔28〕 《罗曼杂志》 俄语作《Роман – Газета》,即《小说报》。1927 年创刊,苏联国家文学出版社发行。

〔29〕 普罗列泰利亚 即无产阶级,英文 Proletariat 的音译,源出拉丁文 Proletarius。

〔30〕 侨俄 指在华的俄国侨民,多系十月革命后流亡的"白俄"。

《十月》首二节译者附记[1]

　　同是这一位作者的"非革命"的短篇《农夫》,听说就因为题目违碍,连广告都被大报馆拒绝了。这回再来译他一种中篇,观念比那《农夫》是前进一点,但还是"非革命"的,我想,它的生命,是在照着所能写的写:真实。

　　我译这篇的本意,既非恐怕自己没落,也非鼓吹别人革命,不过给读者看看那时那地的情形,算是一种一时的稗史[2],这是可以请有产无产文学家们大家放心的。

　　我所用的底本,是日本井田孝平的译本。

　　一九二九年一月二日,译者识。

　　*　　　*　　　*

　　〔1〕　本篇连同《十月》第一、二两节的译文,最初发表于1929年1月20日《大众文艺》月刊第一卷第五期。单行本未收。

　　〔2〕　稗史　语出班固《汉书·艺文志》:"小说家者流,盖出于稗官。"后来泛称记载轶闻琐事的小说、笔记之类为稗官野史,或略作稗史。

《毁　灭》[1]

后　记[2]

要用三百页上下的书,来描写一百五十个真正的大众,本来几乎是不可能的。以《水浒》的那么繁重,也不能将一百零八条好汉写尽。本书作者的简炼的方法,是从中选出代表来。

三个小队长。农民的代表是苦勃拉克,矿工的代表是图皤夫,牧人的代表是美迭里札。

苦勃拉克的缺点自然是最多,他所主张的是本地的利益,捉了牧师之后,十字架的银链子会在他的腰带上,临行喝得烂醉,对队员自谦为"猪一般的东西"。农民出身的斥候,也往往不敢接近敌地,只坐在丛莽里吸烟卷,以待可以回去的时候的到来。矿工木罗式加给以批评道——

"我和他们合不来,那些农人们,和他们合不来。……小气,阴气,没有胆——毫无例外……都这样!自己是什么也没有。简直像扫过的一样!……"(第二部之第五章)

图皤夫们可是大不相同了,规律既严,逃兵极少,因为他们不像农民,生根在土地上。虽然曾经散宿各处,召集时到得最晚,但后来却"只有图皤夫的小队,是完全集合在一气"了。

重伤者弗洛罗夫临死时,知道本身的生命,和人类相通,托孤于友,毅然服毒,他也是矿工之一。只有十分鄙薄农民的木罗式加,缺点却正属不少,偷瓜酗酒,既如流氓,而苦闷懊恼的时候,则又颇近于美谛克了。然而并不自觉。工兵刚卡连珂说——

> "从我们的无论谁,人如果掘下去,在各人里,都会发现农民的,在各人里。总之,属于这边的什么,至多也不过没有穿草鞋……"(二之五)

就将他所鄙薄的别人的坏处,指给他就是自己的坏处,以人为鉴,明白非常,是使人能够反省的妙法,至少在农工相轻的时候,是极有意义的。然而木罗式加后来去作斥候,终于与美谛克不同,殉了他的职守了。

关于牧人美迭里札写得并不多。有他的果断,马术,以及临死的英雄底的行为。牧人出身的队员,也没有写。另有一个宽袍大袖的细脖子的牧童,是令人想起美迭里札的幼年时代和这牧童的成人以后的。

解剖得最深刻的,恐怕要算对于外来的知识分子——首先自然是高中学生美谛克了。他反对毒死病人,而并无更好的计谋,反对劫粮,而仍吃劫来的猪肉(因为肚子饿)。他以为别人都办得不对,但自己也无办法,也觉得自己不行,而别人却更不行。于是这不行的他,也就成为高尚,成为孤独了。那论法是这样的——

> "……我相信,我是一个不够格的,不中用的队

员……我实在是什么也不会做,什么也不知道的……我
在这里,和谁也合不来,谁也不帮助我,但这是我的错处
么?我用了直心肠对人,但我所遇见的却是粗暴,对于我
的玩笑,揶揄……现在我已经不相信人了,我知道,如果
我再强些,人们就会听我,怕我的,因为在这里,谁也只
向着这件事,谁也只想着这件事,就是装满自己的大肚
子……我常常竟至于这样地感到,假使他们万一在明天
为科尔却克[3]所带领,他们便会和现在一样地服侍他,
和现在一样地法外的凶残地对人,然而我不能这样,简直
不能这样……"(二之五)

这其实就是美谛克入队和逃走之际,都曾说过的"无论在
那里做事,全都一样"论,这时却以为大恶,归之别人了。此外
解剖,深切者尚多,从开始以至终篇,随时可见。然而美谛克
却有时也自觉着这缺点的,当他和巴克拉诺夫同去侦察日本
军,在路上扳谈了一些话之后——

"美谛克用了突然的热心,开始来说明巴克拉诺夫的
不进高中学校,并不算坏事情,倒是好。他在无意中,想
使巴克拉诺夫相信自己虽然无教育,却是怎样一个善良,
能干的人。但巴克拉诺夫却不能在自己的无教育之中,
看见这样的价值,美谛克的更加复杂的判断,也就全然不
能为他所领会了。他们之间,于是并不发生心心相印的
交谈。两人策了马,在长久的沉默中开快步前进。"(二之
二)

但还有一个专门学校学生企什,他的自己不行,别人更不

行的论法,是和美谛克一样的——

"自然,我是生病,负伤的人,我是不耐烦做那样麻烦的工作的,然而无论如何,我总该不会比小子还要坏——这无须夸口来说……"(二之一)

然而比美谛克更善于避免劳作,更善于追逐女人,也更苛于衡量人物了——

"唔,然而他(莱奋生)也是没有什么了不得的学问的人呵,单是狡猾罢了。就在想将我们当作踏脚,来挣自己的地位。自然,您总以为他是很有勇气,很有才能的队长罢。哼,岂有此理! ——都是我们自己幻想的! ……"(同上)

这两人一相比较,便觉得美谛克还有纯厚的地方。弗理契〔4〕《代序》中谓作者连写美谛克,也令人感到有些爱护之处者,大约就为此。

莱奋生对于美谛克一流人物的感想,是这样的——

"只在我们这里,在我们的地面上,几万万人从太古以来,活在宽缓的怠惰的太阳下,住在污秽和穷困中,用着洪水以前的木犁耕田,信着恶意而昏愚的上帝,只在这样的地面上,这穷愚的部分中,才也能生长这种懒惰的,没志气的人物,这不结子的空花……"(二之五)

但莱奋生本人,也正是一个知识分子——袭击队中的最有教养的人。本书里面只说起他先前是一个瘦弱的犹太小孩,曾经帮了他那终生梦想发财的父亲卖旧货,幼年时候,因

为照相,要他凝视照相镜,人们曾诓骗他说将有小鸟从中飞
出,然而终于没有,使他感到很大的失望的悲哀。就是到省悟
了这一类的欺人之谈,也支付了许多经验的代价。但大抵已
经不能回忆,因为个人的私事,已为被称为"先驱者莱奋生的
莱奋生"的历年积下的层累所掩蔽,不很分明了。只有他之所
以成为"先驱者"的由来,却可以确切地指出——

> "在克服这些一切的缺陷的困穷中,就有着他自己的
> 生活的根本底意义,倘若他那里没有强大的,别的什么希
> 望也不能比拟的,那对于新的,美的,强的,善的人类的渴
> 望,莱奋生便是一个别的人了。但当几万万人被逼得只
> 好过着这样原始的,可怜的,无意义地穷困的生活之间,
> 又怎能谈得到新的,美的人类呢?"(同上)

这就使莱奋生必然底地和穷困的大众联结,而成为他们
的先驱。人们也以为他除了来做队长之外,更无适宜的位置
了。但莱奋生深信着——

> "驱使着这些人们者,决非单是自己保存的感情,乃
> 是另外的,不下于此的重要的本能,借了这个,他们才将
> 所忍耐着的一切,连死,都售给最后的目的……然而这本
> 能之生活于人们中,是藏在他们的细小,平常的要求和顾
> 虑下面的,这因为各人是要吃,要睡,而各人是孱弱的缘
> 故。看起来,这些人们就好像担任些平常的,细小的杂
> 务,感觉自己的弱小,而将自己的最大的顾虑,则委之较
> 强的人们似的。"(二之三)

莱奋生以"较强"者和这些大众前行,他就于审慎周详之

外，还必须自专谋画，藏匿感情，获得信仰，甚至于当危急之际，还要施行权力了。为什么呢，因为其时是——

> "大家都在怀着尊敬和恐怖对他看，——却没有同情。在这瞬间，他觉得自己是居部队之上的敌对底的力，但他已经觉悟，竟要向那边去，——他确信他的力是正当的。"（同上）

然而莱奋生不但有时动摇，有时失措，部队也终于受日本军和科尔却克军的围击，一百五十人只剩了十九人，可以说，是全部毁灭了。突围之际，他还是因为受了巴克拉诺夫的暗示。这和现在世间通行的主角无不超绝，事业无不圆满的小说一比较，实在是一部令人扫兴的书。平和的改革家之在静待神人一般的先驱，君子一般的大众者，其实就为了惩于世间有这样的事实。美谛克初到农民队的夏勒图巴部下去的时候，也曾感到这一种幻灭的——

> "周围的人们，和从他奔放的想像所造成的，是全不相同的人物……"（一之二）

但作者即刻给以说明道——

> "因此他们就并非书本上的人物，却是真的活的人。"（同上）

然而虽然同是人们，同无神力，却又非美谛克之所谓"都一样"的。例如美谛克，也常有希望，常想振作，而息息转变，忽而非常雄大，忽而非常颓唐，终至于无可奈何，只好躺在草地上看林中的暗夜，去赏鉴自己的孤独了。莱奋生却不这样，他恐怕偶然也有这样的心情，但立刻又加以克服，作者于莱奋生自己和美谛克相比较之际,曾漏出他极有意义的消息来——

　　"但是,我有时也曾是这样,或者相像么?

　　"不,我是一个坚实的青年,比他坚实得多。我不但希望了许多事,也做到了许多事——这是全部的不同。"(二之五)

　　以上是译完复看之后,留存下来的印象。遗漏的可说之点,自然还很不少的。因为文艺上和实践上的宝玉,其中随在皆是,不但泰茄[5]的景色,夜袭的情形,非身历者不能描写,即开枪和调马之术,书中但以烘托美谛克的受窘者,也都是得于实际的经验,决非幻想的文人所能著笔的。更举其较大者,则有以寥寥数语,评论日本军的战术云——

　　"他们从这田庄进向那田庄,一步一步都安排稳妥,侧面布置着绵密的警备,伴着长久的停止,慢慢地进行。在他们的动作的铁一般固执之中,虽然慢,却可以感到有自信的,有计算的,然而同时是盲目底的力量。"(二之二)

　　而和他们对抗的莱奋生的战术,则在他训练部队时叙述出来——

　　"他总是不多说话的,但他恰如敲那又钝又强的钉,以作永久之用的人一般,就只执拗地敲着一个处所。"(一之九)

　　于是他在部队毁灭之后,一出森林,便看见打麦场上的远人,要使他们很快地和他变成一气了。

作者法捷耶夫（Alexandr Alexandrovitch Fadeev）的事迹，除《自传》中所有的之外，我一无所知。仅由英文译文《毁灭》的小序中，知道他现在是无产者作家联盟的裁决团体[6]的一员。

又，他的罗曼小说《乌兑格之最后》[7]，已经完成，日本将有译本。

这一本书，原名《Razgrom》[8]，义云"破灭"，或"溃散"，藏原惟人译成日文，题为《坏灭》，我在春初译载《萌芽》上面，改称《溃灭》的，所据就是这一本；后来得到 R. D. Charques 的英文译本和 Verlag für Literatur und Politik[9]出版的德文译本，又参校了一遍，并将因为《萌芽》停版，放下未译的第三部补完。后二种都已改名《十九人》，但其内容，则德日两译，几乎相同，而英译本却多独异之处，三占从二，所以就很少采用了。

前面的三篇文章，《自传》原是《文学的俄罗斯》所载，亦还君[10]从一九二八年印本译出；藏原惟人的一篇，原名《法捷耶夫的小说〈毁灭〉》，登在一九二八年三月的《前卫》上，洛扬君译成华文的。[11]这都从《萌芽》转录。弗理契（V. Fritche）的序文[12]，则三种译本上都没有，朱杜二君特为从《罗曼杂志》所载的原文译来。但音译字在这里都已改为一律，引用的文章，也照我所译的本文换过了。特此声明，并表谢意。

卷头的作者肖像，是拉迪诺夫（I. Radinov）画的，已有佳作的定评。威绥斯拉夫崔夫（N. N. Vuysheslavtsev）[13]的插画六幅,取自《罗曼杂志》中,和中国的"绣像"〔14〕颇相近,不算什么精采。但究竟总可以裨助一点阅者的兴趣,所以也就印进去了。在这里还要感谢靖华君远道见寄这些图画的盛意。

　　　　　　　　上海,一九三一年,一月十七日。译者。

　　*　　　*　　　*

　　〔1〕 《毁灭》 以苏联国内战争为题材的长篇小说,作于1925年至1926年。鲁迅的译本于1931年译毕,有两种版本:1931年9月上海大江书铺版和同年10月上海三闲书屋版。在印行单行本之前,其第一部及第二部曾以《溃灭》为题,分别发表于《萌芽》月刊第一期至第五期及《新地》月刊第一本。

　　法捷耶夫,参看本卷第358页注〔19〕。他曾长期担任苏联作家协会的领导工作。除《毁灭》外,尚著有长篇小说《青年近卫军》、《最后一个乌兑格人》,文学论文集《三十年间》等。从1928年至1951年,他曾对《毁灭》进行多次修改。

　　〔2〕 本篇最初印入1931年10月上海三闲书屋出版的《毁灭》单行本,未在报刊上发表过。

　　〔3〕 科尔却克(А.В.Колчак,1873—1920) 通译高尔察克,苏联国内战争时期原沙俄军队高级将领之一。十月革命后发动武装叛乱,所部为红军击溃后被捕处死。

　　〔4〕 弗理契(В.М.Фриче,1870—1927) 苏联文艺评论家、文学史家。著作有《艺术社会学》、《二十世纪欧洲文学》等。他在代序中说:"作者从众人中将这些'英雄'挑选出来,是具有特别的爱护(这种爱护甚至于在少年美谛克的略述中都感觉得到……)"。

　　〔5〕 泰茄 俄语Тайга的音译,泛指欧亚大陆的森林。在苏俄文

学作品中特指东西伯利亚的原始森林。《毁灭》第一部第一章描写莱奋生部队所在的山谷时说:"老枞树上生着苔藓,从这里俨然俯视着小村落。灰色的多雾的早晨,便听到泰茄的鹿,怎样地和汽笛竞叫。"

〔6〕 无产者作家联盟的裁决团体　即无产阶级作家协会评议委员会。1926 年至 1932 年,法捷耶夫是它的主要领导人之一。

〔7〕 《乌兑格之最后》　即《最后一个乌兑格人》,法捷耶夫的长篇小说,未写完。这里说"已经完成",当指 1929 年在《十月》杂志上刊载的第一部分。

〔8〕 Razgrom　俄语 Разгром 的音译。

〔9〕 R. D. Charques　拉·德·加尔格,《毁灭》的英译者。Verlag für Literatur und Politik,德语:文学与政治出版社。

〔10〕 亦还君　未详。他的译文原题《А·法兑耶夫底自传》,载于 1930 年 1 月《萌芽》第一卷第一期。

〔11〕 藏原惟人的一篇　指载于《毁灭》译本卷首的《关于〈毁灭〉》。《前卫》,日本前卫艺术家同盟发行的文艺月刊,1928 年 1 月创刊于东京,同年 4 月终刊。洛扬,冯雪峰的笔名。他的译文原题《法兑耶夫底小说〈溃灭〉》,载于 1930 年 2 月《萌芽》第一卷第二期。

〔12〕 弗里契的这篇序文原题《代序——关于"新人"的故事》。

〔13〕 拉迪诺夫(Л. Радинов,1887—1967)　通译拉季诺夫,苏联美术家、诗人。威绥斯拉夫崔夫(Н. Вышеславцев),苏联美术家。

〔14〕 绣像　旧时通俗小说书中人物的白描画像。

《溃灭》第二部一至三章
译者附记[1]

关于这一本小说,本刊第二本上所译载的藏原惟人的说明[2],已经颇为清楚了。但当我译完这第二部的上半时,还想写几句在翻译的进行中随时发生的感想。

这几章是很紧要的,可以宝贵的文字,是用生命的一部分,或全部换来的东西,非身经战斗的战士,不能写出。

譬如,首先是小资产阶级的知识者——美谛克——的解剖;他要革新,然而怀旧;他在战斗,但想安宁;他无法可想,然而反对无法中之法,然而仍然同食无法中之法所得的果子——朝鲜人的猪肉——为什么呢,因为他饿着!他对于巴克拉诺夫的未受教育的好处的见解,我以为是正确的,但这种复杂的意思,非身受了旧式的坏教育便不会知道的经验,巴克拉诺夫也当然无从领悟。如此等等,他们于是不能互相了解,一同前行。读者倘于读本书时,觉得美谛克大可同情,大可宽恕,便是自己也具有他的缺点,于自己的这缺点不自觉,则对于当来的革命,也不会真正地了解的。

其次,是关于袭击团受白军——日本军及科尔却克军——的迫压,攻击,渐濒危境时候的描写。这时候,队员对于队长,显些反抗,或冷淡模样了,这是解体的前征。但当革命进行时,这种情形是要有的,因为倘若一切都四平八稳,势如破竹,便无所谓革命,无所谓战斗。大众先都成了革命人,于是振臂一呼,万众响应,不折一兵,不费一矢,而成革命天下,那是和古人的宣扬礼教,使兆民全化为正人君子,于是自然而然地变了"中华文物之邦"的一样是乌托邦[3]思想。革命有血,有污秽,但有婴孩。这"溃灭"正是新生之前的一滴血,是实际战斗者献给现代人们的大教训。虽然有冷淡,有动摇,甚至于因为依赖,因为本能,而大家还是向目的前进,即使前途终于是"死亡",但这"死"究竟已经失了个人底的意义,和大众相融合了。所以只要有新生的婴孩,"溃灭"便是"新生"的一部分。中国的革命文学家和批评家常在要求描写美满的革命,完全的革命人,意见固然是高超完善之极了,但他们也因此终于是乌托邦主义者。

又其次,是他们当危急之际,毒死了弗洛罗夫,作者将这写成了很动人的一幕。欧洲的有一些"文明人",以为蛮族的杀害婴孩和老人,是因为残忍蛮野,没有人心之故,但现在的实地考察的人类学者已经证明其误了:他们的杀害,是因为食物所逼,强敌所逼,出于万不得已,两相比较,与其委给虎狼,委之敌手,倒不如自己杀了去之较为妥当的缘故。所以这杀害里,仍有"爱"存。本书的这一段,就将这情形描写得非常显豁(虽然也含自有自利的自己觉得"轻松"一点的分子在内)。西洋教士,常说中国人的"溺女""溺婴",是由于残忍,也可以由此推知其谬,其实,他们是因为万不得已:穷。前年我在一个学校里讲演《老而不死论》[4],所发挥的也是这意思,但一个青年革命文学家[5]将这胡乱记出,上加一段嘲笑的冒头[6],投给日报登载出来的时候,却将我的讲演全然变了模样了。

对于本期译文的我的随时的感想,大致如此,但说得太简略,辞不达意之处还很多,只愿于读者有一点帮助,就好。倘要十分了解,恐怕就非实际的革命者不可,至少,是懂些革命的意义,于社会有广大的了解,更至少,则非研究唯物的文学史和文艺理论不可了。

一九三〇年二月八日,L。

*　　　*　　　*

〔1〕 本篇连同《溃灭》第二部第一至第三章的译文,最初发表于1930 年 4 月 1 日《萌芽》月刊第一卷第四期。单行本未收。

〔2〕 指藏原惟人的《法兑耶夫的小说〈溃灭〉》(洛扬译),参看本卷第 370 页注〔11〕及相关正文。

〔3〕 乌托邦 拉丁文 Utopia 的音译,源出希腊文,意为"无处"。英国汤姆士·莫尔(T. More,1478—1535)在 1516 年所作的小说《乌托邦》中,描述了一种称作"乌托邦"的社会组织,寄托着作者的空想社会主义的理想。由此"乌托邦"就成了"空想"的同义语。

〔4〕 《老而不死论》 1928 年 5 月 15 日鲁迅在上海江湾复旦实验中学的讲演。讲稿佚。

〔5〕 一个青年革命文学家 指陈紫茵,他在 1928 年 5 月 30 日上海《申报》本埠增刊副刊《艺术界》上发表《鲁迅与创造社》一文,将所记鲁迅此次演讲内容摘入文中,并在前面的冒头中加以嘲笑。

〔6〕 冒头 原为古代"说话"的术语,又称"引首"。这里指文章开头带有"引言"性质的文字。

《竖琴》[1]

后　记[2]

札弥亚丁（Evgenii Zamiatin）[3]生于一八八四年，是造船专家，俄国的最大的碎冰船“列宁”，就是他的劳作。在文学上，革命前就已有名，进了大家之列，当革命的内战时期，他还借“艺术府”“文人府”[4]的演坛为发表机关，朗读自己的作品，并且是“绥拉比翁的兄弟们”的组织者和指导者，于文学是颇为尽力的。革命前原是布尔塞维克，后遂脱离，而一切作品，也终于不脱旧智识阶级所特有的怀疑和冷笑底态度，现在已经被看作反动的作家，很少有发表作品的机会了。

《洞窟》是从米川正夫的《劳农露西亚小说集》[5]译出的，并参用尾濑敬止的《艺术战线》[6]里所载的译本。说的是饥饿的彼得堡一隅的居民，苦于饥寒，几乎失了思想的能力，一面变成无能的微弱的生物，一面显出原始的野蛮时代的状态来。为病妇而偷柴的男人，终于只得将毒药让给她，听她服毒，这是革命中的无能者的一点小悲剧。写法虽然好像很晦涩，但仔细一看，是极其明白的。关于十月革命开初的饥饿的作品，中国已经译过好几篇了，而这是关于“冻”的一篇好作品。

淑雪兼珂（Mihail Zoshchenko）也是最初的“绥拉比翁的

兄弟们"之一员,他有一篇很短的自传,说:

"我于一八九五年生在波尔泰瓦。父亲是美术家,出身贵族。一九一三年毕业古典中学,入彼得堡大学的法科,未毕业。一九一五年当了义勇军向战线去了,受了伤,还被毒瓦斯所害,心有点异样,做了参谋大尉。一九一八年,当了义勇兵,加入赤军,一九一九年以第一名成绩回籍[7]。一九二一年从事文学了。我的处女作,于一九二一年登在《彼得堡年报》上。"[8]

但他的作品总是滑稽的居多,往往使人觉得太过于轻巧。在欧美,也有一部分爱好的人,所以译出的颇不少。这一篇《老耗子》是柔石[9]从《俄国短篇小说杰作集》(Great Russian Short Stories)[10]里译过来的,柴林(Leonide Zarine)原译,因为那时是在豫备《朝华旬刊》[11]的材料,所以选着短篇中的短篇。但这也就是淑雪兼珂作品的标本,见一斑可推全豹的。

伦支(Lev Lunz)[12]的《在沙漠上》,也出于米川正夫的《劳农露西亚小说集》,原译者还在卷末写有一段说明,如下:

"在青年的'绥拉比翁的兄弟们'之中,最年少的可爱的作家莱夫·伦支,为病魔所苦者将近一年,但至一九二四年五月,终于在汉堡的病院里长逝了。享年仅二十二。当刚才跨出人生的第一步,创作方面也将自此从事于真切的工作之际,虽有丰饶的天禀,竟不遑很得秋实而去世,在俄国文学,是可以说,殊非微细的损失的。伦支是充满着光明和欢喜和活泼的力的少年,常常驱除朋友们的沉滞和忧郁和疲劳,当绝望的瞬息中,灌进力量和希望去,而振起新的勇气来的'杠杆'。别的'绥拉比翁的兄弟们'一接他的讣报,便悲泣如失同胞,是不为无故的。

"性情如此的他,在文学上也力斥那旧时代俄国文学特色的沉重的忧郁的静底的倾向,而于适合现代生活基调的动底的突进态度,加以张扬。因此他埋头于研究仲马〔13〕和司谛芬生〔14〕,竭力要领悟那传奇底,冒险底的作风的真髓,而发见和新的时代精神的合致点。此外,则西班牙的骑士故事〔15〕,法兰西的乐剧〔16〕,也是他的热心研究的对象。'动'的主张者伦支,较之小说,倒在戏剧方面觉得更所加意。因为小说的本来的性质就属于'静',而戏剧是和这相反的……

"《在沙漠上》是伦支十九岁时之作,是从《旧约》的《出埃及记》〔17〕里,提出和初革命后的俄国相共通的意义来,将圣书中的话和现代的话,巧施调和,用了有弹力的暗示底的文体,加以表现的。凡这些处所,我相信,都足以窥见他的不平常的才气。"

然而这些话似乎不免有些偏爱,据珂刚教授说,则伦支是"在一九二一年二月的最伟大的法规制定期,登记期,兵营整理期〔18〕中,逃进'绥拉比翁的兄弟们'的自由的怀抱里去的。"那么,假使尚在,现在也决不能再是那时的伦支了。至于本篇的取材,则上半虽在《出埃及记》,而后来所用的却是《民数记》〔19〕,见第二十五章,杀掉的女人就是米甸族首领苏甸的女儿哥斯比。篇末所写的神,大概便是作者所看见的俄国初革命后的精神，但我们也不要忘却这观察者是"绥拉比翁的兄弟们"中的青年，时候是革命后不多久。现今的无产作家的作品，已只是一意赞美工作，属望将来，和那色黑而多须的真的神，面目全不相像了。

《果树园》是一九一九至二十年之间所作，出处与前篇同，这里并仍录原译者的话：

"斐定（Konstantin Fedin）[20]也是'绥拉比翁的兄弟们'中之一人，是自从将短篇寄给一九二二年所举行的'文人府'的悬赏竞技，获得首选的荣冠以来，骤然出名的体面的作者。他的经历也和几乎一切的劳动作家一样，是颇富于变化的。故乡和雅各武莱夫同是萨拉妥夫（Saratov）的伏尔迦（Volga）河畔，家庭是不富裕的商家。生长于古老的果园，渔夫的小屋，纤夫的歌曲那样的诗底的环境的他，一早就表示了艺术底倾向，但那倾向，是先出现于音乐方面的。他善奏环亚林[21]，巧于歌唱，常常出演于各处的音乐会。他既有这样的艺术的天禀，则不适应商家的空气，正是当然的事。十四岁时（一九〇四年），曾经典质了爱用的乐器，离了家，往彼得堡去，后来得到父亲的许可，可以上京苦学了。世界大战前，为研究语学起见，便往德国，幸有天生的音乐的才能，所以一面做着舞蹈会的环亚林弹奏人之类，继续着他的修学。

"世界大战[22]起，斐定也受了侦探的嫌疑，被监视了。当这时候，为消遣无聊计，便学学画，或则到村市的剧场去,作为歌剧的合唱队的一员。他的生活,虽然物质底地穷蹙,但大体是藏在艺术这'象牙之塔'里,守御着实际生活的粗糙的刺戟的,但到革命后,回到俄国,却不能不立刻受火和血的洗礼了。他便成为共产党员,从事于煽动的演说,或做日报的编辑,或做执委的秘书,或自率赤军,往来于硝烟里。这对于他之为人的完成,自然有着伟大的贡献,连他自己,也称这时期为生涯中的 Pathos(感奋)的。

"斐定是有着纤细优美的作风的作者,在劳农俄国的作者们里,是最像艺术家的艺术家(但在这文字的最普通的意义上)。只要看他作品中最有名的《果树园》,也可以一眼便看见这特色。这篇是在'文人府'的悬赏时,列为一等的他的出山之作,描写那古老的美的传统渐就灭亡,代以粗野的新事物这 种人生永远的悲剧的。题目虽然是绝望底,而充满着像看水彩画一般的美丽明朗的色彩和绰约的抒情味(Lyricism)。加以并不令人感到矛盾缺陷,却酿出特种的调和,有力量将读者拉进那世界里面去,只这一点,就证明着作者的才能的非凡。

"此外,他的作品中,有名的还有中篇《Anna Timovna》[23]"。

后二年,他又作了《都市与年》[24]的长篇,遂被称为第一流的大匠,但至一九二八年,第二种长篇《兄弟》出版,却因为颇多对于艺术至上主义与个人主义的赞颂,又很受批评家的责难了。这一短篇,倘使作于现在,是决不至于脍炙人口的;

中国亦已有靖华的译本,收在《烟袋》[25]中,本可无需再录,但一者因为可以见苏联文学那时的情形,二则我的译本,成后又用《新兴文学全集》卷二十三中的横泽芳人译本细加参校,于字句似略有所长,便又不忍舍弃,仍旧收在这里了。

雅各武莱夫(Aleksandr Yakovlev)以一八八六年生于做漆匠的父亲的家里,本家全都是农夫,能够执笔写字的,全族中他是第一个。在宗教的氛围气中长大;而终于独立生活,旅行,入狱,进了大学。十月革命后,经过了多时的苦闷,在文学上见了救星,为"绥拉比翁的兄弟们"之一个,自传云:"俄罗斯和人类和人性,已成为我的新的宗教了。"[26]

从他毕业于彼得堡大学这端说,是智识分子,但他的本质,却纯是农民底,宗教底的。他的艺术的基调,是博爱和良心,而认农民为人类正义和良心的保持者,且以为惟有农民,是真将全世界联结于友爱的精神的。这篇《穷苦的人们》,从《近代短篇小说集》中八住利雄[27]的译本重译,所发挥的自然也是人们互相救助爱抚的精神,就是作者所信仰的"人性",然而还是幻想的产物。别有一种中篇《十月》,是被称为显示着较前进的观念形态的作品的,虽然所描写的大抵是游移和后悔,没有一个铁似的革命者在内,但恐怕是因为不远于事实的缘故罢,至今还有阅读的人们。我也曾于前年译给一家书店,但至今没有印。

理定(Vladimir Lidin)是一八九四年二月三日,生于墨斯科的。七岁，入拉赛列夫斯基东方语学院；十四岁丧父，就营独立生活，到一九一一年毕业，夏秋两季，在森林中过活了几年，欧洲大战时候，由墨斯科大学毕业，赴西部战线；十月革命时是在赤军中及西伯利亚和墨斯科；后来常旅行于外国。[28]

他的作品正式的出版，在一九一五年，因为是大学毕业的，所以是智识阶级作家，也是"同路人"，但读者颇多，算是一个较为出色的作者。这原是短篇小说集《往日的故事》中的一篇，从村田春海译本[29]重译的。时候是十月革命后到次年三月，约半年；事情是一个犹太人因为不堪在故乡的迫害和虐杀，到墨斯科去寻正义，然而止有饥饿，待回来时，故家已经充公，自己也下了狱了。就以这人为中心，用简洁的蕴藉的文章，画出着革命俄国的最初时候的周围的生活。

原译本印在《新兴文学全集》第二十四卷里，有几个脱印的字，现在看上下文义补上了，自己不知道有无错误。另有两个×，却原来如此，大约是"示威"，"杀戮"这些字样罢，没有补。又因为希图易懂，另外加添了几个字，为原译本所无，则都用括弧作记。至于黑鸡来啄等等，乃是生了伤寒，发热时所见的幻象，不是"智识阶级"作家，作品里大概不至于有这样的玩意儿的——理定在自传中说，他年青时，曾很受契诃夫的影响。

左祝黎（Efim Sosulia）[30]生于一八九一年，是墨斯科一个小商人的儿子。他的少年时代大抵过在工业都市罗持（Lodz）里。一九〇五年，因为和几个大暴动的指导者的个人的交情,被捕系狱者很长久。释放之后,想到美洲去,便学"国际的手艺",就是学成了招牌画工和漆匠。十九岁时,他发表了最初的杰出的小说。此后便先在阿兑塞,后在列宁格勒做文艺栏的记者,通信员和编辑人。他的擅长之处,是简短的,奇特的(Groteske)散文作品。

《亚克与人性》从《新俄新小说家三十人集》[31](Dreissig neue Erzahler des neuen Russland)译出,原译者是荷涅克(Erwin Honig)。从表面上看起来,也是一篇"奇特的"作品,但其中充满着怀疑和失望,虽然穿上许多讽刺的衣裳,也还是一点都遮掩不过去,和确信农民的雅各武莱夫所见的"人性",完全两样了。

听说这篇在中国已经有几种译本,是出于英文和法文的,可见西欧诸国,皆以此为作者的代表的作品。我只见过译载在《青年界》[32]上的一篇,则与德译本很有些不同,所以我仍不将这一篇废弃。

拉甫列涅夫(Boris Lavrenev)[33]于一八九二年生在南俄的一个小城里,家是一个半破落的家庭,虽然拮据,却还能竭力给他受很好的教育。从墨斯科大学毕业后,欧战已经开头,他便再入圣彼得堡的炮兵学校,受训练六月,上战线去了。革命后,他为铁甲车指挥官和乌克兰炮兵司令部参谋长,一九二四年退伍,住在列宁格勒,一直到现在。

他的文学活动,是一九一二年就开始的,中间为战争所阻止,直到二三年,才又盛行创作。小说制成影片,戏剧为剧场所开演,作品之被翻译者,几及十种国文;在中国有靖华译的《四十一》附《平常东西的故事》一本,在《未名丛刊》里。

这一个中篇《星花》,也是靖华所译,直接出于原文的。书叙一久被禁锢的妇女,爱一红军士兵,而终被其夫所杀害。所写的居民的风习和性质,土地的景色,士兵的朴诚,均极动人,令人非一气读完,不肯掩卷。然而和无产作者的作品,还是截然不同,看去就觉得教民和红军士兵,都一样是作品中的资材,写得一样地出色,并无偏倚。盖"同路人"者,乃是"决然的同情革命,描写革命,描写它的震撼世界的时代,描写它的社会主义建设的日子"(《四十一》卷首"作者传"中语)的,而自己究不是战斗到底的一员,所以见于笔墨,便只能偏以洗练的技术制胜了。将这样的"同路人"的最优秀之作,和无产作家的作品对比起来,仔细一看,足令读者得益不少。

英培尔(Vera Inber)〔34〕以一八九三年生于阿兑塞。九岁已经做诗;在高等女学校的时候,曾想去做女伶。卒业后,研究哲学,历史,艺术史者两年,又旅行了好几次。她最初的著作是诗集,一九一二年出版于巴黎,至二五年才始来做散文,"受了狄更斯(Dickens),吉柏龄(Kipling),缪塞(Musset)〔35〕,托尔斯泰,斯丹达尔(Stendhal),法兰斯,哈德(Bret Harte)〔36〕等人的影响。"许多诗集之外,她还有几种小说集,少年小说,并一种自叙传的长篇小说,曰《太阳之下》〔37〕,在德国已经有译本。

《拉拉的利益》也出于《新俄新小说家三十人集》中,原译者弗兰克(Elena Frank)。虽然只是一种小品,又有些失之夸张,但使新旧两代——母女与父子——相对照之处,是颇为巧妙的。

凯泰耶夫(Valentin Kataev)[38]生于一八九七年,是一个阿兑塞的教员的儿子。一九一五年为师范学生时,已经发表了诗篇。欧洲大战起,以义勇兵赴西部战线,受伤了两回。俄国内战时,他在乌克兰,被红军及白军所拘禁者许多次。一九二二年以后,就住在墨斯科,出版了很多的小说,两部长篇,还有一种滑稽剧。

《物事》也是柔石的遗稿,出处和原译者,都与《老耗子》同。

这回所收集的资料中,"同路人"本来还有毕力涅克和绥甫林娜[39]的作品,但因为纸数关系,都移到下一本去了。此外,有着世界的声名,而这里没有收录的,是伊凡诺夫(Vsevolod Ivanov),爱伦堡(Ilia Ehrenburg),巴培尔(Isack Babel)[40],还有老作家如惠垒赛耶夫(V. Veresaev),普理希文(M. Prishvin),托尔斯泰(Aleksei Tolstoi)[41]这些人。

一九三二年九月十日,编者。

* * *

〔1〕 《竖琴》 鲁迅编译的苏联"同路人"作家短篇小说集,1933年1月上海良友图书印刷公司出版,为《良友文学丛书》之一。内收札弥亚丁的《洞窟》、淑雪兼柯的《老耗子》、伦支的《在沙漠上》、斐定的《果

树园》、雅各武莱夫的《穷苦的人们》、理定的《竖琴》、左祝黎的《亚克与人性》、拉甫列涅夫的《星花》、英培尔的《拉拉的利益》、凯泰耶夫的《物事》等十篇(其中《老耗子》和《物事》系柔石译,《星花》系曹靖华译)。

〔2〕 本篇最初印入《竖琴》单行本,未在报刊上发表过。

〔3〕 札弥亚丁(Е.И.Замиятин,1884—1937) 苏联"同路人"作家,文学团体"谢拉皮翁兄弟"的赞助者。十月革命前即写小说,后死于巴黎。著有长篇小说《我们》、《给成年的孩子们的寓言》等。

〔4〕 "艺术府""文人府" 即"艺术之家"、"文学家之家"。参看本卷第 357 页注〔9〕。

〔5〕 米川正夫(1891—1962) 日本翻译家、俄国文学研究者。著有《俄国文学思潮》、《苏联旅行记》,译有《托尔斯泰全集》、《陀思妥耶夫斯基全集》等。《劳农露西亚小说集》,即《工农俄罗斯小说集》,1925年 2 月东京金星堂发行。本段中概述《洞窟》内容的一段文字以及下文所引评介伦支、斐定的文字,均出于该书卷末所附《解说》。

〔6〕 《艺术战线》 尾濑敬止的译文集,1926 年 6 月实业之日本社出版部出版发行。

〔7〕 回籍 据原文,应作复员。

〔8〕 这段文字引自《艺术战线》所收《淑雪兼柯自传》。《彼得堡年报》,未详。

〔9〕 柔石(1902—1931) 原名赵平复,浙江宁海人,左翼作家。曾任《语丝》编辑,并与鲁迅等创办朝花社。著有中篇小说《二月》、短篇小说《为奴隶的母亲》等,并致力于翻译介绍外国文艺。1931 年 2 月 7 日被国民党当局杀害于上海龙华。

〔10〕 《俄国短篇小说杰作集》 英译本由 S.格拉汉编选,1929 年 E.本痕出版社印行。

〔11〕 《朝花旬刊》 上海朝花社发行的文艺刊物,着重介绍东欧、

北欧及弱小民族的作品。由鲁迅、柔石主编,1929 年 6 月创刊,同年 9月停刊。

〔12〕 伦支(Л. Н. Лунц,1901—1924) 苏联"同路人"作家,"谢拉皮翁兄弟"中重要人物之一。他崇拜西欧文艺,自称为"不可调和的西欧派"。

〔13〕 仲马 指大仲马(A. Dumas,1802—1870),法国作家。主要作品有长篇小说《三个火枪手》、《二十年后》及《基度山伯爵》等。

〔14〕 司谛芬生(R. L. Stevenson,1850—1894) 通译斯蒂文生,英国作家。十九世纪末新浪漫主义的代表人物,著有小说《金银岛》、《化身博士》等。

〔15〕 西班牙的骑士故事 在西欧中世纪骑士制度影响下,曾出现大批描写骑士的冒险生活和武功的作品,流行于法国和西班牙。塞万提斯(西班牙小说家)的长篇小说《堂·吉诃德》,即借用骑士小说的形式,讽刺了骑士制度和骑士文学。

〔16〕 法兰西的乐剧 一种通俗的歌剧(Mélodrame),内容比较轻松,起源于法国,十八世纪后期及十九世纪流行于英、美各国。

〔17〕 《旧约》 即《旧约全书》,基督教《圣经》的前半部分(后半部分称《新约全书》)。《出埃及记》是《旧约》的第二卷,计四十章。叙述摩西带领以色列人出离埃及,来到西奈,摆脱奴隶生活,成为上帝特选子民的故事。

〔18〕 指 1921 年 3 月(俄历 2 月)俄共〔布〕通过和执行关于新经济政策的决议、关于实行党的统一和团结的决议,以及党在军队里和政府机关里进行一系列整顿工作的时期。

〔19〕 《民数记》 《旧约》的第四卷,计三十六章。内容上承《出埃及记》,叙述以色列人在西奈经不起考验,抱怨上帝,反抗摩西,被罚流落三十八年的故事。

〔**20**〕 斐定(К.А.Федин,1892—1977) 通译费定,苏联作家。著有长篇小说《城与年》、《初欢》、《不平凡的夏天》等。

〔**21**〕 环亚林 英语 Violin 的音译,即小提琴。

〔**22**〕 世界大战 指第一次世界大战,1914 年至 1918 年间帝国主义国家为了重新瓜分殖民地和争夺世界霸权而进行的世界规模的战争。参战的一方是德国、奥匈帝国等,称为同盟国;另一方是英、法、俄、美等,称为协约国。最后同盟国失败。

〔**23**〕 《Anna Timovna》 《安娜·季莫菲耶芙娜》(《Анна Тимофьевна》),费定的早期作品,发表于 1923 年。

〔**24**〕 《都市与年》 又译《城与年》,费定于 1924 年出版的长篇小说。有曹靖华中译本,1947 年 9 月上海骆驼书店出版。

〔**25**〕 《烟袋》 曹靖华翻译的苏联短篇小说集,收七位作者的小说十一篇,以其中爱伦堡的《烟袋》为书名;1928 年 12 月北京未名社出版,为《未名丛刊》之一。这里说曹靖华也译有《果树园》"收在《烟袋》中",有误。1933 年 8 月 1 日鲁迅致吕蓬尊信中说:"靖华所译的那一篇,名《花园》,我只记得见过印本,故写为在《烟袋》中,现既没有,那大概是在《未名》里罢"。但《未名》半月刊中亦无此篇。

〔**26**〕 从"一八八六年"起至此,这段文字出于尾濑敬止译本《艺术战线》所收雅各武莱夫《自传》。

〔**27**〕 八住利雄(1903—?) 日本电影剧本作家、翻译工作者。著有电影剧本《战舰大和号》、《日本海大海战》等。

〔**28**〕 这段介绍理定生平的文字,出于《艺术战线》所收理定《自传》。

〔**29**〕 村田春海的《往日故事》日译本,收入 1928 年 8 月平凡社出版发行的《新兴文学全集》第二十四卷(《露西亚篇Ⅲ》)。

〔**30**〕 左祝黎(Е.Д.Зозуля,1891—1941) 苏联作家。早年因参

加革命运动多次被捕入狱,后在卫国战争中牺牲。著有长篇小说《人的工厂》、《时代的留声机》等。下面介绍左祝黎生平的文字,出自《新俄新小说家三十人集》上卷(《大旋风》)的附录《关于作者的笔记》。

〔31〕 《新俄新小说家三十人集》 德译本于 1929 年由柏林马力克出版。日译本于同年 12 月由黎明社出版,木村利美、的场透编译。

〔32〕 《青年界》 综合性杂志,1931 年 3 月 10 日创刊,赵景深、李小峰合编,上海北新书局发行。1937 年 7 月出至第十二卷第一期停刊。该刊第一卷第二期(1931 年 4 月 10 日)载有云生所译左祝黎小说《关于亚克和人道的故事》。

〔33〕 拉甫列涅夫(Б. А. Лавренёв,1891—1959) 苏联作家。十月革命后曾参加红军。后文的《四十一》(《第四十一》)是他作于 1924 年的中篇小说,曹靖华译,1929 年 6 月北平未名社出版,1936 年印入良友图书印刷公司出版的《苏联作家七人集》。

〔34〕 英培尔(В. М. Инбер,1890—1972) 苏联女诗人。主要作品有长诗《普尔科夫子午线》和散文集《将近三年(列宁格勒日记)》。

〔35〕 吉柏龄(J. R. Kipling,1865—1936) 通译吉卜林,英国作家。他生于印度,作品多描写英国殖民者的日常生活,著有长篇小说《吉姆》、儿童故事《林莽之书》等。缪塞(A. de Musset,1810—1857),法国作家。著有自传性小说《一个世纪儿的忏悔》等。

〔36〕 斯丹达尔(Stendhal,1783—1842) 通译司汤达,法国作家。原名贝尔(M. H. Beyle)。著有长篇小说《红与黑》、《吕西安·娄凡》,文艺论著《拉辛与莎士比亚》等。法兰斯,通译法朗士。哈德(F. B. Harte,1836—1902),美国作家。作品多描写淘金工人的艰苦生活,如《咆哮营的幸运儿》等。

〔37〕 《太阳之下》 即《阳光照耀的地方》,英培尔根据 1918 年至 1922 年间在敖德萨的生活写成的中篇。这段介绍英培尔的文字亦出于

《新俄新小说家三十人集》上卷(《大旋风》)附录。

〔38〕 凯泰耶夫(В.П.Катаев) 通译卡达耶夫,苏联作家。著有长篇小说《时间呀,前进!》、《我是劳动人民的儿子》等。

〔39〕 绥甫林娜(Л.Н.Сейфуллина,1889—1954) 通译谢芙琳娜,苏联女作家。主要作品有中篇小说《维里尼亚》等。

〔40〕 爱伦堡(И.Г.Эренбург,1891—1967) 苏联作家。曾长期侨居国外,著有长篇小说《暴风雨》、《巴黎的陷落》,以及回忆录《人·岁月·生活》等。巴培尔(И.Э.Бабель,1894—1941),苏联作家。著有《骑兵队》、《敖德萨的故事》等。

〔41〕 惠垒赛耶夫(В.В.Вересаев,1867—1945) 通译魏烈萨耶夫,苏联作家。著有小说《无路可走》、《绝路》等以及研究普希金、陀思妥耶夫斯基、托尔斯泰等人的著作。普理希文(М.М.Пришвин,1873—1954),苏联作家。曾任农艺师。著有小说《贝林捷亚的水泉》、《太阳的宝库》,自传体长篇小说《卡歇耶夫山脉》等。托尔斯泰(А.Н.Толстой,1883—1945),苏联作家。1939 年起为苏联科学院院士。著有长篇小说《苦难的历程》三部曲、长篇历史小说《彼得大帝》和历史剧《伊凡雷帝》等。

《在沙漠上》译者附识[1]

这一篇是从日本米川正夫辑译的《劳农露西亚小说集》里重译出来的;原本的卷末附有解说,现在也摘译在下面——

在青年的"绥拉比翁的弟兄们"之中,最年少的可爱的作家莱阿夫·伦支,为病魔所苦者将近一年,但至一九二四年五月,终于在汉堡的病院里长逝了。享年仅二十二;当刚才跨出人生的第一步,创作方面也将自此从事于真切的工作之际,虽有丰饶的天禀,竟不遑很得秋实而去世,在俄国文学,是可以说,殊非微细的损失的。伦支是充满着光明和欢喜和活泼的力的少年,常常驱除朋友的沈滞和忧郁和疲劳,当绝望的瞬息中,灌进力量和希望去,而振起新的勇气来的"杠杆"。别的"绥拉比翁弟兄们"一接他的讣报,便悲泣如失同胞,是不为无故的。

性情如此的他,在文学上,也力斥那旧时代俄国文学特色的沈重的忧郁的静底的倾向,而于适合现代生活基调的动底的突进底态度,加以张扬。因此他埋头于研究仲马和司谛芬生,竭力要领悟那传奇底冒险底的作风的真髓,而发见和新的时代精神的合致点。此外,则西班牙的骑士故事,法兰西的乐剧(Mélodrama),也是他的热心研究的对象。"动"的主张者伦支,较之小说,倒在戏剧方面觉得更所加意。因为小说的本来的性质就属于"静"，而戏剧是和这相反的。……

《在沙漠上》是伦支的十九岁时之作，是从《旧约》的《出埃及记》中，提出和初革命后的俄国相共通的意义来，将圣书中的话和现代的话，巧施调和，用了有弹力的暗示底的文体，加以表现的，凡这些处所，我相信，都足以窥见他的不平常的才气。

我再赘几句话。这篇的取材，上半虽在《出埃及记》，但后来所用的是《民数记》，见第二十五章，杀掉的女人就是米甸族首领苏甸的女儿哥斯比。至于将《圣经》中语和现代语调和之处，则因几经移译，当然是看不出来的了。篇末所写的神，大概便是作者所看见的俄国初革命后的精神，但我们也不要忘却这观察者是"绥拉比翁的弟兄们" ——一个于十月革命并不密切的文学者团体——中的少年，时候是革命后不多久。现今的无产阶级作家的作品，只一意赞美工作，属望将来，和那色黑而多须的真的神不相类的也已不少了。

译者附识
一九二七年〔2〕十一月八日

*　　*　　*

〔1〕 本篇连同《在沙漠上》的译文，最初发表于1929年1月1日《北新》半月刊第三卷第一期，后略加改动，插入《竖琴》单行本的《后记》。

〔2〕 当为1928年。

《竖琴》译者附记[1]

作者符拉迪弥尔·理定（Vladimir Lidin）是一八九四年二月三日，生于墨斯科的，今年才三十五岁。七岁，入拉赛列夫斯基东方语学院；十四岁丧父，就营独立生活，到一九一一年毕业，夏秋两季，在森林中过活了几年。欧洲大战时，由墨斯科大学毕业，赴西部战线；十月革命时是在赤军中及西伯利亚和墨斯科；后来常常旅行外国，不久也许会像 B. Pilyniak[2]一样，到东方来。

他的作品正式的出版，在一九一五年，到去年止，约共有十二种。因为是大学毕业的，所以是智识阶级作家，也是"同路人"，但读者颇多，算是一个较为出色的作者。这篇是短篇小说集《往日的故事》中的一篇，从日本村田春海的译本重译的。时候是十月革命后到次年三月，约半年；事情是一个犹太人因为不堪在故乡的迫害和虐杀，到墨斯科去寻正义，然而止有饥饿，待回来时，故家已经充公，自己也下了狱了。就以这人为中心，用简洁的蕴藉的文章，画出着革命俄国的周围的生活。

原译本印在《新兴文学全集》第二十四卷里，有几个脱印的字，现在看上下文义补上了，自己不知道有无错误。另有两个×，却原来如此，大约是"示威"，"杀戮"这些字样罢，没有补。又因为希图易懂,另外加添了几个字,为原译本所无,则并重译者的注解都用方括弧作记。至于黑鸡来啄等等,乃是生了伤寒,发热时所见的幻象,不是"智识阶级"作家,作品里大概不至于有这样的玩意儿的——理定在自传中说,他年青时,曾很受契诃夫的影响。

还要说几句不大中听的话——这篇里的描写混乱,黑暗,可谓颇透了,虽然粉饰了许多诙谐,但刻划分明,恐怕虽从我们中国的"普罗塔列亚特苦理替开尔"〔3〕看来,也要斥为"反革命",——自然,也许因为是俄国作家,总还是值得"纪念",和阿尔志跋绥夫一例待遇的。然而在他本国,为什么并不"没落"呢?我想,这是因为虽然有血,有污秽,而也有革命;因为有革命,所以对于描出血和污秽——无论已经过去或未经过去——的作品,也就没有畏惮了。这便是所谓"新的产生"。

一九二八年十一月十五日,鲁迅附记。

* * * *

〔1〕 本篇连同《竖琴》篇的译文,最初发表于 1929 年 1 月 10 日《小说月报》第二十卷第一号。后来作者将本篇前三段稍加修改,收入《竖琴》单行本《后记》。

〔2〕 B. Pilyniak 即毕力涅克。曾于 1926 年夏来中国,在北京、上海等地作短期游历。

〔3〕 "普罗塔列亚特苦理替开尔" 俄语 Пролетариат – Культуртрегер 的音译,意为无产阶级文化提倡者。

《洞窟》译者附记[1]

俄国十月革命后饥荒情形的描写，中国所译的已有好几篇了。但描写寒冷之苦的小说，却尚不多见。萨弥亚丁(Evgenü Samiatin)[2]是革命前就已出名的作家，这一篇巧妙地写出人民因饥寒而复归于原始生活的状态。为了几块柴，上流的智识者至于人格分裂，实行偷窃，然而这还是暂时的事，终于将毒药当作宝贝，以自杀为惟一的出路。——但在生活于温带地方的读者，恐怕所受的感印是没有怎么深切的。一九三〇年七月十八日，译讫记。

*　　　*　　　*

〔1〕 本篇连同《洞窟》的译文，最初发表于 1931 年 1 月 10 日《东方杂志》第二十八卷第一号，译者署名隋洛文。单行本未收。

〔2〕 萨弥亚丁　即札弥亚丁。参看本卷第 384 页注〔3〕。

《一天的工作》^[1]

前　　记^[2]

苏联的无产作家,是十月革命以后,即努力于创作的,一九一八年,无产者教化团^[3]就印行了无产者小说家和诗人的丛书。二十年夏,又开了作家的大会^[4]。而最初的文学者的大结合,则是名为"锻冶厂"的集团。

但这一集团的作者,是往往负着深的传统的影响的,因此就少有独创性,到新经济政策施行后,误以为革命近于失败,折了幻想的翅子,几乎不能歌唱了。首先对他们宣战的,是《那巴斯图》(意云:在前哨)派的批评家,英古罗大^[5]说:"对于我们的今日,他们在怠工,理由是因为我们的今日,没有十月那时的灿烂。他们……不愿意走下英雄底阿灵比亚^[6]来。这太平常了。这不是他们的事。"^[7]

一九二二年十二月,无产者作家的一团在《青年卫军》^[8]的编辑室里集合,决议另组一个"十月团"^[9],"锻冶厂"和"青年卫军"的团员,离开旧社,加入者不少,这是"锻冶厂"分裂的开端。"十月团"的主张,如烈烈威支说,是"内乱已经结束,'暴风雨和袭击'的时代过去了。而灰色的暴风雨的时代又已到来,在无聊的幔下,暗暗地准备着新的'暴风雨'和新的'袭击'。"所以抒情诗须用叙事诗和小说来替代;抒情诗也"应该

《一天的工作》[1]

前　　记[2]

苏联的无产作家,是十月革命以后,即努力于创作的,一九一八年,无产者教化团[3]就印行了无产者小说家和诗人的丛书。二十年夏,又开了作家的大会[4]。而最初的文学者的大结合,则是名为"锻冶厂"的集团。

但这一集团的作者,是往往负着深的传统的影响的,因此就少有独创性,到新经济政策施行后,误以为革命近于失败,折了幻想的翅子,几乎不能歌唱了。首先对他们宣战的,是《那巴斯图》(意云:在前哨)派的批评家,英古罗大[5]说:"对于我们的今日,他们在怠工,理由是因为我们的今日,没有十月那时的灿烂。他们……不愿意走下英雄底阿灵比亚[6]来。这太平常了。这不是他们的事。"[7]

一九二二年十二月,无产者作家的一团在《青年卫军》[8]的编辑室里集合,决议另组一个"十月团"[9],"锻冶厂"和"青年卫军"的团员,离开旧社,加入者不少,这是"锻冶厂"分裂的开端。"十月团"的主张,如烈烈威支说,是"内乱已经结束,'暴风雨和袭击'的时代过去了。而灰色的暴风雨的时代又已到来,在无聊的幔下,暗暗地准备着新的'暴风雨'和新的'袭击'。"所以抒情诗须用叙事诗和小说来替代;抒情诗也"应该

是血,是肉,给我们看活人的心绪和感情,不要表示柏拉图一流的欢喜了。"[10]

但"青年卫军"的主张,却原与"十月团"有些相近的。

革命直后的无产者文学,诚然也以诗歌为最多,内容和技术,杰出的都很少。有才能的革命者,还在血战的涡中,文坛几乎全被较为闲散的"同路人"所独占。然而还是步步和社会的现实一同进行,渐从抽象的,主观的而到了具体的,实在的描写,纪念碑的长篇大作,陆续发表出来,如里培进斯基的《一周间》[11],绥拉菲摩维支的《铁流》[12],革拉特珂夫的《士敏土》[13],就都是一九二三至二四年中的大收获,且已移植到中国,为我们所熟识的。

站在新的立场上的智识者的作家既经辈出,一面有些"同路人"也和现实接近起来,如伊凡诺夫的《哈蒲》[14],斐定的《都市与年》,也被称为苏联文坛上的重要收获。先前的势如水火的作家,现在似乎渐渐有些融洽了。然而这文学上的接近,渊源其实是很不相同的。珂刚教授在所著的《伟大的十年的文学》中说:

> "无产者文学虽然经过了几多的变迁,各团体间有过争斗,但总是以一个观念为标帜,发展下去的。这观念,就是将文学看作阶级底表现,无产阶级的世界感的艺术底形式化,组织意识,使意志向着一定的行动的因子,最后,则是战斗时候的观念形态底武器。纵使各团体间,颇有不相一致的地方,但我们从不见有谁想要复兴一种超阶级的,自足的,价值内在的,和生活毫无关系的文学。

无产者文学是从生活出发,不是从文学性出发的。虽然因为作家们的眼界的扩张,以及从直接斗争的主题,移向心理问题,伦理问题,感情,情热,人心的细微的经验,那些称为永久底全人类的主题的一切问题去,而'文学性'也愈加占得光荣的地位;所谓艺术底手法,表现法,技巧之类,又会有重要的意义;学习艺术,研究艺术,研究艺术的技法等事,成了急务,公认为切要的口号;有时还好像文学绕了一个大圈子,又回到原先的处所了。

"所谓'同路人'的文学,是开拓了别一条路的。他们从文学走到生活去。他们从价值内在底技巧出发。他们先将革命看作艺术底作品的题材,自说是对于一切倾向性的敌人,梦想着无关于倾向的作家的自由的共和国。然而这些'纯粹的'文学主义者们——而且他们大抵是青年——终于也不能不被拉进全线沸腾着的战争里去了。他们参加了战争。于是从革命底实生活到达了文学的无产阶级作家们,和从文学到达了革命底实生活的'同路人们',就在最初的十年之终会面了。最初的十年的终末,组织了苏联作家的联盟[15]。将在这联盟之下,互相提携,前进了。最初的十年的终末,由这样伟大的试练来作纪念,是毫不足怪的。"

由此可见在一九二七年顷,苏联的"同路人"已因受了现实的熏陶,了解了革命,而革命者则由努力和教养,获得了文学。但仅仅这几年的洗练,其实是还不能消泯痕迹的。我们看起作品来,总觉得前者虽写革命或建设,时时总显出旁观的神情，而后者一落笔，就无一不自己就在里边，都是自己们的事。

可惜我所见的无产者作家的短篇小说很有限，这十篇之中，首先的两篇，还是"同路人"的，后八篇中的两篇[16]，也是由商借而来的别人所译，然而是极可信赖的译本，而伟大的作者，遗漏的还很多，好在大抵别有长篇，可供阅读，所以现在也不再等待，收罗了。

至于作者小传及译本所据的本子，也都写在《后记》里，和《竖琴》一样。

临末，我并且在此声谢那帮助我搜集传记材料的朋友。

一九三二年九月十八夜，鲁迅记。

＊　　＊　　＊

〔1〕 《一天的工作》 鲁迅在 1932 年至 1933 年间编集的苏联短篇小说集，1933 年 3 月由上海良友图书印刷公司出版，列为《良友文学丛书》之一。内收毕力涅克的《苦蓬》、绥甫林娜的《肥料》、略悉珂的《铁的静寂》、聂维洛夫的《我要活》、玛拉式庚的《工人》、绥拉菲摩维支的《一天的工作》和《岔道夫》、孚尔玛诺夫的《革命的英雄们》、唆罗诃夫的《父亲》、班菲洛夫和伊连珂夫合写的《枯煤，人们和耐火砖》等作品十篇。其中绥拉菲摩维支的两篇为文尹（杨之华）译。《苦蓬》、《肥料》和《我要活》三篇在收入单行本前，曾分别发表于《东方杂志》半月刊、《北斗》月刊和《文学月报》。

〔2〕 本篇最初印入《一天的工作》单行本，未在报刊上发表过。

〔3〕 无产者教化团 即"无产阶级文化协会"，苏联早期文化组织。其前身是 1917 年 9 月建立的俄国社会民主工党〔布〕彼得格勒市

"文化工作中心"和随后成立的"无产阶级文化教育组织",同年 11 月下旬始称"无产阶级文化协会"(Пролеткульт),其代表人物为波格丹诺夫等。十月革命后,全国各大城市都设有分部,并出版定期刊物《无产者文化》、《汽笛》等。列宁曾严厉批评他们否定文化遗产、否定党的领导,以及提倡用"实验室方式"建立"纯无产阶级文化"的主张。这一组织于 1920 年开始衰落,1932 年解散。

〔4〕 作家的大会 指 1920 年 5 月"全俄无产阶级作家协会"在莫斯科召开的作家大会,出席者有代表二十五个城市的作家一百五十人。

〔5〕 英古罗夫(С.Ингулов) 《在岗位上》派的文艺评论家。

〔6〕 阿灵比亚 即奥林匹斯,希腊北部的高山,希腊神话中诸神的住所,古希腊人视为神山。

〔7〕 英古罗夫的这段话,出自他 1923 年发表于《在岗位上》杂志创刊号上的《论损失》一文,鲁迅转引自日本昇曙梦所译戈庚《无产阶级文学论》,1928 年 4 月白杨社出版发行。

〔8〕 《青年卫军》 即《青年近卫军》,文学艺术和通俗科学杂志,俄共青年团中央的机关刊物。1922 年创刊于莫斯科,与同年 10 月成立的文学团体"青年近卫军"社有密切关系,1941 年停刊。1923 年 3 月"青年近卫军"社与"十月"社、"工人之春"社一同参加"莫斯科无产阶级作家协会"。

〔9〕 "十月团" 即"十月"社,苏联早期的文学团体。1922 年 12 月成立,1924 年创办月刊《十月》。核心人物有原属"锻冶场"社的马雷希金,"青年近卫军"社的培赛勉斯基,"工人之春"社的索柯洛夫和未参加团体的里别进斯基等。

〔10〕 烈烈威支的这段话,见于日本山内封介所译戈庚《伟大的十年的文学》,1930 年 12 月白杨社出版发行。"柏拉图一流的欢喜",指幻

想或理想的快乐。柏拉图(Plato 前 427—前 347),古希腊哲学家,著有《理想国》、《飨宴篇》等。

〔11〕 里培进斯基(Ю.Н.Либединский,1898—1959) 通译里别进斯基,苏联作家。《一周间》,描写内战时期斗争的小说,有蒋光慈译本,1930 年 1 月上海北新书局出版。

〔12〕 绥拉菲摩维支(А.С.Серафимович,1863—1949) 苏联作家。早期作品描写劳动人民的悲惨生活,1905 年革命后,转而以工人革命斗争为主题。《铁流》,描写红军游击队与敌人斗争的长篇小说,发表于 1924 年。有曹靖华译本,1931 年 11 月上海三闲书屋出版,鲁迅写有《编校后记》,现收入《集外集拾遗》。

〔13〕 革拉特珂夫(Ф.В.Гладков,1883—1958) 苏联作家。早年参加革命,曾被沙皇政府逮捕及流放,十月革命后参加国内战争和卫国战争。《士敏土》(现译《水泥》),描写国内战争结束后工人阶级为恢复生产而斗争的长篇小说,发表于 1925 年。有董绍明、蔡咏裳合译本,1932 年 7 月上海新生命书局出版。

〔14〕 《哈蒲》 伊凡诺夫发表于 1925 年的小说,描写在西伯利亚猎狐的故事。

〔15〕 苏联作家的联盟 指"苏维埃作家联合会联盟",简称"苏维埃作家联盟",1925 年 6 月俄共中央通过文艺政策决议后宣布成立,但至 1927 年 1 月方召开成立大会。次年在莫斯科又成立了"全苏联无产阶级作家协会联盟"(伏阿普 ВОАПП),《青年近卫军》、《十月》皆为其机关刊物。1932 年联共〔布〕中央作出《关于改组文学艺术团体的决议》后解散,成立"苏联作家协会"。

〔16〕 这里所说"首先的两篇",指《苦蓬》和《肥料》;"后八篇中的两篇",指《一天的工作》和《岔道夫》。

后　记[1]

　　毕力涅克(Boris Pilniak)的真姓氏是鄂皋(Wogau)，以一八九四年生于伏尔迦沿岸的一个混有日耳曼、犹太、俄罗斯、鞑靼的血液的家庭里。九岁时他就试作文章，印行散文是十四岁。"绥拉比翁的兄弟们"成立后，他为其中的一员，一九二二年发表小说《精光的年头》，遂得了甚大的文誉。这是他将内战时代所身历的酸辛，残酷，丑恶，无聊的事件和场面，用了随笔或杂感的形式，描写出来的。其中并无主角，倘要寻求主角，那就是"革命"。而毕力涅克所写的革命，其实不过是暴动，是叛乱，是原始的自然力的跳梁，革命后的农村，也只有嫌恶和绝望。他于是渐渐成为反动作家的渠魁，为苏联批评界所攻击了，最甚的时候是一九二五年，几乎从文坛上没落。但至一九三〇年，以五年计划为题材，描写反革命的阴谋及其失败的长篇小说《伏尔迦流到里海》发表后，才又稍稍恢复了一些声望，仍旧算是一个"同路人"。

　　《苦蓬》从《海外文学新选》[2]第三十六编平冈雅英所译的《他们的生活之一年》中译出，还是一九一九年作，以时候而论，是很旧的，但这时苏联正在困苦中，作者的态度，也比成名后较为真挚。然而也还是近于随笔模样，将传说，迷信，恋爱，战争等零星小材料，组成一片，有嵌镶细工之观，可是也觉得

颇为悦目。珂刚教授以为毕力涅克的小说,其实都是小说的
材料(见《伟大的十年的文学》中)〔3〕,用于这一篇,也是评得
很惬当的。

绥甫林娜(Lidia Seifullina)生于一八八九年;父亲是信耶
教的鞑靼人,母亲是农家女。高等中学第七学级完毕后,她便
做了小学的教员,有时也到各地方去演剧。一九一七年加入
社会革命党,但至一九年这党反对革命的战争的时候,她就出
党了。一九二一年,始给西伯利亚的日报做了一篇短短的小
说,〔4〕竟大受读者的欢迎,于是就陆续的创作,最有名的是
《维里尼亚》(中国有穆木天〔5〕译本)和《犯人》(中国有曹靖华
译本,在《烟袋》中)。

《肥料》从《新兴文学全集》第二十三卷〔6〕中富士辰马的
译本译出,疑是一九二三年之作,所写的是十月革命时一个乡
村中的贫农和富农的斗争,而前者终于失败。这样的事件,革
命时代是常有的,盖不独苏联为然。但作者却写得很生动,地
主的阴险,乡下革命家的粗鲁和认真,老农的坚决,都历历如
在目前,而且绝不见有一般"同路人"的对于革命的冷淡模样,
她的作品至今还为读书界所爱重,实在是无足怪的。

然而译她的作品却是一件难事业,原译者在本篇之末,就
有一段《附记》说:

"真是用了农民的土话所写的绥甫林娜的作品,委实
很难懂,听说虽在俄国,倘不是精通乡村的风俗和土音的
人,也还是不能看的。竟至于因此有了为看绥甫林娜的

作品而设的特别的字典。我的手头没有这样的字典。先前曾将这篇译载别的刊物上，这回是从新改译的。倘有总难了然之处，则求教于一个熟知农民事情的鞑靼的妇人。绥甫林娜也正是鞑靼系。但求教之后，却愈加知道这篇的难懂了。这回的译文，自然不能说是足够传出了作者的心情，但比起旧译来，却自以为好了不少。须到坦波夫或者那里的乡下去，在农民里面过活三四年，那也许能够得到完全的翻译罢。"

但译者却将求教之后，这才了然的土话，改成我所不懂的日本乡下的土话了，于是只得也求教于生长在日本乡下的 M君[7]，勉强译出，而于农民言语，则不再用某一处的土话，仍以平常的所谓"白话文"了事，因为我是深知道决不会有人来给我的译文做字典的。但于原作的精采，恐怕又损失不少了。

略悉珂（Nikolei Liashko)[8]是在一八八四年生于哈里珂夫的一个小市上的，父母是兵卒和农女。他先做咖啡店的侍者，后来当了皮革制造厂，机器制造厂，造船厂的工人，一面听着工人夜学校的讲义。一九〇一年加入工人的秘密团体，因此转辗于捕缚，牢狱，监视，追放的生活中者近十年，但也就在这生活中开始了著作。十月革命后，为无产者文学团体"锻冶厂"之一员，著名的著作是《熔炉》，写内乱时代所破坏，死灭的工厂，由工人们自己的团结协力而复兴，格局与革拉特珂夫的《士敏土》颇相似。

《铁的静寂》还是一九一九年作，现在是从《劳农露西亚短篇集》[9]内，外村史郎的译本重译出来的。看那作成的年代，就知道所写的是革命直后的情形，工人的对于复兴的热心，小市民和农民的在革命时候的自利，都在这短篇中出现。但作者是和传统颇有些联系的人，所以虽是无产者作家，而观念形态却与"同路人"较相近，然而究竟是无产者作家，所以那同情在工人一方面，是大略一看，就明明白白的。对于农民的憎恶，也常见于初期的无产者作品中，现在的作家们，已多在竭力的矫正了，例如法捷耶夫的《毁灭》，即为此费去不少的篇幅。

聂维洛夫（Aleksandr Neverov）[10]真姓斯珂培莱夫（Skobelev），以一八八六年生为萨玛拉（Samara）州的一个农夫的儿子。一九〇五年师范学校第二级卒业后，做了村学的教师。内战时候[11]，则为萨玛拉的革命底军事委员会的机关报《赤卫军》的编辑者。一九二〇至二一年大饥荒之际，他和饥民一同从伏尔迦逃往塔什干，二二年到墨斯科，加入"锻冶厂"，二二年冬，就以心脏麻痹死去了，年三十七。他的最初的小说，在一九〇五年发表，此后所作，为数甚多，最著名的是《丰饶的城塔什干》，中国有穆木天译本。

《我要活》是从爱因斯坦因（Maria Einstein）所译，名为《人生的面目》（Das Antlitz des Lebens）[12]的小说集里重译出来的。为死去的受苦的母亲，为未来的将要一样受苦的孩子，更由此推及一切受苦的人们而战斗，观念形态殊不似革命的劳动者。然而作者还是无产者文学初期的人，所以这也并不足令人诧异。珂刚教授在《伟大的十年的文学》里说：

> "出于'锻冶厂'一派的最是天才底的小说家，不消
> 说，是将崩坏时代的农村生活，加以杰出的描写者之一的
> 那亚历山大·聂维洛夫了。他全身浴着革命的吹嘘，但同
> 时也爱生活。……他之于时事问题，是远的，也是近的。
> 说是远者，因为他贪婪的爱着人生。说是近者，因为他看
> 见站在进向人生的幸福和充实的路上的力量，觉到解放
> 的力量。……

> "聂维洛夫的小说之一《我要活》，是描写自愿从军的
> 红军士兵的，但这人也如聂维洛夫所写许多主角一样，高
> 兴地爽快地爱着生活。他遇见春天的广大，曙光，夕照，
> 高飞的鹤，流过洼地的小溪，就开心起来。他家里有一个
> 妻子和两个小孩，他却去打仗了。他去赴死了。这是因
> 为要活的缘故；因为有意义的人生观为了有意义的生活，
> 要求着死的缘故；因为单是活着，并非就是生活的缘故；
> 因为他记得洗衣服的他那母亲那里，每夜来些兵丁，脚
> 夫，货车夫，流氓，好像打一匹乏力的马一般地殴打她，灌
> 得醉到失了知觉，呆头呆脑的无聊的将她推倒在眠床上
> 的缘故。"

玛拉式庚（Sergei Malashkin）[13]是土拉省人，他父亲是个
贫农。他自己说，他的第一个先生就是他的父亲。但是，他父
亲很守旧的，只准他读《圣经》和《使徒行传》[14]等类的书：他
偷读一些"世俗的书"，父亲就要打他的。不过他八岁时，就见

到了果戈理,普式庚,莱尔孟多夫〔15〕的作品。"果戈理的作品给了我很大的印象,甚至于使我常常做梦看见魔鬼和各种各式的妖怪。"他十一二岁的时候非常之淘气,到处捣乱。十三岁就到一个富农的家里去做工,放马,耕田,割草……在这富农家里,做了四个月。后来就到坦波夫省的一个店铺子里当学徒,虽然工作很多,可是他总是偷着功夫看书,而且更喜欢"捣乱和顽皮"。

一九〇四年,他一个人逃到了墨斯科,在一个牛奶坊里找着了工作。不久他就碰见了一些革命党人,加入了他们的小组。一九〇五年革命的时候,他参加了墨斯科十二月暴动,攻打过一个饭店,叫做"波浪"的,那饭店里有四十个宪兵驻扎着:很打了一阵,所以他就受了伤。一九〇六年他加入了布尔塞维克党,一直到现在。从一九〇九年之后,他就在俄国到处流荡,当苦力,当店员,当木料厂里的工头。欧战的时候,他当过兵,在"德国战线"上经过了不少次的残酷的战斗。他一直喜欢读书,自己很勤恳的学习,收集了许多少见的书籍(五千本)。

他到三十二岁,才"偶然的写些作品"。

"在五年的不断的文学工作之中,我写了一些创作(其中一小部分已经出版了)。所有这些作品,都使我非常之不满意,尤其因为我看见那许多伟大的散文创作:普式庚,莱尔孟多夫,果戈理,陀思妥夫斯基和蒲宁。研究着他们的创作,我时常觉着一种苦痛,想起我自己所写的东西——简直一无价值……就不知道怎么才好。

"而在我的前面正在咆哮着,转动着伟大的时代,我的同阶级的人,在过去的几百年里是沉默着的,是受尽了一切痛苦的,现在却已经在建设着新的生活,用自己的言语,大声的表演自己的阶级,干脆的说:我们是主人。

"艺术家之中,谁能够广泛的深刻的能干的在自己的作品里反映这个主人,——他才是幸福的。

"我暂时没有这种幸福,所以痛苦,所以难受。"(玛拉式庚自传)

他在文学团体里,先是属于"锻冶厂"的,后即脱离,加入了"十月"。一九二七年,出版了描写一个革命少女的道德底破灭的经过的小说,曰《月亮从右边出来》一名《异乎寻常的恋爱》,就卷起了一个大风暴,惹出种种的批评。有的说,他所描写的是真实,足见现代青年的堕落;有的说,革命青年中并无这样的现象,所以作者是对于青年的中伤;还有折中论者,以为这些现象是实在的,然而不过是青年中的一部分。高等学校还因此施行了心理测验,那结果,是明白了男女学生的绝对多数,都是愿意继续的共同生活,"永续的恋爱关系"的。珂刚教授在《伟大的十年的文学》中,对于这一类的文学,很说了许多不满的话。

但这本书,日本却早有太田信夫的译本,名为《右侧之月》[16],末后附着短篇四五篇。这里的《工人》,就从日本译本中译出,并非关于性的作品,也不是什么杰作,不过描写列宁的几处,是仿佛妙手的速写画一样,颇有神采的。还有一个不大会说俄国话的男人,大约就是史太林了,因为他原是生于乔具亚[17]（Georgia）——也即《铁流》里所说起的克鲁怎的。

绥拉菲摩维支（A. Serafimovich）的真姓是波波夫（Aleksandr Serafimovich Popov[18]），是十月革命前原已成名的作家，但自《铁流》发表后，作品既是划一时代的纪念碑底的作品，作者也更被确定为伟大的无产文学的作者了。靖华所译的《铁流》，卷首就有作者的自传，为省纸墨计，这里不多说罢。

《一天的工作》和《岔道夫》，都是文尹[19]从《绥拉菲摩维支全集》第一卷直接译出来的，都还是十月革命以前的作品。译本的前一篇的前面，原有一篇序，说得很分明，现在就完全抄录在下面——

绥拉菲摩维支是《铁流》的作家，这是用不着介绍的了。可是，《铁流》出版的时候已经在十月之后；《铁流》的题材也已经是十月之后的题材了。中国的读者，尤其是中国的作家，也许很愿意知道：人家在十月之前是怎么样写的。是的！他们应当知道，他们必须知道。至于那些以为不必知道这个问题的中国作家，那我们本来没有这种闲功夫来替他们打算，——他们自己会找着李完用[20]文集或者吉百林[21]小说集……去学习，学习那种特别的巧妙的修辞和布局。骗人，尤其是骗群众，的确要有点儿本事！至于绥拉菲摩维支，他是不要骗人的，他要替群众说话，他并且能够说出群众所要说的话。可是，他在当时——十月之前，应当有骗狗的本事。当时的文字狱是多么残酷，当时的书报检查是多么严厉，而他还能够写，自然并不能够"畅所欲言"，然而写始终能够写的，而且能够写出暴露社会生活的强有力的作品，能够不断的揭穿一切种种的假面具。

这篇小说：《一天的工作》，就是这种作品之中的一篇。出版的时候是一八九七年十月十二日——登载在《亚佐夫海边报》[22]上。这个日报不过是顿河边的洛斯托夫地方的一个普通的自由主义的日报。读者如果仔细的读一读这篇小说，他所得的印象是什么呢？难道不是那种旧制度各方面的罪恶的一幅画像！这里没有"英雄"，没有标语，没有鼓动，没有"文明戏"[23]里的演说草稿。但是，……

这篇小说的题材是真实的事实，是诺沃赤尔卡斯克城里的药房学徒的生活。作者的兄弟，谢尔盖，在一千八百九十几年的时候，正在这地方当药房的学徒，他亲身受到一切种种的剥削。谢尔盖的生活是非常苦的。父亲死了之后，他就不能够再读书，中学都没有毕业，就到处找事做，换过好几种职业，当过水手；后来还是靠他哥哥（作者）的帮助，方才考进了药房，要想熬到制药师副手的资格。后来，绥拉菲摩维支帮助他在郭铁尔尼珂华站上自己开办了一个农村药房。绥拉菲摩维支时常到那地方去的；一九〇八年他就在这地方收集了材料，写了他那第一篇长篇小说：《旷野里的城市》[24]。

范易嘉[25]志。一九三二，三，三〇。

孚尔玛诺夫（Dmitriy Furmanov）〔26〕的自传里没有说明他是什么地方的人，也没有说起他的出身。他八岁就开始读小说，而且读得很多，都是司各德〔27〕，莱德，倍恩，陀尔〔28〕等类的翻译小说。他是在伊凡诺沃·沃兹纳新斯克地方受的初等教育，进过商业学校，又在吉纳史马毕业了实科学校〔29〕。后来进了墨斯科大学，一九一五年在文科毕业，可是没有经过"国家考试"。就在那一年当了军医里的看护士，被派到"土耳其战线"，到了高加索，波斯边境，又到过西伯利亚，到过"西部战线"和"西南战线"……

一九一六年回到伊凡诺沃，做工人学校的教员。一九一七年革命开始之后，他热烈的参加。他那时候是社会革命党的极左派，所谓"最大限度派"（"Maximalist"）〔30〕。

"只有火焰似的热情，而政治的经验很少，就使我先成了最大限度派，后来，又成了无政府派，当时觉得新的理想世界，可以用无治主义的炸弹去建设，大家都自由，什么都自由！"

"而实际生活使我在工人代表苏维埃里工作（副主席）；之后，于一九一八年六月加入布尔塞维克党。孚龙兹〔31〕（Frunze，是托罗茨基免职之后第一任苏联军事人民委员长，现在已经死了——译者）对于我的这个转变起了很大的作用，他和我的几次谈话把我的最后的无政府主义的幻想都扑灭了。"（自传）

不久，他就当了省党部的书记，做当地省政府的委员，这是在中央亚细亚。后来,同着孚龙兹的队伍参加国内战争,当了查葩耶夫[32]第二十五师的党代表,土耳其斯坦战线的政治部主任,古班[33]军的政治部主任。他秘密到古班的白军区域里去做工作,当了"赤色陆战队"的党代表,那所谓"陆战队"的司令就是《铁流》里的郭如鹤(郭甫久鹤)。在这里,他脚上中了枪弹。他因为革命战争里的功劳,得了红旗勋章[34]。

一九一七——一八年他就开始写文章,登载在外省的以及中央的报章杂志上。一九二一年国内战争结束之后,他到了墨斯科,就开始写小说。出版了《赤色陆战队》,《查葩耶夫》,《一九一八年》。一九二五年,他著的《叛乱》出版(中文译本改做《克服》)[35],这是讲一九二〇年夏天谢米列赤伊地方的国内战争的。谢米列赤伊地方在伊犁以西三四百里光景,中国旧书里,有译做"七河地"的,这是七条河的流域的总名称。

从一九二一年之后,孚尔玛诺夫才完全做文学的工作。不幸,他在一九二六年的三月十五日就病死了。他墓碑上刻着一把剑和一本书;铭很简单,是:特密忒黎·孚尔玛诺夫,共产主义者,战士,文人。

孚尔玛诺夫的著作,有:

《查葩耶夫》一九二三年。

《叛乱》一九二五年。

《一九一八年》一九二三年。

《史德拉克》短篇小说,一九二五年。

《七天》(《查葩耶夫》的缩本)一九二六年。

《斗争的道路》小说集。

《海岸》(关于高加索的"报告")一九二六年。

《最后几天》一九二六年。

《忘不了的几天》"报告"和小说集，一九二六年。

《盲诗人》小说集，一九二七年。

《孚尔玛诺夫文集》四卷。

《市侩杂记》一九二七年。

《飞行家萨诺夫》小说集，一九二七年。

这里的一篇《英雄们》，是从斐檀斯的译本（D. Fourmanow：Die roten Helden，deutsch Von A. Videns，Verlag der Jugendinternationale，Berlin 1928[36]）重译的，也许就是《赤色陆战队》[37]。所记的是用一支奇兵，将白军的大队打退，其中似乎还有些传奇色采，但很多的是身历和心得之谈，即如由出发以至登陆这一段，就是给高谈专门家和唠叨主义者的一个大教训。

将"Helden"译作"英雄们"，是有点流弊的，因为容易和中国旧来的所谓"显英雄"的"英雄"相混，这里其实不过是"男子汉，大丈夫"的意思。译作"别动队"的，原文是"Dessert"，源出法文，意云"追加"，也可以引伸为饭后的点心，书籍的附录，本不是军用语。这里称郭甫久鹤的一队为"rote Dessert"[38]，恐怕是一个诨号，应该译作"红点心"的，是并非正式军队，它的前去攻打敌人，不过给吃一点点心，不算正餐的意思。但因为单是猜想，不能确定，所以这里就姑且译作中国人所较为听惯的，也非正装军队的"别动队"了。

唆罗诃夫（Michail Sholochov）[39]以一九〇五年生于顿州[40]。父亲是杂货，家畜和木材商人，后来还做了机器磨坊的经理。母亲是一个土耳其女子的曾孙女，那时她带了她的六岁的小儿子——就是唆罗诃夫的祖父——作为俘虏，从哥萨克[41]移到顿州来的。唆罗诃夫在墨斯科时，进了小学，在伏罗内希时，进了中学，但没有毕业，因为他们为了侵进来的德国军队，避到顿州方面去了。在这地方，这孩子就目睹了市民战，一九二二年，他曾参加了对于那时还使顿州不安的马贼的战斗。到十六岁，他便做了统计家，后来是扶养委员。他的作品于一九二三年这才付印，使他有名的是那大部的以市民战为材料的小说《静静的顿河》，到现在一共出了四卷，第一卷在中国有贺非[42]译本。

《父亲》从《新俄新作家三十人集》[43]中翻来，原译者是斯忒拉绥尔（Nadja Strasser）；所描写的也是内战时代，一个哥萨克老人的处境非常之难，为了小儿女而杀较长的两男，但又为小儿女所憎恨的悲剧。和果戈理，托尔斯泰所描写的哥萨克，已经很不同，倒令人仿佛看见了在戈理基初期作品中有时出现的人物。契诃夫写到农民的短篇，也有近于这一类的东西。

班菲洛夫（Fedor Panferov）[44]生于一八九六年，是一个贫农的儿子，九岁时就给人去牧羊，后来做了店铺的伙计。他是共产党员，十月革命后，大为党和政府而从事于活动，一面创作着出色的小说。最优秀的作品，是描写贫农们为建设农

村的社会主义的斗争的《勃鲁斯基》,以一九二六年出版,现在
欧美诸国几乎都有译本了。

关于伊连珂夫(V. Ilienkov)的事情,我知道得很少。只看
见德文本《世界革命的文学》(Literatur der Weltrevolution)[45]
的去年的第三本里,说他是全俄无产作家同盟(拉普)[46]中的
一人,也是一个描写新俄的人们的生活,尤其是农民生活的好
手。

当苏俄施行五年计画的时候,革命的劳动者都为此努力
的建设,组突击队,作社会主义竞赛,到两年半,西欧及美洲
"文明国"所视为幻想,妄谈,昏话的事业,至少竟有十个工厂
已经完成了。那时的作家们,也应了社会的要求,应了和大艺
术作品一同,一面更加提高艺术作品的实质,一面也用了报告
文学,短篇小说,诗,素描的目前小品,来表示正在获胜的集
团,工厂,以及共同经营农场的好汉,突击队员的要求,走向库
兹巴斯,巴库,斯太林格拉特[47],和别的大建设的地方去,以
最短的期限,做出这样的艺术作品来。日本的苏维埃事情研
究会所编译的《苏联社会主义建设丛书》第一辑《冲击队》(一
九三一年版)[48]中,就有七篇这一种"报告文学"在里面。

《枯煤,人们和耐火砖》就从那里重译出来的,所说的是伏
在地面之下的泥沼的成因,建设者们的克服自然的毅力,枯
煤[49]和文化的关系,炼造枯煤和建筑枯煤炉的方法,耐火砖
的种类,竞赛的情形,监督和指导的要诀。种种事情,都包含
在短短的一篇里,这实在不只是"报告文学"的好标本,而是实
际的知识和工作的简要的教科书了。

但这也许不适宜于中国的若干的读者,因为倘不知道一点地质,炼煤,开矿的大略,读起来是很无兴味的。但在苏联却又作别论,因为在社会主义的建设中,智识劳动和筋肉劳动的界限也跟着消除,所以这样的作品也正是一般的读物。由此更可见社会一异,所谓"智识者"即截然不同,苏联的新的智识者,实在已不知道为什么有人会对秋月伤心,落花坠泪,正如我们的不明白为什么熔铁的炉,倒是没有炉底一样了。

《文学月报》[50]的第二本上,有一篇周起应君所译的同一的文章[51],但比这里的要多三分之一,大抵是关于稷林的故事。我想,这大约是原本本有两种,并非原译者有所增减,而他的译本,是出于英文的。我原想借了他的译本来,但想了一下,就又另译了《冲击队》里的一本。因为详的一本,虽然兴味较多,而因此又掩盖了紧要的处所,简的一本则脉络分明,但读起来终不免有枯燥之感——然而又各有相宜的读者层的。有心的读者或作者倘加以比较,研究,一定很有所省悟,我想,给中国有两种不同的译本,决不会是一种多事的徒劳的。

但原译本似乎也各有错误之处。例如这里的"他讲话,总仿佛手上有着细索子,将这连结着的一样。"周译本作"他老是这样地说话,好像他衔了甚么东西在他的牙齿间,而且在紧紧地把它咬着一样。"这里的"他早晨往往被人叫醒,从桌子底下拉出来。"周译本作"他常常惊醒来了,或者更正确地说,从桌上抬起头来了。"想起情理来,都应该是后一译不错的,但为了免得杂乱起见,我都不据以改正。

从描写内战时代的《父亲》,一跳就到了建设时代的《枯煤,人们和耐火砖》,这之间的间隔实在太大了,但目下也没有别的好法子。因为一者,我所收集的材料中,足以补这空虚的作品很有限;二者,是虽然还有几篇,却又是不能绍介,或不宜绍介的。幸而中国已经有了几种长篇或中篇的大作,可以稍稍弥缝这缺陷了。

　一九三二年九月十九日,编者。

＊　　　　　＊　　　　　＊

〔1〕　本篇最初印入《一天的工作》单行本,未在报刊上发表过。

〔2〕　《苦蓬》　鲁迅的译文初载于《东方杂志》半月刊第二十七卷第三号(1930 年 2 月 10 日)。《海外文学新选》,一种介绍外国文学的丛书,共三十九卷,日本东京新潮社 1924 年 3 月至 1926 年出版。

〔3〕　戈庚对毕力涅克小说的这一评价,出自所著《苏俄文学展望》一书,有黑田辰男的日文译本,1930 年 5 月丛文阁出版发行,鲁迅于同年 5 月 30 日购得此书。

〔4〕　以上介绍绥甫林娜生平的文字,主要根据尾濑敬止所译《艺术战线》中的《莉蒂亚·绥甫林娜自传》。

〔5〕　穆木天(1900—1971)　吉林伊通人,诗人、翻译家。"左联"成员。他翻译的《维里尼亚》,1931 年 6 月上海现代书局出版。书上未署作者名。

〔6〕　《肥料》　鲁迅的译文初载于《北斗》月刊创刊号和第一卷第二期(1931 年 9 月、10 月),署名"隋洛文"。《新兴文学全集》第二十三卷,1929 年 3 月日本平凡社出版发行,副题为《露西亚Ⅱ》。

〔7〕　M 君　当指增田涉(1903—1977)。"增田"的拉丁字母拼音是 Masuda,他是岛根县八束郡惠昙村人,日本的中国文学研究家。1931

年在上海时曾常去鲁迅家商谈《中国小说史略》翻译的事。著有《鲁迅的印象》、《中国文学史研究》等。

〔8〕 略悉珂(H.H.Ляшко,1884—1953) 通译里亚希柯,苏联作家,"锻冶场"的领导人之一。著有《熔铁炉》(即文中所说的《熔炉》)等小说。

〔9〕 《劳农露西亚短篇集》 全名《公社战士的道路——劳农露西亚短篇集》(世界社会主义文学丛书第二篇),藏原惟人编,1928 年 2 月日本南宋书院出版发行。

〔10〕 聂维洛夫(A.C.Неверов,1886—1923) 苏联作家,曾参加"锻冶场"社。后文的《丰饶的城塔什干》(一译《塔什干——粮食之城》)是他的主要作品,中译本题为《丰饶的城》,1930 年 4 月上海北新书局出版。以下介绍聂维洛夫生平的文字,出自《新俄新小说家三十人集》上卷(《大旋风》)附录。

〔11〕 内战时候 指 1918 年至 1920 年间苏联人民为反对帝国主义国家的进攻和国内敌对势力的暴乱,保卫苏维埃政权而斗争的历史阶段。

〔12〕 《我要活》 鲁迅的译文初载于《文学月报》第一卷第三期(1932 年 10 月)。爱因斯坦因,德国的翻译工作者,曾将苏联班台莱耶夫的童话《表》译成德文。《人生的面目》,1925 年维也纳文学与政治出版社出版。

〔13〕 玛拉式庚(С.И.Малашкин) 一译马拉什金,苏联作家。以写诗开始创作,1926 年发表小说《月亮从右边出来》(一名《异乎寻常的恋爱》,日译名《右侧之月》,1928 年东京世界社出版)。该书曾引起激烈的争论。此外还写有小说《少女们》、《一个生活的纪事》等。

〔14〕 《使徒行传》 《新约全书》的第五卷,计二十八章,记述初期传教者所行"奇迹"和所传教理。

〔15〕 果戈理 参看本卷第 453 页注〔1〕。普式庚（А.С.Пуш-
кин,1799—1837),通译普希金,俄国诗人。作品多抨击农奴制度,谴责
贵族上流社会,歌颂自由与进步。著有长诗《欧根·奥涅金》、小说《上尉
的女儿》等。莱尔孟多夫（М.Ю.Лермонтов,1814—1841),通译莱蒙托
夫,俄国诗人。作品充满对自由的渴望及对沙皇政府黑暗统治的反抗
精神。著有长诗《童僧》、《恶魔》和小说《当代英雄》等。

〔16〕 《右侧之月》 太田信夫的这个译本收《右侧之月》、《冲动》、
《病人》、《工人》、《文盲》五个短篇。

〔17〕 乔具亚 即格鲁吉亚。

〔18〕 绥拉菲摩维支的俄文姓名是:Александр Серафимович Попов,即
亚历山大·绥拉菲摩维支·波波夫。

〔19〕 文尹 瞿秋白夫人杨之华的笔名。

〔20〕 李完用(1868—1926) 朝鲜李氏王朝末期的亲日派首领。

〔21〕 吉百林 即吉卜林,参看本卷第 387 页注〔35〕。

〔22〕 《亚佐夫海边报》 即《亚速海沿岸边疆报》,1891 年至 1919
年在罗斯托夫出版。

〔23〕 "文明戏" 中国早期话剧(新剧)的别称,其中的一派演出
时不用剧本而取幕表制,正戏之前往往有"言论正生"演说时事。

〔24〕 《旷野里的城市》 一译《荒漠中的城》,长篇小说,绥拉菲摩
维支作于 1909 年。

〔25〕 范易嘉 瞿秋白的笔名。

〔26〕 孚尔玛诺夫（Д.А.Фурманов,1891—1926） 通译富曼诺
夫,苏联作家。内战期间曾任师政治委员。著有《红色陆战队》、《恰巴
耶夫》(旧译《夏伯阳》)、《叛乱》等。

〔27〕 司各德(W.Scott,1771—1832) 英国作家。他广泛采用历
史题材进行创作,对欧洲历史小说的发展有一定影响。作品有《艾凡

赫》、《十字军英雄记》等。

〔28〕 莱德 指英国通俗小说家玛因·里德（Mayne Reid，1818—
1883）。倍恩，当指法国科学幻想小说家凡尔纳（J. Verne，1828—1905）。
陀尔，指英国侦探小说家柯南·道尔（A. Conan Doyle，1859—1930）。二
十世纪初期，他们的作品在俄国青年中都流传很广。

〔29〕 吉纳史马 通译基涅什玛。富曼诺夫于1909年入基涅什
玛实科中学，后因抗议教师的蛮横无理被勒令停学。

〔30〕 社会革命党的极左派 俄国的社会革命党成立于1902年，
1917年夏分裂，同年12月组成"左"派独立政党。"最大限度派"，俄国
的最高（限度）纲领主义派，是一些脱离社会革命党的分子所组成的半
无政府主义的恐怖政治集团。1904年成立，十月革命后反对苏维埃政
权，1920年自行解散。

〔31〕 孚龙兹（М. В. Фрунзе，1885—1925） 通译伏龙芝，苏联建
国初期的政治活动家，红军统帅。曾任苏维埃革命军事委员会主席和
陆海军人民委员。

〔32〕 查葩耶夫（В. И. Чапаев，1887—1919） 通译恰巴耶夫（旧
译夏伯阳），苏联内战时期的红军指挥员，在作战中牺牲。长篇小说《恰
巴耶夫》（富曼诺夫著）就是据他的事迹写成的。

〔33〕 古班 通译库班，指库班河地区。

〔34〕 红旗勋章 1918年由全俄中央执行委员会及1924年由苏
联中央执行委员会主席团制定的一种军功勋章。

〔35〕 《叛乱》 鲁迅在《〈铁流〉编校后记》中说及的《现代文艺丛
书》编印计划，原曾列有此书，注明成文英（即冯雪峰）译，后来或未译
成。改题《克服》的中译本系瞿然（高明）译，1930年11月上海心弦书社
出版。

〔36〕 德文："D. 富曼诺夫：《红色的英雄们》，A. 斐檀斯译，1928

年柏林青年国际出版社出版。"

〔37〕 《赤色陆战队》 鲁迅译为《革命的英雄们》,系据德译《红色的英雄们》重译。富曼诺夫的原作题为《红色陆战队》。

〔38〕 "rote Dessert" 俄语 Рота Десант 的音译,意为"陆战连",并非诨号。按德语 rot 指红色;德语和法语的 dessert 均指(有别于主食的)饭后甜点,在俄语中转义为(有别于主力部队的)"陆战队"。

〔39〕 唆罗诃夫(М.А.Шолохов,1905—1984) 通译萧洛霍夫,苏联作家。著有《静静的顿河》、《被开垦的处女地》等。

〔40〕 顿州 指顿河地区。

〔41〕 哥萨克 原为突厥语,意思是"自由人"。十五、十六世纪时,俄罗斯一部分农奴和城市贫民因不堪封建压迫,流亡至南部草原和顿河流域,自称哥萨克,沙皇时代多从军。

〔42〕 贺非 即赵广湘(1908—1934),河北武清人,翻译工作者。他译的《静静的顿河》第一卷,于 1931 年 10 月由上海神州国光社出版,鲁迅曾为之校订、译"作者小传"并写"后记"("后记"现收入《集外集拾遗》)。以上介绍萧洛霍夫生平的文字,出自《新俄新小说家三十人集》上卷(《大旋风》)附录。

〔43〕 《新俄新作家三十人集》 即《新俄新小说家三十人集》。

〔44〕 班菲洛夫(Ф.И.Панфёров,1896—1960) 通译潘菲洛夫,苏联作家。著有《磨刀石农庄》、《亲娘般的伏尔加河》等。所著《勃鲁斯基》即《磨刀石农庄》。勃鲁斯基为俄语 Бруский 的音译,意为磨刀石的。林淡秋曾译该书第一部,名《布罗斯基》,1932 年上海正午书局出版。

〔45〕 伊连珂夫(В.Г.Ильинков) 一译伊利英科夫,苏联作家。著有《主动轴》、《太阳的城市》等。《世界革命的文学》,莫斯科发行的期刊(德语版)。

〔46〕 全俄无产作家同盟 应为俄罗斯无产阶级作家联合会（Российская ассоциация пролетарских писателей），1925 年 1 月在第一次全苏无产阶级作家大会上正式成立，至 1932 年解散。"拉普"是其俄文名称缩写 РАПП 的音译。

〔47〕 库兹巴斯 库兹涅茨克煤矿区的简称，在西伯利亚西部托姆河流域。巴库，阿塞拜疆首都，位于里海西岸。斯太林格拉特，即斯大林格勒，原名察里津，现又改称伏尔加格勒。

〔48〕《冲击队》《突击队》的日译本，1931 年 11 月丛文阁出版发行，其中所收七篇报告文学作品是:《为了矿区的斗争》,《焦炭，人们和耐火砖》,《突击队员的面影》,《工厂的一日》,《第二十号列宁勋章》,《红色普济洛夫工厂滑车部》,《决定的日子》。

〔49〕 枯煤 指焦炭。

〔50〕《文学月报》"左联"机关刊物之一，1932 年 6 月创刊。初由姚蓬子编辑，第一卷第三期(1932 年 9 月)起由周起应编辑。上海光华书局出版，1932 年 12 月被国民党政府查禁。

〔51〕 周起应(1908—1989) 即周扬，湖南益阳人，文艺理论家，"左联"领导人之一。他译的这篇小说题作《焦炭，人们和火砖》，载《文学月报》第一卷第二号(1932 年 7 月 10 日)。后文的稷林是小说中的砖石工人。

《苦蓬》译者附记[1]

作者 Boris Pilniak 曾经到过中国,上海的文学家们还曾开筵招待他,知道的人想来至今还不少,可以无须多说了。在这里要画几笔蛇足的:第一,是他虽然在革命的漩涡中长大,却并不是无产作家,是以"同路人"的地位而得到很利害的攻击者之一,看《文艺政策》就可见,连日本人中间,也很有非难他的。第二,是这篇系十年前之作,正值所谓"战时共产时代",革命初起,情形很混沌,自然便不免有看不分明之处,这样的文人,那时也还多——他们以"革命为自然对于文明的反抗,村落对于都会的反抗,惟在俄罗斯的平野和森林深处,过着千年前的生活的农民,乃是革命的成就者"[2]。

然而他的技术,却非常卓拔的。如这一篇,用考古学,传说,村落生活,农民谈话,加以他所喜欢运用的 Erotic[3] 的故事,编成革命现象的一段,而就在这一段中,活画出在扰乱和流血的不安的空气里,怎样在复归于本能生活,但也有新的生命的跃动来。惟在我自己,于一点却颇觉有些不满,即是在叙述和议论上,常常令人觉得冷评气息,——这或许也是他所以得到非难的一个原因罢。

这一篇,是从他的短篇集《他们的生活的一年》里重译出来的,原是日本平冈雅英的译本,东京新潮社[4]出版的《海外文学新选》的三十六编。

　　一九二九年,十月,二日,译讫,记。

　　＊　　　　＊　　　　＊

　　〔１〕　本篇连同《苦蓬》的译文,最初发表于 1930 年 2 月 10 日《东方杂志》半月刊第二十七卷第三号。单行本未收。

　　〔２〕　这里的引文和下一段中对于《苦蓬》内容、风格的评价,均出自平冈雅英为《他们的生活的一年》所写的《译者序》。

　　〔３〕　Erotic　英语:色情的。

　　〔４〕　新潮社　1904 年日本佐藤义亮创办。曾大量翻译介绍西洋文学,发行《新潮》杂志和出版《新潮文学全集》及《新潮文库》等丛书。

《肥料》译者附记[1]

这一篇的作者,是现在很辉煌的女性作家;她的作品,在中国也绍介过不止一两次,可以无须多说了。但译者所信为最可靠的,是曹靖华先生译出的几篇,收在短篇小说集《烟袋》里,并附作者传略,爱看这一位作家的作品的读者,可以自去参看的。

上面所译的,是描写十多年前,俄边小村子里的革命,而中途失败了的故事,内容和技术,都很精湛,是译者所见这作者的十多篇小说中,信为最好的一篇。可惜译文颇难自信,因为这是从《新兴文学全集》第二十三本中富士辰马的译文重译的,而原译者已先有一段附记道:

"用了真的农民的方言来写的绥甫林娜的作品,实在是难解,听说虽在俄国,倘不是精通地方的风俗和土话的人,也是不能看的。因此已有特别的字典,专为了要看绥甫林娜的作品而设。但译者的手头,没有这样的字典。……总是想不明白的处所,便求教于精通农民事情的一个鞑靼的妇人。绥甫林娜也正是出于鞑靼系的。到得求教的时候,却愈加知道这一篇之难解了。……倘到坦波夫或什么地方的乡下去,在农民中间生活三四年,或者可以得到完全的译本罢。"

但译文中的农民的土话,却都又改成了日本乡村的土话,在普通的字典上,全部没有的,也未有特别的字典。于是也只得求教于懂得那些土话的 M 君[2],全篇不下三十处,并注于此,以表谢忱云。

又,文中所谓"教友"[3],是基督教的一派,而反对战争,故当时很受帝制政府压迫,但到革命时候,也终于显出本相来了。倘不记住这一点,对于本文就常有难以明白之处的。

一九三一年八月十二日,洛文记于西湖之避暑吟诗堂[4]。

*   *   *

〔1〕 本篇连同《肥料》译文的后半部分,最初发表于 1931 年 10 月《北斗》月刊第一卷第二号。译者署名隋洛文。后插入《一天的工作》单行本的《后记》之中,字句多有改动。

〔2〕 M 君 即日本友人增田涉。参见本卷第 415 页注〔7〕。

〔3〕 "教友" 即教友派或公谊会,基督教的一派。十七世纪中叶英国人福克斯(G.Fox,1624—1691)所创立。他们宣扬和平主义,反对一切战争和暴力。在俄国曾受沙皇压制,十月革命后成为革命的反对者。

〔4〕 西湖之避暑吟诗堂 这一杜撰的地址,是对当时宣称鲁迅已"逃离"上海的谣言的调侃。自 1928 年 7 月上旬偕许广平往游四日之后,鲁迅从未到过杭州。

《山民牧唱》[1]

《山民牧唱·序文》译者附记[2]

《山民牧唱序》从日本笠井镇夫[3]的译文重译,原是载在这部书的卷首的,可以说,不过是一篇极轻松的小品。

作者巴罗哈(Pío Baroja Y Nessi)以一八七二年十二月二十八日生于西班牙的圣绥巴斯锵市,从马德里大学得到Doctor[4]的称号,而在文学上,则与伊本纳兹[5]齐名。

但以本领而言,恐怕他还在伊本纳兹之上,即如写山地居民跋司珂族(Vasco)[6]的性质,诙谐而阴郁,虽在译文上,也还可以看出作者的非凡的手段来。这序文固然是一点小品,然而在发笑之中,不是也含着深沉的忧郁么?

*　　　*　　　*

〔1〕 《山民牧唱》 短篇小说集,巴罗哈作。鲁迅译本在他生前未曾单行,1938 年收入《鲁迅全集》第十八卷。所收作品连《序文》共七篇,除《放浪者伊利沙辟台》最初印入《近代世界短篇小说集》之二《在沙漠上及其他》(1929 年 9 月上海朝花社出版)外,其它各篇都曾分别在《奔流》、《译文》、《文学》、《新小说》等月刊发表。鲁迅所据为笠井镇夫日译本,1924 年 8 月 15 日东京新潮社出版发行(其中《钟的显灵》一篇未译)。

巴罗哈(1872—1956),西班牙作家。一生写有小说一百余部和论文集十余本。他的作品反映了巴斯克族人民的生活,但有无政府主义、虚无主义的倾向。主要作品有描写二十世纪初西班牙下层人民生活的长篇小说《为生活而奋斗》,以及反映西班牙渔民的贫困和不幸的长篇小说《香蒂·安地亚的不安》等。

〔2〕 本篇最初连同《〈山民牧唱〉序》的译文,发表于 1934 年 10 月《译文》月刊第一卷第二期,署张禄如译。1938 年《山民牧唱》编入《鲁迅全集》第十八卷时,本篇未收。

〔3〕 笠井镇夫(1895—?) 日本的西班牙文学研究者,曾留学西班牙,后任东京外国语学校教授。著有《西班牙语入门》等。

〔4〕 Doctor 西班牙语:博士;医生。这里当指医生。

〔5〕 伊本纳兹(V. Blasco – Ibáñez,1867—1928) 通译伊巴涅思,西班牙作家、共和党领导人。因参加反对王权的政治活动,曾两次被捕,后流亡国外。主要作品有小说《农舍》、《启示录的四骑士》等。

〔6〕 跋司珂族 通译巴斯克族,最初散居于西班牙与法国毗连的比利牛斯山脉两侧。公元九世纪到十六世纪曾建立王国,十六世纪时沦为法国属地,二十世纪二十年代归属西班牙。

《放浪者伊利沙辟台》和《跋司珂族的人们》译者附记[1]

巴罗哈(Pío Baroja y Nessi)以一八七二年十二月二十八日生于西班牙之圣舍跋斯丁市[2]，和法兰西国境相近。先学医于巴连西亚大学，更在马德里大学得医士称号。后到跋司珂的舍斯德那市，行医两年，又和他的哥哥理嘉图(Ricardo)到马德里，开了六年面包店。

他在思想上，自云是无政府主义者，翘望着力学底行动(Dynamic action)。在文艺上，是和伊巴臬兹(Vincent Ibáñez)齐名的现代西班牙文坛的健将，是具有哲人底风格的最为独创底的作家。作品已有四十种，大半是小说，且多长篇，又多是涉及社会问题和思想问题这些大题目的。巨制有《过去》，《都市》和《海》这三部曲；又有连续发表的《一个活跃家的记录》[3]，迄今已经印行到第十三编。有杰作之名者，大概属于这一类。但许多短篇里，也尽多风格特异的佳篇。

跋司珂(Vasco)族是古来就住在西班牙和法兰西之间的比莱纳(Pyrenees)山脉[4]两侧的大家视为"世界之谜"的人种，巴罗哈就禀有这民族的血液的。选在这里的，也都是描写跋司珂族的性质和生活的文章，从日本的《海外文学新选》第十三编《跋司珂牧歌调》中译出。前一篇（Elizabideel

Vagabundo)是笠井镇夫原译;后一篇是永田宽定[5]译的,原是短篇集《阴郁的生活》[6](Vidas Sombrias)中的几篇,因为所写的全是跛司珂族的性情,所以就袭用日译本的题目,不再改换了。

*　　　*　　　*

〔1〕 本篇连同《放浪者伊利沙辟台》及《跛司珂族的人们》两篇译文,最初印入1929年9月朝花社出版的《在沙漠上及其他》一书。1938年《山民牧唱》编入《鲁迅全集》时未收。

〔2〕 圣舍跋斯丁市 今译圣塞巴斯蒂安市。

〔3〕 《一个活跃家的记录》 巴罗哈二十二部历史小说的总题。

〔4〕 比莱纳山脉 通译比利牛斯山脉。

〔5〕 永田宽定(1885—1973) 日本的西班牙文学研究者,曾任东京外国语大学教授。著有《西班牙文学史》并译有《堂·吉诃德》等。

〔6〕 《阴郁的生活》 巴罗哈的短篇小说集,出版于1900年。

《会友》译者附记[1]

　　《会友》就是上期登过序文的笠井镇夫译本《山民牧唱》中的一篇,用诙谐之笔,写一点不登大雅之堂的山村里的名人故事,和我先曾绍介在《文学》[2]翻译专号上的《山中笛韵》[3],情景的阴郁和玩皮,真有天渊之隔。但这一篇里明说了两回:这跋司珂人的地方是法国属地。属地的人民,大概是阴郁的,否则嘻嘻哈哈,像这里所写的"培拉的学人哲士们"一样。同是一处的居民,外观上往往会有两种相反的性情。但这相反又恰如一张纸的两面,其实是一体的。

　　作者是医生,医生大抵是短命鬼,何况所写的又是受强国迫压的山民,虽然嘻嘻哈哈,骨子里当然不会有什么乐趣。但我要绍介的就并不是文学的乐趣,却是作者的技艺。在这么一个短篇中,主角迭土尔辟台不必说,便是他的太太拉·康迪多,马车夫马匿修,不是也都十分生动,给了我们一个明确的印象么?假使不能,那是译者的罪过了。

＊　　　　＊　　　　＊

〔1〕　本篇连同《会友》的译文,最初发表于 1934 年 11 月《译文》月刊第一卷第三期,署张禄如译。1938 年《山民牧唱》编入《鲁迅全集》时未收。会友,指秘密结社的成员。

〔2〕 《文学》 月刊,1933 年 7 月在上海创刊,署文学社编辑。自第二卷起署郑振铎、傅东华主编,第七卷起由王统照接编,至 1937 年 11 月停刊。翻译专号,指第二卷第三号(1934 年 3 月)。

〔3〕 《山中笛韵》 《山民牧唱》篇初发表时的题名,载《文学》月刊第二卷第三号"翻译专号",署张禄如译。

《少年别》译者附记[1]

《少年别》的作者 P. 巴罗哈，在读者已经不是一个陌生人，这里无须再来介绍了。这作品，也是日本笠井镇夫选译的《山民牧唱》中的一篇，是用戏剧似的形式来写的新样式的小说，作者常常应用的；但也曾在舞台上实演过。因为这一种形式的小说，中国还不多见，所以就译了出来，算是献给读者的一种参考品。

Adios a La Bohemia 是它的原名，要译得诚实，恐怕应该是《波希米亚[2]者流的离别》的。但这已经是重译了，就是文字，也不知道究竟和原作有怎么天差地远，因此索性采用了日译本的改题，谓之《少年别》，也很像中国的诗题。

地点是西班牙的京城玛德里（Madrid），事情很简单，不过写着先前满是幻想，后来终于幻灭的文艺青年们的结局；而新的却又在发生起来，大家在咖啡馆里发着和他们的前辈先生相仿的议论，那么，将来也就可想而知了。译者寡闻，先前是只听说巴黎有这样的一群文艺家的，待到看过这一篇，才知道西班牙原来也有，而且言动也和巴黎的差不多。

*   *   *

〔1〕 本篇连同《少年别》的译文，最初发表于 1935 年 2 月《译文》

431

月刊第一卷第六期,署张禄如译。1938 年《山民牧唱》编入《鲁迅全集》时未收。

〔2〕 波希米亚 原是日耳曼语对捷克地区的称呼,狭义上专指捷克西部地区。这里的波希米亚者流,指流浪者、放浪者。

《促狭鬼莱哥羌台奇》译者附记^[1]

比阿·巴罗哈(Pío Baroja y Nessi)以一八七二年十二月生于西班牙之圣舍跋斯丁市,和法国境相近。他是医生,但也是作家,与伊本涅支(Vincent Ibáñez)齐名。作品已有四十种,大半是小说,且多长篇,称为杰作者,大抵属于这一类。他那连续发表的《一个活动家的记录》,早就印行到第十三编。

这里的一篇是从日本笠井镇夫选译的短篇集《跋司珂牧歌调》里重译出来的。跋司珂(Vasco)者,是古来就位在西班牙和法兰西之间的比莱纳(Pyrenees)山脉两侧的大家看作"世界之谜"的民族,如作者所说,那性质是"正经,沉默,不愿说诳",然而一面也爱说废话,傲慢,装阔,讨厌,善于空想和做梦;巴罗哈自己就禀有这民族的血液的。

莱哥羌台奇正是后一种性质的代表。看完了这一篇,好像不过是巧妙的滑稽。但一想到在法国治下的荒僻的市镇里,这样的脚色就是名人,这样的事情就是生活,便可以立刻感到作者的悲凉的心绪。还记得中日战争^[2](一八九四年)时,我在乡间也常见游手好闲的名人,每晚从茶店里回来,对着女人孩子们大讲些什么刘大将军(刘永福^[3])摆"夜壶阵"的怪话,大家都听得眉飞色舞,真该和跋司珂的人们同声一叹。但我们的讲演者虽然也许添些枝叶,却好像并非自己随口乱谈,他不过将茶店里面贩来的新闻,演义了一下,这是还胜于莱哥先生的促狭[4]的。

一九三四年十二月三十夜,译完并记。

＊　　　＊　　　＊

〔1〕　本篇连同《促狭鬼莱哥羌台奇》的译文,最初发表于 1935 年 4 月《新小说》月刊第一卷第三期。1938 年《山民牧唱》编入《鲁迅全集》时未收。

〔2〕　中日战争　指"甲午战争",即 1894 年(甲午)发生的日本帝国主义为夺占朝鲜和侵略中国而发动的战争。

〔3〕　刘永福(1837—1917)　广西上思人,清末将领。甲午之战时据守台湾,抗击日本。清末署名藜床旧主所撰《刘大将军平倭百战百胜图说》一书中,有《用夜壶阵舰烬灰飞》图目。

〔4〕　促狭　江浙方言,刁钻刻薄的意思。

《表》[1]

译 者 的 话[2]

　　《表》的作者班台莱耶夫（L. Panteleev），我不知道他的事迹。所看见的记载，也不过说他原是流浪儿，后来受了教育，成为出色的作者，且是世界闻名的作者了。他的作品，德国译出的有三种：一为"Schkid"[3]（俄语"陀斯妥也夫斯基学校"的略语），亦名《流浪儿共和国》，是和毕理克（G. Bjelych）[4]合撰的，有五百余页之多；一为《凯普那乌黎的复仇》，我没有见过；一就是这一篇中篇童话，《表》。

　　现在所据的即是爱因斯坦（Maria Einstein）女士的德译本，一九三〇年在柏林出版的。卷末原有两页编辑者的后记，但因为不过是对德国孩子们说的话，在到了年纪的中国读者，是统统知道了的，而这译本的读者，恐怕倒是到了年纪的人居多，所以就不再译在后面了。

　　当翻译的时候，给了我极大的帮助的，是日本槇本楠郎[5]的日译本：《金时计》。前年十二月，由东京乐浪书院印行。在那本书上，并没有说明他所据的是否原文；但看藤森成吉[6]的话（见《文学评论》[7]创刊号），则似乎也就是德译本的重译。这对于我是更加有利的：可以免得自己多费心机，又可以免得常翻字典。但两本也间有不同之处，这里是全照了德译本的。

《金时计》上有一篇译者的序言,虽然说的是针对着日本,但也很可以供中国读者参考的。译它在这里:

"人说,点心和儿童书之多,有如日本的国度,世界上怕未必再有了。然而,多的是吓人的坏点心和小本子,至于富有滋养,给人益处的,却实在少得很。所以一般的人,一说起好点心,就想到西洋的点心,一说起好书,就想到外国的童话了。

"然而,日本现在所读的外国的童话,几乎都是旧作品,如将褪的虹霓,如穿旧的衣服,大抵既没有新的美,也没有新的乐趣的了。为什么呢?因为大抵是长大了的阿哥阿姊的儿童时代所看过的书,甚至于还是连父母也还没有生下来,七八十年前所作的,非常之旧的作品。

"虽是旧作品,看了就没有益,没有味,那当然也不能说的。但是,实实在在的留心读起来,旧的作品中,就只有古时候的'有益',古时候的'有味'。这只要把先前的童谣和现在的童谣比较一下看,也就明白了。总之,旧的作品中,虽有古时候的感觉、感情、情绪和生活,而像现代的新的孩子那样,以新的眼睛和新的耳朵,来观察动物,植物和人类的世界者,却是没有的。

"所以我想,为了新的孩子们,是一定要给他新作品,使他向着变化不停的新世界,不断的发荣滋长的。

"由这意思,这一本书想必为许多人所喜欢。因为这样的内容簇新,非常有趣,而且很有名声的作品,是还没有绍介一本到日本来的。然而,这原是外国的作品,所以纵使怎样出色，也总只显着外国的特色。我希望读者像游历异国一样，一面鉴赏着这特色，一面怀着涵养广博的智识，和高尚的情操的心情，来读这一本书。我想，你们的见闻就会更广，更深，精神也因此磨炼出来了。"

还有一篇秋田雨雀的跋，不关什么紧要，不译它了。

译成中文时，自然也想到中国。十来年前，叶绍钧先生的《稻草人》[8]是给中国的童话开了一条自己创作的路的。不料此后不但并无蜕变，而且也没有人追踪，倒是拚命的在向后转。看现在新印出来的儿童书，依然是司马温公敲水缸[9]，依然是岳武穆王脊梁上刺字[10]；甚而至于"仙人下棋"[11]，"山中方七日，世上已千年"[12]；还有《龙文鞭影》[13]里的故事的白话译。这些故事的出世的时候，岂但儿童们的父母还没有出世呢，连高祖父母也没有出世，那么，那"有益"和"有味"之处，也就可想而知了。

在开译以前，自己确曾抱了不小的野心。第一，是要将这样的崭新的童话，绍介一点进中国来，以供孩子们的父母，师长，以及教育家，童话作家来参考；第二，想不用什么难字，给十岁上下的孩子们也可以看。但是，一开译，可就立刻碰到了钉子了，孩子的话，我知道得太少，不够达出原文的意思来，因此仍然译得不三不四。现在只剩了半个野心了，然而也不知道究竟怎么样。

还有，虽然不过是童话，译下去却常有很难下笔的地方。例如译作"不够格的"，原文是 defekt，是"不完全"，"有缺点"的意思。日译本将它略去了。现在倘若译作"不良"，语气未免太重,所以只得这么的充一下,然而仍然觉得欠切帖。又这里译作"堂表兄弟"的是 Olle,译作"头儿"的是 Gannove[14],查了几种字典,都找不到这两个字。没法想就只好头一个据西班牙语,第二个照日译本,暂时这么的敷衍着,深望读者指教,给我还有改正的大运气。

插画二十二小幅,是从德译本复制下来的。作者孚克(Bruno Fuk)[15],并不是怎样知名的画家,但在二三年前,却常常看见他为新的作品作画的,大约还是一个青年罢。

鲁迅。

*　　　*　　　*

〔1〕 《表》 以流浪儿教育为题材的小说,班台莱耶夫作于1928年,鲁迅译于1935年1月1日至12日;同年7月由上海生活书店出版单行本。

班台莱耶夫(Л. Пантелеев),苏联儿童文学作家。原名阿列克赛·伊凡诺维奇·叶列缅夫,少年时为流浪儿,1921年进入以陀思妥耶夫斯基命名的流浪儿学校,1925年开始发表作品。著有小说《什基德共和国》(与别雷赫合著)、《表》、《文件》、《我们的玛莎》,以及高尔基、马尔夏克等的回忆录。

〔2〕 本篇连同《表》的译文,最初发表于1935年3月《译文》月刊第二卷第一期。

〔3〕 "Schkid" "什基德",俄语"Школа имени Достоевского Для Трудновоспитуемых"的简称(Шкид),意思是"以陀思妥耶夫斯基命名的流浪儿学校"。

〔4〕 毕理克(Г. И. Белых,1907—1929) 通译别雷赫,苏联电影

导演及作家。他与班台莱耶夫合著的中篇小说《什基德共和国》(即《以陀思妥耶夫斯基命名的流浪儿学校》),描写流浪儿在苏维埃政权下成长的故事。

〔5〕 槙本楠郎(1898—1956) 本名楠男,日本儿童文学作家。曾任日本童话作家协会常任理事,著有《新儿童文学理论》、童谣集《赤旗》、童话《小猫的裁判》等。他的译本《金时计》于1934年11月25日由日本乐浪书院出版。

〔6〕 藤森成吉(1892—1978) 日本作家。东京大学德文系毕业,著有小说《青年时的烦恼》、《在研究室》、《悲哀的爱情》等。

〔7〕 《文学评论》 日本文艺杂志,月刊,1934年3月创刊,1936年8月停刊,共出三十期。

〔8〕 叶绍钧(1894—1988) 字圣陶,江苏吴县(今属苏州)人,作家,文学研究会成员。著有长篇小说《倪焕之》等。《稻草人》,童话集,作于1921年至1922年间,上海开明书店出版。

〔9〕 司马温公敲水缸 司马温公,即北宋司马光(1019—1086),宋代大臣、史学家,死后追封温国公。敲水缸事载《宋史·司马光列传》:"光生七岁,凛然如成人,……群儿戏于庭,一儿登瓮,足跌没水中,众皆弃去,光持石击瓮破之,水迸,儿得活。其后京、洛间画以为图。"

〔10〕 岳武穆王脊梁上刺字 岳武穆王,即岳飞(1103—1142),南宋抗金大将,死后谥武穆。《宋史·岳飞列传》载:"(秦)桧遣使捕飞父子证张宪事(按指'诬告张宪谋还飞兵'),使者至,飞笑曰:'皇天后土,可表此心!'初命何铸鞫之,飞裂裳以背示铸,有'尽忠报国'四大字,深入肤理。"民间盛传的"岳母刺字"故事,见于《说岳全传》第二十二回。

〔11〕 "仙人下棋" 见《述异记》(相传为南朝梁任昉著)上卷:"信安郡石室山,晋时王质伐木至,见童子数人棋而歌,质因听之。童子以一物与质,如枣核。质含之,不觉饥。俄顷童子谓曰:'何不去?'质起

视,斧柯尽烂。既归,无复时人。"

〔12〕 "山中方七日,世上已千年" 语出明初叶盛《水东日记》卷十:"王子去求仙,丹成入九天,山中方七日,世上已千年。"

〔13〕《龙文鞭影》 旧时的儿童读物,明代萧良友编著,原题《蒙养故事》,后经杨臣诤增订,改题今名。全书用四言韵语写成,每句一故事,两句自成一联,按通行的诗韵次序排列。

〔14〕 据作者1935年9月8日写的《给〈译文〉编者订正的信》(现编入《集外集拾遗补编》),这个被译为"头儿"的字,源出犹太语,应译为"偷儿"或"贼骨头"。

〔15〕 孚克 即勃鲁诺·孚克,德国插画家。

《俄罗斯的童话》^[1]

小　引^[2]

这是我从去年秋天起，陆续译出，用了"邓当世"的笔名，向《译文》^[3]投稿的。

第一回有这样的几句《后记》：

"高尔基这人和作品，在中国已为大家所知道，不必多说了。

"这《俄罗斯的童话》，共有十六篇，每篇独立；虽说'童话'，其实是从各方面描写俄罗斯国民性的种种相，并非写给孩子们看的。发表年代未详，恐怕还是十月革命前之作；今从日本高桥晚成译本重译，原在改造社^[4]版《高尔基全集》第十四本中。"

第二回，对于第三篇，又有这样的《后记》两段：

"《俄罗斯的童话》里面，这回的是最长的一篇，主人公们之中，这位诗人也是较好的一个，因为他终于不肯靠装活死人吃饭，仍到葬仪馆为真死人出力去了，虽然大半也许为了他的孩子们竟和帮闲'批评家'一样，个个是红头毛。我看作者对于他，是有点宽恕的，——而他真也值得宽恕。

"现在的有些学者说：文言白话是有历史的。这并不

441

错,我们能在书本子上看到;但方言土话也有历史——只不过没有人写下来。帝王卿相有家谱,的确证明着他有祖宗;然而穷人以至奴隶没有家谱,却不能成为他并无祖宗的证据。笔只拿在或一类人的手里,写出来的东西总不免于蹊跷,先前的文人哲士,在记载上就高雅得古怪。高尔基出身下等,弄到会看书,会写字,会作文,而且作得好,遇见的上等人又不少,又并不站在上等人的高台上看,于是许多西洋镜就被拆穿了。如果上等诗人自己写起来,是决不会这模样的。我们看看这,算是一种参考罢。"

从此到第九篇,一直没有写《后记》。

然而第九篇以后,也一直不见登出来了。记得有时也又写有《后记》,但并未留稿,自己也不再记得说了些什么。写信去问译文社,那回答总是含含胡胡,莫名其妙。不过我的译稿却有底子,所以本文是完全的。

我很不满于自己这回的重译,只因别无译本,所以姑且在空地里称雄。倘有人从原文译起来,一定会好得远远,那时我就欣然消灭。

这并非客气话,是真心希望着的。

一九三五年八月八日之夜,鲁迅。

＊ ＊ ＊ ＊

〔1〕 《俄罗斯的童话》 高尔基著,发表于 1912 年,1918 年出版单行本。鲁迅于 1934 年 9 月至 1935 年 4 月间译出。前九篇曾陆续发

表于《译文》月刊第一卷第二至第四期及第二卷第二期(1934 年 10 月至 12 月及 1935 年 4 月)。后七篇则因"得检查老爷批云意识欠正确",未能继续刊登。后来与已发表过的九篇同印入单行本,于 1935 年 8 月由上海文化生活出版社出版,列为《文化生活丛刊》之一。

高尔基(М.Горький,1868—1936),原名彼什科夫(А.М.Пешков),苏联无产阶级作家。著有长篇小说《福玛·高尔捷耶夫》、《母亲》和自传体三部曲《童年》、《在人间》、《我的大学》等。

〔2〕 本篇最初印入《俄罗斯的童话》单行本。文中所说"第一回"的《后记》,初载于 1934 年 10 月《译文》月刊第一卷第二期;"第二回"的《后记》,初载于 11 月同刊第一卷第三期。

〔3〕 《译文》 翻译和介绍外国文学的月刊,由鲁迅、茅盾发起,上海生活书店发行,1934 年 9 月创刊,至 1935 年 9 月一度停刊。1936 年 3 月复刊,改由上海杂志公司发行,1937 年 6 月停刊。它的最初三期由鲁迅主编,自第四期起由黄源编辑。

〔4〕 改造社 日本的一家出版社,发行综合性月刊《改造》杂志,1919 年创刊,1955 年出至第三十六卷第二期停刊。该社出版的《高尔基全集》,共二十五卷,高桥晚成译,1929 年 9 月发行第一卷,第十四卷发行于 1930 年 11 月 3 日。

《坏孩子和别的奇闻》^{〔1〕}

前　　记^{〔2〕}

司基塔列慈(Skitalez)的《契诃夫记念》^{〔3〕}里,记着他的谈话——

"必须要多写!你起始唱的是夜莺歌,如果写了一本书,就停止住,岂非成了乌鸦叫!就依我自己说:如果我写了头几篇短篇小说就搁笔,人家决不把我当做作家。契红德!一本小笑话集!人家以为我的才学全在这里面。严肃的作家必说我是另一路人,因为我只会笑。如今的时代怎么可以笑呢?"(耿济之译,《译文》二卷五期。)

这是一九〇四年一月间的事,到七月初,他死了。他在临死这一年,自说的不满于自己的作品,指为"小笑话"的时代,是一八八〇年,他二十岁的时候起,直至一八八七年的七年间。在这之间,他不但用"契红德"(Antosha Chekhonte)^{〔4〕}的笔名,还用种种另外的笔名,在各种刊物上,发表了四百多篇的短篇小说,小品,速写,杂文,法院通信之类。一八八六年,才在彼得堡的大报《新时代》^{〔5〕}上投稿;有些批评家和传记家以为这时候,契诃夫才开始认真的创作,作品渐有特色,增多人生的要素,观察也愈加深邃起来。这和契诃夫自述的话,是相合的。

444

　　这里的八个短篇,出于德文译本,却正是全属于"契红德"时代之作,大约译者的本意,是并不在严肃的绍介契诃夫的作品,却在辅助玛修丁(V. N. Massiutin)〔6〕的木刻插画的。玛修丁原是木刻的名家,十月革命后,还在本国为勃洛克(A. Block)〔7〕刻《十二个》的插画,后来大约终于跑到德国去了,这一本书是他在外国的谋生之术。我的翻译,也以绍介木刻的意思为多,并不著重于小说。

　　这些短篇,虽作者自以为"小笑话",但和中国普通之所谓"趣闻",却又截然两样的。它不是简单的只招人笑。一读自然往往会笑,不过笑后总还剩下些什么,——就是问题。生瘤的化装,蹩脚的跳舞,那模样不免使人笑,而笑时也知道:这可笑是因为他有病。这病能医不能医。这八篇里面,我以为没有一篇是可以一笑就了的。但作者自己却将这些指为"小笑话",我想,这也许是因为他谦虚,或者后来更加深广,更加严肃了。

　　一九三五年九月十四日,译者。

　　*　　　*　　　*

　　〔1〕　《坏孩子和别的奇闻》　契诃夫早期的短篇小说集,收《坏孩子》和《波斯勋章》等共八篇。鲁迅据德译本《波斯勋章及别的奇闻》于1934 年、1935 年间翻译,最初在《译文》月刊第一卷第四期、第六期及第二卷第二期(1934 年 12 月、1935 年 2 月及 4 月)发表七篇;但《波斯勋章》当时未能刊出,一年后始载于《大公报》副刊《文艺》。单行本于 1936年由上海联华书局印行,列为《文艺连丛》之一(封面题《坏孩子和别的

小说八篇》)。

契诃夫（А.П.Чехов，1860—1904），俄国作家，曾做过医生。1880年开始发表作品，作有大量短篇小说及剧本《海鸥》、《万尼亚舅舅》、《樱桃园》等。

〔2〕 本篇最初连同《波斯勋章》的译文，发表于 1936 年 4 月 8 日上海《大公报》副刊《文艺》第一二四期。后印入《坏孩子和别的奇闻》单行本。

〔3〕 司基塔列兹（С.Г.Скиталец，1868—1941） 俄国作家。他早期的短篇小说主要描写 1905 年革命前的俄国农村生活。10 月革命时流亡国外，1930 年回国。著有长篇小说《切尔诺夫家族》及有关托尔斯泰和契诃夫等作家的回忆录等。他的《契诃夫记念》发表于 1904 年《知识》（《Знане》）年刊第三期（1905 年 1 月）。耿济之译成中文，刊载于《译文》第二卷第五期（1935 年 10 月 16 日）。

〔4〕 "契红德" 即安托沙·契红德（Антоша Чехонте），契诃夫的早期笔名之一。

〔5〕 《新时代》 俄国刊物，1868 年创刊。沙皇统治时期为自由派所掌控，1917 年 2 月革命后成为临时政府的宣传工具。十月革命时被彼得堡苏维埃军事革命委员会查封。

〔6〕 玛修丁（В.Масютин） 苏联铜版画和木刻画家，后离苏去德国。

〔7〕 勃洛克（А.А.Блок，1880—1921） 俄国诗人。《十二个》，反映十月革命的长诗，有胡斅中译本，为《未名丛刊》之一，1926 年 8 月北京北新书局出版，鲁迅为它作的《后记》现收入《集外集拾遗》。

译　者　后　记[1]

　　契诃夫的这一群小说,是去年冬天,为了《译文》开手翻译的,次序并不照原译本的先后。是年十二月,在第一卷第四期上,登载了三篇,是《假病人》,《簿记课副手日记抄》和《那是她》,题了一个总名,谓之《奇闻三则》,还附上几句后记道——

　　以常理而论,一个作家被别国译出了全集或选集,那么,在那一国里,他的作品的注意者,阅览者和研究者该多起来,这作者也更为大家所知道,所了解的。但在中国却不然,一到翻译集子之后,集子还没有出齐,也总不会出齐,而作者可早被压杀了。易卜生,莫泊桑[2],辛克莱[3],无不如此,契诃夫也如此。

　　不过姓名大约还没有被忘却。他在本国,也还没有被忘却的,一九二九年做过他死后二十五周年的纪念,现在又在出他的选集。但在这里我不想多说什么了。

　　《奇闻三篇》是从 Alexander Eliasberg[4] 的德译本《Der Persische Orden und andere Grotesken》(Welt-Verlag, Berlin, 1922)[5] 里选出来的。这书共八篇,都是他前期的手笔,虽没有后来诸作品的阴沉,却也并无什么代表那时的名作,看过美国人做的《文学概论》之类的学者或批评家或大学生,我想是一定不准它称为“短篇小说"的,我在这里也小心一点,根据了"Groteske"这一个字,将它翻作了"奇闻"。

第一篇绍介的是一穷一富,一厚道一狡猾的贵族;第二篇是已经爬到极顶和日夜在想爬上去的雇员;第三篇是圆滑的行伍出身的老绅士和爱听艳闻的小姐。字数虽少,脚色却都活画出来了。但作者虽是医师,他给簿记课副手代写的日记是当不得正经的,假如有谁看了这一篇,真用升汞去治胃加答儿[6],那我包管他当天就送命。这种通告,固然很近于"杞忧",但我却也见过有人将旧小说里狐鬼所说的药方,抄进了正经的医书里面去——人有时是颇有些希奇古怪的。

这回的翻译的主意,与其说为了文章,倒不如说是因为插画;德译本的出版,好像也是为了插画的。这位插画家玛修丁(V. N. Massiutin),是将木刻最早给中国读者赏鉴的人,《未名丛刊》中《十二个》的插图,就是他的作品,离现在大约已有十多年了。

今年二月,在第六期上又登了两篇:《暴躁人》和《坏孩子》。那后记是——

契诃夫的这一类的小说,我已经绍介过三篇。这种轻松的小品,恐怕中国是早有译本的,但我却为了别一个目的:原本的插画,大概当然是作品的装饰,而我的翻译,则不过当作插画的说明。

就作品而论,《暴躁人》是一八八七年作;据批评家说,这时已是作者的经历更加丰富,观察更加广博,但思想也日见阴郁,倾于悲观的时候了。诚然,《暴躁人》除写这暴躁人的其实并不敢暴躁外,也分明的表现了那时的闺秀们之鄙陋,结婚之不易和无聊;然而一八八三年作的大家当作滑稽小品看的《坏孩子》,悲观气息却还要沉重,因为看那结末的叙述,已经是在说:报复之乐,胜于恋爱了。

接着我又寄去了三篇:《波斯勋章》,《难解的性格》和《阴谋》,算是全部完毕。但待到在《译文》第二卷第二期上发表出来时,《波斯勋章》不见了,后记上也删去了关于这一篇作品的话,并改"三篇"为"二篇"——

> 木刻插画本契诃夫的短篇小说共八篇,这里再译二篇。

《阴谋》也许写的是夏列斯妥夫的性格和当时医界的腐败的情形。但其中也显示着利用人种的不同于"同行嫉妒"。例如,看起姓氏来,夏列斯妥夫是斯拉夫种人,所以他排斥"摩西教派[7]的可敬的同事们"——犹太人,也排斥医师普莱息台勒(Gustav Prechtel)和望·勃隆(Von Bronn)以及药剂师格伦美尔(Grummer),这三个都是德国人姓氏,大约也是犹太人或者日耳曼种人。这种关系,在作者本国的读者是一目了然的,到中国来就须加些注释,有点缠夹了。但参照起中村白叶[8]氏日本译本的《契诃夫全集》,这里却缺少了两处关于犹太人的并不是好话。一,是缺了"摩西教派的同事们聚作一团,在嚷叫"之后的一行:"'哗拉哗拉,哗拉哗拉,哗拉哗拉……'";

二,是"摩西教派的可敬的同事又聚作一团"下面一句"在嚷叫",乃是"开始那照例的——'哗拉哗拉,哗拉哗拉'了……"但不知道原文原有两种的呢,还是德文译者所删改?我想,日文译本是决不至于无端增加一点的。

平心而论,这八篇大半不能说是契诃夫的较好的作品,恐怕并非玛修丁为小说而作木刻,倒是翻译者Alexander Eliasberg为木刻而译小说的罢。但那木刻,却又并不十分依从小说的叙述,例如《难解的性格》中的女人,照小说,是扇上该有须头[9],鼻梁上应该架着眼镜,手上也该有手镯的,而插画里都没有。大致一看,动手就做,不必和本书一一相符,这是西洋的插画家很普通的脾气。虽说"神似"比"形似"更高一著,但我总以为并非插画的正轨,中国的画家是用不着学他的——倘能"形神俱似",不是比单单的"形似"又更高一著么?

但"这八篇"的"八"字没有改,而三次的登载,小说却只有七篇,不过大家是不会觉察的,除了编辑者和翻译者。谁知道今年的刊物上,新添的一行"中宣会图书杂志审委会[10]审查证……字第……号",就是"防民之口"的标记呢,但我们似的译作者的译作,却就在这机关里被删除,被禁止,被没收了,而且不许声明,像衔了麻核桃的赴法场一样。这《波斯勋章》,也就是所谓"中宣……审委会"暗杀账上的一笔。

《波斯勋章》不过描写帝俄时代的官僚的无聊的一幕,在那时的作者的本国尚且可以发表,为什么在现在的中国倒被禁止了?——我们无从推测。只好也算作一则"奇闻"。但自从有了书报检查以来,直至六月间的因为"《新生》事件"[11]而烟消火灭为止,它在出版界上,却真有"所过残破"之感,较有斤两的译作,能保存它的完肤的是很少的。

自然,在地土,经济,村落,堤防,无不残破的现在,文艺当然也不能独保其完整。何况是出于我的译作,上有御用诗官的施威,下有帮闲文人的助虐,那遭殃更当然在意料之中了。然而一面有残毁者,一面也有保全,补救,推进者,世界这才不至于荒废。我是愿意属于后一类,也分明属于后一类的。现在仍取八篇,编为一本,使这小集复归于完全,事虽琐细,却不但在今年的文坛上为他们留一种亚细亚式的"奇闻",也作了我们的一个小小的记念。

一九三五年九月十五之夜,记。

*　　　*　　　*

〔1〕　本篇最初印入《坏孩子和别的奇闻》单行本,未在报刊上发表过。

〔2〕　莫泊桑(G. de Maupassant,1850—1893)　法国作家。著有短篇小说三百多篇及长篇小说《一生》、《俊友》等。

〔3〕　辛克莱(U. Sinclair,1878—1968)　美国作家。著有长篇小说《屠场》、《石炭王》等,以及文艺论文《拜金艺术》等。

〔4〕　Alexander Eliasberg　亚力山大·伊里亚斯堡,本书的德译者。

〔5〕　德语:《波斯勋章及别的奇闻》(世界出版社,柏林,1922年)。

〔6〕　升汞　一种杀菌的外用药,有剧毒。胃加答儿,指胃炎。

〔7〕　"摩西教派"　摩西是犹太民族的领袖,相传犹太教的教义、

法典多出于摩西,所以犹太教亦称摩西教派。

〔8〕 中村白叶(1890—1974) 原名中村长三郎,日本的俄国文学研究者及翻译者。译有《契诃夫全集》三十卷,1935 年 5 月 10 日起由金星堂发行;又曾与米川正夫合译《托尔斯泰全集》的一部分。

〔9〕 须头 即须(鬈)儿,流苏,缨子。小说中说的是"缀有须头的扇子"。

〔10〕 中宣会图书杂志审委会 全称"国民党中央宣传委员会图书杂志审查委员会"。1934 年 6 月 6 日在上海设立,次年 5 月被裁撤。关于它的活动,可参看《且介亭杂文二集·后记》。

〔11〕 "《新生》事件" 1935 年 5 月 4 日,上海《新生》周刊第二卷第十五期发表易水(艾寒松)的《闲话皇帝》,泛论古今中外的君主制度,涉及日本天皇,当时日本驻上海总领事即以"侮辱天皇,妨害邦交"为由提出抗议。国民党政府屈从压力,并趁机压制进步舆论,随即查封该刊并判处主编杜重远徒刑一年两个月。国民党中央宣传委员会图书杂志审查委员会也因"失责"而被撤销。

《死 魂 灵》[1]

第二部第一章译者附记[2]

果戈理(N.Gogol)的《死魂灵》第一部,中国已有译本,这里无需多说了。其实,只要第一部也就足够,以后的两部——《炼狱》和《天堂》[3]已不是作者的力量所能达到了。果然,第二部完成后,他竟连自己也不相信了自己,在临终前烧掉,世上就只剩了残存的五章,描写出来的人物,积极者偏远逊于没落者:这在讽刺作家果戈理,真是无可奈何的事。现在所用的底本,仍是德人 Otto Buek 译编的全集;第一章开首之处,借田退德尼科夫[4]的童年景况,叙述着作者所理想的教育法,那反对教师无端使劲,像填鸭似的来硬塞学生,固然并不错,但对于环境,不想改革,只求适应,却和十多年前,中国有一些教育家,主张学校应该教授看假洋[5],写呈文,做挽对春联之类的意见,不相上下的。

*　　　*　　　*

[1]　《死魂灵》　长篇小说,俄国作家果戈理著,1842 年出版。鲁迅参考日译本自德译本转译。第一部在翻译时即陆续发表于上海生活书店发行的《世界文库》第一至第六册(1935 年 5 月至 10 月)。1935 年11 月由上海文化生活出版社出版单行本,列为《译文丛书》之一。第二

453

部原稿被作者自行焚毁,仅存前五章残稿。鲁迅于 1936 年 2 月起开始翻译,第一、二两章发表于《译文》月刊新一卷第一期至第三期(1936 年 3 月至 5 月);第三章发表于新二卷第二期(1936 年 10 月),未完。1938 年文化生活出版社又将第二部残稿三章合入第一部,出版增订本。

果戈理(Н.В.Гоголь,1809—1852),生于乌克兰地主家庭,曾任小公务员。作品多暴露沙皇制度的腐朽,另著有喜剧《钦差大臣》等。

〔2〕 本篇连同《死魂灵》第二部第一章的译文,最初发表于 1936 年 3 月《译文》月刊新一卷第一期,后印入 1938 年版《死魂灵》增订本。

〔3〕 《炼狱》和《天堂》 意大利诗人但丁所作长诗《神曲》的第二、三部(第一部为《地狱》)。《神曲》全诗即以梦幻故事形式和隐喻象征手法描写诗人游历地狱、炼狱(又译“净界”)、天堂的情景。果戈理曾说过:《死魂灵》也是三部曲结构的史诗,它的第一部从展示“地狱”(俄国生活的弊端)开始;第二部将塑造“炼狱”式的主人公——过渡性的正面人物。(据 Н.Смепанов《果戈理传》)

〔4〕 田退德尼科夫 《死魂灵》第二部中的人物,是个地主。

〔5〕 看假洋 辨别银圆的真伪。

第二部第二章译者附记^[1]

《死魂灵》第二部的写作,开始于一八四〇年,然而并没有完成,初稿只有一章,就是现在的末一章。后二年,果戈理又在草稿上从新改定,誊成清本。这本子后来似残存了四章,就是现在的第一至第四章;而其间又有残缺和未完之处。

其实,这一部书,单是第一部就已经足够的,果戈理的运命所限,就在讽刺他本身所属的一流人物。所以他描写没落人物,依然栩栩如生,一到创造他之所谓好人,就没有生气。例如这第二章,将军贝德理锡且夫^[2]是丑角,所以和乞乞科夫相遇,还是活跃纸上,笔力不让第一部;而乌理尼加是作者理想上的好女子,他使尽力气,要写得她动人,却反而并不活动,也不像真实,甚至过于矫揉造作,比起先前所写的两位漂亮太太^[3]来,真是差得太远了。

*　　　*　　　*

〔1〕　本篇连同《死魂灵》第二部第二章的译文,最初发表于1936年5月《译文》月刊新一卷第三期,后印入1938年版《死魂灵》增订本。

〔2〕　贝德理锡且夫　《死魂灵》第二部中的人物,沙皇军队的退休将军,贵族。下文的乌理尼加,是他的独生女。

〔**3**〕　两位漂亮太太　指《死魂灵》第一部中的两位太太:一名"通体漂亮太太";又一名"也还漂亮太太"。

《译 丛 补》[1]

论 文

《裴象飞诗论》译者附记[2]

往作《摩罗诗力说》，曾略及匈加利裴象飞事。独恨文字差绝，欲迻异国诗曲，翻为夏言[3]，其业滋艰，非今兹能至。顷见其国人籁息 Reich E.[4]所著《匈加利文章史》，中有《裴象飞诗论》一章，则译诸此。冀以考见其国之风土景物，诗人情性，与夫著作旨趣之一斑云。

*　　　*　　　*

〔1〕 《译丛补》　搜集鲁迅生前发表于报刊而未经编集的译文三十九篇辑成，1938 年编辑《鲁迅全集》时列于《壁下译丛》之后，编入第十六卷。1958 年出版《鲁迅译文集》时，又补入后来发现的译文三十二篇，另附录五篇，列为《译文集》第十卷。

〔2〕 本篇连同《裴象飞诗论》的译文，最初发表于《河南》月刊第七期（光绪三十四年七月，即 1908 年 8 月），署名令飞。原无新式标点。据周遐寿在《鲁迅的故家》中说："这本是奥匈人爱弥耳·赖息用英文写的《匈加利文学论》的第二十七章，经我口译，由鲁迅笔述的，……译稿分上下两部，后《河南》停刊，下半不曾登出，原稿也遗失了"。

裴象飞（Petöfi Sándor，1823—1849），通译裴多菲，匈牙利诗人、革命家。曾参加 1848 年反抗奥地利统治的民族革命战争,次年在与协助奥国的沙俄军队作战中牺牲。一说在瑟什堡战役中与一批匈牙利士兵被俘,押往西伯利亚,约于 1856 年病卒。著有长诗《勇敢的约翰》、《使徒》和《民族之歌》等。

〔3〕 夏言 指中国文字。我国古称华夏,亦简称为夏。

〔4〕 籁息(1822—1864) 匈牙利史学家。1883 年前在布达佩斯等地读大学。1884 年移民美国,从事百科事典编辑工作。1889 年以后历访英、法。1893 年起定居英国。所著《匈牙利文学史》,原题《匈牙利文学:历史和批评性的研究》(Hungarian Literature:A Historical and Critical Study),伦敦杰罗德父子公司(London,Jarrold & Sons)1898 年出版,1906 年再版。《裴多菲诗论》为该书第二十七章,原题《裴多菲,匈牙利诗歌精神的化身》(Petöfi,the gncarnation of Hungary's Poetic Gerius)。

《艺术玩赏之教育》译者附记[1]

谨案此篇论者,为日本心理学专家。所见甚挚,论亦绵密。近者国人,方欲有为于美育,则此论极资参考。用亟循字迻译,庶不甚损原意。原文结论后半,皆驳斥其国现用"新定画帖"[2]之语。盖此论实由是而发,然兹译用意,在通学说,故从略。

又原注参考书目,兹删其一二,而仍其余[3]:(1)K. Groos:Zum Problem der ästhetischen Erziehung.(Zeitschrift für Aesthetik und Allgemeine Kunstwissenschaft Bd. I. 1906.)(2) H. Münsterberg:Princples of Art Education,A philosofical, Aesthetical and Psychological Discussion of Art Education. 1904.(3)Müller-Freienfels:Affekte und Trieb in Künstlerischen Geniessen.(Archiv für die Gesamte Psy. XVIII. Bd. 1910.)(4)野上.上野:实验心理学讲义.1909.(5)Kunsterziehungstages in Dresden am 28,und 29. Sept. 1901. 1902.(6)E. Meumann: Vorl. zur Einführung in die experimentalle Pädagogik 2te Aufl. 1911.

*　　　*　　　*

〔1〕　本篇连同《艺术玩赏之教育》的译文,最初发表于 1913 年 8

月《教育部编纂处月刊》第一卷第七期,未署名。原为句读。

《艺术玩赏之教育》,上野阳一所作关于美育的论文,原题《艺术玩赏之教育 附关于新定画帖》,发表于 1913 年 1 月日本《心理研究》杂志第二卷第一号。鲁迅的译文分两次发表于《教育部编纂处月刊》第四期(5 月)和第七期。上野阳一(1883—1957),日本心理学家。著有《心理学建议》、《儿童心理学精义》等。

〔2〕 "新定画帖" 新编的画册,指日本当时新出的绘画教材。

〔3〕 这里的"参考书目"删去了与"新定画帖"有关的(7)(8)两种日本资料。正文中六种资料的西文译文如下:(1)K.格鲁斯:《美学教育问题》(《美学和一般艺术科学杂志》,1906 年第一卷)。(2)H.明斯特堡:《艺术教育原理》(关于艺术教育的哲学、美学和心理学的讨论,1904 年)。(3)米勒-弗雷恩费尔思:《在艺术欣赏中的激情和冲动》(《心理学大全》第十八卷,1910 年)。……(5)《一九〇一年九月二十八日及二十九日在德累斯顿的艺术教育日》(1902 年)。(6)E.莫伊曼:《实验教育法导论》(1911 年第二版)。

《社会教育与趣味》译者附记[1]

按原文本非学说,顾以国中美育之论,方洋洋盈耳,而抑扬皆未得其真,甚且误解美谊,此篇立说浅近,颇与今日吾情近合,爰为迻译,以供参鉴。然格于刊例,无可编类,故附"学说"[2]之后。阅者谅之。

*　　　*　　　*

〔1〕　本篇连同《社会教育与趣味》的译文,最初发表于1913年11月《教育部编纂处月刊》第十期,未署名。原为句读。

《社会教育与趣味》,上野阳一所作论文,原文发表于1912年3月日本《心理研究》杂志第一卷第三号。鲁迅的译文分两次发表于《教育部编纂处月刊》第九期(10月)和第十期。

〔2〕　"学说"　指《教育部编纂处月刊》"学说"栏。

《近代捷克文学概观》译者附记[1]

捷克人在斯拉夫民族[2]中是最古的人民,也有着最富的文学。但在二十年代[3],几乎很少见一本波希米亚文[4]的书,后来出了 J.Kollár[5]以及和他相先后的文人,文学才有新生命,到前世纪末,他们已有三千以上的文学家了!

这丰饶的捷克文学界里,最显著的三大明星是:纳卢达(1834—91),捷克(1846—),符尔赫列支奇[6](1853—1912)。现在译取凯拉绥克(Josef Karásek)《斯拉夫文学史》[7]第二册第十一十二两节与十九节的一部分,便正可见当时的大概;至于最近的文学,却还未详。此外尚有符尔赫列支奇的同人与支派如 Ad.Černy,J.S.Machar,Anton Sova[8];以及散文家如 K. Rais, K. Klostermann, Mrštik 兄弟, M. Šimáček, Alois Jirásek[9]等,也都有名,惜现在也不及详说了。

二一年九月五日,附记。

*　　　*　　　*

〔1〕 本篇连同《近代捷克文学概观》的译文,最初发表于 1921 年 10 月《小说月报》第十二卷第十号"被损害民族的文学号",署名唐俟。

〔2〕 斯拉夫民族 欧洲最大的民族共同体,分为东斯拉夫人、西斯拉夫人、南斯拉夫人。捷克人和斯洛伐克人都属于西斯拉夫人。

〔3〕 二十年代 指十九世纪二十年代。

〔4〕 波希米亚文 即捷克文。波希米亚在捷克西部,原为捷克民族聚居地区。

〔5〕 J.Kollár 扬·柯拉尔(1793—1852),捷克诗人。他以民族语言写作,为捷克文学最早缔造者之一。主要作品有诗集《斯拉夫的女儿》等。

〔6〕 纳卢达(J.Neruda) 现译聂鲁达,捷克诗人、政论家,捷克现实主义文学创始人之一。他的诗歌继承民歌传统,富有指斥社会不平、反抗民族压迫的精神。主要作品有诗集《墓地的花朵》、《宇宙之歌》,小说《小城故事》等。捷克(S.Čech,1846—1908),通译捷赫,捷克诗人、小说家,曾积极参加民族独立运动。他的作品多反映捷克人民遭受民族压迫和社会压迫的痛苦。主要作品有诗集《黎明之歌》、《奴隶之歌》等和长篇讽刺小说《勃鲁契克先生第一次月球旅行记》等。符尔赫列支奇(J.Vrchlický),木名弗利达(E.Frida),捷克诗人、剧作家及翻译家,主要作品有《叙事诗集》、《世界的精神》、《神话集》等诗集。

〔7〕 凯拉绥克 通译卡拉塞克,参看本卷第 202 页注〔5〕。所著《斯拉夫文学史》(Slavische Literaturgeschichte)第二卷(德文原版)出版于 1906 年。

〔8〕 Ad.Černy 阿多尔夫·契尔尼(Adolf Černy,1864—?)捷克作家。J.S.Machar,马察尔(1864—1942),捷克诗人,评论家。第一次世界大战时曾因参加祖国独立运动被捕入狱。主要作品有《萨蒂利之死》、《马格达伦》等。Anton Sova,安东宁·索瓦(Antonin Sova,1864—1928),捷克诗人。他信仰空想社会主义,创作受法国象征派的影响。主要作品有《受挫折的心》、《过去的烦恼》等。

〔9〕 K.Rais 莱斯(1859—1926),捷克作家,他的小说多反映农民和山地居民的痛苦,并同情工人争取美好生活的斗争。K.

Klostermann,克罗斯退曼(1848—1923),生于德国的捷克作家,他的作品主要描写西南波希米亚地区的现实生活。Mrštik 兄弟,莫尔什蒂克兄弟,兄名阿洛伊思(Alois Mrštik, 1861—1924),捷克作家,著有《在乡村的一年》等;弟名威廉(Vilém Mrštik, 1863—1912),著有《五月的故事》及长篇《圣塔卢齐亚》等。M. Šimáček,什马切克(1860—1913),捷克作家,曾在甜菜糖厂工作。著有《在切割机旁》、《工厂的灵魂》等。Alois Jirásek,阿洛伊思·伊拉塞克(1851—1930),捷克作家。他的作品充满对祖国独立和自由的向往。著有长篇小说《斯卡拉奇》、《在激流中》、《在我们国土上》及剧本《扬·日什卡》、《扬·胡斯》等。

《小俄罗斯文学略说》译者附记[1]

右一篇[2]从 G. Karpeles[3]的《文学通史》中译出,是一个从发生到十九世纪末的小俄罗斯文学的大略。但他们近代实在还有铮铮的作家,我们须得知道那些名姓的是:欧罗巴近世精神潮流的精通者 Michael Dragomarov[4],进向新轨道的著作者 Ivan Franko(1856—)与 Vasyli Stefanyk[5];至于女人,则有女权的战士 Olga Kobylanska(1865—)以及女子运动的首领 Natalie Kobrynska[6](1855—)。

一九二一年九月九日,译者记。

*　　　*　　　*

〔1〕 本篇连同《小俄罗斯文学略说》的译文,最初发表于 1921 年 10 月《小说月报》第十二卷第十号"被损害民族的文学号",署名唐俟。

小俄罗斯,即乌克兰。乌克兰民族形成于十四、十五世纪,几个世纪以来迭受波兰、土耳其、奥地利、匈牙利以及帝俄的压迫。1922 年加盟苏联。

〔2〕 右一篇　即前一篇。过去我国的出版物一般都自右至左直排,故习惯上有此说法。

〔3〕 G. Karpeles　凯尔沛来斯(1848—1909),奥地利文学史家。著有《犹太文学史》两卷以及关于海涅的评论集等。

〔4〕 Michael Dragomarov　米哈尔·德拉戈玛罗夫(Михаил Петрович

Драгомалов,1841—1895),乌克兰历史学家、政论家、文学评论家。他推崇十九世纪俄国批判现实主义的作品和革命民主主义的思想。1875年在基辅大学任教时,因抨击沙皇制度而被解聘,次年起即流寓国外。

〔5〕 Ivan Franko 伊凡·弗兰柯(Иван Яковлевич Франко,1856—1916),乌克兰作家、社会活动家。他一生为乌克兰民族解放而斗争,1877年至1890年间,因出版刊物反对奥地利统治,曾三次被捕入狱。主要作品有诗集《高峰和低地》、长诗《摩西》及中短篇小说集。Vasyli Stefanyk 华西里·斯杰法尼克(Василь Семёнович Стефаник,1871—1936),乌克兰作家、社会活动家。大学时代参加过一些进步组织的活动。所著中短篇小说多反映西乌克兰农村贫困痛苦的生活。

〔6〕 Olga Kobylanska 奥尔加·科贝梁斯卡娅(Ольга Юлиановна Кобылянская,1863—1942),乌克兰女作家。她的作品表达了为争取妇女的社会权利而斗争的思想。1941年曾发表痛斥德国法西斯占领者的文章,因病亡故而免遭迫害。主要作品有《人》、《他和她》等。Natalie Kobrynska,娜达丽亚·卡布连斯卡娅(Наталья Ивановна Кобрынская,1855—1920),乌克兰女作家,加里西亚妇女运动的创始人和组织者。曾写过许多反映资本主义社会的农村妇女痛苦的短篇小说,以及《亚夏和卡特鲁霞》、《谋生》、《复选代表》等中短篇小说。

《罗曼罗兰的真勇主义》译者附记[1]

这是《近代思想十六讲》[2]的末一篇,一九一五年出版,所以于欧战以来的作品都不提及。但因为叙述很简明,就将它译出了。二六年三月十六日,译者记。

*　　　*　　　*

〔1〕 本篇连同《罗曼罗兰的真勇主义》的译文,最初发表于 1926 年 4 月 25 日《莽原》半月刊第七、八期合刊"罗曼罗兰专号"。"真勇主义",又译"英雄主义"。

罗曼·罗兰(Romain Rolland, 1866—1944),法国作家、社会活动家。著有长篇小说《约翰·克利斯朵夫》,传记《贝多芬传》、《托尔斯泰传》等。

〔2〕 《近代思想十六讲》 日本评论家中泽临川、生田长江合著的文艺评论集,1915 年 12 月东京新潮社出版发行。

《关于绥蒙诺夫及其代表作
〈饥饿〉》译者附记[1]

　　《饥饿》这一部书,中国已有两种译本,一由北新书局[2]印行,一载《东方杂志》。并且《小说月报》上又还有很长的批评[3]了。这一篇是见于日本《新兴文学全集》附录第五号里的,虽然字数不多,却简洁明白,这才可以知道一点要领,恰有余暇,便译以饷曾见《饥饿》的读者们。

　　十月二日,译者识。

＊　　　　＊　　　　＊

〔1〕　本篇连同日本黑田辰男《关于绥蒙诺夫及其代表作〈饥饿〉》的译文,最初发表于 1928 年 10 月 16 日《北新》半月刊第二卷第二十三期。

绥蒙诺夫(С.А.Семёнов,1893—1943),通译谢苗诺夫,苏联作家。《饥饿》,日记体小说,出版于 1922 年。日本的俄国文学研究者及翻译家黑田辰男的日译本初载于 1928 年 8 月 5 日平凡社发行的《新兴文学》第五号。中国当时有张采真译本,1928 年 3 月上海北新书局印行;另有傅东华译本,载《东方杂志》第二十五卷第一至第四期。

〔2〕　北新书局　1925 年成立于北京,翌年总部迁至上海,曾发行《语丝》、《北新》、《奔流》等期刊并出版鲁迅的著译多种。

〔3〕　很长的批评　指钱杏邨所写的《饥饿》一文,载于 1928 年 9 月《小说月报》第十九卷第九期。

《新时代的预感》译者附记[1]

这一篇,还是一九二四年一月里做的,后来收在《文学评论》[2]中。原不过很简单浅近的文章,我译了出来的意思,是只在文中所举的三个作家——巴理蒙德[3],梭罗古勃,戈理基——中国都比较地知道,现在就借此来看看他们的时代的背景,和他们各个的差异的——据作者说,则也是共通的——精神。又可以借此知道超现实底的唯美主义[4],在俄国的文坛上根柢原是如此之深,所以革命底的批评家如卢那卡尔斯基等,委实也不得不竭力加以排击。又可以借此知道中国的创造社之流先前鼓吹"为艺术的艺术"而现在大谈革命文学,是怎样的永是看不见现实而本身又并无理想的空嚷嚷。

其实,超现实底的文艺家,虽然回避现实,或也憎恶现实,甚至于反抗现实,但和革命底的文学者,我以为是大不相同的。作者当然也知道,而偏说有共通的精神者,恐怕别有用意,也许以为其时的他们的国度里,在不满于现实这一点,是还可以同路的罢。

一九二九年,四月二十五日,译讫并记。

*　　　*　　　*

〔1〕　本篇连同日本片上伸《新时代的预感》的译文,最初发表于

469

1929 年 5 月《春潮》月刊第一卷第六期。

〔2〕 《文学评论》 片上伸的论文集,1926 年 11 月东京新潮社出版发行。

〔3〕 巴理蒙德(К.Д.Бальмонт,1867—1942) 俄国颓废派诗人,象征主义的代表者之一,十月革命后流亡国外。著有《象牙之塔》、《我们将和太阳一样》等。

〔4〕 唯美主义 十九世纪末流行于欧洲的一种"为艺术的艺术"的文艺思潮。否认文艺的社会功能,追求艺术自身的"完美"。

《人性的天才——迦尔洵》
译者附记[1]

　　Lvov—Rogachevski 的《俄国文学史梗概》[2]的写法，每篇常有些不同，如这一篇，真不过是一幅 Sketch[3]，然而非常简明扼要。

　　这回先译这一篇，也并无深意。无非因为其中所提起的迦尔洵的作品，有些是廿余年前已经绍介（《四日》，《邂逅》），有的是五六年前已经绍介（《红花》）[4]，读者可以更易了然，不至于但有评论而无译出的作品以资参观，只在暗中摸索。

　　然而不消说，迦尔洵也只是文学史上一个环，不观全局，还是不能十分明白的，——这缺憾，且待将来再弥补罢。

　　一九二九年八月三十日，译者附记。

＊　　　＊　　　＊

　　〔1〕　本篇连同《人性的天才——迦尔洵》的译文，最初发表于 1929 年 9 月《春潮》月刊第一卷第九期。

　　〔2〕　Lvov – Rogachevski　罗迦契夫斯基（Василий Львович Рогачевский，1874—1930），苏联文学批评家。《俄国文学史梗概》，即《最近俄国文学史略》，俄文版于 1920 年印行。日文本由井田孝平翻译，题为《最新俄国文学研究》，1926 年丛文阁出版发行。鲁迅所译为该

书的第二章第二篇,原题《人性的天才——B.M.迦尔洵(一八五五——一八八八)》。

〔3〕 Sketch 英语:速写、素描。

〔4〕 《四日》,《邂逅》 均为短篇小说,前者系鲁迅译,后者系周作人译,1909 年印入日本东京出版的《域外小说集》。《红花》,短篇小说,后来有梁遇春译本(英汉对照本),上海北新书局印行。鲁迅在 1921年所写的《〈一篇很短的传奇〉译者附记》即已介绍过《红花》。

《梅令格的〈关于文学史〉》
译者附记^[1]

这一篇 Barin 女士的来稿,对于中国的读者,也是很有益处的。全集的出版处,已见于本文的第一段注中^[2],兹不赘。日本文的译本,据译者所知道,则有《唯物史观》,冈口宗司^[3]译;关于文学史的有两种:《世界文学与无产阶级》和《美学及文学史论》,川口浩^[4]译,都是东京丛文阁出版。中国只有一本:《文学评论》,雪峰译,为水沫书店印行的《科学的艺术论丛书》^[5]之一,但近来好像很少看见了。一九三一年十二月,三日。丰瑜译并附记。

*　　　*　　　*

〔1〕 本篇连同德国巴林(Barin)《梅令格的〈关于文学史〉》的译文,最初发表于 1931 年 12 月《北斗》月刊第一卷第四期,署名丰瑜。

梅令格(F. Mehring, 1846—1919),通译梅林,德国马克思主义者,历史学家和文艺批评家。著有《德国社会民主党史》、《马克思传》、《莱辛传说》等。

〔2〕 在译文第一段中注明梅令格《关于文学史》共二册,其出版处是:Soziologische Verlags-anstalt,即社会学出版社。

〔3〕 冈口宗司 当为冈田宗司(1902—1975),日本政治家,经济

学博士,从事农会运动和农业问题研究。他翻译的梅林的《唯物史观》
于 1929 年由丛文阁出版发行。

〔4〕 川口浩 日本评论家、翻译家。原名山口忠幸,曾先后担任
日本无产阶级作家同盟、劳农艺术家联盟、前卫艺术家同盟盟员和无产
阶级科学研究所研究员。所译梅林的《世界文学与无产阶级》,1928 年
12 月丛文阁出版发行;《美学及文学史论》,1931 年 2 月丛文阁出版发
行,均列入《马克思主义艺术理论丛书》。

〔5〕 《科学的艺术论丛书》 马克思主义文艺理论译丛,冯雪峰
编,于 1929 年至 1931 年间陆续出版。据出版预告,原拟出十六册,后
因国民党当局禁止,仅出八册。鲁迅所译《艺术论》(普列汉诺夫著)、
《文艺与批评》(卢那察尔斯基著)、《文艺政策》都曾编入该丛书。

《海纳与革命》译者附记[1]

　　这一篇文字,还是一九三一年,即海纳死后的七十五周年,登在二月二十一日的一种德文的日报[2]上的,后由高冲阳造日译,收入《海纳研究》[3]中,今即据以重译在这里。由这样的简短的文字,自然不足以深知道诗人的生平,但我以为至少可以明白(一)一向被我们看作恋爱诗人的海纳,还有革命底的一面;(二)德国对于文学的压迫,向来就没有放松过,寇尔兹[4]和希特拉[5],只是末期的变本加厉的人;(三)但海纳还是永久存在,而且更加灿烂,而那时官准的一群"作者"却连姓名也"在没有记起之前,就已忘却了。"[6]这对于读者,或者还可以说是有些意义的罢。一九三三年九月十日,译讫并记。

* 　　* 　　*

　　〔1〕　本篇连同德国 O. 毗哈《海纳与革命》的译文,最初发表于 1933 年 11 月《现代》月刊第四卷第一期。

　　海纳(H. Heine,1797—1856),通译海涅,德国诗人和政论家。著有政论《论德国宗教和哲学的历史》、长诗《德国——一个冬天的童话》等。

　　〔2〕　一种德文的日报　指《红旗》报,该文发表时原题《共产主义〈织工之歌〉与〈冬之童话〉的诗人亨利希·海涅七十五年祭》。

475

〔3〕 高冲阳造　日本艺术理论家。著有《马克思、恩格斯艺术论》、《欧洲文艺的历史展望》等。《海纳研究》是他编选的论文集,收有他本人和林房雄、舟木重信等的论文和译文八篇,1933 年 6 月日本隆章阁出版发行。

〔4〕 寇尔兹(W. Kulz,1875—1948)　二十世纪二十至三十年代的德国社会民主党国会议员,曾任内务总长。

〔5〕 希特拉(A. Hitler,1889—1945)　通译希特勒,德国纳粹党首领,1933 年初任内阁总理后实行法西斯统治,焚毁进步书籍,海涅的著作即在查禁之列。

〔6〕 这里的引文出于《海涅与革命》译文的第二节。

《果戈理私观》译者附记[1]

立野信之[2]原是日本的左翼作家,后来脱离了,对于别人的说他转入了相反的营盘,他却不服气,只承认了政治上的"败北",目下只还在彷徨。《果戈理私观》是从本年四月份的《文学评论》[3]里译出来的,并非怎么精深之作,但说得很浅近,所以清楚;而且说明了"文学不问地的东西,时的古今,永远没有改变"[4]的不实之处,是也可以供读者的参考的。

* * *

〔1〕 本篇连同《果戈理私观》的译义,最初发表丁 1934 年 9 月《译文》月刊第一卷第一期,署名邓当世。

〔2〕 立野信之(1903—1971),日本作家。曾加入日本无产阶级作家同盟,后脱离。著有短篇小说集《军队篇》等。

〔3〕 《文学评论》 参看本卷第 439 页注〔7〕,1934 年 4 月出版的是第一卷第二号。

〔4〕 这些话出于《果戈理私观》一文,原语为:"出现于俄国文学中的诸人物,和日本人的类似的鲜明,是不能单用'文学不问国的东西,时的古今,没有改变'的话来解释,它是在生活上,现实上,更有切实的连系的。"

《艺术都会的巴黎》译者附记〔1〕

格罗斯(George Grosz)〔2〕是中国较为耳熟的画家,本是踏踏派〔3〕中人,后来却成了革命的战士了;他的作品,中国有几个杂志〔4〕上也已经介绍过几次。《艺术都会的巴黎》,照实译,该是《当作艺术都会的巴黎》(Paris als kunststadt),是《艺术在堕落》(Die Kunst ist in Gefahr)中的一篇,题着和 Wieland Herzfelde〔5〕合撰,其实他一个人做的,Herzfelde 是首先竭力帮他出版的朋友。

他的文章,在译者觉得有些地方颇难懂,参看了麻生义〔6〕的日本文译本,也还是不了然,所以想起来,译文一定会有错误和不确。但大略已经可以知道:巴黎之为艺术的中枢,是欧洲大战以前事,后来虽然比德国好像稍稍出色,但这是胜败不同之故,不过胜利者的聊以自慰的出产罢了。

书是一九二五年出版的,去现在已有十年,但一大部分,也还可以适用。

*　　　*　　　*

〔1〕　本篇连同《艺术都会的巴黎》的译文,最初发表于 1934 年 9 月《译文》月刊第一卷第一期,署名茹纯。

〔2〕　格罗斯(1893—1959)　德国画家。作品有《支配阶级之面

478

目》、《如此人类》等画集。

〔3〕 踏踏派　即达达主义,第一次世界大战期间出现于欧美的现代主义文艺流派。其倡导者法国诗人特里斯唐·查拉在该派"宣言"中说:"达达、达达,这是忍耐不住的痛苦的嗥叫,是各种束缚、矛盾、荒诞的东西和不合逻辑的事物的交织。"达达主义否定一切有意义的事物,反对一切传统和常规,以梦呓、混乱的语言,怪诞荒谬的形象表现不可思议的事物。

〔4〕 几个杂志　指 1930 年 2 月的《萌芽》月刊第一卷第二号和同年 3 月的《大众文艺》月刊第二卷第三号。

〔5〕 Wieland Herzfelde　维朗特·赫尔弗尔德,马克思主义文艺批评家,《反抗者》杂志编辑。

〔6〕 麻生义　即麻生义辉(1901—1938),日本美学与哲学史研究家,著有《近世日本哲学史》等。他的译文见于 1926 年东京金星堂出版的《艺术的危机》(即《艺术在堕落》一书,列为《社会文艺丛书》之二)。

杂 文

《哀尘》译者附记[1]

译者曰：此嚣俄[2]《随见录》之一，记一贱女子芳梯事者也。氏之《水夫传》[3]叙曰："宗教，社会，天物者，人之三敌也。而三要亦存是：人必求依归，故有寺院；必求存立，故有都邑；必求生活，故耕地，航海。三要如此，而为害尤酷。凡人生之艰苦而难悟其理者，无一非生于斯者也。故人常苦于执迷，常苦于弊习，常苦于风火水土。于是，宗教教义有足以杀人者，社会法律有足以压抑人者，天物有不能以人力奈何者。作者尝于《诺铁耳谭》[4]发其 ，于《哀史》[5]表其二，今于此示其三云。[6]"芳梯者，《哀史》中之一人，生而为无心薄命之贱女子，复不幸举一女，阅尽为母之哀，而转辗苦痛于社会之陷穽者其人也。"依定律请若尝试此六阅月间"[7]，噫嘻定律，胡独加此贱女子之身！频那夜迦[8]，衣文明之衣，跳踉大跃于璀璨庄严之世界；而彼贱女子者，乃仅求为一贱女子而不可得，谁实为之，而令若是！老氏有言："圣人不死，大盗不止。"[9]彼非恶圣人也，恶伪圣之足以致盗也。嗟社会之陷穽兮，莽莽尘球，亚欧同慨；滔滔逝水，来日方长！使嚣俄而生斯世也，则剖南山之竹，会有穷时，[10]而《哀史》辍书，其在何日欤，其在何日欤？

＊　　　＊　　　＊

〔1〕　本篇连同《哀尘》的译文,最初发表于光绪二十九年五月二十日(1903 年 6 月 15 日)《浙江潮》月刊第五期,署名庚辰。原为句读。

〔2〕　嚣俄(V. Hugo,1802—1885)　又译零俄,通译雨果。法国作家。著有《巴黎圣母院》、《悲惨世界》等长篇小说及剧本《克伦威尔》、《欧那尼》等。《哀尘》原是所著《随见录》中的一篇,题为《芳梯的来历》;后来作者将这一事件写入《悲惨世界》第五卷。

〔3〕　《水夫传》　即《海上劳工》,作于 1866 年。

〔4〕　《诺铁耳谭》　"Notre Dame"的音译,即《巴黎圣母院》,作于 1831 年。

〔5〕　《哀史》　即《悲惨世界》,作于 1861 年至 1869 年之间。

〔6〕　这段话的意思是:《巴黎圣母院》揭示宗教与人的矛盾,《悲惨世界》表现社会与人的矛盾,而《海上劳工》则显示"天物"即自然界与人的矛盾。

〔7〕　《哀尘》写雨果目击一"恶少年"无端用雪球袭击风尘女子取乐,这位"贱女子"却因反击而被"巡查"逮捕的实事。"依定律请若尝试此六阅月间",这句话是巡查对"贱女子"的申斥,意思是:"请你尝尝依法监禁六整月的滋味!"

〔8〕　频那夜迦　又译毗那夜迦,即印度教神话中之欢喜天,有男女之分,男天系大自在天的长子,为暴害世界之神。这里借以指那个"恶少年"。

〔9〕　"圣人不死,大盗不止"　语出《庄子·胠箧》。这里说老氏(老子),当系误记。

〔10〕　刳南山之竹,会有穷时　语出《旧唐书·李密传》:"罄南山之竹,书罪无穷。"

《察拉图斯忒拉的序言》译者附记[1]

《察拉图斯忒拉这样说》（Also Sprach Zarathustra）是尼采的重要著作之一，总计四篇，另外《序言》（Zarathustra's Vorrede）一篇，是一八八三至一八八六年作的。因为只做了三年，所以这本书并不能包括尼采思想的全体；因为也经过了三年，所以里面又免不了矛盾和参差。

序言一总十节，现在译在前面；译文不妥当的处所很多，待将来译下去之后，再回上来改定。尼采的文章既太好；本书又用箴言（Sprueche）集成，外观上常见矛盾，所以不容易了解。现在但就含有意思的名词和隐晦的句子略加说明如下：

第一节叙 Zarathustra 入山之后，又大悟下山；而他的下去（Untergang），就是上去。Zarathustra 是波斯拜火教的教主，中国早知道，古来译作苏鲁支[2]的就是；但本书只是用他名字，与教义无关，惟上山下山及鹰蛇，却根据着火教的经典（Avesta）[3]和神话。

第二节叙认识的圣者（Zarathustra）与信仰的圣者在林中会见。

第三节 Zarathustra 说超人（Uebermensch）[4]。走索者指旧来的英雄以冒险为事业的；群众对于他，也会麕集观览，但一旦落下，便都走散。游魂（Gespenst）指一切幻想的观念；如灵魂,神,鬼,永生等。不是你们的罪恶——却是你们的自满向天叫……意即你们之所以万劫不复者,并非因为你们的罪恶,却因为你们的自满,你们的怕敢犯法;何谓犯法,见第九节。

第四节 Zarathustra 说怎样预备超人出现。星的那边谓现世之外。

第五节 Zarathustra 说末人(Der Letzte Mensch)[5]。

第六节 Zarathustra 出山之后,只收获了一个死尸,小丑(Possenreisser)有两样意思:一是乌托邦思想的哲学家,说将来的一切平等自由,使走索者坠下;一是尼采自况,因为他亦是理想家(G. Naumann 说),但或又谓不确(O. Gramzow)。用脚跟搔痒你是跑在你前面的意思。失了他的头是张皇失措的意思。

第七节 Zarathustra 验得自己与群众太辽远。

第八节 Zarathustra 被小丑恐吓,坟匠嘲骂,隐士怨望。坟匠(Totengraeber)是专埋死尸的人,指陋劣的历史家,只知道收拾故物,没有将来的眼光;他不但嫌忌 Zarathustra,并且嫌忌走索者,然而只会诅咒。老人也是一种信仰者,但与林中的圣者截然不同,只知道布施不管死活。

第九节 Zarathustra 得到新真理,要寻求活伙伴,埋去死尸。我(Zarathustra)的幸福谓创造。

第十节 鹰和蛇引导 Zarathustra,开始下去。鹰与蛇都是标征:蛇表聪明,表永远轮回(Ewige Wieder kunft);鹰表高傲,表超人。聪明和高傲是超人;愚昧和高傲便是群众。而这愚昧的高傲是教育(Bildung)的结果。

＊　　　＊　　　＊

〔1〕　本篇连同《察拉图斯忒拉的序言》的译文,最初发表于1920年9月《新潮》月刊第二卷第五期,署名唐俟。

《察拉图斯忒拉》,全名《札拉图斯特拉如是说》,系假托一位古代波斯的圣者,宣扬"超人"学说的哲学著作。

〔2〕　苏鲁支　琐罗亚斯德的旧译,见宋代姚宽的《西溪丛语》卷上。琐罗亚斯德,即札拉图斯特拉,相传为波斯拜火教(又称波斯教、祆教)教主。

〔3〕　Avesta　《阿韦斯达》,波斯教的经典,内容分为五部分。

〔4〕　超人　尼采哲学的一个范畴,指具有超越一般人的才能、智慧和毅力的强者。

〔5〕　末人　尼采哲学的一个范畴,指无希望、无创造、平庸、畏葸、渺小的庸人,与"超人"相对。

《盲诗人最近时的踪迹》
译 者 附 记[1]

俄国的盲诗人爱罗先珂出了日本之后，想回到他的本国去，不能入境[2]，再回来住在哈尔滨，现在已经经过天津，到了上海了。这一篇是他在哈尔滨时候的居停主人中根弘[3]的报告，登在十月九日的《读卖新闻》[4]上的，我们可以藉此知道这诗人的踪迹和性行的大概。

十月十六日译者识。

*　　　*　　　*

〔1〕　本篇连同《盲诗人最近时的踪迹》的译文，最初发表于1921年10月22日《晨报副镌》，附于译文之前，署名风声。

〔2〕　不能入境　爱罗先珂于1921年6月间被日本政府驱逐出境，遂到海参崴，转至赤塔。其时苏联内战刚结束并发生饥荒，不能入境，于是折回中国，住在哈尔滨的日本友人中根弘家中。同年10月1日启程赴上海。后来又到北京，直至1923年春返回苏联。

〔3〕　中根弘(1893—1951)　日本作家。

〔4〕　《读卖新闻》　日本报纸，1874年(明治七年)11月在东京创刊，1924年改革后成为全国性的大报。该报所载中根弘的文章，原题《此后之盲诗人》，内文分两部分，小标题分别为"永远流浪的开始"和"离哈尔滨往上海"。

《忆爱罗先珂华希理君》
译者附记[1]

　　这一篇,最先载在去年六月间的《读卖新闻》上,分作三回[2]。但待到印在《最后的叹息》[3]的卷首的时候,却被抹杀了六处,一共二十六行,语气零落,很不便于观看,所以现在又据《读卖新闻》补进去了。文中的几个空白,是原来如此的,据私意推测起来,空两格的大约是"刺客"两个字,空一格的大约是"杀"字。至于"某国",则自然是作者自指他的本国了。[4]

五月一日。

＊　　　＊　　　＊

　　〔1〕　本篇连同于日本小说家江口涣《忆爱罗先珂华希理君》的译文,最初发表于 1922 年 5 月 14 日《晨报副镌》"剧本"栏,前有总题:"《桃色的云》(爱罗先珂作)",实际上被用为该剧译文的代序。

　　华希理(Василий),爱罗先珂的名字。

　　〔2〕　江口涣此文原连载于 1921 年 6 月 17、18、19 日的《读卖新闻》。

　　〔3〕　《最后的叹息》　爱罗先珂的第二个创作集(第一个创作集为《天明前之歌》),参见本卷第 215 页注〔7〕。出版时,江口涣将《忆爱罗先珂华希理君》一文印入卷首,作为代序。

　　〔4〕　关于江口涣的这篇文章,鲁迅后来作过说明:"当爱罗先珂

君在日本未被驱逐之前,我并不知道他的姓名。直到已被放逐,这才看起他的作品来;所以知道那迫辱放逐的情形的,是由于登在《读卖新闻》上的一篇江口涣氏的文字。于是将这译出,……我当时的意思,不过要传播被虐待者的苦痛的呼声和激发国人对于强权者的憎恶和愤怒而已,……"(《坟·杂忆》)

《巴什庚之死》译者附记[1]

感想文十篇,收在《阿尔志跋绥夫著作集》的第三卷中;这是第二篇,从日本马场哲哉[2]的《作者的感想》中重译的。

一九二六年八月,附记。

*　　　*　　　*

〔1〕　本篇连同《巴什庚之死》的译文,最初发表于 1926 年 9 月 10 日《莽原》半月刊第十七期。

巴什庚(В.В.Башкин,1880—1909),俄国作家。阿尔志跋绥夫这篇回忆他的文章,1909 年写于彼得堡,载《新大众》杂志 1910 年第十五期。

〔2〕　马场哲哉　即外村史郎。参看本卷第 327 页注〔9〕。他翻译的阿尔志跋绥夫《作者的感想》一书,1924 年 11 月 23 日由东京随笔社出版发行。

《信州杂记》译者附记^[1]

我们都知道,俄国从十月革命之后,文艺家大略可分为两大批。一批避往别国,去做寓公;一批还在本国,虽然有的死掉,有的中途又走了,但这一批大概可以算是新的。

毕勒涅克(Boris Pilniak)是属于后者的文人。我们又都知道:他去年曾到中国,又到日本。此后的事,我不知道了。今天看见井田孝平和小岛修一同译的《日本印象记》^[2],才知道他在日本住了两个月,于去年十月底,在墨斯科写成这样的一本书。

当时我想,咱们骂日本,骂俄国,骂英国,骂……,然而讲这些国度的情形的书籍却很少。讲政治,经济,军备,外交等类的,大家此时自然恐怕未必会觉得有趣,但文艺家游历别国的印象记之类却不妨有一点的。于是我就想先来介绍这一本毕勒涅克的书,当夜翻了一篇序词——《信州杂记》。

这不过全书的九分之一,此下还有《本论》,《本论之外》,《结论》三大篇。然而我麻烦起来了。一者“象”是日本的象,而“印”是俄国人的印,翻到中国来,隔膜还太多,注不胜注。二者译文还太轻妙,我不敌他;且手头又没有一部好好的字典,一有生字便费很大的周折。三者,原译本中时有缺字和缺句,是日本检查官所抹杀的罢,看起来也心里不快活。而对面阔人家的无线电话机里又在唱什么国粹戏[3]，"唉唉唉"和琵琶的"丁丁丁"，闹得我头里只有发昏章第十一[4]了。还是投笔从玩罢，我想，好在这《信州杂记》原也可以独立的，现在就将这作为开场，也同时作为结束。

我看完这书，觉得凡有叙述和讽刺，大抵是很为轻妙的，然而也感到一种不足。就是：欠深刻。我所见到的几位新俄作家的书，常常使我发生这一类觖望。但我又想，所谓"深刻"者，莫非真是"世纪末"[5]的一种时症么？倘使社会淳朴笃厚，当然不会有隐情，便也不至于有深刻。如果我的所想并不错，则这些"幼稚"的作品，或者倒是走向"新生"的正路的开步罢。

我们为传统思想所束缚，听到被评为"幼稚"便不高兴。但"幼稚"的反面是什么呢？好一点是"老成"，坏一点就是"老狯"。革命前辈自言"老则有之，朽则未也，庸则有之，昏则未也"。然而"老庸"不已经尽够了么？

我不知道毕勒涅克对于中国可有什么著作，在《日本印象记》里却不大提及。但也有一点，现在就顺便介绍在这里罢——

"在中国的国境上，张作霖[6]的狗将我的书籍全都没收了。连一千八百九十七年出版的 Flaubert 的《Salammbo》[7]，也说是共产主义的传染品，抢走了。在哈尔宾，则我在讲演会上一开口，中国警署人员便走过来，下面似的说。照那言语一样地写，是这样的……

——话,不行。一点儿,一点儿唱罢。一点儿,一点儿跳罢。读不行!

我是什么也不懂。据译给我的意思,则是巡警禁止我演讲和朗读,而跳舞或唱歌是可以的。——人们打电话到衙门去,显着不安的相貌,疑惑着——有人对我说,何妨就用唱歌的调子来演讲呢。然而唱歌,我却敬谢不敏。这样恳切的中国,是挺直地站着,莞尔而笑,谦恭到讨厌,什么也不懂,却唠叨地说是'话,不行,一点儿,一点儿唱'的。于是中国和我,是干干净净地分了手了。"(《本论之外》第二节)

一九二七,一一,二六。记于上海。

<pre>
  *   *   *
</pre>

〔1〕 本篇连同《信州杂记》的译文,最初发表于 1927 年 12 月 24 日《语丝》周刊第四卷第二期。

信州,日本旧地名,即今长野县,为本州中部的一个内陆县。

〔2〕 井田孝平 参看本卷第 359 页注〔25〕。小岛修一,日本的翻译工作者。他们翻译的毕力涅克《日本印象记》,副题"日本的太阳的根蒂",1927 年 11 月由原始社出版发行。

〔3〕 国粹戏 指我国的传统戏曲,如京剧、昆曲之类。

〔4〕 发昏章第十一 戏谑语,以仿拟古代经书章节划分来形容"发昏"的程度。原语见金圣叹评点本《水浒传》第二十五回:"只见头在下脚在上倒撞落在当街心里去了,跌得个发昏章第十一。"金圣叹在此语下批云:"奇语! 挮带俗儒分章可笑。"

〔5〕 "世纪末" 特指十九世纪末叶西方国家流行的精神上和文

化上的颓废风气。体现这种颓废风气的文学作品被称为"世纪末文学"。

〔6〕 张作霖(1875—1928) 辽宁海城人。北洋的奉系军阀。1916年起长期统治东北,并曾控制北京的北洋政府,后被日本特务炸死于沈阳附近的皇姑屯。

〔7〕 Flaubert 的《Salammbo》 即福楼拜的《萨朗波》。福楼拜(1821—1880),法国作家。著有长篇小说《包法利夫人》、《情感教育》等。《萨朗波》,历史小说,描写古代非洲雇佣军的起义,写于1862年。

《〈雄鸡和杂馔〉抄》译者附记[1]

久闻外国书有一种限定本子，印得少，卖得贵，我至今一本也没有。今年春天看见 Jean Cocteau[2] 的 Le Coq et L'arlequin 的日译本，是三百五十部中之一，[3] 倒也想要，但还是因为价贵，放下了。只记得其中的一句，是："青年莫买稳当的股票"，所以疑心它一定还有不稳的话，再三盘算，终于化了五碗"无产"咖啡[4]的代价，买了回来了。

买回来细心一看，就有些想叫冤，因为里面大抵是讲音乐，在我都很生疏的。不过既经买来，放下也不大甘心，就随便译几句我所能懂的，贩入中国，——总算也没有买全不"稳当的股票"，而也聊以自别于"青年"。

至于作者的事情，我不想在此介绍，总之是一个现代的法国人，也能作画，也能作文，自然又是很懂音乐的罢了。

*   *   *

〔1〕 本篇连同法国科克多的杂文《〈雄鸡和杂馔〉抄》的译文，最初发表于 1928 年 12 月 27 日《朝花》周刊第四期。

〔2〕 Jean Cocteau 让·科克多（1889—1963），法国作家。曾致力于创作立体主义未来派的诗歌，著有小说《可怕的孩子》、剧本《定时炸弹》及《诗集》等。

〔3〕 Le Coq et L'arlequin 的日译本 即大田黑元雄译的《雄鸡和杂馔》,昭和三年(1928)东京第一书房出版。三百五十部当为二百五十部,分 A、B 两类,A 类三十部,在日本每册售价五日元;B 类二百二十部,每册售价三日元。鲁迅于 1928 年 8 月 2 日购得,当时在上海的售价是银元五元二角。

〔4〕 "无产"咖啡 这是对创造社等提倡"无产阶级革命文学"者的讽刺,参看《三闲集·革命咖啡店》。该文中说:"革命咖啡店的革命底广告式文字,昨天也看见了,……遥想洋楼高耸,前临阔街,门口是晶光闪灼的玻璃招牌,……面前是一大杯热气蒸腾的无产阶级咖啡,……那是,倒也实在是'理想的乐园'。"

《面包店时代》译者附记[1]

巴罗哈同伊本涅支[2]一样,也是西班牙现代的伟大的作家,但他的不为中国人所知,我相信,大半是由于他的著作没有被美国商人"化美金一百万元",制成影片到上海开演[3]。自然,我们不知道他是并无坏处的,但知道一点也好,就如听到过宇宙间有一种哈黎慧星[4]一般,总算一种知识。倘以为于饥饱寒温大有关系,那是求之太深了。

译整篇的论文,介绍他到中国的,始于《朝花》[5]。其中有这样的几句话:"……他和他的兄弟[6]联络在马德里,很奇怪,他们开了一爿面包店,这个他们很成功地做了六年。"他的开面包店,似乎很有些人诧异,他在《一个革命者的人生及社会观》里,至于特设了一章来说明[7]。现在就据冈田忠一的日译本,译在这里,以资谈助;也可以作小说看,因为他有许多短篇小说,写法也是这样的。

*　　　*　　　*

〔1〕　本篇连同《面包店时代》(《一个革命者的人生及社会观》第十一章之片断)的译文,最初发表于 1929 年 4 月 25 日《朝花》周刊第十七期。

〔2〕　伊本涅支　通译伊巴涅思。参看本卷第 426 页注〔5〕。

495

〔3〕 根据伊巴涅思的小说《启示录的四骑士》摄制的电影,1924年春末曾在上海卡尔登影院上映。"化美金一百万元"是上映该片时广告中的话。

〔4〕 哈黎慧星 即哈雷彗星,著名的周期彗星,英国天文学家哈雷(E.Halley,1656—1742)首先确定它的轨道,故名。

〔5〕 《朝花》 指《朝花》周刊,鲁迅、柔石合编,以介绍外国文艺为主。1928 年 12 月创刊于上海,1929 年 5 月停刊,同年 6 月改为旬刊。这里所说"整篇的论文",指特雷克(W.A.Drake)作、真吾译的《巴罗哈》一文,载《朝花》周刊第十四期(1929 年 4 月 4 日)。

〔6〕 指里卡多(鲁迅译为理嘉图),巴罗哈的哥哥。

〔7〕 《一个革命者的人生及社会观》 冈田中一的日译本于 1928年 5 月由聚英阁出版发行。共十七章,第十一章题为《面包店时代》,下分三节,小标题为:"父亲的觉醒"、"产业与民主主义"、"小商人之害"。

《Vl.G.理定自传》译者附记[1]

　　这一篇短短的自传,是从一九二六年,日本尾濑敬止编译的《文艺战线》[2]译出的;他的根据,就是作者——理定所编的《文学的俄国》[3]。但去年出版的《Pisateli》[4]中的那自传,和这篇详略却又有些不同,著作也增加了。我不懂原文,倘若勉强译出,定多错误,所以自传只好仍译这一篇;但著作目录,却依照新版本的,由了两位朋友的帮助。

　　一九二九年十一月十八夜,译者附识。

　　＊　　　　＊　　　　＊

　　〔1〕　本篇连同《Vl.G.理定自传》的译文,最初发表于 1929 年 12 月《奔流》月刊第二卷第五期。

　　Vl.G. 系俄语 Владимир Германович 的拉丁拼音之缩略。

　　〔2〕　《文艺战线》　即《艺术战线》,参看本卷第 359 页注〔23〕。

　　〔3〕　《文学的俄国》　即《文学底俄罗斯》,参看本卷第 356 页注〔3〕。

　　〔4〕　《Pisateli》　俄语《Писатели》的音译,即《作家们》,又译《作家传》。

《描写自己》和《说述自己的纪德》
译 者 附 记[1]

纪德在中国,已经是一个较为熟识的名字了,但他的著作和关于他的评传,我看得极少极少。

每一个世界的文艺家,要中国现在的读者来看他的许多著作和大部的评传,我以为这是一种不看事实的要求。所以,作者的可靠的自叙和比较明白的画家和漫画家所作的肖像,是帮助读者想知道一个作家的大略的利器。

《描写自己》即由这一种意义上,译出来试试的。听说纪德的文章很难译,那么,这虽然不过一小篇,也还不知道怎么亵渎了作者了。至于这篇小品和画像的来源,则有石川涌的说明在,这里不赘[2]。

文中的稻子豆[3],是 Ceratonia siliqual 的译名,这植物生在意大利,中国没有;瓦乐敦的原文,是 Félix Vallotton[4]。

*　　　*　　　*

〔1〕　本篇连同纪德《描写自己》及石川涌《说述自己的纪德》的两篇译文,最初发表于 1934 年 10 月《译文》月刊第一卷第二期,署名乐雯。

纪德(A.Gide, 1869—1951),法国小说家。著有《窄门》、《地粮》、

498

《田园交响乐》等。石川涌(1906—1976),日本的法国文学研究者。毕业于东京大学法语科,曾任东京学艺大学、日本工业大学教授,翻译过凡尔纳的《地底旅行》、阿兰的《幸福论》等法国作品。

〔2〕 画像 指瓦乐敦所作纪德木刻像,与本篇在同期《译文》发表。石川涌在《说述自己的纪德》中说,据法文版《纪德全集》"编辑者玛尔丹·晓斐的话",瓦乐敦所画的纪德肖像,"好像是登在《巴黎之声》(Le Cri de Paris)报的连载作品《描写自己》里"的,"后来就收在《假面的书》里"。

〔3〕 稻子豆 Ceratonia siliqual,《英拉汉植物名称》译作"角豆树"。

〔4〕 Félix Vallotton 菲力克思·瓦乐敦(1865—1925),瑞士画家,终生侨居法国。

小 说

《一篇很短的传奇》译者附记[1]

迦尔洵(Vsevolod Michailovitch Garshin 1855—1888)生于南俄,是一个甲骑兵官[2]的儿子。少时学医,却又因脑病废学了[3]。他本具博爱的性情,也早有文学的趣味;俄土开战,便自愿从军,以受别人所受的痛苦,已而将经验和思想发表在小说里,是有名的《四日》和《孱头》。他后来到彼得堡,在大学听文学的讲义,又发表许多小说,其一便是这《一篇很短的传奇》。于是他又旅行各地,访问许多的文人,而尤受托尔斯泰的影响,其时作品之有名的便是《红花》。然而迦尔洵的脑病终于加重了,入狂人院之后,从高楼自投而下,以三十三岁的盛年去世了。这篇在迦尔洵的著作中是很富于滑稽的之一,但仍然是酸辛的谐笑。他那非战与自己牺牲的思想,也写得非常之分明。但英雄装了木脚,而劝人出战者却一无所损,也还只是人世的常情。至于"与其三人不幸,不如一人——自己——不幸"这精神[4],却往往只见于斯拉夫文人[5]的著作,则实在令人不能不惊异于这民族的伟大了。

一九二一年十一月十五日附记。

*　　*　　*

〔1〕 本篇连同《一篇很短的传奇》的译文,最初发表于 1922 年 2 月《妇女杂志》月刊第八卷第二号。

〔2〕 甲骑兵官　胸甲骑兵团军官。

〔3〕 据日本中村融所译《迦尔洵全集》(1973 年青娥书房版)中的《迦尔洵生平》,当系少年时有志学医,但于 1874 年即得脑病,后来入籍于矿业专门学校。

〔4〕 这是对本篇小说主角(一位装了木脚的青年残废军人)所说的话的阐释:当他发现早先的女友已有新欢时,他离开了,并说,人们如果"以为与其一人的不幸,倒不如三人的不幸",那就错了。

〔5〕 斯拉夫文人　指俄国作家,俄罗斯人属于东斯拉夫民族。

《一篇很短的传奇》译者附记(二)[1]

迦尔洵(Vsevolod Michailovitch Garshin)生于一八五五年,是在俄皇亚历山大三世[2]政府的压迫之下,首先绝叫,以一身来担人间苦的小说家。他的引人注目的短篇,以从军俄土战争时的印象为基础的《四日》,后来连接发表了《屄头》,《邂逅》,《艺术家》,《兵士伊凡诺夫回忆录》等作品,皆有名。

然而他艺术底天禀愈发达,也愈入于病态了,悯人厌世,终于发狂,遂入癫狂院;但心理底发作尚不止,竟由四重楼上跃下,遂其自杀,时为一八八八年,年三十三。他的杰作《红花》,叙一半狂人物,以红花为世界上一切恶的象征,在医院中拚命撷取而死,论者或以为便在描写陷于发狂状态中的他自己。

《四日》,《邂逅》,《红花》,中国都有译本了。《一篇很短的传奇》虽然并无显名,但颇可见作者的博爱和人道底彩色,和南欧的但农契阿(D'Annunzio)所作《死之胜利》[3],以杀死可疑的爱人为永久的占有,思想是截然两路的。

*　　　*　　　*

〔1〕　本篇连同《一篇很短的传奇》的译义,印入 1929 年 4 月上海朝花社版《近代世界短篇小说集》之一《奇剑及其他》。

502

〔2〕 亚历山大三世（Александр Ⅲ,1845—1894） 俄国沙皇亚历山大二世之子。1881年亚历山大二世被民粹派暗杀后继位。

〔3〕 但农契阿（G. D'Annunzio,1863—1938） 通译邓南遮,意大利唯美主义作家。晚年成为民族主义者,拥护法西斯主义。《死之胜利》是他在1894年作的长篇小说,有芳信译本,1932年10月上海光华书局出版。

《贵家妇女》译者附记[1]

《贵家妇女》是从日本尾濑敬止编译的《艺术战线》译出的；他的底本，是俄国 V. 理丁编的《文学的俄罗斯》，内载现代小说家自传，著作目录，代表的短篇小说等。这篇的作者，并不算著名的大家，经历也很简单。现在就将他的自传，译载于后——

"我于一八九五年生在波尔泰瓦。我的父亲——是美术家，出身贵族。一九一三年毕业古典中学，入彼得堡大学的法科，并未毕业。一九一五年，作为义勇兵向战线去了，受了伤，还被毒瓦斯所害。心有点异样。做了参谋大尉。一九一八年，作为义勇兵，加入赤军。一九一九年，以第一席成绩回籍。一九二一年，从事文学了。我的处女作，于一九二一年登在《彼得堡年报》上。"

《波兰姑娘》是从日本米川正夫编译的《劳农露西亚小说集》译出的[2]。

*   *   *

〔1〕 本篇连同淑雪兼珂《贵家妇女》的译文，最初发表于 1928 年 9 月《大众文艺》月刊第一卷第一期。后又同收入《近代世界短篇小说集》之一《奇剑及其他》。

504

〔2〕 这句话是在收入《奇剑及其他》时添上的。因为《奇剑及其他》中同时收有淑雪兼珂的《波兰姑娘》。

《食人人种的话》译者附记[1]

查理路易·腓立普(Charles–Louis Philippe 1874—1909)是一个木鞋匠的儿子,好容易受了一点教育,做到巴黎市政厅的一个小官,一直到死。他的文学生活,不过十三四年。

他爱读尼采,托尔斯泰,陀思妥夫斯基的著作;自己的住房的墙上,写着一句陀思妥夫斯基的句子道:

"得到许多苦恼者,是因为有能堪许多苦恼的力量。"
但又自己加以说明云:

"这话其实是不确的,虽然知道不确,却是大可作为安慰的话。"
即此一端,说明他的性行和思想就很分明。

这一篇是从日本堀口大学[2]的《腓立普短篇集》里译出的,是他的后期圆熟之作。但我所取的是篇中的深刻的讽喻,至于首尾的教训[3],大约出于作者的加特力教[4]思想,在我是也并不以为的确的。

一九二八年九月二十日。

*　　　*　　　*

〔1〕 本篇连同《食人人种的话》的译文,最初发表于1928年10月《大众文艺》月刊第一卷第二期。后与作者的另一篇小说《捕狮》同收

入《近代世界短篇小说集》之一《奇剑及其他》。本篇附于两篇小说之前,并将最后一段话改为:"《捕狮》和《食人人种的话》都从日本堀口大学的《腓立普短篇集》里译出的。"

腓立普,通译菲力普,法国作家。出身于贫苦家庭,作品表现了对贫苦人的同情和对当时社会的讽刺,著有《母亲和孩子》、《贝德利老爹》等小说。

〔2〕 堀口大学(1892—1981) 日本诗人和法国文学研究者,日本艺术院会员。早年加入"新诗社",后任大学教授。作品有诗集《黄昏的虹》等。所译《腓立普短篇集》于 1928 年 4 月 5 日由东京第一书房出版发行。

〔3〕 《食人人种的话》写食人人种烹食俘虏中的一位母亲时,被她的女儿的悲哀感动,从而"在国民全体的心里,唤起道德之念来"。原作开头有"无论怎样败德的人的心底里,也总剩着一点神圣之处"等语;结末则有"我们永远不要忘却,人肉的筵宴是悲哀的,而不给一点高兴的事罢"等语。

〔4〕 加特力教 即天主教,又称公教。加特力一词源出希腊文,意为"公"和"全"。

《农夫》译者附记[1]

这一篇,是从日文的《新兴文学全集》第二十四卷里冈泽秀虎的译本重译的,并非全卷之中,这算最好,不过因为一是篇幅较短,译起来不费许多时光,二是大家可以看看在俄国所谓"同路人"者,做的是怎样的作品。

这所叙的是欧洲大战时事,但发表大约是俄国十月革命以后了。原译者另外写有一段简明的解释[2],现在也都译在这下面——

"雅各武莱夫(Alexandr Iakovlev)是在苏维埃文坛上,被称为'同路人'的群中的一人。他之所以是'同路人',则译在这里的《农夫》,说得比什么都明白。

"从毕业于彼得堡大学这一端说,他是智识分子,但他的本质,却纯是农民底,宗教底。他是禀有天分的诚实的作家。他的艺术的基调,是博爱和良心。他的作品中的农民,和毕力涅克作品中的农民的区别之处,是在那宗教底精神,直到了教会崇拜。他认农民为人类正义和良心的保持者,而且以为惟有农民,是真将全世界联结于友爱的精神的。将这见解,加以具体化者,是《农夫》。这里叙述着'人类的良心'的胜利。但要附加一句,就是他还有中篇《十月》,是显示着较前进的观念形态的。"

日本的《世界社会主义文学丛书》第四篇,便是这《十月》,曾经翻了一观,所写的游移和后悔,没有一个彻底的革命者在内,用中国现在时行的批评式眼睛来看,还是不对的。至于这一篇《农夫》,那自然更甚,不但没有革命气,而且还带着十足的宗教气,托尔斯泰气,连用我那种落伍眼看去也很以苏维埃政权之下,竟还会容留这样的作者为奇。但我们由这短短的一篇,也可以领悟苏联所以要排斥人道主义之故,因为如此厚道,是无论在革命,在反革命,总要失败无疑,别人并不如此厚道,肯当你熟睡时,就不奉赠一枪刺。所以"非人道主义"的高唱起来,正是必然之势。但这"非人道主义",是也如大炮一样,大家都会用的,今年上半年"革命文学"的创造社和"遵命文学"的新月社[3],都向"浅薄的人道主义"进攻,即明明白白证明着这事的真实。再想一想,是颇有趣味的。

A. Lunacharsky[4]说过大略如此的话:你们要做革命文学,须先在革命的血管里流两年;但也有例外,如"绥拉比翁的兄弟们",就虽然流过了,却仍然显着白痴的微笑。这"绥拉比翁的兄弟们",是十月革命后墨斯科的文学者团体的名目,作者正是其中的主要的一人。试看他所写的毕理契珂夫[5],善良,简单,坚执,厚重,蠢笨,然而诚实,像一匹象,或一个熊,令人生气,而无可奈何。确也无怪 Lunacharsky 要看得顶上冒火。但我想,要"克服"这一类,也只要克服者一样诚实,也如象,也如熊,这就够了。倘只满口"战略""战略",弄些狐狸似的小狡狯,那却不行,因为文艺究竟不同政治,小政客手腕是无用的。

曾经有旁观者,说郁达夫喜欢在译文尾巴上骂人,我这回似乎也犯了这病,又开罪于"革命文学"家了。但不要误解,中国并无要什么"锐利化"的什么家,报章上有种种启事为证,还有律师保镖[6],大家都是"忠实同志",研究"新文艺"的。乖哉乖哉,下半年一律"遵命文学"了,而中国之所以不行,乃只因鲁迅之"老而不死"[7]云。

十月二十七日写讫。

*　　　*　　　*

〔1〕　本篇连同《农夫》的译文,最初发表于 1928 年 11 月《大众文艺》月刊第一卷第三期。后收入《近代世界短篇小说集》之二《在沙漠上及其他》时,删去了首二段及末段。

〔2〕　这段解释,见于冈泽秀虎的《关于三个作家》,原载《新兴文学》第五号(1928 年 8 月,平凡社与《新兴文学全集》第二―四卷相配发行)。

〔3〕　新月社　以留学英美的知识分子为核心的文学和政治性团体,1923 年成立于北京,取名于泰戈尔的诗集《新月集》。主要成员有胡适、徐志摩、陈源、梁实秋等。曾以诗社名义于 1926 年夏借《晨报副刊》出版《诗刊》(周刊)十一期;1927 年其成员南下,在上海开办新月书店,出版《新月》月刊,宣传"英国式民主"。这里所说他们和创造社"都向'浅薄的人道主义'进攻",如创造社冯乃超在《艺术与社会生活》一文(载 1928 年 1 月《文化批判》月刊第一号)中,称托尔斯泰是"人道主义者","觍颜做世界最卑污的事——宗教的说教人"。新月社梁实秋在《文学与革命》一文(载 1928 年 6 月《新月》月刊第一卷第四期)中说:"近来的伤感的革命主义者,以及浅薄的人道主义者,对于大多数的民

众有无限制的同情。这无限制的同情往往压倒了一切的对于文明应有的考虑。"

〔4〕 Lunacharsky 卢那察尔斯基。

〔5〕 毕理契珂夫 《农夫》的主角,一位农民出身的俄罗斯士兵。

〔6〕 律师保镳 指1928年6月15日上海刘世芳律师代表创造社及创造社出版部在上海《新闻报》上刊出启事一事。其中说:"本社纯系新文艺的集合,本出版部亦纯系发行文艺书报的机关;与任何政治团体从未发生任何关系……在此青天白日旗下,文艺团体当无触法之虞,此吾人从事文艺事业之同志所极端相信者……此后如有诬毁本社及本出版部者,决依法起诉,以受法律之正当保障……此后如有毁坏该社名誉者,本律师当依法尽保障之责。"

〔7〕 "老而不死" 语出《论语·宪问》:"老而不死,是为贼。"杜荃(郭沫若)在《创造月刊》二卷一期(1928年8月)所载《文艺战线上的封建余孽》一文中,曾说鲁迅主张"杀尽一切可怕的青年","于是乎而'老头子'不死了"。

《恶魔》译者附记[1]

这一篇,是从日本译《戈理基全集》第七本里川本正良[2]的译文重译的。比起常见的译文来,笔致较为生硬;重译之际,又因为时间匆促和不爱用功之故,所以就更不行。记得Reclam's Universal – Bibliothek[3]的同作者短篇集里,也有这一篇,和《鹰之歌》(有韦素园君译文,在《黄花集》[4]中),《堤》同包括于一个总题之下,可见是寓言一流。但这小本子,现在不见了,他日寻到,当再加修改,以补草率从事之过。

创作的年代,我不知道;中国有一篇戈理基的《创作年表》[5],上面大约也未必有罢。但从本文推想起来,当在二十世纪初头[6],自然是社会主义信者了,而尼采色彩还很浓厚的时候。至于寓意之所在,则首尾两段上,作者自己就说得很明白的。[7]

这回是枝叶之谈了——译完这篇,觉得俄国人真无怪被人比之为"熊",连著作家死了也还是笨鬼。倘如我们这里的有些著作家那样,自开书店,自印著作,自办流行杂志,自做流行杂志贩卖人,商人抱着著作家的太太,就是著作家抱着自己的太太,也就是资本家抱着"革命文学家"的太太,而又就是"革命文学家"抱着资本家的太太,即使"周围都昏暗,在下雨。空中罩着沉重的云"罢,戈理基的"恶魔"也无从玩这把戏,只好死心塌地去苦熬他的"倦怠"罢了。[8]

　　一九二九年十二月三日,译讫附记。

　*　　　*　　　*

　　〔1〕　本篇连同《恶魔》的译文,最初发表于1930年1月《北新》半月刊第四卷第一、二期合刊。

　　〔2〕　川本正良　日本翻译工作者。1923年东京大学文学部毕业,曾任松山高等学校等校教授。

　　〔3〕　Reclam's Universal – Bibliothek　《莱克朗氏万有文库》,德国发行的一种世界文学丛书。多数是被压迫民族作家及进步作家的作品,价格低廉,流传较广。

　　〔4〕　《黄花集》　北欧及俄国的诗歌小品集,韦素园译。1929年2月北平未名社出版,为《未名丛刊》之一。

　　〔5〕　《创作年表》　指邹道弘编的《高尔基评传》(1929年11月上海联合书店出版)中所附的《高尔基创作年表》,其中列有"一八九九:《关于魔鬼》"。

　　〔6〕　二十世纪初头　应为十九世纪末叶。高尔基于1899年写作《关于魔鬼》(即《恶魔》)及《再关于魔鬼》,先后发表于同年《生活》杂志第一、第二期。

　　〔7〕　《恶魔》首段中说:"在这人生上,绝无什么常住不变的东西,只有生成和死灭,以及对于目的的永远的追求的不绝的交替罢了。"末段中说:"诸君将知道在生前暗暗地挂在自己之前的一切,便是诸君生前的虚伪和迷谬的罢。"

　　〔8〕　这里一些引语出自《恶魔》。该篇写恶魔在"倦怠"时唤醒了埋在坟场里的"著作家"的骸骨,让他看到自己的太太如何靠卖他的遗著赚了许多钱,书商又如何占有了她,著作家领悟到自己生前原来多半

也在给商人工作。此时,"周围都昏暗,在下雨。空中罩着沉重的云。著作家格格地摇着骨骼,开快步跑向他的坟地里去了"。

《鼻子》译者附记^{〔1〕}

果戈理(Nikolai V. Gogol 1809—1852)几乎可以说是俄国写实派的开山祖师;他开手是描写乌克兰的怪谈^{〔2〕}的,但逐渐移到人事,并且加进讽刺去。奇特的是虽是讲着怪事情,用的却还是写实手法。从现在看来,格式是有些古老了,但还为现代人所爱读,《鼻子》便是和《外套》^{〔3〕}一样,也很有名的一篇。

他的巨著《死掉的农奴》^{〔4〕},除中国外,较为文明的国度都有翻译本,日本还有三种,现在又正在出他的全集。这一篇便是从日译全集第四本《短篇小说集》^{〔5〕}里重译出来的,原译者是八住利雄。但遇有可疑之处,却参照,并且采用了Reclam's Universal-Bibliothek 里的 Wilhelm Lange^{〔6〕}的德译本。

*   *   *

〔1〕 本篇连同《鼻子》的译文,最初发表于 1934 年 9 月《译文》月刊第一卷第一期,署名许遐。

〔2〕 乌克兰的怪谈 指果戈理早期根据乌克兰民间的传说和奇闻所写的故事,如《狄康卡近乡夜话》。

〔3〕 《外套》 短篇小说,果戈理作于 1835 年,有韦素园译本,

1926 年 9 月北京未名社出版,为《未名丛刊》之一。

〔4〕 《死掉的农奴》 即《死魂灵》。旧时俄国人称农奴为魂灵。

〔5〕 日译本《果戈理全集》共六卷,1934 年科学出版社出版发行。其第四卷为《短篇小说集》,收《鼻子》、《外套》、《狂人日记》等七篇,分别由八住利雄、中山省三郎等四人翻译。

〔6〕 Wilhelm Lange 威廉·朗格。

《饥馑》译者附记[1]

萨尔蒂珂夫（Michail Saltykov 1826—1889）是六十年代俄国改革期[2]的所谓"倾向派作家"（Tendenzios）[3]的一人，因为那作品富于社会批评的要素，主题又太与他本国的社会相密切，所以被绍介到外国的就很少。但我们看俄国文学的历史底论著的时候，却常常看见"锡且特林"（Sichedrin）[4]的名字，这是他的笔名。

他初期的作品中，有名的是《外省故事》[5]，专写亚历山大二世[6]改革前的俄国社会的缺点；这《饥馑》，却是后期作品《某市的历史》[7]之一，描写的是改革以后的情状，从日本新潮社《海外文学新选》第二十编八杉贞利译的《请愿人》[8]里重译出来的，但作者的锋利的笔尖，深刻的观察，却还可以窥见。后来波兰作家显克微支的《炭画》[9]，还颇与这一篇的命意有类似之处；十九世纪末他本国的阿尔志跋绥夫的短篇小说，也有结构极其相近的东西，但其中的百姓，却已经不是"古尔波夫"[10]市民那样的人物了。

*　　　*　　　*

〔1〕　本篇连同《饥馑》的译文，最初发表于 1934 年 10 月《译文》月刊第一卷第二期，署名许遐。

　　萨尔蒂珂夫，笔名谢德林（Михаил Евграфович Салтыков-щедрин，1826—1889），俄国讽刺作家及批评家，曾因抨击沙皇专制制度被流放几达八年。著有长篇小说《戈罗夫略夫老爷们》、《一个城市的历史》等。《饥馑》，又译《饥饿城》，是《一个城市的历史》中的一篇。

　　〔2〕　六十年代俄国改革期　1861 年 2 月 19 日（公历三月三日），沙皇亚历山大二世在农民反封建斗争和革命民主主义运动的压力下颁布法令，宣布废除农奴制。

　　〔3〕　"倾向派作家"　1848 年萨尔蒂珂夫发表中篇小说《莫名其妙的事》，被沙皇政府认为"含有危害甚大的思想倾向"和"扰乱社会治安之思想"，判处流放。后即称他和涅克拉索夫、车尔尼雪夫斯基、杜布洛留波夫等反对沙皇专制和农奴制度的革命民主主义作家为"倾向派作家"。

　　〔4〕　"锡且特林"（Щедрин）　通译谢德林。

　　〔5〕　《外省故事》　今译《外省散记》，发表于 1856 年。

　　〔6〕　亚历山大二世（Александр Ⅱ，1818—1881）　俄国沙皇。1855 年即位，后在彼得堡被民粹派的秘密团体民意党人炸死。

　　〔7〕　《某市的历史》　即《一个城市的历史》，萨尔蒂珂夫后期著名的讽刺长篇小说之一。

　　〔8〕　八杉贞利（1876—1966）　日本的俄语学者，东京外语大学教授。1946 年创立"日本俄罗斯文学会"，担任会长。他翻译的《请愿人》列为《海外文学新选》的第二十编，于 1924 年 11 月出版发行，内收《请愿人》、《饥馑》等四篇短篇小说。

　　〔9〕　《炭画》　波兰作家显克微支的中篇小说。有周作人译本，1914 年 4 月北京文明书局出版。

　　〔10〕　"古尔波夫"　俄语 Глупов 的音译，意为"愚人"。小说《一个城市的历史》假托记叙"古尔波夫市"的历史以讽刺现实。

《恋歌》译者附记[1]

　　罗马尼亚的文学的发展,不过在本世纪的初头,但不单是韵文,连散文也有大进步。本篇的作者索陀威奴(Mihail Sadoveanu)便是住在不加勒斯多(Bukharest)[2]的写散文的好手。他的作品,虽然常常有美丽迷人的描写,但据怀干特(G. Weigand)[3]教授说,却并非幻想的出产,到是取之于实际生活的。例如这一篇《恋歌》,题目虽然颇像有些罗曼的,但前世纪的罗马尼亚的大森林的景色,地主和农奴的生活情形,却实在写得历历如绘。

　　可惜我不明白他的生平事迹;仅知道他生于巴斯凯尼(Pascani),曾在法尔谛舍尼和约希(Faliticene und Jassy)进过学校,是二十世纪初最好的作家。他的最成熟的作品中,有写穆尔陶(Moldavia)[4]的乡村生活的《古泼来枯的客栈》(Crîşma lui mos Precu,1905);有写战争,兵丁和囚徒生活的《科波拉司乔治回忆记》(Amintirile caprarului Gheorghita,1906)和《阵中故事》(Povestiri din razboi,1905)[5];也有长篇。但被别国译出的,却似乎很少。

　　现在这一篇是从作者同国的波尔希亚(Eleonora Borcia)女士的德译本选集里重译出来的,原是大部的《故事集》(Povestiri,1904)中之一。这选集的名字,就叫《恋歌及其他》

（Das Liebeslied und andere Erzählungen），是《莱克兰世界文库》（Reclam's Universal-Bibliothek）的第五千零四十四号。

* * *

〔1〕 本篇连同《恋歌》的译文，最初发表于 1935 年 8 月《译文》月刊第二卷第六期。

索陀威奴（1880—1961），通译萨多维亚努。一生写有作品一百多部，对罗马尼亚文学有很大影响。主要作品有《米特里亚·珂珂尔》、《尼古拉·波特科瓦》等。

〔2〕 不加勒斯多 通译布加勒斯特，罗马尼亚首都。

〔3〕 怀干特（1860—1930） 德国语言学家及巴尔干问题研究家，莱比锡大学教授。著有研究罗马尼亚语法及保加利亚语法等著作。

〔4〕 穆尔陶 通译摩尔达维亚，巴斯凯尼和法尔谛舍尼一带山区的总称。

〔5〕 《古泼来枯的客栈》 即《古泼来枯的酒店》，短篇小说集，作于 1904 年。《科波拉司乔治回忆记》，即《乔治下士的回忆》。《阵中故事》，即《战争故事》，短篇小说集。

《村妇》译者附记[1]

在巴尔干诸小国的作家之中,伊凡·伐佐夫(Ivan Vazov, 1850—1921)对于中国读者恐怕要算是最不生疏的一个名字了。大约十多年前,已经介绍过他的作品[2];一九三一年顷,孙用[3]先生还译印过一本他的短篇小说集:《过岭记》,收在中华书局的《新文艺丛书》中。那上面就有《关于保加利亚文学》和《关于伐佐夫》两篇文章,所以现在已经无须赘说。

《村妇》这一个短篇,原名《保加利亚妇女》,是从《莱克兰世界文库》的第五千零五十九号萨典斯加(Marya Jonas von Szatanska)女士所译的选集里重译出来的。选集即名《保加利亚妇女及别的小说》,这是第一篇,写的是他那国度里的村妇的典型:迷信,固执,然而健壮,勇敢;以及她的心目中的革命,为民族,为信仰。所以这一篇的题目,还是原题来得确切,现在改成"熟"而不"信"[4],其实是不足为法的;我译完之后,想了一想,又觉得先前的过于自作聪明了。原作者在结束处,用"好事"来打击祷告,[5]大约是对于他本国读者的指点。

我以为无须我再来说明,这时的保加利亚是在土耳其[6]的压制之下。这一篇小说虽然简单,却写得很分明,里面的地方,人物,也都是真的。固然已经是六十年前事,但我相信,它也还很有动人之力。

＊　　　＊　　　＊

〔1〕 本篇连同《村妇》的译文,最初发表于 1935 年 9 月《译文》月刊终刊号。

〔2〕 指 1921 年间鲁迅曾翻译伐佐夫的小说《战争中的威尔珂》,载同年 10 月 10 日《小说月报》第十二卷第十号"被损害民族的文学号"。后收入 1922 年 5 月上海商务印书馆出版的《世界丛书》之一《现代小说译丛》。

〔3〕 孙用(1902—1983) 原名卜成中,浙江杭州人。当时是杭州邮局职员,业余从事翻译工作,译有匈牙利裴多菲的长诗《勇敢的约翰》等。

〔4〕 "熟"而不"信" "熟",指熟悉的、习用的中国说法;"信",指忠实于原文原义。鲁迅在《二心集·关于翻译的通信》中曾说,自己翻译外国小说时,对于"即使'眼熟'"的中文笔法,"也不必尽是采用"。

〔5〕 用"好事"来打击祷告 意思是用"好事好报"之说来否定"祷告功效"之说。《村妇》写农妇伊里札抱着重病的孙子往修道院祷告除病,途中她掩护、救助了一位反抗土耳其人的爱国者。后来她的孙子痊愈并长大成人,伊里札总不相信孙子的痊愈是"随随便便的祷告,见了功效的,由她看来,倒是因为她做不到,然而她一心要做到的好事好报居多……"

〔6〕 土耳其 这里指当时的奥斯曼帝国(建于十三世纪末至十四世纪初,第一次世界大战后瓦解),自十四世纪末至十九世纪,保加利亚都遭受奥斯曼帝国的蹂躏和压迫。

诗　歌

《跳蚤》译者附记[1]

Guillaume Apollinaire 是一八八〇年十月生于罗马的一个私生儿,不久,他母亲便带他住在法国。少时学于摩那柯学校,是幻想家;在圣查理中学时,已有创作,年二十,就编新闻。从此放浪酒家,鼓吹文艺,结交许多诗人,对于立体派[2]大画家 Pablo Picasso[3]则发表了世界中最初的研究。

一九一一年十一月,卢佛尔博物馆[4]失窃了名画,以嫌疑被捕入狱的就是他,但终于释放了。欧洲大战起,他去从军,在壕堑中,炮弹的破片来钉在他头颅上,于是入病院。愈后结婚,家庭是欢乐的。但一九一八年十一月,因肺炎死在巴黎了,是休战条约[5]成立的前三日。

他善画,能诗。译在这里的是"Le Bestiaire"(《禽虫吟》)一名"Cortége d'Orphee"(《阿尔斐的护从》)[6]中的一篇;并载 Raoul Dufy[7]的木刻。

*　　　*　　　*

〔1〕　本篇连同讽刺短诗《跳蚤》的译文,最初发表于 1928 年 11 月《奔流》月刊第一卷第六期,署名封余。

Guillaume Apollinaire　纪尧姆·亚波里耐尔(1880—1918),法国颓

废派诗人,"立体未来派"诗歌的主要代表。作品有《奥菲士的护从》、《酒精集》等。

〔2〕 立体派 亦称"立方主义"、"立体主义",二十世纪初形成于法国的一种艺术流派。它强调多面表现物体形态,主张用几何图形(立方体、球体、圆柱体等)作为造形艺术的基础,作品构图怪诞。

〔3〕 Pablo Picasso 巴勃罗·毕加索(1881—1973),西班牙画家,1904 年定居巴黎。立体派的创始人,后来经历向超现实派——抽象派(1926 年至 1930 年)、表现派(1937 年后)的演变,最终开拓了自己崭新的境界,对西方现代主义绘画影响很深远。

〔4〕 卢佛尔博物馆 通译罗浮宫。位于巴黎,是法国最大的博物馆,藏有许多古代及近代的艺术珍品。

〔5〕 休战条约 指《康边停战协定》,1918 年 11 月 11 日德国与协约国在康边(Compiègne,位于巴黎东北)林地签订的投降协定。

〔6〕 《阿尔斐的护从》 亚波里耐尔写作于 1914 年的诗集。阿尔斐,又译奥菲士,希腊神话中的诗人和竖琴名家。

〔7〕 Raoul Dufy 拉乌尔·杜菲(1877—1953),法国画家。早期为印象派,后转为"野兽派",多作市街、港口等风景画及静物画,追求装饰效果。

《坦波林之歌》译者附记[1]

作者原是一个少年少女杂志的插画的画家[2]，但只是少年少女的读者，却又非他所满足，曾说："我是爱画美的事物的画家，描写成人的男女，到现在为止，并不很喜欢。因此我在少女杂志上，画了许多画。那是因为心里想，读者的纯真，以及对于画，对于美的理解力，都较别种杂志的读者锐敏的缘故。"[3]但到一九二五年，他为想脱离那时为止的境界，往欧洲游学去了。印行的作品有《虹儿画谱》五辑，《我的画集》二本，《我的诗画集》一本，《梦迹》[4]一本，这一篇，即出画谱第二辑《悲凉的微笑》中。

坦波林（Tambourine）是轮上蒙革，周围加上铃铛似的东西，可打可摇的乐器，在西班牙和南法，用于跳舞的伴奏的。

*   *   *

〔1〕　本篇连同《坦波林之歌》的译文，最初发表于《奔流》月刊第一卷第六期（1928 年 11 月）。1929 年初，鲁迅编选《艺苑朝华》五辑，其第二辑即《蕗谷虹儿画选》，并写有《〈蕗谷虹儿画选〉小引》一篇，后收入《集外集拾遗》。

坦波林，又译作铃鼓或拍鼓。

〔2〕　指蕗谷虹儿（1898—1979），日本画家。

　〔3〕　引语出自蕗谷虹儿《我的画集》(1925年交兰社版)序《我的抒情版画》。

　〔4〕　《梦迹》　当为《两个幻影》,1923年三德社出版发行。